Cindy McCormick Martinusen

Die blaue Fliese

blaue Fliese

Roman

Cindy McCormick Martinusen lebt mit ihrem Mann und ihren drei Kindern in Cottonwood, Kalifornien.
In Deutschland wurde sie durch ihren Bestseller »Tatjanas Geheimnis« bekannt.

Hänssler-Paperback
Bestell-Nr. 393.952
ISBN 3-7751-3952-4

Published by Tyndale House Publishers, Inc., Wheaton, Illinois
Originaltitel: Blue Night
Übersetzung: Marlies Stubenitzky

D-71087 Holzgerlingen
Internet: www.haenssler.de
E-Mail: info@haenssler.de
Umschlaggestaltung: Mehrblick Grafik & Design
Titelbilder: © by Greg Stott/Masterfile, © by Min Roman/Masterfile, © by Mel Curtis/Photodisc, © by Archive Photos.

Satz: Vaihinger Satz & Druck, Vaihingen/Enz
Druck und Bindung: Ebner & Spiegel, Ulm
Printed in Germany

Für David.

Ohne dich gäbe es dieses Buch nicht.

Zur Erinnerung an Brady Shawn
Harman (30.3.1997 - 4.7.1997).

Wir bleiben nur kurze Zeit in dieser
Welt, aber wir können Leben
tief greifend verändern. Das hast du
getan. Wir vermissen dich.

Und ich will euch die Jahre erstatten,
deren Ertrag die Heuschrecken, Käfer,
Geschmeiß und Raupen
gefressen haben ...
Ihr sollt ... den Namen des Herrn, eures
Gottes, preisen,
der Wunder unter euch getan hat ...

Joel 2, 25+26

Prolog

Österreich
28. November 1944

Lukas Johannsen war es nicht wert, sie zu bekommen. Das wusste er. Aber fragen musste er doch.

Sie würde Ja sagen. Auch das wusste er; trotzdem hatte er Angst, sie würde es nicht tun.

Sein Atem bildete eine lange weiße Dampfwolke, wie er so am kalten Stamm der Eiche lehnte. Er schaute nach hinten, entspannte sich dann und freute sich auf ihre Ankunft. Es war ein Wunder, dass sich ihre Liebe in dieser hoffnungslosen Umgebung entwickeln konnte.

Er blickte gegen das blendende Sonnenlicht und suchte angestrengt, ob sich da, wo der Trampelpfad hinter dem Hügel verschwand, etwas bewegte. Zuerst würde Susannes hellblondes Haar zu sehen sein, dann ihr Kopf im Rhythmus ihres geschmeidigen Ganges erscheinen und verschwinden, bis er ihre Stirn und ihr Gesicht sähe. Schließlich würde sich ihre ganze Gestalt vor dem Horizont abzeichnen. Lächeln würde sie und eilig den Steinen und Schlammlachen ausweichen, um zu ihm zu kommen. Von ihrem unbeschwerten Lächeln und plötzlichen Lachen – von dem Leben, das sie ausstrahlte – konnte er nie genug bekommen.

Er starrte auf den Hang und den Pfad, hinter dem sich tiefblaue Berge erhoben. Unten stiegen dünne Rauchwolken von den Häuschen auf, die über die Talsohle verstreut lagen. Das Licht des späten Nachmittags ging langsam in Dämmerung über; bald würde es schnell dunkel werden. Lukas wurde ungeduldig. Sobald Susanne ankäme, wollte er fragen.

Lukas hatte keine Rede eingeübt. Er hatte keine Ahnung, was er sagen wollte. Er wollte nicht niederknien, sondern ihr direkt ins Gesicht schauen. Wahrscheinlich würde er versuchen, ihr das Ja-Sagen auszureden: »Besser du heiratest mich nicht. Was du gibst, bin ich nicht wert. Wenn du wüsstest, wer ich bin, würdest du mich hassen. Meine Vergangenheit könnte unsere Zukunft zerstören.«

Er hatte Angst, sie vielleicht zu überzeugen.

Aber seine Schuld verfolgte ihn ständig, wie ein Jagdhund seine Beute. Gerechterweise musste er leiden – jeden Tag, sein Leben lang. Was er jetzt tat, war wie ein paar abgenutzte Flicken, die seine früheren Verbrechen nie ganz zudecken konnten. Aber Lukas würde sie fragen. Und Susanne würde Ja sagen. Vielleicht würde es beiden Leid tun.

Wo blieb sie? Er schaute wieder auf seine Taschenuhr. Vielleicht hatte sie seinen Brief doch nicht bekommen. War sie zu Hause und fragte sich, warum er nicht sein Versprechen gehalten und geschrieben hatte? Er hatte sie mehrere Tage nicht gesehen – das war ihm zu lange. Er wünschte, sie brauchte nicht zum Anfang jeder Woche mit dem Frühzug wegzufahren. Er wusste, dass man heute für eine gute Arbeitsstelle Opfer bringen musste, wenn man überhaupt eine bekam. Aber die ersten drei Tage der Woche ohne sie waren leer. Er wusste, dass es auch sie störte. Aber sie sagte, sie müssten dankbar sein, dass sie nicht wie andere jeden Wochentag außerhalb arbeiten musste. Susanne konnte immer etwas Gutes am Leben finden. Bald würde er sie aus diesem Wahnsinn herausholen. *Bald*, das wollte er ihr versprechen.

Wieder blickte Lukas über seine Schulter. Seine heimliche Tätigkeit zwang ihn, sich oft umzusehen. Nirgends war man ganz sicher: nicht an einer großen Eiche auf der Talsohle zwischen zwei Bergen; nicht einmal auf den Felsgipfeln über ihm. Sicherheit gab es nur in der Vergangenheit. Wenn man morgen noch lebte, war das Heute sicher gewesen. Wann würde das endlich aufhören?

Er griff nach seiner goldenen Taschenuhr, aber dann konnte er nicht mehr warten. Auf dem nassen Alpenpfad fing er an zu laufen und dann zu rennen. Plötzliche Angst trieb ihn. Erst vor der letzten Steigung zu ihrem Haus hielt er an. Er bückte sich und versuchte ruhiger zu atmen und den Schmerz in seiner Lunge zu besänftigen. Schließlich atmete er lange tief ein und ging weiter.

Er überblickte den Hof und dann das Haus. Sie hängte weder weiße Wäsche auf noch pflegte sie die Geranien in den Blumenkästen. Die Haustür war angelehnt. Kein Rauch stieg träge aus dem Schornstein auf. Er ging schneller. Die Kühe auf der Weide hinter dem Haus streckten die Köpfe zwischen den Holzpfählen durch und schnaubten kläglich. An der offenen Haustür blieb Lukas stehen:

Stiefelspuren – von mehr als einer Person – hatten den Steinweg mit Erde verschmiert. Eine Falle? Lukas drehte sich um. Da sah er es: rote Flecken und Spritzer, auffällig auf einem übrig gebliebenen Schneehaufen neben der Tür. Schnell sah er sich um, stürzte hinein und fand noch mehr Spritzer und Flecken an der Tür, am Türpfosten, der Täfelung und den Balken.

Auf dem Küchenfußboden lag zerbrochenes Geschirr, der Tisch war von roten Flecken übersät. Der Inhalt des Fichtenschrankes war herausgerissen und an Unterschränken, Spülstein und Fußboden zerschmettert worden. Es sah aus, als hätte ein sterbendes Raubtier den Raum verwüstet – außer einem deutlichen Schuhabdruck neben einer Blutlache unter einem Stuhl.

Lukas starrte auf die dunkelrote Flüssigkeit, die sich in den Rillen der Fußbodenbretter verteilte. Solche Lachen hatte er schon gesehen – immer unter Stühlen oder Tischen, auf denen jemand lange Zeit festgehalten und verletzt worden war.

»Susanne!« Seine verzweifelte Stimme hallte von der Holzdecke wider.

Er durchsuchte all diese stillen Zimmer im Obergeschoss und unten. Nur die Tür zum Zimmer von Susannes Großmutter war geschlossen. Er stieß sie auf, voller Angst, was er finden würde – aber er musste es unbedingt wissen. Niemand war da. Im Hinausgehen hörte er ein Geräusch wie das Winseln eines kleinen Tieres. Lukas ging dem Geräusch nach in eine dunkle Ecke hinter der Tür. Susannes Großmutter saß auf dem Fußboden, den Rücken in die Ecke gelehnt wie ein Kind, das man bestraft hat. Die Frau war vornübergebeugt, ihr Rock bauschte sich um die Knie. Sie drückte etwas an die Brust.

»Frau Olsen?«

Als seine Schritte auf dem Holzfußboden knarrten, wurde ihr Winseln zum Schluchzen. Sie schaute zu ihm auf, Tränen liefen aus ihren rot geränderten Augen. Aus ihren müden Augen schrie das Entsetzen, während sie immer noch schluchzte. Er kniete sich vor sie und sah, was sie an sich drückte: die Stoffpuppe mit dem bunten Baumwollkleid, die Susanne als Kind gehabt hatte.

»Wo ist sie? Wo ist Susanne?«, fragte er sanft.

Er berührte ihre gebeugte Schulter; sie zuckte zurück mit einem Schrei, der durchs ganze Haus tönte. Lukas ließ sie da; noch dringender als zuvor musste er Susanne finden. Hatte man sie gefangen genommen? Es musste noch Hoffnung geben. Er stand in der Küche und zwang sich zu denken, vernünftig zu denken. Vielleicht wurde sie auf der Polizeistation in der Stadt verhört. Wenn sie wussten, wer er war, würden sie ihn haben wollen, nicht sie. Aber wie könnte er mit ihnen verhandeln und sich für ihre Freilassung anbieten?

Sein Blick schweifte durch den Raum und er überlegte den nächsten Schritt. Dann sah er eine Spur: eine Blutspur. Sie führte nach draußen. Er rannte hinaus, an der Veranda vorbei und die Stufen hinunter, dahin, wo auf dem verharschten Schnee rotes Blut zu sehen war. An der Ecke rutschte er aus und fiel auf eine Eisfläche. Er stand langsam auf; dicht neben ihm tropfte Wasser von großen Eiszapfen am Dachrand. Mit steifen Beinen ging er über den Morast.

Sie lag mit dem Gesicht nach unten, die Arme dicht am Körper. Ihr schönes hellblondes Haar war aufgegangen. Es lag wirr im Schnee und auf ihrem Rücken.

»Nein, Gott, bitte nicht«, flüsterte er nur. Sorgsam drehte er sie um und legte ihren Kopf auf seinen Schoß. Er versuchte das Blut aus ihrem Gesicht zu wischen, verschmierte es aber nur.

Lukas sah sich verzweifelt nach jemandem um, der helfen könnte. Es durfte nicht zu spät sein. Wenn er sie doch liebte, warum hatte er nicht gewusst, was ihr passierte? Warum war er nicht eher gekommen?

Er hielt sie und wiegte sie hin und her; irgendwie hoffte er, Gott würde es sich anders überlegen. Benommen und schweigend wartete er und starrte über die Berggipfel. Aber kein Gebet kam über seine Lippen. Er hoffte noch auf ein Wunder. Gott musste doch merken, dass er einen Fehler gemacht hatte. Heute konnte doch nicht Susanne Olsens Todestag sein. Vielleicht, wenn sie vor ihm stünde, würde Gott sagen: »Du kommst zu früh« und sich dann an den Todesengel wenden: »Bring sie zurück. Die Welt braucht sie noch!«

Die Kühe starrten aus dem Gatter. Eine muhte traurig. Ein Windstoß fuhr durch die Bäume. Aus dem Haus hörte er immer noch das Jammern der alten Frau.

Und die Nacht kam. Während sie allmählich immer mehr Licht wegnahm, betrachtete er intensiv ihr Gesicht. Er hatte gehofft, den friedvollen Ausdruck eines Engels zu sehen, nicht diesen Anblick des Todes.

»Ich wollte dich bitten mich zu heiraten. Ich will immer bei dir sein.« Ihr Gesicht zeigte keinerlei Regung, es war starr wie eine Statue. Das war nicht Susanne. »Du kannst mich noch nicht allein lassen. Was soll ich jetzt machen?«

Keine Antwort. Lukas wusste, dass ihn am Ende die gerechte Strafe getroffen hatte. Aber Susanne hatte den Preis bezahlt.

Venedig, Italien
Im Frühjahr vor drei Jahren

Kate Porter ging am Ufer eines breiten Kanals entlang. Sacht schlug das Wasser gegen die Seitenwand. Bisher hatte sie ein solcher Ort an eine Postkarte erinnert oder an die Kulisse für einen sentimentalen Film. Jetzt war die Welt plötzlich kleiner geworden. Heute blieb sie vor hohen Häusern mit geraden Fassaden und vor Läden stehen, die eben öffneten. Ihr Mann wartete im Hotelzimmer auf ihre Rückkehr, gar nicht weit in einer winkligen Gasse. Sie waren in das Postkartenbild eingetreten. Vor Jacks Konferenz machten sie Ferien in der Filmkulisse. Ein Pass und ein Flugticket von *United Airlines*, und am nächsten Morgen schlenderte Kate durch die Straßen von Venedig und kaufte Kaffee und Gebäck in einem italienischen Geschäft.

Venedig: eine Stadt, im Wasser gebaut – die Weite des Lebens und der Träume, durchzogen von Motorbooten, Gondeln und kühlen Winden. Kein Wunder, dass diese Stadt seit Jahrhunderten Künstler und Schriftsteller anzog! Kate hatte nie gedacht, sie könnte das einmal selbst sehen. Schließlich lebte sie in einem einfachen Haus in einer normalen amerikanischen Stadt. Die Geschichte, Kultur und Atmosphäre, die ihr hier begegneten, reichten weit darüber hinaus. Es war überwältigend, aber sie genoss es auch und wollte alles sehen, was diese Welt zu bieten hatte.

Kate ließ sich Zeit und merkte sich jeden Schritt, den sie auf der *Riva del Vin* auf die hoch aufragende Rialtobrücke zuging. Die Brücke tauchte über einem niedrigen Dunstschleier auf, ein uralter, über das Wasser gespannter Bogen. Sein geschwungenes, aus Steinbalustraden gebildetes Geländer kannte den Widerhall jahrhundertealter Schritte. Früher war die Rialtobrücke die einzige Möglichkeit, den breitesten Kanal in Venedig zu überqueren; heute bot sie einen herrlichen Blick über den *Canal Grande*, wo schon die ersten Passagiere in schwarzen Gondeln oder in Booten über das dunkle Wasser fuhren. Sie konnte es kaum abwarten, das alles auch Jack zu zeigen. Dies würde die schönste Geschäfts- und Vergnügungsreise ihres Lebens werden. Fast wünschte sie, sie hätten ihre Tochter mitgebracht. Abbie wäre begeistert von dieser Stadt. Kate ging an einer Reihe von Holzpfählen vorbei, die wie Wächter auf dem Kanalufer standen, und beschloss, sie müssten schon bald alle drei wiederkommen.

Es war gut, dass sie sich heute Morgen allein auf dem fremden Boden behaupten musste; sie hatte gedacht, er würde ihr Angst machen. Das war der eigentliche Grund, warum sie aus dem Hotel gegangen war, um etwas zu essen zu suchen. Und sie hatte ihre selbst auferlegte Prüfung bestanden. Die junge Frau, die noch nie das Bedürfnis gespürt hatte, die Vereinigten Staaten zu verlassen, war dabei, einen Fußweg in Venedig in Besitz zu nehmen.

Aber das Unbekannte musste noch ein wenig warten. Die Wärme des Gebäcks war durch die Tüte zu spüren und der Espresso kühlte mit jedem Schritt weiter ab.

Hoffentlich war Jack schon wach.

»Ich komme bald wieder«, flüsterte sie der Stadt zu und blieb am Eingang zu ihrem Hotel einen Augenblick stehen. Kate trat aus dem Morgenwind in die abgestandene Luft im Haus, und während sie die Treppe hinaufstieg, legte sie sich einen Plan für den vor ihr liegenden Tag zurecht. Sie hatten noch mehrere Tage, bis Jacks Archäologenkonferenz anfing. Der Duft des Gebäcks machte sie richtig hungrig auf die italienische Spezialität.

Die Tür war verschlossen. Als Kate mit dem Ellbogen klopfte, regnete ein Schauer von Farbstückchen auf den Boden. Nur in Italien würde man für dieses »altertümliche« Hotelzimmer mit ausgebleichten Wänden und abgenutzten Teppichen so viel bezahlen. Jack schlief wohl noch oder duschte. Kate balancierte das Frühstück in einer Hand und zog den Zimmerschlüssel aus der Tasche.

»Du kannst stolz auf mich sein«, sagte sie und stieß die Tür auf.

Das Duschwasser lief.

Sie stellte das Gebäck und den Espresso auf den winzigen Tisch und kramte in ihrer Tasche nach dem Reiseführer. Nach dem Mittagessen müssten sie *gelato* probieren und dann italienischen Espresso, wenn sie die *Basilica di San Marco* besucht hätten. Beim Blättern im Reiseführer biss sie ein Stück Gebäck ab.

Wenn Jack nur aus der Dusche käme!

Vielleicht könnte sie gemein sein und ihn mit kaltem Wasser erschrecken. Kate schlich zum Badezimmer, aber das Knarren der Tür vereitelte jeden Überraschungseffekt. Dann sah sie den Duschvorhang: Er war offen und an die Wand geschoben und auf dem Boden hatte sich von den Spritzern eine Pfütze gesammelt.

Niemand war da.

Sie drehte den Wasserhahn zu.

»Jack?« Sie schaute hinter die Tür, aber sie wusste schon, dass die Nische zu klein war. »Also wo bist du? Du weißt doch, dass ich solche Überraschungen hasse.«

Ihr Blick schweifte durch das Bad, dann wieder ins Zimmer. Die Schranktüren standen offen. Jacks Koffer war noch geschlossen. Den Rasier- und Kosmetikkoffer für beide hatte sie selbst geöffnet. Vielleicht war er sie suchen gegangen? Aber seine Kleider lagen auf dem Fußboden.

Auf dem Bett lagen Betttücher und Decken durcheinander. Das Kopfkissen, das sie benutzt hatte, war flach gedrückt und schief. Aber Jacks Kissen sah aus, als wäre es aufgeschüttelt und genau richtig hingelegt worden.

Und da lag etwas auf dem Kissen.

Kate schüttelte die Wassertropfen von der Dusche ab und ging wie in Zeitlupe auf das Bett zu. Auf dem Kissen lag eine Scherbe von blauer Keramik.

Die hatte sie noch nie gesehen.

Aber da lag sie. Und Jack war weg.

TEIL I

1 Erstes Kapitel

Corvalis, Oregon
Heute

Kate Porter empfand eine leichte Unruhe. Diese meldete sich immer wieder, als ob ihr jemand leicht auf die Schulter tippte oder irgendwo außer Sichtweite ein Wasserhahn tropfte. Wie immer schob sie sie beiseite und ließ ihre Gedanken vom regelmäßigen Quietschen der Hollywoodschaukel auf der Veranda und von den dunklen Wolken forttragen, die vor dem Mondlicht dahinzogen. In solchen Nächten wurden die entfernte Autobahn und sogar der Wind in den Bäumen still. Früher hatten sie Träume und Zukunftspläne in ihr geweckt. Jetzt nicht mehr.

Aber auch diese traumhafte Nacht konnte ihr inneres Unbehagen nicht zum Schweigen bringen – es war wie ein erstes Anzeichen für den Wechsel der Jahreszeiten. Sie zog die Flanelldecke um die übergeschlagenen Beine und lehnte den Kopf an die Kette der Schaukel.

Irgendwie war dieser Abend anders. Kate fragte sich warum und horchte auf die abendlichen Geräusche. So lange war ihr Leben nach einem bestimmten Plan verlaufen. Einen friedlichen Abend wie diesen hatte es nicht geben dürfen. Er hatte sie nur angespornt intensiver nachzufragen, noch mehr zu versuchen, immer wieder all ihre Gedanken zu prüfen, um eine Antwort zu finden. Der eine Tag in Venedig hatte Kate völlig verändert. Sie war geformt worden wie Ton auf einer Töpferscheibe; aber dann war plötzlich etwas schief gegangen. Die Scheibe drehte sich immer noch mit ihr darauf, unfertig und verformt war sie zurückgeblieben.

Kate hatte sich daran gewöhnt.

Aber da war ständig diese leichte Unruhe, als ob sie an jenem Morgen vor drei Jahren etwas vergessen hätte – etwas, was jetzt lebenswichtig für sie wäre.

Versuch dich zu erinnern.

Sie versuchte es. Was war es? Was hatte sie an diesem Tag noch verloren außer allem? Sie versuchte immer wieder dieses störende Etwas einzukreisen, aber sie lief im Kreis, ohne die Antwort zu finden.

Als die Fenstertür hinter ihr aufging, merkte Kate, dass sie den Ruf ihrer Tochter nicht beachtet – ja, nicht einmal bewusst wahrgenommen hatte.

»Ach, da bist du, Mama. Guck mal, was ich gefunden habe.«

»Was denn?«, fragte Kate, vom Licht aus den Fenstern geblendet. Sie versuchte sich nicht über die Störung zu ärgern und rückte auf dem leeren Platz neben sich ein Kissen zurecht.

»Dieses Hemd hat Papa an unserem Vater-Kind-Tag angehabt.« Abbie breitete ein beiges Hemd über Kates Knie. »Siehst du, da ist noch Milchshake von mir an seinem Ärmel.«

»Ja, ich sehe. Und ich weiß es noch.« Kate fragte sich, warum ihre Tochter die Kleider ihres Papas in dem begehbaren Schrank angesehen hatte. Das fing an zu einer festen Gewohnheit zu werden.

Abbie hüpfte neben ihr auf die Schaukel. Ihre dünnen Beine baumelten, aber nicht ausgestreckt wie früher, als sie kleiner war und das Kniegelenk nicht den Rand der Schaukel erreichte. Abbie war schon immer leichter eingeschlafen, wenn sie ein Weilchen mit ihr oder Jack oder zu dritt mit allen beiden auf der Schaukel gesessen hatte. Es war Kate nicht aufgefallen, aber es war lange her, dass sie zusammen hier gewesen waren.

Abbie legte sich das Hemd um die Schultern und lehnte den Kopf an ihre Mutter. Hin und her schaukelten sie beim Geräusch der Autos, der Grillen und Ochsenfrösche in der Ferne. Kate schaute heimlich auf ihre Tochter, wie sie in Jacks Hemd eingewickelt war. Das zeigte so deutlich, wie ihr Leben zu zweit war: Jack war so eindeutig bei ihnen in allem, was sie taten. Aber jetzt war er nur noch ein leeres Hemd – keine Arme darin, die ihnen Kraft oder Wärme geben könnten. Über das Hemd legte Kate ihren Arm um Abbies Schulter.

»Mama, kommt er irgendwann zurück?« Abbie schaute ihre Mutter direkt an. Sie wollte die Wahrheit wissen. Das war die Frage, die Kate sich selbst jeden Tag stellte.

Kate setzte die Füße auf den Boden, um die Schaukel anzuhalten. Sie berührte die Spitze von Abbies Kinn und wünschte, sie könnte die letzten drei Jahre zurücknehmen – für sie beide. Das alte Leben mit Familiengemeinschaft, Tanzvorführungen und Mitarbeit in der Kirche war völlig zerstört durch Polizeiverhöre, erfolglose Suchaktionen und eine Mischung aus Hoffnung und Trauer. Heute waren Verwirrung, Angst und Albträume so normal wie das Einkaufen, die Zahlungen fürs Auto und der wachsende Stapel von Geschenken für Papa.

»Ich weiß nicht. Wenn er käme ...« Kate unterbrach sich, unsicher, ob sie das vor sich selbst zugeben wollte. »Wenn Papa wiederkäme, denke ich, dann wäre er schon hier.«

Abbie kuschelte ihren Kopf wieder an Kate und zog Jacks Hemd fester um ihren dünnen Körper. »Gott kann ihn zurückbringen.«

Kate stieß die Schaukel sanft mit den Füßen ab. Wie könnte sie gegen diesen kindlichen Glauben reden?

»Mami?« Seit Jahren hatte Abbie nicht Mami zu ihr gesagt.

»Was denn, mein Mädchen?«

»Der Himmel sieht ganz blau aus.«

»Ja, das ist eine blaue Nacht. Die sieht man nicht oft. Das macht der Mond hinter den Wolken und noch irgendetwas, vielleicht die Jahreszeit. Dann sieht die Nacht blau aus.«

»Das finde ich schön.«

»Ja, ich auch.«

»Das macht Gott und es bedeutet, dass Papa gesund ist und dass er wiederkommt.«

Kate wollte ihr ausführlich erklären, warum das nicht stimmte – warum die Morgendämmerung für sie beide einen neuen Tag bringen würde, wieder einen Tag ohne Jack. Aber sie hielt Abbie nur noch fester. Manchmal war kindlicher Glaube doch nur Wunschdenken. Vielleicht war Glaube das schon immer gewesen.

Zweieinhalb Jahre lang hatte Abbie in Kates Zimmer geschlafen. Sie brauchten das beide. Jetzt hatte ihre Tochter vor einem halben Jahr beschlossen, in ihrem eigenen Bett zu schlafen. Kate vermisste sie und hätte sie gern wieder bei sich gehabt, aber es war wohl doch ein gutes Zeichen, dass Abbie keine Angst hatte allein zu schlafen. Wenn Kate nur auch dahin käme!

Kate stand in Abbies Tür. Die antiken Schlafzimmermöbel würde man bald restaurieren müssen, dachte sie und schalt sich selbst, dass sie zu viel dafür bezahlt hatte. Kate besaß selbst einen Antiquitätenladen und wusste es besser. Aber als diese Möbel versteigert wurden, hatte sie nicht widerstehen können. Das geschnitzte Nussbaum-Kopfteil mit dem winzigen eingebauten Lämpchen in der Mitte passte zu Kommode und Nachttisch. Alles passte perfekt hierhin.

»Erzähl mir noch einmal, wie das war, als Papa verschwunden ist.« Abbie zog sich die violett geblümte Tagesdecke über den Kopf und hielt die Rüsche mit den Fingern fest.

Als Kate sich weder bewegte noch antwortete, schaute sie unter ihren Decken hervor. »Mama? Deckst du mich richtig zu?« Wieder zog sie die Decke über den Kopf.

»Du passt auf, dass ich es nicht vergesse«, sagte Kate lächelnd. Sie hob Abbies Arme an, zog die Decken ordentlich über ihre Tochter und steckte sie akkurat unter ihr fest.

»Also?«, fragte Abbie.

»Also was?«

»Erzähl es noch einmal.«

»Ich habe es dir schon zu oft erzählt. Und wir wollten heute noch das neue Buch *Die Reise auf der Morgenröte* anfangen. Darin steht, wie es für die Kinder am Ende der Welt aussieht.«

»Du warst mit Papa in Italien«, sagte Abbie mit entschlossenem Gesichtsausdruck. So leicht konnte Kate ihre Tochter nicht mehr ablenken. »Du bist morgens Gebäck kaufen gegangen und bist zurückgekommen und er war weg. Nur eine Scherbe von einer blauen Fliese oder so was war noch da. Und wir haben ihn nicht gefunden.«

Kate strich Abbies Pony zurück und küsste sie auf die Stirn. Sie wünschte, ein siebenjähriges Kind – *ihr* Kind – wüsste so etwas nicht. Aber vor der Wahrheit konnte man sich nicht schützen.

»Wir wollen eine neue Geschichte anfangen.« Kate meinte das Buch von C. S. Lewis auf dem Nachttisch, aber dann merkte sie: *Sie beide* brauchten eine neue Geschichte für ihr Leben. Es schien, als hätten sie jeden Morgen beim Aufwachen dieselbe Seite vor sich und läsen sie immer wieder. Die Zeit ging weiter, aber sie kamen nicht mit; sie versuchten die Vergangenheit zu ändern oder wenigstens zu reparieren. Wenn sie nicht weitergingen, gäbe es dann noch eine Zukunftschance?

»Gut. Ich möchte wissen, wie sie dieses Mal nach Narnia kommen«, sagte Abbie. Ihre Augen fielen schon fast zu.

Kate bemerkte, dass die Schlafenszeit schon eine Stunde vorbei war. »Lass uns morgen anfangen. Ich habe nicht geahnt, dass es schon so spät ist. Wir haben zu lange draußen auf der Schaukel gesessen.«

Abbie gab ein tiefes Stöhnen von sich. »Also gut, schläfst du dann mit in meinem Bett, Mami?«

Abbie sah sie flehentlich an und beim zweiten »Mami« krampfte sich Kates Magen zusammen. »Das ist zu klein für uns beide. Du könntest bei mir schlafen.«

»Nein, ich muss hier bleiben.«

»Dann lege ich mich zu dir, bis du einschläfst.«

»Gut.« Abbie rückte zur Seite und hob die Decken.

Abbie lächelte noch eine Viertelstunde und stellte kleine Fragen, dann endlich ließ sie sich in den Schlaf gleiten. Sie drehte sich mit dem Rücken zu Kate. Genau so war sie schon als kleines Kind eingeschlafen. Erst fielen ihr die Augen halb zu, sie versuchte noch ein letztes Mal wach zu bleiben, dann drehte sie sich zur Wand und schlief ein.

Kate sah zu, wie ihre Tochter im Schlaf atmete; ihr Rücken bewegte sich ruhig in dem Baumwollnachthemd und Kate grübelte noch einmal über Abbies Fragen. Sie wurde immer noch das Gefühl nicht los, sie habe etwas vergessen. Dieser Tag in Italien war wie ein zerknülltes Blatt Papier; sie hatte es so lange festgehalten, dass ihre Finger es durchgescheuert hatten. Sie verstand immer noch nicht, wie ein einziger Bruch im Zeitablauf ein ganzes Leben zerstören konnte. Sie hatte alle Einzelheiten und jeden ungewöhnlichen Satz überdacht. Hatte sie doch etwas übersehen?

Kaum ein Morgen war mit diesem vergleichbar gewesen. Sicher, der erste Tag ihrer Flitterwochen, als sie sich immer mit »mein Mann« und »meine Frau« angeredet hatten, einfach nur, um es zu hören. Oder die Stunden nach Abbies Geburt, als Jack seine neugeborene Tochter ans Fenster gebracht und ihr die Welt gezeigt hatte. Aber der Morgen in Venedig reichte fast an diese Erinnerungen heran.

Die Stadt der Träumer, Maler und Verliebten war so weit weg vom heimatlichen Regen, den neuen Häusern, der kurzen Geschichte ...

Kate wachte sanft auf, als hätte sie nur einen kleinen Spaziergang gemacht. Licht kam durch die dünnen Vorhänge und erwärmte das Zimmer; reflektiert von uralten Mauern und Fresken hatte es schließlich den Weg in ihr Zimmer gefunden. Es lag an einer ruhigen Straße, man hörte nur die Schritte der frühen Passanten und ab und zu einen Ruderschlag in dem nahen Kanal. Die Wände waren zartgelb und auf dem Boden und dem Tisch waren Terrakottatöpfe mit Geranien arrangiert. Leuchtende Bilder von toskanischen Weinbergen und Stränden brachten die italienische Atmosphäre ins Haus.

Jack lag mit dem Rücken zu ihr und atmete tief und schwer. Decken und Betttücher lagen wirr und verdreht auf ihnen wie ineinander verschlungene Beine und Arme.

Kate zog an den Decken und legte sich dicht an Jacks warmen Körper. Sie spürte sein Atmen an ihrer Brust.

»Jack.«

Er rührte sich nicht.

»Weißt du, wo wir sind?« Sie richtete sich auf, stützte einen Ellbogen auf das Bett und streichelte sein Ohrläppchen.

Er brummelte; sie lächelte.

»Jack, wir sind in Venedig.«

Er drehte sich zu ihr um, streckte sich und rieb sich die Augen. So wachte er immer auf, aber Kate hatte sich schon länger nicht die Zeit genommen, es zu beobachten. Zu Hause war der Morgen immer vom Wecker, von Kaffee, Tagesplanung und Listen bestimmt. Aber die nächsten Tage würden so sein wie jetzt – jetzt fing es an.

»Heute brauchen wir uns nicht zu beeilen«, flüsterte sie. Seine Augen waren noch geschlossen, aber sie sah, dass er lächelte.

»Aber du willst, dass ich jetzt aufwache.«

»Wir brauchen nirgends hinzugehen.«

»Aber du willst, dass wir überall hingehen, stimmts?«

»Ja«, sagte Kate, warf die Decken weg und stand auf. Sie konnte es kaum abwarten zu sehen, was sie gestern Abend in der Dunkelheit nicht hatten sehen können. Sie zog die Vorhänge auf und öffnete die quietschenden Fenster weit. Mehrere Stockwerke unter ihnen legte ein Ladenbesitzer Waren aus. Kleine Lichtstreifen spiegelten sich im Wasser des Kanals. Was war das für eine Welt jenseits des Fensters?

Kate drehte sich um und spürte, wie Jack sie beobachtete. Fand er sie schön, wie sie da vor dem Fenster stand und das Licht um ihr dunkles Haar schien? Sein Gesichtsausdruck sagte Ja.

Sie ging langsam auf ihn zu, dann sprang sie auf das Bett und hopste auf und ab, als er versuchte sie zu greifen. »Steh auf, steh auf! Wir müssen den Markusplatz sehen, das Museum Correr, die Basilica di San Marco – wie findest du meinen italienischen Akzent? Wir fahren auch auf jeden Fall mit dieser Gondel, egal wie teuer das ist. Magnifico!« Sie sprang und tat, als wollte sie auf ihm landen, und beide lachten.

»Demnächst ist dein Reiseführer weg.« Seine Drohung endete in einem Schnappen nach Luft, als sie auf seiner Brust landete. »Jetlag. Zählt das etwa gar nicht?«

»Ich glaube, das ist mehr«, sagte sie und küsste ihn aufs Kinn.

»Noch so ein Abend wie gestern, dann kriegen wir vielleicht nur noch diese vier Wände zu sehen.«

Sie stieß ihm die Finger unter die Rippen. »Jetzt kitzle ich dich wach.«

»Ja, ja, schon gut!« Er packte ihre Hände. »Sollen wir zu Hause anrufen, was Abbie macht?«

»Versuch nicht mich abzulenken. Schließlich ist zu Hause Mitternacht.«

»Kein Wunder, dass ich so müde bin.«

Kate betrachtete sein Lächeln, das schon fast mehr ein Grinsen war, und versuchte sich diesen Augenblick einzuprägen. Wenn sie später als altes Ehepaar in ihrem Garten spazieren gingen, würden sie von diesem Morgen reden. Dann würde sie sein Gesicht vor sich sehen, das leicht gebräunt war von der letzten Grabung; seine schläfrigen graugrünen Augen und sein wirres dunkles Haar; die kleine Narbe unter seinem linken Auge. Seine Hand hinter seinem Kopf, als er zusah, wie sie ihn betrachtete. Das wollte sie nie vergessen.

»Der Tag hat angefangen«, flüsterte sie.

»Es ist Mitternacht, weißt du das nicht?« Er tat, als ob er gähnte.

Kate stieg aus dem Bett und öffnete ihren Koffer. »Gut, ich gehe jetzt zum Bäcker und kaufe italienisches Gebäck und eine amerikanische Zeitung, wenn ich eine finde, und du gehst schnell unter die Dusche.«

»Dusch du erst; du brauchst länger.« Er setzte sich auf und rieb sich die Augen mit den Fäusten.

»Ich habe jetzt Hunger. Merkst du nicht, wie es von draußen nach frisch Gebackenem riecht? Wenn du nachher die Zeitung gelesen hast, bin ich fertig geduscht und angezogen. Außer wenn du heute mal den einen oder anderen Teil auslassen kannst.«

Kate kramte in ihrem Koffer und zog sich schnell an. Sie putzte im Bad ihre Zähne, trug Lippenstift auf und fasste ihr Haar mit einer Spange zusammen. »Wenn ich wiederkomme, mache ich mich richtig europäisch zurecht. Dann erkennst du mich nicht wieder.«

»Das klingt schlecht«, sagte er lächelnd. »Ich mag dich ganz gern, wie du bist.«

»Bin bald wieder da. Die Bäckerei ist nur ein paar Häuser weiter.« Sie beugte sich zu ihm und küsste ihn auf Stirn, Nase, Lippen und Kinn.

Jack fasste sie an den Armen und zog sie an sich. »Siehst du, da bist du wieder im Bett«, sagte er. »Wir sind in Italien! Wir wollen tausend Sachen machen und sehen. Oder willst du lieber im Bett frühstücken?« Er grinste spitzbübisch.

»Geh duschen, damit du wach bist, wenn ich komme.«

Sie griff sich ihre Jacke und den Zimmerschlüssel und öffnete die Tür.

»Sei vorsichtig«, sagte er und setzte sich auf. »Und kannst du mir Kaffee mitbringen? Den brauche ich bestimmt.«

Wieder und wieder meinte Kate diese Worte zu hören. Gewöhnliche Worte und Bitten früh am Morgen. Es waren die letzten, die sie von Jack gehört hatte.

Das Glockenspiel vor Abbies Fenster weckte Kate leise aus ihren Gedanken. Das Nachtlicht warf einen sanften Schein ins Zimmer und auf Abbies hellbraunes Haar. Und plötzlich wurde es ihr klar. Wie durch ein leises Flüstern in ihr Ohr erkannte sie, was – oder vielmehr wen – sie vergessen hatte. Kate starrte ihre Tochter an. Sie lag direkt neben ihr. Kate war jeden Tag hier bei ihr gewesen. Aber während ihre Tochter aufwuchs, hatte Kate ihre Energie daran gesetzt, ihr altes Leben wieder zu finden.

Ich habe Abbie nicht vergessen, sagte sie sich. Aber heute Abend konnte sie die letzten drei Jahre anscheinend klarer sehen. Äußerlich hatte sie ihre Mutterpflichten erfüllt – Gutenachtgeschichten und Küsse –, aber Abbie hatte sich nicht täuschen lassen. Am Anfang hatte sie sich an ihre Mutter geklammert und versucht sie zurückzuhalten. Aber mit den Jahren hatte Kate sich weiter entfernt und Abbie hatte sich daran gewöhnt. Sie hatten mit aller Kraft versucht Jack zu finden, und dabei war Kate zur Teilzeit-Zuschauerin in Abbies Leben geworden; sie war nicht mehr die Mutter, die sie einmal gewesen war und immer sein wollte.

An diesem Morgen in Venedig hatte Jack gefragt, ob sie Abbie anrufen sollten. Wie sehr wünschte sie, sie hätten es getan, auch wenn es Mitternacht war! Vielleicht hätte es das verhindert, was passiert war. Jack hatte gleich früh am Morgen an Abbie gedacht. Die Zeit nach diesem Morgen hatte Kate allmählich davon abgebracht, immer zuerst an Abbie zu denken. Es war ihr Ziel gewesen Jack zu finden, ob er nun tot oder lebendig war. Aber plötzlich wusste sie, was er gewollt hätte: dass sie zuerst für Abbie da war.

Kate steckte die Decken noch einmal um ihr kleines Mädchen. Sie zog Jacks Hemd unter Abbies Kopfkissen hervor und hielt den Stoff an ihr Gesicht, um vielleicht den Duft seines Rasierwassers zu spüren. Es roch nicht mehr. Es war zu lange her.

»Abbie, ich verspreche dir eine bessere Mutter zu sein«, sagte Kate zärtlich zu ihrem schlafenden Kind. »Wir stehen das durch und lassen es hinter uns.«

Ihr Blick fiel auf das Buch auf dem Nachttisch. Es war Zeit für eine neue Geschichte. Sie hatten lange genug auf Jack gewartet.

Aber hatte sie noch etwas versäumt?

2 Zweites Kapitel

Das Versprechen hielt nicht mehr.

Lukas Johannsen wusste nicht, ob er darauf vorbereitet war.

Nach fast sechs Jahrzehnten würden sie nicht nur miteinander sprechen, sondern sich sogar noch einmal treffen.

Vor langer Zeit hatten sich fünf Männer Treue geschworen: Karl als Anführer, Janos, der dann allzu jung starb, Oskar, der Intelligenteste, der ernste, gewissenhafte Edmund und Lukas selbst. Sie hatten Seite an Seite gekämpft, den einen in ihren Armen sterben sehen und gemeinsam gefunden, dass der Sieg ihnen nicht den erhofften Frieden brachte. Dann hörte der Krieg auf. Und diesen fünf Männern, die gemeinsam überlebt hatten, wurde ein anderes Gelübde aufgezwungen: sich nie wieder zu treffen.

Wenn sie sich einmal begegneten, auf der Straße aneinander vorbeigingen, dieselbe Ausstellungseröffnung oder politische Veranstaltung besuchten, durfte es kein Anzeichen geben, dass sie sich kannten. Keiner von ihnen konnte zu Edmunds Beerdigung kommen, mit der die Gruppe von ursprünglich fünf – dann vier nach Janos' Tod – auf drei zusammenschmolz. Sie durften wissen, was die anderen erlebten, aber nur durch eigene Nachforschungen. Ihre Frauen wussten wenig – die Kinder noch weniger. Warum dann dieses Treffen? Warum die Heimlichkeit gefährden und das Schweigen brechen?

Lukas spürte, wie das Flugzeug zum Landeanflug überging. Dieses Schwindel erregende Absinken war ihm immer unangenehm.

»Wir werden entsprechend dem Flugplan in etwa fünfzehn Minuten auf dem internationalen Flughafen Phoenix landen.« Lukas überhörte, was der Pilot sonst noch sagte, und legte den Sicherheitsgurt an. Er schaute aus dem kleinen Fenster und zwinkerte müde mit den Augen. In seinen Ohren schien ein unhörbarer Ton zu klingen. Es war der Klang des Wartens.

Warten war wie ein Ton, der einen in Erinnerungen hineinzog, fort von der Schlange, in der man stand, oder dem Telefon, auf das man starrte und wollte, dass es klingelte, oder wenn man zum zehnten Mal auf die Uhr schaute. Angst, Spannung, Unruhe, Erwartungen – all das gehörte zum Warten. Lukas hörte es nicht mit den Ohren, eher mit seinem ganzen Wesen. Warten war wie ein Nagetier – oder wie hundert Nagetiere – die mit winzigen, scharfen Zähnen von innen her nagten.

Während er hier in der Lufthansa 747 nach Phoenix, Arizona, von seinem Fensterplatz erster Klasse aus zum Fenster hinausschaute, merkte Lukas, dass er die ganze Zeit gewartet hatte. Über fünfundfünfzig Jahre hatte er auf diesen Tag gewartet und gehofft, er könnte vorher im Grab verschwinden. Ein richtiges Wiedersehen brachte Menschen zusammen, die sich gern sehen wollten – obwohl Lukas keinen Grund hatte, diese Leute nicht sehen zu wollen. Wenn man ihn fragte, würde er sagen, er liebte sie; allerdings war er nicht sicher, ob das stimmte. Diese Männer waren seine Welt gewesen, als der Rest der Welt zerstört war. Er hatte sie zum Überleben gebraucht wie Nahrung und Wasser. Aber sie hatten so lange nichts voneinander erfahren – jetzt waren sie sich fremd und doch enger verbunden als Brüder. Sie standen auch für die Vergangenheit, die er hinter sich lassen wollte. Was für Bilder und Gefühle würden auftauchen, wenn sie sich noch einmal sähen? Würden sie sich überhaupt wiedererkennen? Nicht nur ihre einst jungen Gesichter waren alt geworden. Die Zeit, in der fünf Männer gegen denselben Feind gekämpft hatten, erschien ihm jetzt wie ein Film, den er einmal gesehen, in dem er sogar mitgespielt hatte.

Minuten und Sekunden vergingen, in denen das Flugzeug mit hopsenden und quietschenden Rädern landete. Er sah, wie der Asphalt und der Erdboden vorbeiflogen und dann langsamer wurden; so stellte er sich immer die letzten Sekunden des Lebens vor: Die Zeit würde langsamer, immer langsamer werden, bis eine Sekunde eine ganze Stunde war, und dann stünde die Ewigkeit bevor.

Zuerst würde Lukas durch den Zoll gehen müssen. Immer wenn er über eine Grenze oder durch den Zoll ging, spürte er einen Schmerz im Magen. *Mein Magengeschwür*, hatte er sich gesagt, bis er merkte, dass es immer an den Grenzen passierte. Er wusste, dass es nichts zu fürchten gab. Aber dieses Nichts versetzte ihn in Spannung, obwohl er schon über hundert Mal in seinem Leben durch den Zoll gegangen war. Er trug einen Maßanzug und teure Koffer und verhielt sich unauffällig. Er war angesehen, immerhin ein Diplomat im Ruhestand.

Das Flugzeug rangierte zum Ausgang. Hinter dem Rollfeld, den Toren und der Zollstelle warteten zwei Männer. Vielleicht saßen sie nebeneinander, standen am Fenster und beobachteten die Landung oder kauften Kaffee bei McDonald's am Flughafen. Sicher war keiner zu dem wässrigen Starbucks übergegangen. Männer wie diese tranken starken schwarzen Kaffee und ließen sich nicht in einem modischen Café sehen. Die Dinge änderten sich, aber manche Dinge und Menschen blieben sich treu. Jedenfalls hoffte er das – oder fürchtete es vielleicht.

Lukas dachte an das Gelübde, das sie vor langer Zeit, in einer anderen Dimension abgelegt hatten: »Ich verspreche dieses Gelübde zu halten. Wir alle schwören einander Treue. Ich werde ein Bruder für diese Männer.«

Fünf Männer hatten diese Worte wiederholt, die heute in der Welt, in der er lebte, so idealistisch und unnatürlich klangen. In der Nacht des Versprechens war Lukas in dem versteckten Raum unter Karls Haus zum ersten Mal der ganzen Gruppe begegnet. Am Anfang hatten sie Lukas nicht getraut; er war neu zur Gruppe gestoßen. Aber sie trauten ihrem Anführer Karl. Und dann bewies Lukas immer wieder, wem er diente. Das war damals die einzige Möglichkeit zu überleben. Und mit der Erinnerung an diese Männer kamen andere Erinnerungen – die wollte er lieber ruhen lassen.

Susanne: Der Name lag ihm auf der Zunge. Er hatte ihren Namen in Jahrzehnten nur ein einziges Mal ausgesprochen; da hatte eine seiner Exfrauen gesagt, er hätte sie im Schlaf gerufen.

»Wer ist Susanne?«, hatte sie am Morgen geforscht. Er dachte nach und ihm fiel ein, dass Bernadette das gefragt hatte, denn Vera wäre es gleich gewesen. Aber Bernadette hatte es als Beleidigung ihrer eigenen Schönheit aufgefasst, dass er womöglich nach einer anderen gerufen hatte. Trotz des Streits, den das auslöste, konnte Lukas nie erklären, wer Susanne war.

»Susanne war mutig und tapfer«, hatte ihr Bruder Karl die fünf Männer in der Nacht erinnert, als sie sich versammelten. »Sie glaubte an ein freies Österreich ohne Faschismus und Naziterror. Wir wollen die Arbeit weiterführen, an die sie geglaubt hat. Und wir wollen ihren Tod rächen.«

Karls lange vergangene Worte berührten ihn seltsam, als nun der Pilot den Passagieren auf Englisch und Deutsch dankte, dass sie mit seiner Gesellschaft geflogen waren. Brüderschaft und Bündnistreue passten nicht hierher oder in diese Zeit. Lukas Johannsen war ein mächtiger Mann. Seine Enkel sahen MTV und surften im Internet nach Hollywood-Filmstars. Worte wie Treue und Brüderschaft waren entweder so altmodisch wie Phonographen und Telefonisten oder man vermutete einen Geheimkult oder eine Neonazigruppe dahinter. Der normale Bürger konnte mit solchen Worten nichts mehr anfangen – jedenfalls nicht in der heutigen Welt.

Die Zeit veränderte die Welt.

Lukas sehnte sich jetzt schon nach dem Ende dieses Treffens. Es sollte nur zwei Tage dauern, sagte er sich. Das müsste er aushalten können und er würde darauf bestehen, im Hotel zu schlafen. Aber jetzt stiegen Erinnerungen auf wie Geister, die er meinte ausgetrieben zu haben, und verfolgten ihn in Gedanken. Vielleicht würden sie etwas Neues erzählen? Oder einfach über die Späße verstorbener Kameraden lachen? Er hoffte – und wie er hoffte! – sie würden nicht über die Verluste reden und über das, was sie gezwungen hatte, sich völlig voneinander zu trennen. Er hoffte, es sei einfach der Wunsch seiner alten Freunde, die Kriegskameraden zu sehen, ehe es zu spät wäre.

Aber tief innen wusste er, dass es anders war. Es musste einen wichtigeren Grund für dieses Treffen geben.

Hatte er die Kraft, sich dem zu stellen?

Lukas fühlte sich erleichtert, als der Zollbeamte seinen Pass stempelte und ihn durchwinkte. Sooft er Landesgrenzen überschritten hatte, hatte er nie gezeigt, was er innerlich fühlte – auch nicht vor langer Zeit, als er wirklich Grund gehabt hatte, den Anblick eines Uniformierten an der Landesgrenze zu fürchten.

Eine große Menschenmenge strömte um ihn her zum Gepäckschalter. Er hatte nur einen Rollenkoffer bei sich, also ging er zum Ausgang der Abflugzone. Er ging jetzt immer langsam, aber heute zögerte er regelrecht. Er fing an in der Menge zu suchen.

Da sah er sie.

Karl Olsen und Dr. Oskar Gogl warteten an einer Wand. Sie standen nebeneinander und lächelten nicht. Große Erregung stieg in Lukas auf; er war überrascht, sie so wenig beherrschen zu können. Die Zeit hatte sie altern lassen, aber Karl war immer noch ein Riese, seine Schultern waren breit und sein Bauch mit der Zeit gewachsen. Oskar stand aufrecht, seine neugierigen Augen erinnerten Lukas an einen harmlosen Schuljungen, den man bitten könnte, bei den Hausaufgaben zu helfen. Ihr Alter überraschte ihn, aber die Gesichter hätte er überall wieder erkannt.

Plötzlich wünschte sich Lukas die Umarmungen und Tränen, die er erst kritisiert hatte. Er ging stetig auf die beiden zu und zog seinen Koffer hinter sich her. Sie kamen ihm entgegen. Oskar lächelte breit und Karl nickte voller Anerkennung. Lukas spürte einen Reiz um die Nase und bis zu den Augen hinauf und fürchtete, ihn nicht beherrschen zu können. Alles, was er erreicht hatte – die Macht und der Erfolg – kam von diesen Männern. Trotzdem hatte er seine Wurzeln vergessen. Jeder von ihnen hatte sich verpflichtet zu vergessen. Sie waren Brüder, lange vermisst und fast verlassen.

»Lukas«, sagte Karl; seine Stimme stockte.

Lukas blieb vor ihnen stehen, sodass sie im Dreieck standen. Er hatte nie gewusst, wie sehr er sie vermisst hatte, bis sie sich jetzt berührten und bewegt die Hände schüttelten. Den Lärm und Trubel des Flughafens, die Geräusche der vielen Ventilatoren, der Stimmen und der allgemeinen Bewegung um sie her nahmen sie kaum wahr. Bald würden sie lachen und sich erinnern und vom Leben vor vielen Jahren erzählen. Aber die Geschichten würden nicht einmal für den Erzähler echt klingen, denn die Zeit schien diese Jahre in ein Traumreich entrückt zu haben. Real waren nur die gemeinsamen Kriegsjahre und die nächste Zukunft.

Plötzlich wusste Lukas, dass manche Versprechen dazu da waren, gebrochen zu werden.

3 Drittes Kapitel

Der wirbelnde Tanz der grauen und weißen Wolken erinnerte an ein Bild von van Gogh. Ein paar Regentropfen klopften an ihr Fenster wie Finger, die sie aufmerksam machten.

»In Corvalis gelegentlich Schauer, Höchsttemperatur 22 Grad«, hatte der Wetterbericht heute früh angekündigt.

Kate unterbrach ihre Arbeit und schaute aus dem Fenster. Die Blumen in ihrem Gärtchen lockten sie herauszukommen und zu spielen. Ihre Geranien waren gut über den Winter gekommen und wo sie im letzten Herbst Blumenzwiebeln gesetzt hatte, stießen grüne Sprosse durch die nahrhafte Erde. Der dunkle Himmel darüber verhieß Wasser für den Rasen und die Pflanzen an seinem Rand.

Regen tat Kate gut und Oregon sparte nicht mit dieser Art von Therapie. Aber derselbe Regen lenkte sie auch von der Arbeit ab, die anlag. Papierkrieg und Gewinn- und Verlustrechnungen reizten sie nicht; sie sehnte sich nach ihrer Werkstatt, wo man das stetige Trommeln des Regens auf das Blechdach hörte. Mit Freuden würde sie ihre Schreibarbeit für den Geruch von Holzbeize und das Gefühl beim Schmirgeln einer alten Kommode eintauschen, der man noch eine Chance gab. Aber in einer Restaurateurwerkstatt mussten auch die Geschäfte geführt werden und das war ihr Untergang. Wenn sie nur polieren und streichen, Altes wiederherstellen, neue Zapfen einsetzen oder eine Stütze verstärken müsste, wäre Kate reich.

Sie zwang sich wieder zur Konzentration auf den Stapel Papiere, den sie jetzt nach mehreren Wochen nicht mehr ignorieren durfte. Auch an einem so bewölkten Tag musste sie sich beherrschen, obwohl die Regentropfen lockten – wenigstens bis Abbie aus der Schule kam. Kate steckte einen Stapel Quittungen in einen Briefumschlag und ihr Blick fiel auf eine der Akten in ihrem Postkorb.

Es war Jacks Akte. Jack war der Mann gewesen, neben dem sie an einem bewölkten Tag am Strand gestanden und dem sie ihr Leben versprochen hatte. Jetzt war Jack Kenton Porter ein Schnellhefter voll Informationen – oder vielmehr viele Schnellhefter. In dem Schränkchen neben sich hatte sie für jedes Jahr ein Fach vorgesehen. Für Jack gab es ein eigenes Schränkchen. In diesen Akten waren Informationen über vermisste Personen, andere Berichte über Verschwundene in Europa, Italien und in Venedig selbst. Sie hatte Fotos bereit, um sie an Polizeistationen zu schicken, und Telefonnummern von Leuten, die sie immer und immer wieder angerufen hatte; jetzt nahmen sie Anrufe nur noch über ihre Sekretärinnen an. Der Teil vom ersten Jahr war voll mit geordneten und beschrifteten Papieren und Schnellheftern. Sie hatte ganze Stapel von Nachrichten von Amnesty International, dem Amt für Vermisste usw.

Der Teil vom Jahr darauf war etwas dünner, im folgenden war noch viel weniger. Das laufende Jahr füllte einen Schnellhefter, der in ihrem Posteingangskorb lag. Sie hatte vermerkt, dass ein FBI-Angestellter am Ort in Pension gegangen war, den sie früher regelmäßig besucht hatte, eine neue Website über vermisste Personen notiert, die sie noch anwählen musste, und sonst noch Verschiedenes. Kate hatte angefangen, Zeitungsartikel über ungeklärte tragische Ereignisse zu sammeln. Sie hatten keinen Zusammenhang mit Jack: ein Artikel über organisierte Kriminalität in Osteuropa, eine kleine Notiz über Gewaltstatistiken in amerikanischen Kleinstädten, ein Zeitungsbericht über die Gerichtsverhandlung eines führenden chilenischen Politikers wegen Menschenrechtsverletzungen.

Vielleicht legte sie solche Dinge mit in Jacks Akte, um der Leere entgegenzuwirken. Es war das Einzige, was sie zu ihrem Leben mit Jack dazutun konnte. Der Rest ihrer Ehe war in einem einzigen Augenblick eingefroren, während die Welt weiterging.

Schnell, um nicht den Mut zu verlieren, öffnete Kate einen Schrank und legte die aktuellsten Dinge hinein. Sie schlug den Schrank so fest zu, dass er ein wenig wackelte. Die Akten erinnerten sie an die letzten paar Jahre ihres Lebens: zuerst so voll Aktivität. Freunde und Verwandte halfen ihr, besuchten und unterstützten sie. Andere waren gegen sie und schrieben anklagende Briefe: »Wir wissen, dass Sie ihm etwas angetan haben.«

Sie war entschlossen und voll Glauben und Hoffnung gewesen, überzeugt, die Wahrheit würde sich durchsetzen. Jetzt riefen nur noch wenige an außer ihren engsten Freunden und Verwandten. Sie hatte sich gewünscht, die Familie ihres Mannes könnte mit ihr kämpfen – Menschen, die Jack seit seiner Geburt gekannt hatten und ihn so liebten wie sie selbst. Aber seine Eltern waren beide gestorben, sein Vater, als er noch klein war, und seine Mutter im ersten Jahr ihrer Ehe. Jacks Bruder arbeitete auf einem Fischereischiff in Alaska und besuchte sie selten.

Das Leben war weitergegangen und sie wussten nichts dazu zu sagen. Manche erinnerte Kate an ihre eigene Angst vor der Ungerechtigkeit des Lebens. Gott schützte niemanden vor den Wunden, die das Leben mit sich bringt, egal wie sehr man sich in der Kirche engagierte. Wenn Porters so etwas passierte, konnte es jedem passieren. Ihr Name stand nicht mehr für eine der zuverlässigen christlichen

Familien, sondern für eine unerklärliche und unvorstellbare Tragödie. Was soll man dazu sagen?

In manchen Gesichtern sah Kate immer noch Misstrauen. »Was ist wirklich mit Jack Porter passiert?« Sie hörte ihre unausgesprochenen Fragen, wenn sie ihren Kindern verboten über Nacht zu bleiben oder immer »einfach zu viel zu tun hatten«, um wirklich einmal ein Treffen auszumachen.

Irgendetwas war wirklich mit Jack Porter passiert.

Die Menschen, die Kate am besten kannten, nahmen an, er sei ein gemeiner Kleinkrimineller und habe sie verlassen oder sei vielleicht in einen von diesen Kanälen in Venedig gefallen, die schmutziges Wasser durch die Stadt führten. Eine Leiche könnte für immer unter Wasser bleiben oder gleich ins Meer gespült werden.

Dann gab es die, die Jack besser kannten. Jack konnte sich mit jedem anfreunden. Diese Leute wussten, dass er stark war. Jack konnte nicht einfach ausrutschen und in einem Kanal ertrinken; er hatte schon Dutzende von Taucheinsätzen und Unterwasserforschungen mitgemacht. Und nie würde er seine Familie verlassen. Also zweifelten sie Kates Motive an.

Verwandte und Nachbarn, die nicht »fromm« waren, wie sie Jack und Kate nannten, hatten verschiedene Meinungen. Hinter ihrem Rücken hatte jeder seine Vorstellungen. Eine Cousine war überzeugt, Jack sei von Außerirdischen entführt worden. Ein sehr offener Nachbar erklärte einmal ziemlich laut im Lebensmittelladen, »diese Heuchler in der Kirche hätten schlimmere Probleme als andere Leute«. Jeder hatte eine Theorie, aber die Antwort würde man wahrscheinlich nie erfahren.

Ein Regentropfen lief in einer langen Wasserspur an ihrem Fenster herunter.

Es war Zeit weiterzugehen.

Die Entscheidung selbst war schwer genug, aber sie in die Praxis umzusetzen schien fast unmöglich. Kate steckte fest wie in Treibsand. Jetzt streckte sie sich zwar nach einem Ast aus, um herauszukommen, aber das hieß noch nicht, dass sie es lebend schaffen würde. Wie konnte sie von jemandem Abschied nehmen, der nicht da war? Ein Grab oder eine Urne wäre ein fester Punkt: etwas, was man anfassen oder mit Tränen benetzen könnte. Und wenn – wenn sie etwas übersehen hatte?

Kate stützte den Kopf in die Hände mit den Ellbogen auf den Papierstapeln, die ihren Schreibtisch bedeckten. Da war noch eine bedrückende Angst, die sie drei Jahre lang ignoriert hatte: Ohne ihren

Mann, ohne die kleine Welt, die sie zusammen aufgebaut hatten, ohne die Suche und die Anstrengung, jedem Zweifler ihre Unschuld zu beweisen – wer war sie ohne das alles? Wenn sie ganz allein war und man ihr nichts gelassen hatte – wer war sie dann?

Sei stark. Frag nicht zu viel. Nimm jeden Tag, wie er kommt. Denk daran, dass du eine Tochter hast, die dich wieder braucht. Mach deine Arbeit.

Kate nahm den Hefter mit den Rechnungen wieder vor. Das gehörte zu ihrer erneuerten Aufmerksamkeit für Abbie. Sie musste sie beide finanziell absichern, obwohl sie sich wünschte, sich einfach treiben zu lassen. Es gab weder Versicherung noch Sozialhilfe für Leute, deren Mann vermisst war. Aber das Restaurationsgeschäft ging jetzt gut, wenn man den harten Anfang und die Konkurrenz der Versteigerungen im Internet bedachte. Mit dem kleinen Laden als einzigem Einkommen hatte Kate sie mehrere Jahre lang kaum über Wasser halten können. Einkäufe bei Trödlern, Ratenkäufe und ein Darlehen von ihrer Familie halfen. Kate hatte das Haus nicht verkaufen wollen – vielleicht würde Jack ja eines Tages anrufen oder zurückkommen. Wie sollte er sie dann finden? Jetzt hatte das Geschäft einen guten Ruf und einen Kundenstamm, es lief gut und sie konnte die Schulden bezahlen. Sie würden versorgt sein. Kate musste die Organisation verbessern und ausrechnen, wie viel Steuern sie nachzahlen mussten. Irgendwann, wenn genug Zeit vergangen war, dass das Gericht Jack für tot erklären konnte, würde Geld von der Versicherung kommen. Damit könnten sie für Abbie das Studium finanzieren, das erste Auto kaufen, eine festliche Hochzeit ausrichten.

Aber wie sollte ihre eigene Zukunft aussehen? Da war alles unklar. Eines Tages würde sich der Nebel über ihrem Leben lichten. Vielleicht sollte sie sich ein paar kleine Ziele setzen, etwas nur für sie, was keine Antworten auf die Fragen von gestern forderte.

Ihre Wanduhr im Flur schlug die halbe Stunde. Kate richtete sich auf und merkte, dass sie tatsächlich an die Zukunft dachte. War das nicht ein Fortschritt? So lange war es nur ums Überleben gegangen. Jetzt bekam sie einen Blick für die kommende Zeit.

Sie betrachtete die Wassertropfen, die sich auf den Hortensienblüten vor dem Fenster gesammelt hatten. Vielleicht war da doch noch eine Person in ihr. Sie brauchte Zeit, um sich selbst wieder kennen zu lernen – Zeit, sich wirklich lebendig zu fühlen, Abbie spontane und unverstellte Liebe zu geben wie früher. Sie sollten etwas zusammen unternehmen, was Spaß macht und nicht belastet. Vielleicht eine kleine Autofahrt, etwa in ein Hallenschwimmbad. Ihre Familie hatte schon immer das Wasser geliebt. Jack und Kate hatten

Abbie das Schwimmen beigebracht, als sie noch sehr klein war; das war eine ihrer liebsten Freizeitbeschäftigungen gewesen. Bootfahren, Schnorcheln, alles, was mit Wasser zu tun hatte – das hatte Kate schon so lange nicht mehr getan. Sie dachte nach, wann das letzte Mal gewesen war. Es war, bevor Jack verschwand – das wusste sie. Es war, bevor ihre Liebe zum Wasser in Furcht umgeschlagen war, nur wegen der Worte eines italienischen *poliziotto* vor drei Jahren: »Ihr Mann treibt da im Wasser, nicht wahr?« Die Vorstellung, Jack läge auf dem Grund eines Kanals, hatte Kate die ganze Zeit nie wieder losgelassen.

Sie erinnerte sich: Der Polizist sprach schauderhaftes Englisch und sie konnte ihn kaum verstehen. Kate gab sich Mühe, musste ihn aber ständig bitten, seine Worte zu wiederholen. Am Ende warteten sie, bis ein Dolmetscher kam. Die ganze Zeit kämpfte Kate gegen die Panik und den Schock, dass man Jack nicht finden konnte. Sie war allein in einem fremden Land mit unbekannten Gepflogenheiten und stand plötzlich unter Verdacht. Sie schwitzte und zitterte zugleich.

»Bestimmt wissen Sie etwas«, sagte der Polizist. Er sah sie so durchdringend an, dass sie sich selbst fragte, ob sie doch irgendwie mitschuldig sei. War sie dabei, den Verstand zu verlieren? Wusste sie doch noch mehr? Aber nein – es gab sonst nichts. Jack war einfach weg gewesen, als sie wiederkam.

»War es eine flüchtige Beziehung?«

»Wer hatte die Idee, nach Venedig zu kommen?«

»Woher kam das Geld für den Konferenzbesuch?«

»Haben Sie die Information über diese Archäologenkonferenz?«

»Wir werden uns an den Leiter der Konferenz wenden, um Ihre Aussage zu prüfen.«

»Was taten Sie gestern Abend?«

»Sind Sie in ein Restaurant gegangen?«

»Hatten Sie Streit?«

»Haben Sie miteinander geschlafen?«

»Erzählen Sie uns noch einmal von Anfang an, was passiert ist.«

Sie antwortete immer wieder; sie fühlte sich schmutzig und fassungslos vor Angst. Der Übersetzer hatte keine Lust mehr. Polizisten kamen und gingen und befragten sie immer weiter. Manche waren freundlich, der eine rücksichtslos misstrauisch. Sie beantwortete immer noch Fragen. Nein, sie waren nicht politisch tätig. Sie war Mutter und besaß einen kleinen Antiquitätenladen. Er war Archäologe und lehrte an der Universität. Kein Streit. Ja, spätes Essen in einem Café. Ja, sie hatten miteinander geschlafen. Nein, kein Streit.

Sie untersuchten alle Möglichkeiten.

Die Konferenz fand wirklich statt, das Stipendium war in Ordnung.

Sie hatten eine Tochter zu Hause.

Im Oktober würden sie neun Jahre verheiratet sein.

»Irgendetwas stimmt nicht an der Sache. Ein Mensch kann nicht einfach verschwinden«, drängte der Polizist.

»Das weiß ich auch!«, schrie Kate. Tränen liefen ihr übers Gesicht. »Er war da. Ich bin nur ein paar Minuten aus dem Haus gegangen und all seine Sachen sind noch im Zimmer. Wo kann er nur sein?«

Kate hatte ihre Familie angerufen und kaum sprechen können, als sie die Stimme ihres Vaters hörte. Er hatte das amerikanische Konsulat angerufen. Stunden voll Angst, noch mehr Stunden und Jack war immer noch verschwunden. Was wäre, wenn sie damals gewusst hätte, dass sie auch drei Jahre später nicht mehr wissen würde? Sie wäre verrückt geworden.

Der Regen schlug immer noch in langen Streifen ans Fenster. Die Papiere warteten weiter und ordneten sich nicht von selbst. Kate drehte sich weg vom Fenster, weg von gestern, und wendete sich entschlossen der Gegenwart zu.

Aber manchmal – auch wenn sie sich hinterher schuldig fühlte – wünschte sie sich, sie selbst wäre in dem trüben Kanalwasser verschwunden.

Karl fuhr einen grauen Buick mit Ledersitzen und einer Klimaanlage, die schon jetzt im Frühjahr gegen eine Hitzewelle in Arizona ankämpfte. Lukas war überrascht zu sehen, wo sein alter Freund sich auf Dauer angesiedelt hatte: Karl, der Mann vom Gebirge voller Kraft und Tatendrang, lebte jetzt da, wo es Bürgersteige und um jedes Haus und Firmengelände passend angelegte Gärten gab. Vielleicht war es sicherer so anonym. Oder vielleicht hatte er das Anwesen günstig erworben.

»Willkommen in der amerikanischen Vorstadt«, sagte Karl und bog in die Einfahrt eines mittelgroßen, grauen und weißen Hauses ein – einer genauen Kopie der Häuser auf beiden Seiten. Auf den Bergen oberhalb wuchsen Salbei und andere Sträucher und in der Mitte jeder Rasenfläche war eine Trauerpappel angepflanzt. Karl hatte Bäume geliebt.

»Wie gefällt es dir hier?« Oskar fragte, was Lukas nicht ausgesprochen hatte.

»Ich habe Golf spielen gelernt.« Das Garagentor rumpelte nach oben und schloss sich wieder hinter ihnen, als sie hineinfuhren.

»Ich habe eine klimatisierte Werkstatt«, sagte Karl, wie um sie zu überzeugen. Lukas entdeckte eine hölzerne Werkbank mit Tischsäge und einer Reihe von ordentlich an der Wand aufgehängten Werkzeugen. Er dachte an sein eigenes Grundstück mit ausgedehnten Waldflächen und großem, gepflegtem Garten. Er hatte eine Werkstatt so groß wie Karls Haus, aber er nahm sich selten die Zeit, darin zu arbeiten. Hatte Karl keine andere Möglichkeit?

Karls Frau Marta empfing sie mit alter österreichischer Gastlichkeit. Käseplatten, Obst und Brot warteten unter Plastikfolie auf die Gäste. Lukas hatte Marta und ihr couragiertes Wesen immer gemocht. Sie war klein gewachsen, hatte sich aber immer mutig um Menschen gekümmert. Jetzt war sie alt und ging vorsichtig, lächelte aber so herzlich wie immer. Als Karl schnell eine gekochte Eischeibe in den Mund steckte, schlug sie mit dem Küchenhandtuch nach ihm. Lukas war sicher, dass sie von der Haltung, die er bewunderte, nichts verloren hatte.

Sie aßen und lachten bei alten Erinnerungen. »Weißt du noch« war der meist gebrauchte Satz, aber sie mieden das, was alle noch am genauesten wussten: Tod, Kampf, Trauer. Sie erzählten von taktischen Fehlern und vom Trinken, bis sie fast blind waren, und wie sie aus Dummheit beinahe von der Gestapo erwischt worden wären. Sie schalten Karl, weil er etwas von der deutschen Muttersprache vergessen hatte, die sie alle hier in Karls und Martas Haus sprachen. Lukas fühlte sich bei ihnen wieder zu Hause, selbst an diesem Ort im fernen Ausland. Draußen war es dunkel geworden und obwohl Marta ständig aufräumte, standen die Reste von Essen und Kaffee um sie herum.

Dann, mitten in ihrem Lachen, fiel es Lukas ein: Dieses Treffen hatte einen Grund. Es war nicht nur ein Wiedersehen von Brüdern. Er wusste nicht, warum ihm das plötzlich klar war. Je mehr sie redeten und lachten, umso unwohler fühlte Lukas sich. Irgendetwas stimmte nicht.

Dann sah Lukas, wie Marta ihn allzu lange anschaute. »Du weißt es, nicht wahr?«, fragte sie.

Plötzlich wurde es still.

»Was?«, fragte Oskar und kaute an einem Stück Brot.

Lukas konnte Martas Blick nicht ausweichen. Sie nickte leicht und lächelte. »Du hast dich gefragt, warum wir euch eingeladen haben. Du weißt, dass es nicht nur ein Wiedersehen von alten Freunden ist.«

»Wir denken seit vielen Monaten darüber nach. Warum etwas aufstören, was lange vorbei ist?« Karl legte eine Hand auf Martas. »Eigentlich war es Martas Idee.«

»Wir haben ausgemacht, uns nie wieder zu treffen«, sagte Lukas. »Es muss also einen Grund geben. Hast du Schwierigkeiten, Karl?«

»Könnt ihr mal ein bisschen langsamer machen?«, fragte Oskar. Er schob seine Brille nach oben und schaute alle an.

»Wir sind alle in einer heiklen Lage. Aber nur Marta und ich wissen es«, stellte Karl einfach fest.

»Erkläre«, sagte Lukas.

»Wir hätten uns schon früher treffen sollen. Ich kann gar nicht sagen, was es bedeutet euch beide zu sehen. Es hat zu lange gedauert und wir waren doch Brüder.«

»Aber wir mussten doch überleben«, sagte Lukas.

»Ja, aber weißt du, dass sogar die Waffen-SS und alle deutschen Regimenter Treffen veranstalten? Warum können sie das und wir nicht?«, fragte Karl.

»Weil man sie nicht mehr verdächtigt Verbrecher zu sein – jedenfalls nicht viele. Uns könnte man sogar jetzt noch vor Gericht stellen«, stellte Lukas fest. »Du könntest deportiert werden, Karl.«

»Das ist wahr. Den Schuldigen geht es oft am besten, aber Unschuldige wie wir können angeklagt werden.« Karl schüttelte den Kopf.

Lukas rutschte unbehaglich hin und her. Er hatte sogar noch viel Schlimmeres getan, als Karl wusste. Trotzdem war er es, der zu Erfolg, Macht und beachtlichem Reichtum gekommen war, und Karl lebte als Mittelklassebürger in Amerika. Karl hätte gesagt, er hätte für seine Taten bezahlt, aber manches konnte nie wieder gutgemacht werden; das wusste Lukas.

»Wir können diese Zeit nicht rückgängig machen, die wir als Freunde verloren haben, obwohl Karl und ich glauben, wir hätten alles anders gemacht«, sagte Marta. »Aber eines können wir für diese vergangenen Jahre tun.«

»Jetzt können wir etwas tun? Was könnte das sein?« Oskar lehnte sich nach vorn.

»Ich weiß nicht, wie ihr diese Nachricht aufnehmen werdet. Marta und ich sind vor achtundzwanzig Jahren nach Amerika gekommen und haben uns in Arizona niedergelassen. Wir wollten in der Alltagswelt leben und uns vor der Vergangenheit verstecken. Aber es ist nicht gelungen. Entweder bin ich mindestens einmal in der Woche von einem Albtraum aufgewacht oder sie – und das ist gar nichts verglichen mit dem, was unsere jüdischen Freunde in den Lagern ertragen haben. Vielleicht hat Gott uns verfolgt, damit wir uns nicht länger verstecken. Vor zehn Jahren haben wir angefangen nachzuforschen.«

Karl machte eine Pause und schaute jeden Einzelnen an. »Im Krieg haben wir fünf einen entscheidenden Auftrag bekommen: Es war unser Ziel, den SS-Offizier Wolfram Meizer zu finden. Wolfram Meizer hat Erschießungskommandos der Nazis befehligt, die in den baltischen Staaten Tausende von Menschen ermordet haben. Wir kannten auch seinen Ruf als grausamer Wachmann in verschiedenen Lagern. Wie ihr wisst, sollten wir diesen Mann finden und genau herausbekommen, was für Waffen mit seinem persönlichen Wissen produziert wurden. Weil wir eine Station auf deiner Flucht aus den besetzten Gebieten waren, hat Oskar nie erfahren, warum du bei uns warst, Lukas.«

»Ich kümmere mich um meine eigenen Sachen. Damals und jetzt immer noch.« Oskar nahm einen Schluck Kaffee. »Aber was hat das mit unserem Treffen zu tun?«

»Wolfram Meizer hat meine Schwester Susanne ermordet. Keiner von euch wusste, dass sie mehrere Tage in der Woche als Meizers Haushälterin arbeitete. Das hat zu diesem Mord geführt. Von unserem Auftrag damals und der Niederlage, dass wir Susanne und Janos verloren haben, brauche ich nicht wieder zu reden. Fast hätten wir Wolfram gehabt. Wir hätten seinen Tod näher untersuchen sollen. Damals haben wir den Berichten und Zeugenaussagen geglaubt.«

»Was sagst du da?« Lukas wurde von einer Kälte gepackt, die er aus lange vergangener Zeit kannte; sie breitete sich in ihm aus, als ob sein Blut in den Adern gefröre.

»Jetzt glauben wir, Wolfram Meizer hat den Krieg überlebt.«

Etwas Scharfes schnitt Lukas bis ins Innerste. Alles, was aus ihm geworden war, fing an in winzige Scherben zu zerfallen. Der Gedanke, Wolfram Meizer könnte nach all dieser Zeit noch leben, kränkte ihn zutiefst. Sein ganzes Lebenswerk schien ihm vergeblich, wenn sein größter Feind leben und alt werden durfte wie er selbst.

»Was machen wir jetzt?«, fragte Oskar.

»Wir finden ihn«, antwortete Lukas.

»Wir glauben, wir haben ihn gefunden.« Karl faltete die Hände wie zum Gebet. »Und das ist die Gefahr. Vielleicht wissen wir, wo er ist. Aber er kann auch wissen, wo wir sind.«

4 Viertes Kapitel

Kate kniete auf dem Boden, um die Unterseite einer staubigen Essgruppe zu sehen. Während sie nach Schäden oder Rissen im Holz suchte, gingen fremde Füße an ihr vorbei. Der Auktionssaal füllte sich schon. Sie stand auf, setzte sich auf einen der Stühle, ließ die Hand über die geschnitzte Tischkante gleiten und schrieb dabei die Nummer in ihr Notizbuch. Die Gruppe schien in schlechtem Zustand zu sein und viele Käufer würden sie nicht wollen, aber sie kannte den Schreiner, dessen Betrieb im Bürgerkrieg zerstört worden war. Kate suchte schon lange einen Tisch von Charles Buchanen. Sie versuchte sich vorzustellen, wie sie den Eichentisch mit den Klauenfüßen selbst behalten könnte, anstatt ihn wieder in ihrem Laden zu verkaufen. Zuerst musste sie ihn ersteigern.

»Ich hab's geschafft!« Kate drehte sich zu ihrer Freundin Connie O'Brien um, die zwei zugedeckte Styroporbecher in den Händen balancierte. »Nur eine Stunde zu spät«, sagte sie ironisch und der Riemen der Handtasche glitt ihr von der Schulter.

»Kann ich dir helfen?«, fragte Kate. Sie nahm einen der Kaffeebecher.

Connie ließ sich mit einem Seufzer auf den Stuhl fallen, der Kate gegenüber stand. »Können wir hier nicht vier oder fünf Stunden bleiben, dass ich wieder normal werde und mir das Kindergeschrei nicht mehr in den Ohren klingt?«

»Der Stuhl erzielt bestimmt einen höheren Preis, wenn du darauf sitzt. Wenn man ein bisschen nachhilft, kann diese Gruppe wieder richtig schön werden.«

»Bis ich mich wieder schön fühle, ist noch eine Menge Nachhilfe nötig«, sagte die etwas rundliche Mutter; sie sah überanstrengt aus.

»Hast du nicht selbst gemeint, du könntest Buchhalterei gut mit Kinderbetreuung vereinbaren? Mein Heim ist mein Heiligtum – deins ist der hiesige Zoo.«

»Ich soll das gewesen sein? Ich kann mich gar nicht erinnern. Da hat mir der kleine Tyrannosaurus Randy den Verstand geraubt, der sich verpflichtet fühlt, jedes Saurierkind auf dem Spielplatz zu beißen. Da, meine Wunden.« Connie schob den Ärmel ihres Sweatshirts hoch, aber Kate sah nur den rundlichen, sommersprossigen Arm ihrer Freundin.

»Wir suchen uns lieber einen besseren Platz zum Ausruhen«, sagte Kate und ging auf den Auktionsleiter zu. Er hatte sie schon zweimal angeschaut. Sie gingen durch das Durcheinander von antiken Möbeln zu einer Snackbar, wo es nur Krapfen und Kaffee gab.

»Und wieso konntest du flüchten?«, fragte Kate, als sie sich gegenübersaßen.

»Wir hatten heute nur drei Kinder wegen der Grippewelle. Meine Hilfskraft passt auf sie auf, während ich mir eine Stunde freinehme.« Connie nahm einen langen Schluck aus ihrem Becher. »Nach so einer Dosis Koffein müsste ich eigentlich wieder wie eine Erwachsene funktionieren.«

»Dafür reicht ein Kaffee nicht.« Kate lächelte.

»Schon gut, schon gut. Sag mal, Katharina«, sagte sie und betonte den Namen wie eine altmodische Engländerin, »wie *geht* es dir?«

Kate lächelte in der Erinnerung an einen alten Scherz. Einmal hatte Connie angefangen zu zählen, wie viele Leute Kate in einem einzigen Gottesdienst fragten: »Wie geht es dir?« Sie hatte sie in Gruppen eingeteilt nach solchen, die das »Wie«, das »geht« oder das »dir« betonten. Den Sieg gewann »Wie *geht* es dir?« Connie wollte Kate mit dem meist gefragten Satz ins *Guinness-Buch der Rekorde* eintragen lassen und war sicher, ihre Freundin würde gewinnen. Kate hatte oft Angst vor dem Schlussgebet gehabt, weil sie wusste, dass diese Frage wieder ständig kommen würde. Noch schlimmer war es, als die Leute nicht mehr nachfragten und nur noch die alltägliche Frage »Wie geht es dir?« stellten. Nach drei Jahren war sie nur noch irgendjemand, der auch ein Unglück hinter sich hatte. Darum war es angenehm Connie fragen zu hören, wie wohlwollend sie es auch vorbrachte.

»Mir geht es *wirklich* gut. Wie *geht* es dir?«

»Ich sitze jetzt ganz bequem hier, danke der Nachfrage.«

Connie nahm noch einen Schluck Kaffee und schaute Kate kritisch an. »Ist alles in Ordnung? Du siehst genau so aus, wie ich mich fühle: müde.«

»Danke. Vielleicht darfst du dir nicht ganz so viel vornehmen.«

»Mir scheint, du lenkst ab. Was ist?«

Kate trank weiter ihren Kaffee. Sie war eigentlich nicht bereit sich damit zu befassen. Heute wollte sie der Fülle von Entscheidungen entkommen, die sie bedrängten; es war ihre Chance, in dem Angebot nach Möbeln zum Ersteigern zu suchen. Ihr Geschäft war klein, aber die Stücke wurden schnell verkauft. Ihren Kunden gefiel es besonders, dass sie immer etwas Neues und Interessantes hatte.

Trotzdem, dachte Kate, ließ Connie sich nie leicht von etwas abbringen. Wenn sie ihre Gedanken vor jemandem aussprach, könnten sie vielleicht Wirklichkeit werden. »Gut«, gab sie endlich zu. »Abbie und ich müssen unser Leben weiterführen. Aber ich weiß nicht, wie das geht.«

Connie hob die Augenbrauen. Schnell wischte sie zimtbestreute Schlagsahne von der Oberlippe.

»Das ist gut. Kellner, Champagner bitte! Wir lassen die Kirchenglocken läuten!«

»Bitte schön, Connie. Blamier uns nur kräftig.«

»Habe ich schon einmal Angst gehabt, dich zu blamieren? Aber warte mal. Was du da sagst, kommt mir irgendwie bekannt vor. Ach ja, genau dasselbe habe ich dir im letzten halben Jahr immer gesagt. Stell dir das vor!«

»Wenn ich dich nicht so gern hätte, würdest du mir richtig auf die Nerven fallen.«

»Ich weiß. Ich bin unwiderstehlich.« Connie spitzte ihre Lippen und warf ihr eine Kusshand zu. Dann wurde ihr Ausdruck sanfter. »Manchmal drängle ich zu sehr. Und es war damals etwas penetrant, dir lauter Selbsthilfebücher zu geben.«

»Ach ja. *Wer hat meinen Käse weggestellt?* und *Komplexe selbst lösen* waren nicht gerade deine wertvollste Hilfe.«

»Dafür habe ich mich schon ein paar tausend Mal entschuldigt. Aber manche inspirierenden Zitate, die ich dir geschickt habe, waren doch gut, oder?«

Kate nickte ohne viel Überzeugung. Zitate und Bücher und Ratschläge von Connie und anderen Freunden rannen ihr wie Wasser durch die Finger. Man war dankbar für die Geste, aber die Worte nützten wenig.

»Für mich ist das alles auch nicht leicht. Du weißt gar nicht, wie schrecklich das ist, zu sehen, wie deine beste Freundin sich durch ein Unglück kämpfen muss. Am liebsten möchte ich alles für dich regeln.«

»Manches kann man nicht regeln«, sagte Kate und lächelte.

»Es muss heilen«, sagten beide zugleich. Das war ein Lieblingssatz ihres Pastors, über den sie beide schon viel gelacht hatten – auch wenn er sehr wahr war.

»Ich bin stolz auf dich Kate. Dass du entscheidest dein Leben zu gestalten. Aber was heißt das genau?«

»Ich habe dir gesagt, das versuche ich noch herauszufinden.«

Beide saßen einen Augenblick still da.

Dann hob Connie den Finger, als ihr eine Idee kam: »Das ist wie in *Das Imperium schlägt zurück*.«

Kate stützte das Kinn in beide Hände und beobachtete ihre Freundin amüsiert. In Connies Vorstellung entsprach das Leben oft einer Szene aus einem Film.

»Erinnerst du dich, wie Han, Luke und Prinzessin Leia durch die Wandtäfelung fliehen und in den großen Müllkompressor fallen? Der ganze Müll und das dreckige Wasser und dann die Wasserschlange, die Han nachher erschießt, als sie Luke fast gefressen hätte. Ach, Chewie war auch da, ich weiß noch, dass sein Fell nass geworden ist. Ich dachte noch, er riecht bestimmt nach nassem Hund. Den Geruch hasse ich.«

»Worauf willst du raus? Übrigens war die Szene in *Krieg der Sterne*, nicht in *Das Imperium schlägt zurück*.«

»Bist du sicher?«

»Da hatte Prinzessin Leia doch eine Frisur wie zwei Zimtrollen an den Seiten. Diese Frisur hatte sie nur in *Krieg der Sterne*. Aber was willst du sagen?«

»Na ja, die Wände schoben sich zusammen und sie konnten nichts tun, um sie anzuhalten. Luke versuchte mit diesem Walkie-Talkie den Sender reinzukriegen, um sie zu programmieren. Ich fand es schauerlich mir vorzustellen, dass sie gleich alle platt gedrückt werden, wie wenn ich meinen Müllkompressor benutze und sogar eine Konservendose flach wird. Siehst du das nicht vor dir, alle zusammen – Chewie mit dem nassen Fell ...«

»Connie, bitte, komm wieder auf die Erde.«

»Gut, gut. Also du merkst endlich, dass du aus dem Müllhaufen raus musst. Und ich weiß, dass du nicht in den Müllkompressor vom Todesstern geraten wolltest. Ich weiß, dass du den Müll durchsuchen musstest, um zu sehen, ob Jack da ist, aber er ist weg. Er ist weg. Und jetzt schieben sich die Wände zusammen und du weißt nicht, wie du herauskommen kannst. Also brauchst du Hilfe von außen.« Connie lächelte, als ob für Kate jetzt alles klar sein müsste.

Kate starrte ihre Freundin lange an. »Wenn wir nicht schon so lange befreundet wären, Connie ...«

»Verstehst du das nicht? Du brauchst eine Freundin, die dir heraushilft. Also helfe ich dir heraus.«

»Und wie machst du das?«

»Ich befehle dir mit Abbie wegzufahren. Du musst ihr helfen zu erkennen, dass ihr beide vorwärts geht. Nimm irgendein Zeichen, um das Ende des alten Lebens und den Anfang des neuen zu markieren – ich weiß nicht was, irgendetwas. Schade, dass dir die italienische Polizei nicht das Keramikstück gegeben hat, das du auf dem Kopfkissen gefunden hast.«

Das hatte Kate sich auch gewünscht. Es war der einzige Gegenstand, der ihr zeigen konnte, dass der Albtraum Wirklichkeit war.

Aber es war jenseits des Ozeans, als Beweisstück in einen Tresor eingeschlossen.

»Dann hättest du die Scherbe ins Meer werfen können!«

Connie demonstrierte es ihr. »Das ist mir sehr ernst. Du brauchst etwas, um Jack loszulassen. Er ist weg und du musst dich von ihm verabschieden.«

Kate fiel ein, dass sie Ähnliches gedacht hatte, sowohl über den Abschied als auch über etwas Besonderes für sie und Abbie.

»Dann kannst du wieder ein eigenes Leben führen.«

»Das hast du noch nie laut gesagt«, sagte Kate leise. »Dass Jack wirklich weg ist.«

»Ich weiß. Ich wollte, dass du es zuerst sagst. Aber ich wollte dich nicht drängen. Auch wenn ich ein paar falsche Andeutungen gemacht habe, hätte ich nicht versucht dich zu dieser Entscheidung zu bringen, wenn ich dächte, Jack könnte vielleicht noch zurückkommen. Ich habe Jack gekannt. Ich habe ihn auch gern gehabt. Aber vor allem weiß ich, wie sehr er dich geliebt hat. Ihr beide wart ein Paar wie aus dem Märchen. Wenn Jack noch lebte, wäre er schon wiedergekommen. Wenn Jack doch noch lebt, zerstört das alles, was ich über Liebe glaube. Kate, Jack ist tot.«

Kate nickte langsam. Endlich konnte sie das hören und auch glauben. Endlich wusste sie, dass Jack für immer weg war.

Vielleicht hatten sie es immer gewusst. Wenn irgendwo in ihnen Zweifel aufstiegen, hatten sie sie weggeschoben. Als sie endlich frei waren von einer Besatzernation und einem Krieg, der große Städte und viele Menschenleben zerstört hatte, war es zu schwer gewesen die Last wieder aufzunehmen. Wenn ein langwieriger Kampf Körper und Geist erschöpft zurücklässt, wenn dann der Sieg erreicht und der Feind überwunden ist – dann kann man leise Zweifel überhören.

Wolframs Tod war eine zu einfache Lösung. Sie hatten Janos gefunden. Janos war es, der Lukas zum Lachen bringen wollte, weil die anderen das für unmöglich hielten. Schließlich gelang es ihm mit einer so lächerlichen Geschichte, dass sogar die Eulen in den Bäumen kichern mussten. Dann, am nächsten Morgen, war Janos die Gegend erforschen gegangen. Wolfram hatte ihm aufgelauert und dem jungen Mann, der nichts lieber wollte als wieder das Land seines Vaters bestellen, einen langsamen Tod bereitet. Lukas hatte ihn als Erster gefunden. Er hatte ihn in den Armen gehalten; seine Augen waren glasig vor Schmerz. Die Zunge war Janos aus dem Mund entfernt und der Bauch mit schmerzhaften, tödlichen Schnitten aufgeschlitzt worden.

Janos war in diesem schlammigen Graben gestorben, Oskar, Karl, Lukas und Edmund im Kreis um ihn versammelt; auf jeden von ihnen war sein Blut geflossen. Danach hatten die übrigen vier Wolfram trotz des gültigen Befehls erst recht verfolgt. Ein einziger Gedanke beherrschte sie: *Wolfram zu finden.* Nur Rache hatte sie getrieben. Und dann waren sie ins Lager gekommen ...

Sie waren jetzt schon seit mehreren Minuten still, während Karl Dokumente aus seinem Büro holte. Marta stand auf, ging in die Küche und kam mit dem Kaffeekocher zurück, um die Tassen, die im Zimmer herumstanden, wieder zu füllen. Dann kam Karl mit einer großen Pappschachtel, die er auf den Boden stellte. Lukas sah einen seltsam verwirrten Ausdruck in Oskars Gesicht. Diesen Ausdruck hatte Lukas seit langer Zeit nicht mehr gesehen. Oskar hatte in schwierigen Lagen immer seltsame Grimassen geschnitten, als ob er nicht wüsste, was vorging. Aber in Wirklichkeit war Oskar der Intelligenteste von ihnen allen.

»So, erzähl. Hat jemand Wolfram geholfen oder hat er die Amerikaner überzeugt, er könnte gut als Spion gegen die Russen arbeiten? Oder umgekehrt?« Oskars Stimme zitterte regelrecht beim Sprechen.

»Wie willst du das wissen?«, fragte Lukas. Er knöpfte seinen Pullover vorn zu, innerlich fror er immer noch.

»Ich wollte es auch nicht glauben.« Karl lehnte sich zurück und verschränkte die Arme. »Dieser Mann hat meine Schwester und Janos ermordet. Aber wir wollen das Material sichten. Niemand von uns hat seine Leiche wirklich gesehen. Wir haben es nicht versucht nach dem, was wir im Lager gesehen hatten.«

Wieder schwiegen sie.

Das Lager war der letzte Schlag gewesen. Jeder von ihnen konnte noch spüren, wie sich abgemagerte Finger an seine Wollhose klammerten; sie sahen hohläugige Schädel, die lächelten und riefen, als sie zwischen den lebenden Skeletten durchgingen. Leichengeruch hing an ihren Kleidern, sogar an ihrer Haut. Sie mussten würgen und konnten nicht mehr klar denken. Das war anders als die Trauer um Susanne und Janos: zu sehen, was Menschen Menschen antun können. Lukas hatte das schon gewusst.

»Ich möchte wissen, wie du sicher sein kannst«, sagte Lukas wieder. Er hätte die Gedanken an gestern am liebsten verscheucht. All das ging ihm zu nahe und er hatte Angst vor den Folgen der Erinnerung. Wolframs Körper sollte längst verwest sein. Die amerikanischen Soldaten hatten geschworen, sie hätten seine zerrissene Leiche gesehen, nachdem die Lagerinsassen ihn hatten fassen können.

»Seht die Fotos an«, sagte Karl. Er reichte Lukas mehrere vergrößerte Schwarzweißfotos. Oskar kam und setzte sich neben ihn. Das erste Bild war alt und der Mann darauf entfernte sich von der Kamera. Lukas wollte es nicht glauben. Erst beim dritten Bild waren er und Oskar überzeugt.

»Die sind alle 1956 in Argentinien aufgenommen worden«, fuhr Karl fort.

»Woher hast du sie?«, fragte Oskar.

»Ich habe mit einer Gruppe von Naziverfolgern Kontakt aufgenommen.«

»Ach, wirklich?«, sagte Oskar und machte wieder sein verwirrtes Gesicht. »Wie hat das angefangen?«

»Angefangen hat es mit unseren Kontakten im Krieg. Ich habe die Verbindung zu den anderen von der österreichischen Widerstandsbewegung gehalten. Und durch meine Tätigkeit im Untergrund hatte ich Kontakt mit der alliierten Armee, besonders der amerikanischen. Diese Kontakte bestehen noch, aber natürlich habe ich mich ziemlich zurückgezogen, als bei den Verbrechen die blauen Fliesenscherben auftauchten. Damals kam es uns sehr wichtig vor, jeden Verdacht zu vermeiden, der uns mit diesen Morden in Verbindung bringen könnte. Jetzt weiß ich, dass Wolfram dahinter gesteckt hat.«

»Marta hat angefangen über die Blaue-Fliesen-Morde nachzulesen. Sie informierte sich über die Orte ...«

»Halt«, unterbrach Oskar. »Ich weiß nichts von dem, was ihr Blaue-Fliesen-Morde nennt. Ich weiß von einem Mord; damals hast du jeden von uns aufgefordert, die Kontakte mit der Gruppe abzubrechen, aber von anderen weiß ich nichts.«

»Ich habe eine Akte«, sagte Karl. Er holte einen Aktendeckel aus Pappe heraus und ließ ihn auf den Couchtisch fallen. »Es gibt mindestens sechs Morde, davon mehrere hohe Beamte. Aber das könnt ihr gleich erfahren. Oskar, sieh dir die Akte an, da findest du auch, was zu diesem Treffen geführt hat. Aber um auf Wolfram zurückzukommen: In den Berichten über die Nachkriegsprozesse hat Marta die erste Aussage über Wolfram gefunden. Der angeklagte Offizier hat von einem Ereignis berichtet, das erst stattfand, als man schon seit mehreren Tagen glaubte, Wolfram sei umgebracht worden. Zuerst dachten wir, es wäre ein Irrtum.«

Lukas blickte Marta an und fragte sich, ob sie auch die Berichte von seinem Prozess gelesen hatte. Er war schon lange her und nur wenige Menschen, auch Karl, wussten von seiner Gefängniszeit. Hatte Karl es ihr erzählt? Lukas hatte damals anders geheißen und hatte versucht in dieser Zeit für seine früheren Verbrechen zu bezahlen. Das war nicht so leicht.

»Ich war nicht bereit das zu hören und ich bin richtig wütend geworden, weil sie so drängte. Aber als Edmund Ende der achtziger Jahre starb, wurde mir klar, dass ich auch nicht ewig leben würde. Konnte ich mit diesem Wissen sterben? Darum haben wir nachgeforscht. Die meisten von meinen alten Freunden waren im Ruhestand und hatten Zeit zu helfen. Niemand wusste, dass unsere Gruppe mit den blauen Fliesen zu tun hatte, und weil wir versprochen hatten uns nicht zu treffen, waren wir sicher, dass es niemand herausfinden würde. Die Nazijäger hatten Wolfram schon auf ihrer Liste. Damals bekamen wir diese Bilder. Aber ich wollte euch noch etwas anderes sagen: Weil wir an dieser Sache arbeiten, habe ich an Edmunds Witwe geschrieben und gefragt, ob sie ein Bruchstück von einer blauen Fliese gefunden hat. Sie schrieb mir, dass sie es vor Jahren einmal gesehen hatte, es aber bei Edmunds Sachen nicht gefunden hat.«

»Willst du damit sagen, du glaubst, dass Wolfram mit Edmunds Tod zu tun hat und ihm die Scherbe weggenommen hat?«, fragte Lukas.

»Das ist nur eine Vermutung.«

»Du hast das alles gewusst und dich nicht mit uns in Verbindung gesetzt?«, fragte Lukas.

»Am Anfang schien es nicht wichtig genug«, sagte Karl. Er zündete eine hölzerne Pfeife an, die neben seinem Stuhl gelegen hatte. »Lukas, du warst damals noch ein sehr bekannter Politiker. Das Letzte, was du gebrauchen konntest, war, dass alte Kameraden auftauchten, besonders nach den Problemen, die wir nach dem Krieg hatten. Oskar hatte sich in Forschung und Vorlesungen vertieft. Und wir wussten damals nicht, wo Wolfram war. Es kam uns leichtsinnig vor, wegen gar nichts Kontakt aufzunehmen. Aber lasst uns die Vorgeschichte betrachten.«

»Karl hat gelernt mit dem Computer umzugehen. Er hat diese Zusammenfassung über Wolfram gemacht.« Marta gab jedem einen Aktendeckel mit Information. Sie hatten sich gut auf dieses Treffen vorbereitet.

Lukas las die erste Seite, obwohl er alle Tatsachen schon kannte.

Ein junger Mann namens Wolfram Meizer war 1931 in die nationalsozialistische Partei eingetreten, als er in München lebte. Im Krieg wurde er Mitglied der Totenkopfdivision und später Wachmann in mehreren Lagern einschließlich Dachau und Mauthausen. Bei Kriegsende arbeitete er im Lager Ebensee in Oberösterreich, das Mauthausen zugeordnet war. Die Aussage musste aus persönlicher Erfahrung stammen.

»Wir haben einen Bericht von einem Überlebenden, der Wolfram bei der Arbeit erlebt hat«, sagte Marta. Dann las sie laut vor: »‚Wolfram Meizer war einer der grausamsten Offiziere. Er konnte aus dem geringsten Anlass töten. Wenn er gut gelaunt war, tötete er. Wenn er sich ärgerte, tötete er. Ob er feierte, betrunken oder krank war – darauf kam es nicht an. Ich arbeitete auf dem Feld, als Meizer vorbeiging. Er stolperte über einen Stein und verletzte sich den Knöchel. Er wurde wütend und zog seine Pistole, obwohl keiner von uns ihn ansah oder ein Wort sagte. Er rief, jemand solle zu ihm kommen. Keiner von uns reagierte. Er zeigte auf den jungen Mann neben mir. Der Junge bettelte und weinte, aber Meizer schoss ihn ins Gesicht. Das tat er noch drei anderen an und verließ dann das Feld.' Das ist ein Beispiel von vielen.«

»Noch ein Bericht von einer anderen SS-Mann. Das ist im früheren Jugoslawien passiert. ‚Wir stellten sie in eine Reihe; es waren alles Frauen. Meizer schoss einer nach der anderen ins Genick. Ich glaube, es waren mindestens fünfzig.'«

»Und dann noch Janos und Susanne«, sagte Oskar leise.

»Was hat Wolfram seit dem Krieg gemacht?«, fragte Lukas.

»Er ist aus Europa geflohen, wahrscheinlich mit einem falschen italienischen Pass. Er war in Paraguay und Argentinien, hatte dort mehrere Betriebe und zwei Häuser, eins am Meer und eins im Gebirge. Ende der sechziger Jahre hat er sogar mehrere Jahre in den Vereinigten Staaten gelebt und ist dann nach Südamerika zurückgekommen. Erst Mitte der neunziger Jahre ist er verschwunden. Zuerst hatten wir Angst, er sei gestorben. Aber jetzt glauben wir wieder zu wissen, wo er ist; er führt einen anderen Namen als nach dem Krieg in Europa, vielleicht sogar mehrere.«

»Ihr hattet *Angst*, er sei gestorben?« Oskar nahm einen Schluck kalten Kaffee.

»Ja«, sagte Karl bestimmt. »Wir wollen ihn lebendig. Es soll noch in dieser Welt für seine Taten bezahlen. Marta glaubt, er wird seine gerechte Strafe in der nächsten Welt bekommen, und das hoffe ich auch. Gottes Strafe muss noch schlimmer sein, denn er hört ja das

Schreien der Unschuldigen noch lauter als wir. Aber trotzdem will ich Gerechtigkeit.«

»Warum sollte er jetzt seinen Namen ändern?«, fragte Lukas beim Durchblättern der Papiere im Aktendeckel. Bei den kopierten Fotos hörte er auf. Von einem der Bilder starrte ihm Wolfram direkt ins Gesicht.

»Weil er einen wichtigen Grund hat zurückzukommen.«

»Und der wäre?«

»Das wissen wir allerdings nicht. Es gibt mehrere Möglichkeiten und mehrere Orte. Ich glaube, er sucht etwas, was zurückgelassen worden ist.«

»Zum Beispiel von den Nazis zurückgelassen? Noch einer, der nach Nazischätzen sucht, wahrscheinlich.« Oskar kicherte, als er das sagte. »Und was wollen wir genau machen, wenn wir ihn finden? Wie soll die Gerechtigkeit aussehen, von der du sprichst? Die Zeit der Rache ist vorbei. Vielleicht ist das nur meine Meinung, aber wenn ihr länger nicht in den Spiegel geschaut habt – nun, Freunde, ihr seid jetzt alt.«

Karl lachte. »Das weiß ich leider auch ohne Spiegel. Aber wir können etwas tun: Wir werden ihn bloßstellen. Es gibt immer noch Leute, die es sich zur Aufgabe machen, Naziverbrechen aufzudecken, und wenn es sein muss, auch noch die Medien. Ich hoffe, er wird angeklagt werden und für den Rest seines Lebens werden ihm Reporter nachstellen. Er hat zu lange Freiheit genossen.«

Oskar kratzte sich nachdenklich das Kinn. »Du weißt, dass er dann Verteidiger anheuert, die sagen, er sei nicht vernehmungsfähig. In letzter Zeit sind die Prozesse oft genug so verlaufen.«

Lukas hörte dem Gespräch der anderen zu und las in den Papieren. Er hörte auf, als er ein Foto von einer jungen Frau fand, das anscheinend aus dem Internet ausgedruckt war. »Wer ist das?«, fragte er und hielt das Bild hoch.

»Ach ja, das ist eine heikle Sache.« Karl warf Marta einen Blick zu und schaute die beiden dann wieder an. »Ich muss euch von einer Frau berichten, die hier in den Staaten lebt. Sie könnte ein Verbindungsglied zu Wolfram sein.«

Lukas sah noch einmal das Foto an.

»Sie heißt Kate Porter.«

5 Fünftes Kapitel

In anderer Leute Wohnhaus schlief er nie gut. Im Hotel ging es, weil er dort allein war. Aber in einem Haus zu schlafen, wo eine Person oder eine Familie wohnte, das hieß ihre Luft atmen, ihre Erinnerungen teilen. Lukas hätte wie geplant in ein Hotel gehen sollen. Oskar schnarchte auf dem Sofa, ihn störte die fremde Umgebung offenbar nicht. Alle außer Lukas waren dafür gewesen, über Nacht hier zu bleiben, denn am Abend war es sehr spät geworden.

Vielleicht war er darum so unruhig, weil er einmal monatelang versteckt in fremden Häusern gelebt hatte – mit Fremden, von denen sein Leben abhing. Nie wieder wollte er so abhängig sein. Oder vielleicht war es diese Flut von neuen Informationen, mit denen er sich in seinem Alter nicht mehr auseinander setzen wollte: Wolfram Meizer lebendig; Erinnerungen und Fragen über Susanne; eine Amerikanerin, deren Mann vermisst wurde und die irgendwie mit der Gruppe zusammenhing; er glaubte auch, dass es da noch mehr gab, als Karl bisher preisgegeben hatte.

Lukas drehte sich im Bett um und zog die Decken zurecht. Im Nebenzimmer hörte er gedämpftes Sprechen und ein unterdrücktes Lachen. Karl und Marta waren also auch wach. Wahrscheinlich sprachen sie über ihre Eindrücke von der Begegnung mit gealterten Freunden aus der Kriegszeit. Lachte Marta darüber, dass Oskars Nase jetzt aussah wie ein runzliger Flaschenkürbis und dass seine eigene Stirn jetzt eine Ansammlung von Altersflecken zeigte?

Er drehte sich auf den Rücken und starrte an die Decke. Es gab viel zu verarbeiten und es würde noch mehr kommen. Am Ende hatten sie aufgegeben, um schlafen zu gehen. Meizer nachzuspüren und herausfinden zu wollen, was er jetzt suchte, war wie ein Labyrinth.

Wieder hörte er gedämpftes Lachen durch die Wand. Plötzlich fragte er sich, wie es wäre, so zu lieben und geliebt zu werden, wie Karl und Marta sich liebten. Hatte Oskar auch so starke Gefühle für seine Frau? Lukas dachte an Susanne. Aber damit kamen wieder die Fragen, die ihn verfolgten: Hatte sie ihn wirklich geliebt, wie er sie liebte, oder hatte sie sein Vertrauen gewinnen wollen, um zu erfahren, auf welcher Seite er wirklich stand: bei den Alliierten oder bei den Nazis? Er hatte nie gewusst, dass sie im Widerstand aktiv war, bis sie tot war. Machte das einen Unterschied für ihre Gemeinsamkeit?

Eigentlich sollte Lukas sich auf die Gegenwart konzentrieren. Seine Angst, die Vergangenheit würde ihn überwältigen, wenn er nach Phoenix käme, hatte sich bewahrheitet. Er dachte daran wieder aufzustehen. Er könnte Karls Information noch einmal durchsehen und mehr über diese Kate Porter erfahren, über Wolframs Investitionen und ... darüber sollte er nachdenken. Aber endlich schlief er doch ein und träumte von Janos im Schlammgraben, den lebenden Skeletten im Lager und, wie immer, von Susanne.

Kate wachte früh auf, blieb aber noch liegen. Nicht aus demselben Grund wie früher, als es sie enorm viel Kraft gekostet hatte, die Daunendecke zurückzuschlagen, als ihre Füße sich empfindlich und wie unfähig zu gehen anfühlten und ihre Energie anscheinend in den Bezug der Luxusmatratze gesickert war.

Während es draußen heller wurde, genoss Kate ein neues Gefühl.

Connie hatte ihr gesagt: »Wach auf, es kommt ein neuer Tag. Jetzt lässt du die Vergangenheit zurück und gehst vorwärts. Dieser erste Tag ist morgen.« Dann hatte Connie von einem Film erzählt und Kate hatte nicht zugehört; sie hatte alle Aufmerksamkeit gebraucht, um sich selbst dazu aufzufordern: das Morgen neu zu machen.

Und so war es.

Anders als andere Tage, die wie ein ständiger Schmerz vom Morgen an und die Nacht durch bis zum nächsten Morgen wehtaten, brachte dieses Tageslicht einen tiefen, hoffnungsvollen Seufzer. Sie hatte die Rechnungen aufgearbeitet, das Haus war im großen Ganzen sauber und sie und Abbie hatten eine Autofahrt vor: eine Abschiedsfahrt für Jack.

Kate warf die vanillefarbene Decke zurück, stand auf und beeilte sich Kaffee und Waffeln zuzubereiten. Dies war ein neuer Tag. Sie konnte es kaum abwarten, Abbie von ihrem viertägigen Kurzurlaub nächste Woche zu erzählen. Vielleicht würde sie Abbie das Reiseziel aussuchen lassen. Und irgendwann zwischen dem Frühstück und dem nächsten Freitag würde Kate Abbie zu erkennen helfen, wie lebensnotwendig es war, Papa in ihren Herzen einzuschließen und weiterzuleben. Zusammen würden sie die Kraft finden das zu tun, was nur durch drei Jahre Abwesenheit möglich wurde. Jetzt war es Zeit.

»Ich will die Tanten besuchen«, sagte Abbie später zwischen zwei Bissen Waffel mit Sirup.

Kates Gabel glitt ihr aus der Hand und fiel klappernd auf den Teller. Ihre unverheirateten, braun gebrannten Großtanten waren wunderbare Menschen, aber nicht ihre Vorstellung von Ferien.

»Du hast gesagt, wir können nicht weiter fahren als fünf Stunden«, bettelte Abbie. »Das heißt, wir können nicht nach Europa fahren, um Papa zu finden, und auch nicht Oma und Opa besuchen. Ich möchte zu Tante Hannah und Tante Geraldine, besonders weil Oma sagt, dass die Tanten irgendwann sterben und dass ich viel Sonnenschein in ihr Leben bringe.«

Kate hatte die Gabel noch nicht wieder aufgehoben. Ihr Kind mit dem herzförmigen Gesicht und den klaren blauen Augen schien die Welt um sich her gar nicht wahrzunehmen. Und dann ließ sie wie zufällig zwischen Waffelbissen Sätze los, die zeigten, was wirklich in ihrem Kopf vorging. Kate faltete die Karte vom Nordwesten zusammen, die sie auf dem Tisch ausgebreitet hatte. Als Abbie lieb lächelte, fragte sie sich, was dieses siebenjährige Kind von Beeinflussung wusste.

Einmal hatte sie Abbie erwischt, wie sie eins von den Lebensberatungsbüchern las, die Connie dagelassen hatte. Kate hatte das Buch angeschaut, eine Anleitung zur Firmenorganisation, und versucht zu entschlüsseln, was Connie ihr mit *Wer hat meinen Käse weggestellt?* sagen wollte.

»Ricks Chef hat die an alle Angestellten von *Software Visions* verteilt«, hatte Connie gesagt. »Es ist mehr für Geschäftsleute gedacht, aber da werden viele Lebensprobleme angesprochen.«

Kate hatte das Buch überflogen und immer wieder gelacht. Wer würde für ein Buch über Management Mäuse als Charaktere benutzen? Die Kapitel waren kurz und behandelten das Verhalten von Mäusen, wenn sie ihren Käse suchen. Sie konnten sich der Veränderung anpassen, wenn man ihren Käse weggestellt hatte, oder sie protestierten am Ende. Das Ganze sollte Angestellten helfen, sich Veränderungen leichter anzupassen (»Sie stellen den Käse immer wieder woanders hin«) oder bei ihrer Arbeit im Voraus mit Veränderungen zu rechnen (»Bereite dich darauf vor, dass der Käse weggestellt wird«).

»Mein Käse ist nicht nur weggestellt worden; er ist ganz verschwunden«, hatte Kate zu Connie gesagt, als sie sich wieder trafen. »Und mein Käse kommt nicht wieder. Was soll eine kleine Maus da machen?« Sie fand Connies Geschenk halb lustig und halb ärgerlich.

»Aber dein Käse war nicht Jack; dein *Leben* ist dein Käse.« Es schien, als ob Connie sich auf diese Diskussion vorbereitet hätte. »Oder genauer gesagt ist dein Käse deine Zukunft und deine jetzige Lage.«

Kate hatte das noch nicht hören können. Vielleicht war sie die Maus in dem Buch, die abgemagert und schwach in der Ecke saß, weil sie keinen Käse bekam. Kate fing an Witze zu machen, ob ihr Leben Gouda wäre oder eher Schweizer Käse mit Löchern darin. Connie hatte geseufzt, sich mit ihr über Käsesorten unterhalten und Filme erwähnt, in denen bekannte Käse-Szenen vorkamen.

Als Kate fand, dass Abbie *Wer hat meinen Käse weggestellt?* las, war sie unruhig geworden. Es war schlimm genug, dass ihre Tochter in den Jahren seit Jacks Verschwinden nur wenige Freunde hatte. Abbie passte sich dem Benehmen der kleinen Mädchen nicht an und ärgerte sich leicht über das, was sie »das alberne und gemeine Verhalten« der Mädchen in ihrer Klasse nannte. Jetzt las sie zum Zeitvertreib ein Buch über Management.

Abbie aß weiter ihre Waffeln. Vielleicht, dachte Kate, wusste ihr Kind genau, wie sie zu ihrem Käse kam, ganz gleich, wohin man ihn stellte.

»Gut, meine Tochter.« Kate machte eine Pause und fragte sich, womit sie anfangen sollte. Sie entschied sich für den Hinweis auf Jack. »Du willst nach Europa fliegen, um deinen Papa zu finden? Wolltest du das sagen?«

Abbies Engelchen-Ausdruck wurde zur Überraschung. Sie zögerte und fragte dann: »Geht das?«

»Komm her und setz dich auf meinen Schoß.«

Abbie legte langsam die Gabel weg und kam zu ihr.

Kate spielte mit einer Strähne von Abbies honigfarbenem Haar. Als sie ihre Finger durchzog, sah sie einen rötlichen Schimmer. War jetzt der Augenblick Abbie klar zu machen, dass ihr Vater entweder tot war oder ganz bestimmt nicht wiederkam? Kate wollte den Schwung dieses neuen Tages gern behalten, aber Abbies Sehnsucht war so offensichtlich, dass man sie nicht ignorieren konnte.

»Ich weiß, dass du noch nicht bereit bist, dich von Papa zu verabschieden. Ich möchte es auch nicht. Wenn eine Million Gebete ihn herbringen könnten, wäre er jetzt hier. Die Polizei in Italien, sogar das FBI und viele andere Leute haben es immer wieder versucht.« Kate berührte das Kinn ihrer Tochter. »Aber du musst das verstehen.«

»Darüber will ich nicht reden«, sagte Abbie und sprang von ihrem Schoß. »Besuchen wir die Tanten oder nicht? Kann ich mit Packen anfangen?«

Als Kate zögerte, ließ ihre Tochter ein herzerweichendes »Bitte!« hören; Kate nickte leicht und Abbie verschwand im Flur. Kate hatte als Mutter versagt und es selbst genau gemerkt. Sie wusste nicht, was sie sonst tun sollte. Abbie konnte ihre Gefühle verstecken wie hinter einer fest verschlossenen Tür und ihren Schmerz mit einem Lächeln überspielen. Kate musste oft in Abbies Worten oder Handlungen nach einem Hinweis suchen, um zu erfahren, was ihre Tochter wirklich fühlte – und das hatte Kate in den letzten paar Jahren selten getan. Jack hatte Abbie besser herauslocken können. Wenn ein anderes Kind in der Vorschule Abbies Gefühle verletzt hatte, hatte Kate nichts davon gemerkt, wenn sie ihre Tochter abholte. Aber am Abend fing Abbie an Jacks Schulter an zu weinen und erzählte ihm alles sofort.

Kate saß in der stillen Essecke und fragte sich, was sie tun sollte. »Die Tanten?«, fragte sie laut. Ausgerechnet. Dies hatte eine Abschiedsreise werden sollen; jetzt war es mehr eine Herausforderung geworden. Kate wollte am liebsten gleich abfahren, solange sie noch fest entschlossen war. Aber Abbies Schule und ihr Antiquitätenladen zwangen sie zur Vernunft und Verantwortung. Es wurde noch schlimmer, als sie Tante Gerdie ihren Besuch ankündigte. Gerdie schlug vor, Kate sollte sie beide abholen und alle zusammen nach Kalifornien zu Kates Eltern fahren. Abbie war an der anderen Leitung und stimmte begeistert zu.

»Tante Gerdie, ich habe nur vier Tage«, erinnerte Kate in dem Versuch, ein wenig Vernunft in den Plan zu bringen.

»Wo bleibt deine Abenteuerlust?«, antwortete Tante Gerdie fröhlich. »Und weißt du, dass am Sonntag Muttertag ist? Deine Mama fände das herrlich und wir Frauen, Mütter oder nicht, können alle zusammen sein. Das ist ideal.«

»Ja, ideal, nicht, Mama?«

»Ideal«, murmelte Kate.

»Bis zu uns fährst du anderthalb Stunden und dann noch sieben Stunden zu deinen Eltern – nicht viel für eine junge Frau wie dich. Ich bin einmal drei Tage durchgefahren, um meine beste Freundin noch einmal zu sehen, bevor sie in die Mission ging ...«

»Gut, wir machen es«, sagte Kate ergeben. Den ganzen Plan hatte Tante Gerdie ausgedacht. Kate hatte das Gefühl, ein plötzlicher Wirbelsturm hätte ihren Urlaub in einer Blitzaktion zerstört.

Diese Reise war kompliziert, genau das, was sie hatte vermeiden wollen. Ein paar Tage später wurde es noch komplizierter: Mason rief an.

Lukas ließ das warme Duschwasser über sich strömen und das Badezimmer füllte sich mit Dampf. Früher hatte ihm das Reisen nie Beschwerden gemacht; jetzt tat jeder Muskel weh. Auch in den besten Hotels waren die Betten nicht mit seinem zu Hause zu vergleichen. Die Stühle waren unbequem und mehrere Tage lang bei Karl über die Papiere gebeugt zu sitzen hatte Nachwirkungen auf Nacken und Schultern. Wie hatte er jemals unter Bäumen und Sternen auf kalter, steiniger Erde schlafen können?

Zwei Tage lang hatten sie diskutiert und sich erinnert. Lukas hatte darauf bestanden, in der zweiten Nacht im Hotel Sheraton zu schlafen. Nur in Amerika bot ein Hotel zugleich ein Einkaufs- und Freizeitzentrum mit einer über 50 Meter langen Wasserrutschbahn an. Kinder und Erwachsene in Badeanzügen bevölkerten die Flure. Broschüren priesen Komfort an, den er nicht brauchte.

Lukas musste unbedingt wieder nach Hause. Eine wichtige Wahl stand bevor und obwohl das jetzt im Ruhestand kaum noch einen Unterschied für ihn machte, brauchten doch die Medien immer Meinungen und Stellungnahmen der Parteien. Seine Pensionierung hatte seinen Einfluss in der Regierung nicht aufgehoben.

Und jetzt musste er noch aus einem anderen Grund stark sein. Die Entdeckung, dass Wolfram noch lebte, gab ihm ein Ziel, auf das er zuarbeiten konnte. Jetzt, da er wusste, dass der Mann in Europa war – wie nahe seiner Heimat, das wollte Lukas herausfinden – würde es wenig Ruhe geben.

Als Lukas aus dem Badezimmer kam, blinkte die Signallampe am Anrufbeantworter des Hoteltelefons. Er musste noch packen und sein Flugzeug ging schon in drei Stunden. Wahrscheinlich war es Oskar oder Karl, der sich noch endgültig verabschieden wollte. Er schaute auf die Uhr und wusste, dass Oskar schon am Flughafen sein musste.

Diese Tage waren für ihn erstaunlich schnell vergangen. Er würde froh sein, dieses ausgetrocknete Land zu verlassen. Froh, zu seinen Bergen zurückzukommen. Nächsten Monat wollten sich die drei Männer und Marta in seinem Haus in Österreich treffen, wenn jeder auf dem ihm bestimmten Gebiet gearbeitet hatte. Es würde gut sein, sie wieder zu Hause zu begrüßen.

In all der Zeit war so viel passiert. Lukas betrachtete seine eingesunkene Brust über dem Bauchansatz. Früher war er mager und sportlich gewesen. Würde er körperlich stark genug sein zu tun, was vor ihm lag? Nicht dass er viel Körperkraft brauchte. Mit dem gesunden Verstand von drei Männern und einer Frau hatten sie beim Planen ihre begrenzten Möglichkeiten berücksichtigt. Jetzt würden sie nicht mehr durch die Wälder kriechen, in der Dunkelheit Wachen töten, sich in Feindgebiet einschleichen; in diesem Kampf wurden Wille und Verstand gebraucht. Sie mussten den Feind erst finden und dann auf eine Art vernichten, die er nicht erwartete.

Lukas war alt und das nicht nur körperlich. Plötzlich fragte er sich, ob es sich überhaupt lohnte. Würde es ihn befriedigen einen alten Feind zu stürzen – selbst wenn er ihn schon so lange hasste? Wenn er nicht sein Leben und das seiner Freunde schützen müsste, würde er ernsthaft daran denken, die Rache Gott zu überlassen. Er hatte schon einmal gedacht, Wolfram sei tot; es hatte ihn nicht sehr beruhigt. Warum sollte das beim zweiten Mal anders sein?

Er nahm den Hörer ab und drückte den Wiedergabeknopf, während er den Bauch einzog und die Schultern straffte. »Lukas.« Karls Stimme auf dem Band verriet eine dringende Notlage. »Ruf wieder an. Du musst mir helfen.«

Karl wusste, wann Lukas abfliegen musste. Er würde nicht anrufen, wenn es nicht unbedingt notwendig wäre. Lukas nahm mit bösen Vorahnungen den Hörer ab.

Es war besetzt.

6 Sechstes Kapitel

Es gibt unerklärliche Verbindungen zwischen Menschen: etwas Geheimnisvolles, das zwei Menschen zueinander zieht wie ein mächtiger Instinkt. Solche Verbindungen sind nicht unbedingt Liebe oder einfach Anziehung, könnten aber wachsen und zu Freundschaft, Leidenschaft und später zu Liebe werden. Manchmal versuchte Kate das zu analysieren: Woher kam es? War es immer gegenseitig? Wozu war es da?

Ihre Gedanken folgten der bekannten Linie, als sie spürte, wie diese Verbundenheit beim Klang von Masons Stimme am Telefon wieder auflebte. Das Gefühl war ihr angenehm wie eine weiche Wolldecke, die sie an einem kalten Tag bis ans Kinn zudeckte.

»Was machst du gerade?«, fragte er, ohne zu grüßen.

Sie lächelte und setzte sich in den dick gepolsterten Sessel an der Fenstertür. Abbie war draußen und spielte Schule mit Whiskers, der bunten Katze.

»Ich mache Pläne für einen viertägigen Urlaub von meinem Haus und dem Geschäft.«

»Wie hast du das geschafft?«

»Trudy wollte zusätzlichen Urlaub, den gebe ich ihr.«

»Geht deine Tochter nicht in die Schule? Du willst ihr doch wohl in diesem zarten Alter nicht das Schwänzen beibringen?«

»Lehrerfortbildung Freitag und Montag. Klappt wunderbar, nicht?«

»Ich könnte neidisch werden. Wo fahrt ihr hin?«

»Die Tanten abholen und dann zu meinen Eltern.«

»Das mit dem Neid nehme ich zurück. Ich dachte, du hättest etwas von Urlaub gesagt?«

»Ich hatte an etwas anderes gedacht, aber Abbie hat das Ziel bestimmt und Tante Gerdie hat ihr geholfen.«

»Ach, daher. An was hattest *du* gedacht?«

»Vielleicht einfach fahren ohne Ziel. Was ich eigentlich vermisse, ist Wasser: tauchen oder schnorcheln; einfach schwimmen würde auch reichen. In letzter Zeit habe ich öfter an Wasser gedacht.«

»Daran habe ich eigentlich nicht gedacht.«

»An was hast du gedacht?«

»Essen gehen, nur wir beide.«

Kate war einen Augenblick still. Immer wenn sie etwas unternahmen, lud Mason sie und Abbie zusammen ein. »Ist alles in Ordnung?«

»Ich kann nicht gut schwimmen. Und ich möchte mit dir allein reden.«

Da war es. Kate wusste nicht, woran sie es gemerkt hatte: an der Bewegung in seiner Stimme oder etwas weniger Bewusstem. Mit einer Mischung aus Angst und Vorfreude hatte sie sich gefragt, ob und wann dieser Tag kommen würde. Sie hatte sich immer stark zu Mason hingezogen gefühlt. Sie hatte sich gewünscht in seiner Nähe zu sein, seine Stimme zu hören und mit ihm zu lachen. Oft genug fühlte sie sich deswegen schuldig und fragte sich zugleich, ob es ihm auch so ging. Kate war lange allein geblieben. Manchmal sehnte sich ihr Körper nach einer Berührung, aber der Gedanke daran machte ihr Angst. Sie vermisste es, geliebt zu werden und selbst jemanden zu lieben. Aber wenn sie Jack zurückließe, musste sie es mit lauteren Motiven tun, nicht mit irgendwelchen Gedanken an Mason.

Kate und Jack hatten Mason jahrelang gekannt. Ab und zu hatten Jack und Mason Golf gespielt. Sie waren in der Gemeinde im selben Männerkreis gewesen. Masons Versicherungsgesellschaft lief gut und gab ihm viel zu tun, also hatten sie ihn regelmäßig zum Essen eingeladen. Als Mason eine Freundin hatte, hatten sie beide eingeladen. Als Jack verschwand, war Mason einer der wenigen Freunde gewesen, die sie nicht im Stich ließen. Er fragte nach, wie es ihr und Abbie ging, säuberte im Frühjahr die Dachrinnen und half bei verschiedenen Arbeiten am Haus. Er lud sie beide auch zu Pizza oder zum Italiener ein. Aber dies war etwas anderes.

»Und wann?«, fragte sie fast ängstlich.

»So bald wie möglich.«

Lukas saß mit gefalteten Händen auf dem Sofa, die Ellbogen auf die Knie gestützt. Blaue und rote Lichtblitze von den Polizeilichtern vor dem Fenster streiften sein Gesicht. Er hob den Kopf, als ob er einen Zentner wöge, und schaute wieder durch die offene Tür; Männer in Uniformen standen da und machten Notizen und Fotos, die Augen auf den Boden gerichtet. Er sah zwei Fußsohlen in grauen Strümpfen, seltsam verrenkt und ungleich.

Nach Karls dringendem Anruf hatte Lukas zurückgerufen.

Erst beim dritten Versuch hatte er Karls Stimme gehört: »Du musst dein Flugzeug erreichen, aber ich brauche dich noch hier. Ich kann es schlecht erklären.« Karl hatte gesprochen, als fürchtete er abgehört zu werden.

»Ich komme.«

»Marta ist heute Morgen mit dem Auto weg. Sie hat Oskar am Flughafen abgesetzt. Du musst ein Taxi nehmen.«

»In knapp einer Stunde bin ich da.«

»Sei vorsichtig.«

Diese letzten Worte erklärten ihm jetzt vieles. Karl hatte gewusst, dass Gefahr drohte. Lukas hatte die Abreise verschoben und sein Zimmer im Sheraton noch einen Tag behalten. Als er bei Karl ankam, war es wie das Nachspielen einer alten Erinnerung: Die Tür war angelehnt, aber zuerst sah er kein Blut.

Karls Schreibstuhl war umgefallen. Lukas sah unnatürlich verdrehte Beine und dann den großen Körper seines Freundes auf dem Boden. Eine kleine Blutlache färbte Papiere, die neben ihn gefallen waren. Karls Augen waren geschlossen, aber kein Puls war zu fühlen.

Lukas rannte in die Küche nach dem Telefon, einem Handtuch, irgendetwas, egal was. Vielleicht lebte Karl noch. Er schalt auf seine Beine, die sich nicht schnell genug bewegen konnten, als ob Treibsand ihn bei jedem Schritt zurückzöge. Er suchte in der Küche nach dem Telefon, als er einen Wagen in die Einfahrt kommen hörte. Er lief zur Tür; da traf ihn Marta. Sie erstarrte mit der Einkaufstüte im Arm. Sie schien nicht überrascht Lukas zu sehen, wusste aber sofort, dass etwas passiert war. Er wollte sie zurückhalten, aber sie drängte sich durch. Die Tüte ließ sie im Windfang fallen. Da lag sie immer noch. Eier hatten die Fußmatte bespritzt.

Und auf dem Schreibtisch über Karls Leiche hatte Lukas ein Stück blaue Keramik gefunden. Von einer blauen Fliese. Er hatte es jetzt in der Tasche.

Der untersuchende Beamte kam und nahm Karl mit. Die Polizisten gingen nach und nach. Als Karls Leiche weggebracht worden war, führte man Marta in ihr Zimmer. Ein Schluchzen unterbrach die leisen Stimmen, die immer noch da waren, als ob ein elektrischer Schlag durchs Haus ginge. Dann schrie Marta nach Karl. Vor langer Zeit hatte Lukas schon einmal einen solchen Schrei gehört. Er klang fast vertraut, denn er hatte ihn oft im Traum vernommen. Lukas' erster Impuls, so unsinnig er war, war Karl zu suchen. Seine Frau brauchte ihn. Nach allem, was sie zusammen ertragen hatten, musste ihre Ehe so enden. Sie waren in einem Stadtteil heimisch geworden, wo Kinder mit dem Fahrrad vorbeifuhren und Jugendliche zu schnell ihre Kurven drehten. Schnellrestaurants und Videoläden waren anderthalb Kilometer entfernt. An so einem Ort konnte ein alter Mann nicht ermordet werden.

»Lukas!«, hörte er Marta aus dem Schlafzimmer rufen.

Er lief über den Flur und fand sie neben dem Bett stehend. Eine ältere Frau drängte sie sich zu setzen. Aus Martas Gesicht sprach Entsetzen, aber als sie ihn sah, wurde sie ruhiger. »Geht alle raus.« Martas Stimme war fest, obwohl die Tränen ungehindert über ihr Gesicht liefen. »Ich muss mit Lukas sprechen.«

Die ältere Frau lief eilig aus dem Zimmer. Eine Polizistin zögerte und ging dann auch. Marta schloss die Tür und lehnte sich daran, als dächte sie nach. Lukas wartete.

Sie ging durchs Zimmer und blieb vor ihm stehen.

»Er ist tot, Lukas. Mein Karl ist tot.«

Mit einem plötzlichen Schluchzen fiel sie an seine Brust, ihre Arme umfingen seine Taille. Einmal schlug ihre Faust gegen seinen Rücken, dann fing sie sich langsam wieder. Er streichelte ungeschickt ihren Rücken, bis sie zu ihm aufschaute. Er sah, dass sie die Fassung jeden Augenblick wieder verlieren konnte.

»Ich muss stark sein, stark sein«, stammelte sie und biss die Zähne zusammen. »Ich weiß, wer du gewesen bist.«

Lukas spürte, dass seine Augenbrauen sich leicht nach unten bewegten. Sie nickte, als ob er gesprochen hätte.

»Ich weiß es schon seit dem Krieg. Dein richtiger Name ist Bruno Weiler. Du warst einmal ein Nazi, sogar ein SS-Mann. Du hast in einem Konzentrationslager gearbeitet. Du warst unser Feind, ehe du unser Freund wurdest. Aber irgendetwas hat dich getrieben die Nazis zu verraten – ich habe nie erfahren was. Ich habe dir nicht getraut, aber Karl habe ich vertraut. Und du hast bewiesen, für wen du dich einsetztest.«

Sie ging hin und her und wischte sich das Gesicht.

»Nach dem Krieg, als du verschwunden warst, da warst du im Gefängnis für Verbrechen, die du als Bruno Weiler begangen hattest. Nur Karl und ich wussten das; Oskar und Edmund dachten, du wärest im Nachkriegschaos vermisst. Du hättest viele Leute bitten können dir zu helfen. Karl hat mir Leute genannt, denen du als Spion gegen die Nazis geholfen hast. Das waren einflussreiche Familien, sie hätten dir helfen können. Aber du hast dich den Geistern der Vergangenheit gestellt. Und als du wieder frei warst, lebte Lukas Johannsen und der andere war für immer gestorben.«

Sein Gesichtsausdruck änderte sich nicht, aber innerlich war er überrascht, hatte sogar Angst. Er fragte sich auch, ob er die Geister jemals los sein würde.

»Wolfram kannte dich nicht als Lukas Johannsen. Karl und ich kennen die Familien, denen du im Krieg geholfen hast. Du hast sie vor dem Konzentrationslager bewahrt. Und nach deiner Haftzeit haben sie dir geholfen. Wir haben gehört, wie du dich wegen deiner Vergangenheit gewehrt hast in die Politik zu gehen. Aber deine Vergangenheit war tot und begraben – dafür ist gesorgt worden. Bis jetzt. Wolfram hat dich im Krieg gekannt, bevor du ihn verraten hast. Vielleicht hast du sogar geglaubt, Susanne wäre ermordet worden, weil Wolfram wüsste, dass du bei uns warst. Aber nein. Wolfram wusste nicht, dass du zu unserer Gruppe gehörtest. Du wurdest zu uns gebracht, um uns zu helfen Wolfram zu finden. Man hat dir gesagt, unser Haus sei eben ein sicherer Platz. Karl sollte sich vergewissern, zu wem du hältst, bevor du aufgenommen wurdest.«

»Sollte Karl das sicherstellen oder Susanne?«

»Nein. Nie. Sie hat dich geliebt, Lukas. Das war keine Tarnung. Du kannst mir glauben, sie hat dich geliebt. Aber hör zu: Das ist alles Vergangenheit. Vor der Gegenwart musst du dich in Acht nehmen. Weißt du, Wolfram hat vielleicht von deiner Haft gewusst, aber dann ist Bruno nach mehreren Jahren verschwunden. Nur sehr wenige wussten, dass Lukas Johannsen einmal Bruno Weiler war. Aber jetzt bist du zu uns gekommen. Wir wussten nicht, dass er so nahe war. Sonst hätten wir dich nicht hergebeten. Und wir wissen ...« Sie zeigte zur Wohnzimmertür und die Tränen flossen wieder, obwohl sie die Zähne fest zusammenbiss: »Das war Wolfram.«

»Ja.« Lukas nahm die blaue Fliesenscherbe aus der Tasche und reichte sie ihr.

Sie hielt sie in der offenen Hand. »Verstehst du? Du und Oskar, ihr seid in Gefahr. Besonders du. Wolfram weiß, dass Bruno Weiler ihn betrogen hat. Wenn er Karl finden konnte, dann wird er wissen, dass der frühere österreichische Minister Lukas Johannsen uns besucht hat. Er wird wissen, dass Lukas Johannsen sein Verräter Bruno Weiler ist.«

Die Erkenntnis, dass die Identität, die er fast sechzig Jahre gehabt hatte, jetzt gefährdet war, erschreckte Lukas. Seine beiden Exfrauen hatten es nicht gewusst, auch keins von seinen Kindern – nur einmal hatte er zu einer Fremden von seiner Vergangenheit gesprochen. Daran durfte er jetzt nicht denken. Karl war tot und Marta brauchte ihn.

»Im Augenblick besteht keine Gefahr. Wolfram wird jetzt noch nichts tun. Ich bin sogar sicher, er kann das hier nicht selbst getan haben. Vergiss nicht, dass er auch alt ist. Vielleicht wird er warten, dass ich zu ihm komme.« In Wirklichkeit hatte Lukas keine Ahnung, was Wolfram dachte oder was er tun würde. Aber die Worte schienen Marta zu beruhigen. Dass Wolfram wirklich hierher gekommen sein und dies ohne Hilfe getan haben könnte, das war unmöglich. »Ich bleibe bei dir.«

Tränen liefen in einem gleichmäßigen Strom über die Falten in ihren Wangen. »Wie soll ich ohne ihn leben?«

»Lass uns mit diesem Tag zurechtkommen. Was morgen ist, daran denken wir, wenn es so weit ist.«

Das Amt zur Prüfung von Todesfällen in Phoenix würde höchstwahrscheinlich eine natürliche Todesursache angeben, vermutete er. Die Platzwunde an Karls Kopf war von einem Sturz aufgrund eines Herzanfalls verursacht worden. Lukas würde keinen Widerspruch einlegen. Sie brauchten nicht zu wissen, was er wusste. Dies war jetzt sein Kampf.

Lukas fühlte sich plötzlich, als hätte er schon hundert Mal gelebt. Er hatte keine Lust mehr zu leben und über Unglücke hinwegzukommen. Alte Leute sollten Ruhe, Rückzugsmöglichkeiten, Frieden haben. Er hatte nichts davon. Und jetzt musste er wieder hinter sich schauen. Jahrzehntelang hatte nur eine Hand voll Leute gewusst, wer er wirklich war. Jetzt war Karl tot. Was für eine Welt war das, die Menschen wie ihm das Leben nahm? Lukas wusste, das sollte er sich nicht fragen, denn sobald er es dachte, stiegen hundert Gesichter von guten Menschen vor ihm auf: Gesichter des Todes. Wie müde machten ihn der Hass und der Schmerz und vor allem die Erinnerungen! Wenn er nicht aufpasste, würde das alles ihn umstricken und direkt in die Vergessenheit ziehen. Aber Lukas wusste keinen Ausweg.

7 Siebtes Kapitel

Zwei Tage nach Karls Tod fand die Beerdigung statt. Nur wenige nahmen am Gottesdienst teil. Karl und Marta hatten keine Kinder. Sie hatten nicht viele Freunde an ihrem Wohnort, weil die Vergangenheit sie beim Aufbau von Freundschaften ängstlich gemacht hatte. Das kannte Lukas aus Erfahrung. Der Gottesdienst am Grab war kurz und einfach. Dann war er vorbei. Sein Freund war unter der Erde.

Marta sagte, es ginge ihr gut, aber er wusste, dass sie ihn brauchte. Sie weinte nachts, aber vor allen Nachbarn und Bekannten, die tagsüber vorbeikamen, bewahrte sie die gewohnte Stärke. Oskar hatte den ersten Flug aus Maine zurück nach Arizona genommen, als Lukas ihm die Nachricht am Telefon mitteilte, und wohnte jetzt bei ihnen. Aber Oskar konnte nicht lange bleiben, denn seine Frau hatte gerade erfahren, dass sie Krebs im Anfangsstadium hatte. Immer wenn Marta aus dem Zimmer ging, erörterten sie, was wirklich passiert war und was sie tun sollten. Lukas wusste, Oskar würde ihm in den nächsten Monaten nicht helfen können.

Am Morgen nach der Beerdigung kam Marta zum Kaffeetrinken zu ihnen. Ihre Augen waren rot, aber sie war angezogen und geschminkt und hatte das Haar wie üblich aufgesteckt. Lukas und Oskar sprachen gerade über die blaue Fliese, als sie ins Zimmer kam.

»Was machen wir jetzt?«, fragte sie.

»Wir würden gern Karls Büro ansehen«, sagte Oskar nachdenklich.

»Ja, natürlich. Ich mache auch den Tresor auf.«

Lukas sah, dass ihr das Gehen sehr schwer fiel, als ob ihre Beine die Last von tausend Jahren tragen müssten. Er bewunderte Karls Witwe. Er beneidete sie um die Gemeinsamkeit, in der sie alles geteilt hatten. Lukas' Frauen hatten nur Episoden erfahren, die er in einem Albtraum oder in einem selbstvergessenen Augenblick erwähnt hatte. Einmal, als er mit seiner zweiten Frau ihren gemeinsamen Töchtern beim Fußballspielen zugeschaut hatte, hatte er gesagt, wie gern er in seinem winzigen Hof in Hallstatt Fußball gespielt hatte und dass der Ball am Ende immer in den See gefallen war. Vera hatte ihn seltsam angesehen und gesagt: »Ich dachte, du wärest in Wien geboren.« Aber Vera hatte nicht weiter gefragt, denn sie wollte es nicht wissen. Sie lebte in einer friedlichen Umgebung, das war das Wichtigste.

Vielleicht wäre es anders gewesen, wenn er jemandem mitgeteilt hätte, was er durchgemacht und was er selbst getan hatte. Nach dem einzigen Mal, dass er seine Geschichte erzählt hatte – einer jungen

Frau, es war noch nicht lange her –, hatte er sich irgendwie freier gefühlt. Sie hatte ihm gesagt, dass Vergebung nur von Gott kommen kann. Aber trotzdem konnte er sie anscheinend nicht finden.

Lukas folgte Oskar ins Büro. Marta hatte eine Schranktür geöffnet, hinter der ein eingebauter Tresor sichtbar wurde. Sie drehte das Schloss hin und her, bis sie das leise Klicken hörten.

»Hier ist Meizers Akte«, sagte Oskar. Er blätterte die Papiere durch, während Lukas den kleinen Tresor durchsuchte.

»Das sieht aus, als wäre es alles, worüber Karl uns schon informiert hat. Aber es wird nützlich sein.«

»Was ist das hier?«, fragte Lukas und schaute eine kleine frankierte Pappschachtel an, die eine Adresse, aber nicht den Namen des Empfängers trug.

»Sollen wir es aufmachen?«

»Nein, das müssen wir wegschicken«, sagte Marta ohne Zögern. »Ich hatte vergessen, dass Karl mir das gesagt hat. Ich habe ihn gefragt, warum er dieses frankierte Päckchen hat. Er hat gesagt, jetzt sei es noch nicht Zeit, aber es müsse abgeschickt werden.«

»Sollen wir erst hineinschauen?«, fragte Oskar.

»Wir schicken es so ab, wie es ist«, sagte Marta bestimmt. »Karl hat gesagt: ‚Wenn etwas passiert, schick das Päckchen weg!'«

»Du weißt nicht, was drin ist?«, fragte Lukas und wendete das Päckchen hin und her.

»Da verlasse ich mich auf Karl.«

»Dann schicken wir es ab«, sagte Oskar. Er verteilte andere Papiere auf dem Schreibtisch, aber Lukas konnte sehen, dass es dieselben waren, die sie am ersten Abend ihres Treffens untersucht hatten.

»Ich mache ein paar Brote«, sagte Marta mit müder Stimme. Sie schlurfte mit leicht gebeugten Schultern hinaus. Lukas fragte sich, ob sie das alles überleben würde.

Sie saßen um den Küchentisch und aßen schweigend. Marta ging leise hin und her und putzte die Arbeitsflächen. Oskar wischte sich die Krümel aus dem Schnurrbart und ging dann zum Sofa, um seinen gewohnten Mittagsschlaf zu halten.

Vielleicht waren sie alle zu alt für die Aufgabe, die vor ihnen lag. Wenn es schon so schwierig war, einen Tag lang Papiere zu durchforschen und den nächsten Schritt zu planen, wie sollten sie da finden, wo Wolfram Meizer sich aufhielt? Überall spürte man, dass Karl fehlte. Er war ihr Anführer gewesen; jetzt war es an Lukas, seine Stelle einzunehmen. Er kannte seine Verantwortung, aber er drängte sich nicht danach. Zu viele Gedanken gingen Lukas durch den Kopf und ließen ihm keine Ruhe. Er musste nachdenken – nachdenken und frische Luft atmen, selbst wenn es die Luft von Arizona war.

An der Tür hielt Marta ihn auf. »Schickst du das bitte unten am Park ab, nur ein paar Häuser weiter?«

»Bist du sicher?«

»Ich habe es versprochen.«

Als er den Gartenweg zu Karls Haus verließ, überlegte Lukas, ob er es öffnen sollte. Es könnte wichtig sein, genauere Antworten bieten. Würde das Päckchen ohne Empfängernamen richtig ankommen? Die innere Verpackung war so fest, dass er nicht fühlen konnte, was darin war. Lukas überlegte hin und her, bis er vor dem blauen Briefkasten stand. Endlich, nachdem er die Adresse mehrmals im Kopf wiederholt hatte, warf er es ein. Er hoffte, sie würden es nicht bereuen.

In dem Wohngebiet lag ein kleiner Park für die Kinder der Anwohner. Während Lukas um die zwei Blocks ging, sickerten ihm Schweißtropfen in den Kragen, obwohl der Tag für den Mai in Arizona ungewöhnlich kühl war. Er fand eine Bank neben Rutschbahnen aus gelbem Kunststoff und Schaukeln an Ketten. Eine Gruppe von kleinen Kindern kletterte und lärmte da, während ihre Mütter sich auf der anderen Seite des Spielplatzes unterhielten. Manchmal stand eine Mutter auf, schlichtete einen Streit oder half einem Kind, kleine Steine aus den Schuhen zu schütten.

Spaziergänger, kleine Mahlzeiten aus Plastikgeschirr, Getränkekartons und klebrige Gesichter, Vogelgezwitscher, und die Sonne, die den Wollhut wärmte, den er von zu Hause mitgebracht hatte.

Was für ein seltsamer und undefinierbarer Kontrast zwischen diesem ganz normalen Tag in Amerika und dem, was er vorher erlebt hatte: den Intrigen und Spionagegeschichten, die ebenso real waren wie die mit Sonnenkrem eingeriebenen Kinder vor ihm! Wie konnten diese zwei Welten bestehen, ohne dass die eine von der anderen wusste? Pausbäckiges Lächeln und sorglose Tage nur ein paar Häuser von geheimnisvollen Päckchen und einem toten Kameraden entfernt. Lukas fühlte sich hin- und hergerissen.

Auf dem Rückweg ging er an dem blauen Briefkasten vorbei und bereute schon, dass er das Päckchen eingeworfen hatte. Es störte ihn, dass er immer noch an sinnlosen Bräuchen festhielt wie dem, den Wunsch eines Toten zu erfüllen. Es hätte nichts geschadet, das Päckchen zu untersuchen. Überhaupt nichts. Er nahm einen Zettel aus der Brieftasche und einen Federhalter aus der Tasche, um die

Adresse aufzuschreiben, ehe er sie vergaß. Sein Gedächtnis war nicht mehr so gut wie früher. Je mehr Lukas darüber nachdachte, umso klarer wurde es ihm, dass es lebenswichtig war zu erfahren, wer das Päckchen bekommen sollte.

Willkommen
Restauration von Altem und Neuem

Kate drehte das Schild so, dass man es von draußen lesen konnte. Ein befreundeter Künstler hatte es gemalt und nun wurde es von den Kunden kommentiert.

»Was für ein hübsches Schild«, sagten die älteren Kunden.

Restauration – sie fing gerade an, ihr eigenes Leben wiederherzustellen. Jetzt, wo sie und Abbie verreisen würden, war es schwer abzuwarten, bis der Tag kam.

Kate prüfte das Schaufenster, das von Weinranken und winzigen weißen Lämpchen umrahmt war, auf Verschmutzungen, die beseitigt werden mussten, und ging zwischen den zimmerweise arrangierten Antiquitäten durch: Wohnzimmer, Küche, Ess- und Schlafzimmer. Auf dem Weg zum hinteren Teil mit den alten Büchern staubte sie ab und ordnete hier und da. Es war ein friedlicher Montagmorgen mit leichtem Regen, der auf das Dach trommelte. In der Wohnzimmerabteilung summte ein Gasofen und wärmte den kleinen Laden, der eigentlich mehr wie eine gemütliche Wohnung wirkte als wie ein Geschäft. Manche regelmäßigen Kunden kamen gern, um in der Bücherabteilung zu sitzen und von den verschiedenen Tees zu trinken, die Kate anbot. Sie überlegte noch, ob sie eine Espressomaschine anschaffen sollte, weil sie so oft danach gefragt wurde.

Das Restaurieren hatte ihr in mehrfacher Hinsicht das Überleben ermöglicht. Oft hatte der Laden Kate morgens zum Aufstehen gezwungen, wenn sie sich am liebsten für immer unter der Decke verkrochen hätte. Sie wusste, wenn das Geschäft einginge, würde sie das Haus verkaufen, vielleicht umziehen und Abbies und ihr Leben noch mehr zerstören müssen.

Das Geschäft gab Kate auch die Möglichkeit, ihre Kreativität zu entfalten und für kurze Zeit Abstand von Jack zu gewinnen: von Jacks Verschwinden, der Suche nach Jack, den Erinnerungen an Jack.

Aber manchmal dachte sie, sie würde das alles gern zurücklassen für etwas anderes – etwas, was sie erst noch erfahren oder finden müsste. Es war nur ein flüchtiger Eindruck, der ihr von Zeit zu Zeit kam.

Jetzt mit der Aussicht auf eine kleine Reise sehnte Kate sich umso mehr nach dem Wechsel. Den ganzen Tag, immer wenn ihre Gedanken wieder von der Arbeit abschweiften, sagte sie sich: Nur noch ein paar Tage. Sie gab für einen Schaukelstuhl aus dem späten 17. Jahrhundert ein falsches Datum an; der Kunde verbesserte sie und machte ein Gesicht, als ob Kate nichts von Antiquitäten verstünde. Später fand Trudy, ihre einzige Angestellte, dass in der Teekanne eine Mischung von Orangentee und grünem Tee mit Pfefferminzaroma war. Kate hatte sich gewundert, dass niemand davon trank.

»Du bist nervös wegen heute Abend«, sagte Trudy und grinste.

»Warum sollte ich nervös sein?« Kate fragte sich, wie Trudy von ihrem Abendessen mit Mason erfahren haben konnte.

»Jane hat es im Bibelkreis gesagt, damit wir für dich beten können.«

Kate starrte Trudy einen Augenblick an. Weil Connie ihren wöchentlichen Abend mit der Familie hatte, hatte Kate eine andere Babysitterin angerufen: Jane. Jane war die Christin im Hauptberuf. Sie verreiste oft und hielt Vorträge auf Freizeiten. Kate mochte diese Frau, und obwohl sie immer in hektischem Einsatz für die Gemeinde war, war es ihr wichtig gewesen nach Kate und Abbie zu sehen, als es nur noch wenige taten. Im vorigen Jahr hatte sie Kate ein Heftchen mit fünf Gutscheinen für Babysitting zu Weihnachten geschenkt. Immer wenn sie sich in der Kirche trafen – das war nicht oft, weil Jane so viel beschäftigt, die Gemeinde groß und Kate oft nicht imstande war rechtzeitig da zu sein, seit Jack verschwunden war – erinnerte Jane sie, dass sie noch diese Gutscheine einlösen musste.

Also hatte Kate angerufen und Jane war begeistert gewesen, obwohl sie ein paar Termine verlegen musste, um es möglich zu machen. »Das ist schon in Ordnung – Dienst ist Dienst.« Kate wusste nicht recht, wie sie es fand, dass es als »Dienst« betrachtet wurde, einen Abend auf Abbie aufzupassen. Manchmal schien es Kate, als wäre ihr eigenes Leben vielleicht einmal ähnlich terminbestimmt geworden, wenn es nicht so abrupt unterbrochen worden wäre. Davor hatte sie tödliche Angst.

Trudy erklärte, dass die Frauengruppe es für ein gutes Zeichen hielt, dass Kate sich wieder verabredete. »Das dauert jetzt schon so lange.«

Kate wollte nicht das Klatschthema der Bibelgruppe sein und dachte, sie müsste erklären, dass das Essen mit Mason nichts mit einem Rendezvous zu tun hatte. Das Telefon unterbrach sie.

»Mrs. Porter, hier ist Mrs. McDonald von der Grundschule Corvalis. Abbies Lehrerin hat sie vor ein paar Minuten ins Sekretariat gebracht. Es scheint ihr heute nicht gut zu gehen.«

»Ich komme und hole sie ab. Ist alles in Ordnung?«

»Also Mrs. Konner ist hier und ... am besten sprechen Sie selbst mit ihr.«

»Gut.«

»Hallo, Kate. Ich weiß nicht, was ihr fehlt, aber Abbie schien heute schon den ganzen Tag nicht richtig fit. In der Pause ließ ich sie dableiben, um mit ihr zu sprechen, da fing sie an zu weinen. Ich fragte sie, was ihr fehlte, aber sie wollte es mir nicht sagen; darum dachte ich, vielleicht holst du sie ab oder kommst und sprichst mit ihr.«

»Ich komme sofort.«

Wie Abbie so auf dem Sofa im Sekretariat saß, sah sie klein und zerbrechlich aus. Sie hatte den Kopf gebeugt und betrachtete die Spitzen ihrer braunen Schuhe, die auf und ab baumelten. Als sie Kate sah, hielt sie schnell die Faust vor den Mund und hustete künstlich. »Hallo, Mama«, sagte sie mit einem zweiten gewollten Husten. »Mir geht es nicht gut.«

Kate hockte sich vor sie. »Ich bringe dich nach Hause, ja?«

Abbie nickte und Kate sah winzige Tränen in ihren Augenwinkeln. Sie legte den Arm um ihre Tochter und sagte der Schulsekretärin, dass sie jetzt nach Hause führen. Sie gingen schweigend hinaus; Abbie schmiegte sich dicht an sie, als ob sie ihr Gesicht vor den vorbeigehenden Schülern verstecken wollte.

»Abbie?«, fragte Kate, als sie beide angeschnallt im Auto saßen und sie den Zündschlüssel einsteckte.

Abbie drehte sich zum Seitenfenster. »Mama, ich will lieber nicht darüber sprechen. Ist das in Ordnung?«

Kate dachte ein paar Augenblicke nach.

»Wenn du mir nichts sagst, kann ich dir nicht helfen.«

»Weißt du noch, wie du manchmal gesagt hat, du wolltest nichts sagen? Du hast geweint und ich habe dich gefragt warum, aber du konntest es nicht sagen. Jetzt weiß ich, was du meinst. Man kann einfach noch nicht darüber reden.« Eine Träne lief ihr über die Wange und sie wischte sie schnell ab. »Vielleicht sind es nur meine Tage.«

Kate musste das Lachen unterdrücken. Abbie sah immer noch in Gedanken versunken aus dem Fenster. Offensichtlich sprach sie etwas nach, was Connie immer sagte, ohne überhaupt zu wissen, was es bedeutete. Connie gebrauchte den Ausdruck oft, wenn sie von Schwierigkeiten erzählte: »Und dabei habe ich nicht mal meine Tage« oder »Natürlich hatte ich auch noch meine Tage, da bin ich total zusammengebrochen und habe geweint«.

Kate legte ihre Hand auf Abbies und drückte sie leicht, dann drehte sie den Zündschlüssel. Zu Hause machte Kate heißen Kakao und sie schaukelten zusammen auf der Veranda. Solange Abbie wieder zufrieden war, sagte sie nichts von ihren Tränen. Kate versuchte verschiedene Methoden, aber Abbie konnte gut ablenken.

Später kam Kate an Abbies Schlafzimmer vorbei, als die Tür nur einen Spalt offen stand. Sie trug einen Wäschekorb und wollte einzelne Socken oder Kleidungsstücke zusammensuchen, da hörte sie Abbie spielen.

»Und darum muss ich für immer weggehen«, sagte Abbie mit tiefer Stimme.

»Papa, bitte geh nicht. Ich habe dich vermisst. Ich will, dass du wiederkommst.« Das war die Stimme eines kleinen Mädchens.

»Ich bin gekommen und niemand hat mich vermisst«, sagte die tiefe Stimme.

»Doch, ich, Papa. Ganz bestimmt. Nimm mich mit.«

Kate klopfte leise an die Tür, als sie sie aufstieß. Abbies Gesicht sah man ihr Schuldgefühl an. »Hallo, Mama«, sagte sie schnell und stellte die Stofftiere, mit denen sie spielte, in einer Reihe auf.

»Wir müssen miteinander reden.«

Abbie schüttelte den Kopf.

»Ich gehe nicht eher weg, bis du mir etwas sagst.« Kate setzte sich neben sie auf das Bett.

»Ich fand es gut, wie es vorher war. Jetzt willst du alles über mich wissen.«

Kate war überrascht. »Ich will nur, dass wir uns gut verstehen. Ich will eine gute Mutter sein. Ich möchte, dass du mir sagst, was dich quält.«

Sie versuchte Abbie an sich zu ziehen, aber ihre Tochter lief schnell weg. Nach all den beruhigenden Gedanken in den letzten Jahren, Abbie würde den Verlust ihres Vaters einigermaßen heil überstehen, tat es jetzt weh zu sehen, dass sie Abbies Lächeln nicht wirklich durchschaut und erkannt hatte, was ihre Tochter in Wahrheit fühlte und dachte.

»Wann kommt Miss Jane?«

»Ich rufe sie an, dass sie heute Abend nicht zu kommen braucht.«

»Warum? Meinetwegen? Mama, Miss Jane hat versprochen mir zu zeigen, wie man Ingwerkekse backt, und Oma will, dass ich dieses Jahr zu Weihnachten welche mache. Wenn Miss Jane nicht kommt, wie soll ich es dann lernen?«

»Wann hast du mit Oma gesprochen?«

»Heute im Internetraum. Bitte, Mama.«

»Du schreibst E-Mails an Oma?«

Ihre Tochter hatte ein Eigenleben, von dem sie gar nichts wusste.

»Und an Opa und Reece. Manchmal auch an Tante Gerdie, wenn sie Zeit hat ihre Freunde zu besuchen und da die Computer zu benutzen. Kann Miss Jane dann trotzdem kommen?«

Kate nickte, obwohl sie keine Lust hatte wegzugehen. Abbie benahm sich wieder, als wäre alles bestens, und plötzlich erkannte Kate, dass das die vollkommenste von all ihren Tarnungen war. Sie konnte Abbie nur erreichen, wenn ihre Tochter lernte ihr so zu vertrauen, dass sie ihre Probleme mit ihr teilte. Das würde nicht über Nacht passieren.

Der Gedanke an Abbie belastete sie noch, als sie nachher vor dem Kleiderschrank stand und merkte, dass sie vor dem Essen mit Mason nicht wie erhofft etwas Neues gekauft hatte. Als sie in dem begehbaren Schrank mit den Regalen voll Hosen, Hemden und Mänteln und dem Geruch nach Zedernholz und alten Schuhen stand, wünschte sich Kate, in einen warmen Winkel verschwinden und sich vor der Außenwelt verstecken zu können, die ihre Entscheidungen erwartete.

Ihre Finger glitten über den Stoff ihrer Kleider, die sich in den letzten Jahren wenig verändert hatten, und kamen dann zu Jacks Teil. Sie hatte sich schon ein Dutzend Mal fest vorgenommen seine Kleidung wegzupacken. Sie spürte die Baumwolle, die Mischgewebe und den Denim von Jacks Hosen für die Universität, den Kakihosen für Ausgrabungen und den Jeans für die Freizeit – alles hing da und wartete darauf, vom Bügel genommen und wieder getragen zu werden. Den Stoff zu berühren weckte bei jedem Stück eine Erinnerung, die damit zusammenhing: Das schwarze Jackett mit der Krawatte war von ihrer letzten gemeinsamen Weihnachtsfeier. Arbeitsstiefel mit festgetrockneter Erde am Rand waren von einer Ausgrabung, an der sie mit Jack gearbeitet hatte. Das graue Hemd erinnerte sie an einen Abend in einem spannenden Film – ihr Make-up hatte den Kragen angefärbt, als sie ihr Gesicht daran lehnte. Hier hingen die Erlebnisse ihrer Ehe ordentlich aufgereiht. Sie hatte schon oft versucht dahin zurückzukehren und sie noch einmal zu erleben. Aber das war vorbei, ermahnte sie sich jetzt.

Kate kam wieder zu ihrem Teil und suchte die einzige Kombination, die ihr noch gefiel: einen schwarzen Rock und eine burgunderrote Bluse. Was da sonst noch hing, waren Kleidung für die Kirche oder Schals, Hemdblusen und Hosen für den Antiquitätenladen – sie fand das alles furchtbar langweilig.

Jane kam an diesem Abend mit einem Arm voll Kleidung an Kates Tür an. Jane war Anfang fünfzig, aber sie hatte immer mehr Energie als irgendjemand sonst, den Kate kannte. »Als du sagtest, du hättest es nicht geschafft einzukaufen, habe ich beschlossen ein paar von meinen Sachen mitzubringen für den Fall, dass du Lust auf etwas Neues hast. Oh, du siehst aber so schon gut aus.«

Kate ging hinter Jane her durch den Flur in ihr Schlafzimmer und betrachtete die Sachen. Auf den Kleiderbügeln sahen sie aus wie Frauen in gehobenen Berufen, die nach einer langen Woche in der Wall Street die Energie verloren hatten. Das Gefühl, dieser Abend sei ein großer Fehler, wurde immer stärker.

»Mason ist so ein wunderbarer Mensch. Wir versuchen schon seit Jahren jemanden für ihn zu finden. Der begehrenswerteste Junggeselle in der Gemeinde, das ist sicher. Wir hätten dich im Schönheitssalon anmelden sollen: Handpflege, Massage, Gesichtsbehandlung, Tönung.«

»Du nimmst das viel zu wichtig.«

»Oh nein. Das ist ein wichtiger Schritt vorwärts für dich, Kate. Ich weiß, wir haben uns erst kennen gelernt, als das schon passiert war, mit deinem Mann, meine ich. Aber es war sehr schlimm für dich – das wissen wir alle. Wir können uns das gar nicht vorstellen. Dieser Abend ist dein Abend.«

Kate wünschte, sie wäre auch so begeistert. Es fiel ihr auf, dass Jane immer wieder in »Wir«-Aussagen verfiel, als ob der Bibelkreis oder der Kirchenvorstand so sehr ein Teil von Jane wären, dass sie sich vervielfacht hätte und gar keine Einzelperson mehr wäre.

»Mama? Du gehst zu einem Rendezvous? Mit Mason?« Abbie stand in der Tür und starrte auf den wüsten Kleiderhaufen, als ob sie plötzlich große Pläne zum Verrat entdeckt hätte, die da herumlagen.

»Ja«, sagte Jane mit breitem Grinsen. »Willst du helfen Mama hübsch zu machen?«

Abbie drehte sich schnell um und rannte aus dem Zimmer. Kate fand sie unter einem Betttuch, das sie schon vorher von Abbies Bett aus über die Kommode und Küchenstühle gespannt hatte; das war ihre neueste Festung. Sie lag zusammengekrümmt in der äußersten Ecke mit dem Kopf auf einem kleinen Spitzenkissen. Kate setzte sich auf den Boden und zog das Betttuch über den Kopf, sodass sie auch in der Festung war.

»Ich glaube, ich habe Grippe.« Abbie ließ das Gesicht auf das Kissen fallen und stöhnte.

»Eben warst du doch noch gesund.«

»Aber jetzt ist mir schlecht. Vielleicht habe ich Hyperternie.«

»Hypothermie?«

»Ja, genau.«

»Hypothermie bekommt man nur, wenn man zu lange im Kalten bleibt.« Kate streckte die Hand über Stofftiere und Bücher und berührte sacht Abbies Arm. »Willst du nicht hier rauskommen?«

Abbie setzte sich langsam auf, kam aber nicht aus der Festung gekrochen. Sie nahm ihr Heftchen mit Aufklebern und blätterte darin, ohne Kate anzusehen. »Warum hast du mir nicht gesagt, wo du hingehst?«

»Ich esse nur mit Mason zu Abend.«

»Du hast es mir nicht gesagt.«

»Das hätte ich tun sollen. Wir konnten nicht so gut miteinander reden, wie ich es gern hätte, da war es einfacher für mich nichts zu sagen. Und ich habe mir Sorgen gemacht, was du denken würdest. Es tut mir Leid, Abbie. Nach dem Tag heute sage ich wohl am besten einfach ab.«

»Bist du in Mason verliebt?«

»Nein!«, sagte sie allzu schnell. »Gar nicht. Ich mag Mason gern und er ist wirklich ein guter Freund. Er ist auch lieb zu dir, wie ein richtiger Onkel.«

»Warum hat er mich dieses Mal nicht eingeladen?«

»Ich weiß nicht, er hat gesagt, er wollte heute Abend mit mir reden.«

Abbie schaute Kate noch einmal an, um noch etwas mehr zu erkennen. »Also gut. Da musst du hin.«

»Jetzt habe ich keine Lust mehr.«

»Doch, du musst da hin. Und ich muss mit Miss Jane lernen, wie man diese besonderen Kekse macht.«

»Meinst du, es macht Spaß mit ihr?« Kate machte ein forsches Gesicht wie Jane.

Abbie kicherte. »Ja, sie ist sehr nett.«

»Ich habe *Anne of Green Gables* für dich ausgeliehen.«

»Wirklich?« Abbie krabbelte an ihr vorbei. Sie lief ins Nebenzimmer, um den Film zu suchen. Kate blieb auf dem Fußboden und starrte in das chaotische Zimmer.

Jane schaute ins Zimmer und kam dann herein. »Sie fühlt sich bestimmt wohl.«

Kate seufzte und nickte. Jane streckte die Hand aus, um sie hochzuziehen.

»Sie hat morgen Schule, also um halb neun muss sie ins Bett.« Sie gingen in Richtung Wohnzimmer. »Wenn sie ihre Hausaufgabe im Lesen schafft, darf sie bis dreiviertel neun aufbleiben.«

»Ich bin schon fertig mit dem Lesen«, sagte Abbie auf dem Sofa.

»Abbie, kein Rezept erfinden, wenn Miss Jane es nicht erlaubt – nicht wie neulich, als du Sirupbrote mit Schlagsahne und Schokolade gemacht hast, als Connie bei dir war.«

Abbie runzelte die Stirn. »Gut, aber die Kekse machen wir doch, oder?«

»Bestimmt«, sagte Jane und zwinkerte Abbie zu. »Wir haben Spaß ohne Chaos zu machen.«

»Ich habe die Telefonnummer vom Restaurant und meine Handynummer auf den Kühlschrank gelegt.« Kate beugte sich von hinten über das Sofa und gab Abbie einen Kuss auf die Wange. »Ich hab dich lieb.«

»Versprichst du, dass du dich nicht in Mason verliebst?« Abbie sah sie prüfend an. »Was soll sonst aus Papa werden?«

Kate warf einen Blick auf Jane; die zuckte zusammen und ihr Ausdruck sagte deutlich: Das übersteigt meine Kompetenz. »Wir sprechen morgen früh darüber, Abbie.«

»Kate«, sagte Jane und hielt sie im Windfang auf, »du siehst sehr hübsch aus.« Kate warf einen Blick auf ihr Bild in einem Spiegel neben der Haustür und war auch selbst zufrieden mit ihrem Aussehen. »Ich hoffe, es wird ein schöner Abend für dich.«

Kate ging schnell aus dem Haus, um nicht doch noch anders zu entscheiden. Als sie beim Licht des Sonnenuntergangs zum Restaurant fuhr, hatte Kate das starke Gefühl, Abbie und auch Jack zu verraten.

8 Achtes Kapitel

Vor ihr ging ein Pärchen durch die Tür des Restaurants. Der Mann hielt die Tür für Kate offen, aber dann schloss er sich wieder dicht an die Frau an; wie zwei Magneten schien es sie zueinander zu ziehen. Kate musste ein paar Mal kurz hinschauen, aber sie nahmen ihre Anwesenheit gar nicht mehr wahr. Sie fühlte sich dadurch nur noch einsamer.

Sie drehte sich suchend nach Mason Phillips um. Sie kam zu spät und hatte seinen Wagen schon auf dem Parkplatz gesehen. Dann erblickte sie ihn durch die offene Terrassentür. Sie schauten sich an und sie winkte auf sein Lächeln hin. Zwischen den Tischen mit den brennenden Kerzen, den leisen Stimmen und dem Klirren von Gläsern und Besteck ging Kate auf ihn zu; die ganze Zeit schauten sie sich an. Er beobachtete sie und lächelte bewundernd; von so viel Bewunderung hatte sie nicht mehr gewusst. Kate fand ihn attraktiver als je zuvor und wusste, dass auch er sie in diesem Augenblick schön fand.

Aber anstatt diesen Blick zu genießen, der sie zueinander zog, fühlte sie sich plötzlich an jenen Morgen in Venedig zurückversetzt, als sie sich gefragt hatte, ob Jack sie schön fand. In diesem Augenblick sah sie sein Gesicht lebhaft vor sich. Sie musste sich anstrengen, um sein Bild zu vertreiben, aber Mason sah man an, dass er merkte, dass sich etwas zwischen sie gedrängt hatte.

»Hallo«, sagte sie schüchtern.

Er stand auf und sie spürte seine Anwesenheit allzu deutlich. »Hallo«, sagte er und stellte einen Stuhl für sie zurecht.

Kate fühlte sich unwohl, als er ihr beim Hinsetzen half. Der Abend war warm und jetzt, als noch das letzte Abendlicht am Horizont stand, war der Himmel klar geworden. Die Bäume hatten ihre Blätter wie Flügel entfaltet und weißes Springkraut in Blumentöpfen schmückte die Terrasse.

»Kennst du noch diesen Tisch?«, fragte Mason und setzte sich ihr gegenüber. Seine dunklen Augen forderten sie auf sich zu erinnern. Er sah gut aus mit dem warmen Lächeln und dem ordentlichen dunklen Haar, das an den Schläfen leicht zurückwich.

»Vor ein paar Jahren waren wir an meinem Geburtstag mit Abbie hier. Das hatte ich vergessen. Da haben wir hier gesessen?«

»Ja. An deinem zweiunddreißigsten Geburtstag. Connie war krank und deine Freundin Jane war verreist. Du wolltest gar nichts unternehmen, aber ich habe dir zugeredet.«

»Du hast ein besseres Gedächtnis als ich.«

»Hast du deine Reise schon vorbereitet?«

»Ja. Da müsste ich Zeit finden gründlich über alles nachzudenken.«

»Zeit zum Nachdenken? Was geht dir jetzt wieder im Kopf herum?«

Kate merkte, dass sie gerade Anlass zu einem ernsten Gespräch geboten hatte, und sie wusste nicht, ob sie ihre Gedanken mit ihm teilen wollte. Sie schaute einen Augenblick schweigend über den schmiedeeisernen Zaun auf die Schatten der Blumen und Sträucher.

»Diese drei Jahre waren nicht leicht«, sagte sie.

»Ja.« Er nahm ihre Hand. Die Berührung weckte etwas, was sie schon fast vergessen hatte. Kate schaute sein glatt rasiertes Kinn und dann seinen Mund an. Seit sehr langer Zeit hatte sie niemand mehr so berührt.

»Ich versuche Geduld zu haben«, sagte er, ohne den Blick von ihrem Gesicht abzuwenden.

»Versuche?«

»Schon sehr lange.«

»Das hast du noch nie gesagt.«

»Hast du es nicht gewusst?«

Kate erkannte, dass sie es gewusst hatte. Sie waren sich gegenseitig sympathisch; ja, das hatte sie gewusst. Aber dass er wirklich mehr wollte als Freundschaft? Wahrscheinlich hatte sie es gewusst und zugleich den Gedanken weggeschoben. Jetzt war es offen ausgesprochen und er wartete auf ihre Reaktion.

Er spürte ihr Zögern und drehte ihre Hand um. »Was fühlst du?«

»Mason, ich weiß nicht recht.«

»Fühlst du überhaupt etwas?«

»Ja«, flüsterte sie.

Er lächelte mit einem Blick auf ihre beiden Hände. Kate mochte sein Lächeln, hatte es schon immer gemocht; es gab seinem Gesicht mehr Charakter und Temperament. Seine Berührung löste ein Prickeln aus, das sich langsam in ihrem Arm fortsetzte, und brachte sie auf Gedanken, mit denen sie nicht recht umzugehen wusste. Sie hatte solche Gefühle so lange in sich verschlossen; es erschreckte sie, dass sie wieder aufwachten.

»Wenn ich nur wüsste, was mit Jack passiert ist ...«

Seine Finger strichen nicht weiter über ihre. Der Kellner kam und nahm die Getränkebestellung an.

Als er ging, sagte Mason: »Jack ist immer bei uns.«

»Ja.« Sie zog die Hand zurück und starrte in die Kerzenflamme. »Ich habe immer gedacht, echte Liebe hielte alles aus, und wenn sich zwei Menschen ihr Leben und ihr Herz geben, dann fände etwas fast Magisches statt. Ich müsste doch irgendwie ein Gefühl dafür haben und merken, was ihm passiert ist, ob er noch lebt oder tot ist. Ich kann mir zwar jetzt einfach nicht mehr vorstellen, dass er noch lebt. Aber es gibt keinen Anhaltspunkt, dass ich sagen könnte, ich weiß es sicher. Keine Antwort von Gott und keinen intuitiven Eindruck. Nichts.«

Mason beobachtete sie, während sie sprach. Er hörte immer zu, aber heute Abend schien er nicht so interessiert zu sein. Sein Gesicht zeigte Ungeduld. »Was glaubst du denn, was passiert ist? Und können wir jemals darüber wegkommen?«

Kate zerknüllte die leinene Serviette in der Hand, ohne ihn anzusehen. »Vor ein paar Wochen habe ich eine Fernsehsendung gesehen mit dem Titel *Verschwunden*. Sie haben eine Frau befragt, die glaubte, ihr Mann sei ermordet worden.« Sie sah ihn schnell an und bemerkte sein Interesse. »Man durchsuchte das Büro des Mannes und fand Blutspuren von ihm, aber keine Leiche. Acht Jahre lang hat sie das Schlimmste angenommen, aber dann wurde er im Ausland verhaftet, weil er seinen Tod vorgetäuscht und seiner neuen Frau Geld gestohlen hatte. In dem Interview haben die Frauen geweint. Beide sagten, sie hätten nie gedacht, dass ihr Mann so etwas tun könnte. Als ich das sah, habe ich mich gefragt, ob man mich in dieser Sendung auch befragen könnte. Ich kann nicht glauben, dass Jack mir und Abbie so etwas antun würde. Aber das hätten diese Familien auch gesagt. Ich habe Angst bekommen. Ich meine, wem kann man denn trauen, wenn nicht einem Menschen wie Jack?«

Kate wollte mit ihren Worten niemanden treffen.

»Es wird wohl schwer für dich sein wieder Vertrauen zu fassen«, sagte er, aber sie wusste, was er wirklich fragen wollte.

»Ich weiß nicht, ob ich das kann.« Beim Sprechen erkannte sie die Wahrheit: Mason war ein guter Mensch, aber das war Jack auch gewesen. In ihr tobte ein Kampf. Eine Seite wollte von Mason geliebt werden, sehnte sich nach ihm mit schmalziger Seifenopernmusik im Hintergrund. Dann erschien vor ihrem inneren Auge das Bild eines Gerichts mit Richter und Geschworenen; die sprachen sie schuldig, schuldig, schuldig.

Eine andere Stimme sagte ihr, wie gewöhnlich ihr das alles vorkam. Sie hatte gedacht, sie wollte wieder ein gewöhnliches Leben: Essen mit ihrem Mann über flackerndem Kerzenlicht, Familienspiele und Lachen, Socken in Herrengrößen in der Wäsche, immer das Innere nach außen gekehrt, an Sonntagen und Mittwochabenden Gottesdienst. Es war das Leben mit Jack, das sie sich wieder wünschte.

Mason bot ihr anscheinend an, wieder ein gewöhnliches Leben zu führen. Aber man konnte nicht einfach zurückblättern und Jack durch jemand anderen ersetzen.

Kate schüttelte den Kopf, um die Gedanken loszuwerden.

»Ich warte auf dich, Kate. Wenn du noch nicht so weit bist, warte ich so lange. Ich werde immer auf dich warten.«

»Immer ist viel länger, als du denkst.«

Es schien, als suchte er nach jedem einzelnen Wort. »Also gut, vielleicht nicht für immer. Aber ich habe Ausdauer – drei Jahre habe ich gut geschafft. Aber ich muss dich um die Bereitschaft bitten, es auch zu versuchen. Kannst du wenigstens versuchen, mich näher kommen zu lassen? Wir machen es langsam, immer nur ein Stückchen. Wenn du mehr Freiraum brauchst, stecken wir zurück. Und dann sehen wir, was passiert. Kate, kannst du wenigstens das für mich tun?«

Sie nickte, aber sie merkte, wie ihr übel wurde. Sie hatte Abbie versichert, sie würde diesen Weg mit Mason nicht in Betracht ziehen. Zu sich selbst hatte sie dasselbe gesagt.

Kate konnte manchmal sehr stark sein. Sie konnte etwas entscheiden und dann vehement darauf zuarbeiten. Dann konnten sich Berge in Bewegung setzen. Aber wenn viel Zeit verging, wurde es schwierig. Dann ließ ihre Entschlossenheit nach; Hindernisse weckten Zweifel in ihr. Aber jetzt fehlte ihr diese Kraft völlig. Sie hatte Abbie und sich selbst Versprechen gegeben. Jetzt versprach sie Mason etwas anderes. Die Versprechen waren unvereinbar und würden mit Sicherheit jemandem Kummer bereiten.

Kate hatte keine Lust hineinzugehen. Jane würde auf sie warten und einen Bericht hören wollen. Aber Jane schlief auf dem Sofa; ihre Tasche lag offen neben ihr auf dem Boden. Kate tippte ihr auf die Schulter.

Jane stöhnte und setzte sich auf. »Wie war es?« Sie gähnte, zog ihre Bluse glatt und drückte dann die Hände auf ihr kurzes Haar, um unordentliche Strähnen zu glätten.

»Gut«, sagte Kate.

»Mason ist ein prima Kerl.«

»Ja, das stimmt.« Kate fühlte sich plötzlich müde. »Danke, dass du auf Abbie aufgepasst hast. War alles in Ordnung?«

»Klar. Nach dem Backunterricht haben wir Sandwiches aus Keksen und Schlagsahne gemacht. Sie war ganz begeistert.«

Kate lächelte. »Noch eine Babysitterin, bei der sie ihren Willen bekommt. Möchtest du hier schlafen?«

»Wie spät ist es?«

»Halb elf.«

»Erst? Ich kann gar nicht glauben, dass ich geschlafen habe.« Jane schloss ihre Ledertasche und warf Kate schläfrig eine Kusshand zu. »Ich rufe dich später an, um mehr zu hören. Ach ja, mehrere Leute haben angerufen. Der Zettel liegt auf der Kommode.«

Kate schloss die Tür hinter Jane und lehnte sich dagegen. Das Haus war still und nur von der Wohnzimmerlampe erleuchtet. Kate sah die Liste mit Anrufen auf der Kommode, nahm sie aber nicht. Stattdessen sah sie die Post durch und brachte ein paar Rechnungen zum Sofa, die immer noch an »Mr. und Mrs. Jack Porter« adressiert waren. Sie sah, dass Abbie sie schon durchgesehen hatte. Abbie holte mit Vorliebe die Post. Kate hatte mehrere Zeitschriften für sie bestellt, damit sie etwas mit ihrer eigenen Adresse fände. Etwas Besonderes war immer ein Päckchen von Onkel Chris. Ihr allein stehender Onkel verwöhnte Abbie gern mit allem Möglichen, vom Sandsack zum Boxen bis zum knuddeligen Teddybären. Kate öffnete die Briefe und legte sie neben sich. Einsamkeit breitete sich im Zimmer aus wie Nebel. Mit das Schwerste am Verlust von Jack war die Einsamkeit, an die sie vorher nie gedacht hatte. Wenn man jeden Tag und jede Nacht mit jemandem zusammen gewesen war und ihn dann verlor, wurde die Stille zum Feind und zum Ankläger.

Jack, warum kannst du mir nicht sagen, was passiert ist? Gott, warum kann ich keinen Frieden finden?

Kate sah ein Stück Papier, das teilweise unter dem Sofa lag. Sie hob es auf und las Janes maschinengeschriebenen Rundbrief an alle Sonntagsschullehrer, dass sie an einer Versammlung teilnehmen sollten. Kate las den Brief immer wieder. Da stand ihr früheres Leben auf dem Blatt Papier. Solche Briefe hatte sie an die Frauengruppe oder an die Eltern ihrer Sonntagsschulklasse geschrieben.

Waren ihr Glaube und ihre Frömmigkeit so grundlegend wie dies hier? Sie waren eher wie ihre Karriere oder wie ein Hobby gewesen, keine Basis fürs ganze Leben. Kate wusste, dass ihr Glaube ehrlich gewesen war, aber jetzt betrachtete sie ihr früheres Leben aus dem Abstand und sah, dass der Glaube kälter geworden war, je mehr sie sich in die Arbeit gestürzt hatte. Liebte sie Gott wirklich so, wie sie sagte? Kate wusste es nicht mehr.

Müdigkeit überfiel sie. Sie legte sich aufs Sofa, schaltete den Fernsehapparat ein und suchte die Wirtschaftsinformationen und die billigen Filme durch. Stunden später wachte sie steif und mit schmerzenden Gliedern auf; eine Gruppe von Fitnesstrainern hopste über den Bildschirm. Die Uhr zeigte halb vier Uhr morgens. Sie schaltete den Fernseher aus und trottete über den Flur; Abbies Nachtlicht zeigte ihr den Weg zu ihrem Zimmer. Sie zog die Strümpfe aus und warf sie auf den dick gepolsterten Sessel, wo schon eine Sammlung von ausgemusterten Kleidern lag. Sie ging einen Schritt auf ihr Bett zu und hob die Bluse, um sie auszuziehen, da sah sie etwas in dem schwachen Licht.

Etwas Kleines lag auf ihrem Kopfkissen, genau in der Mitte. Es zeichnete sich dunkel gegen den cremefarbenen Kissenbezug ab. Kate hob den kleinen Gegenstand auf, und obwohl es schon Jahre her war, erkannte sie ihn in ihrer Hand wieder und erschrak. Er war kühl in ihrer Hand, aber sie spürte ihn brennend heiß, als ob sie ihn nicht loslassen könnte und doch verzweifelt wünschte ihn los zu sein.

Mit der anderen Hand schaltete sie das Licht an, um sich zu vergewissern. Und da starrte sie auf ein Stück blauer Keramik, das sie in das Zimmer in Venedig zurückversetzte. Eine Welle von Angst machte sie fast blind.

Abbie!

Voll Angst rannte sie mit der Scherbe in der Hand über den Flur. Warum hatte sie beim Heimkommen nicht nach Abbie geschaut? Nach kurzem Zögern schaltete sie das Licht an. Da lag ihre Tochter auf dem Rücken. Ihre geschlossenen Lider zuckten in dem blendenden Licht, aber sie schlief weiter. Sie war da.

Kate schaltete das Licht aus und kniete sich neben Abbies Bett. Das Haus fing an sie zu beengen. Die Dunkelheit selbst und jedes kleinste Geräusch schienen die Anwesenheit eines Menschen zu verraten. Jemand hatte die blaue Scherbe auf ihr Kopfkissen gelegt. Jemand war in ihrem Haus gewesen. War das gewesen, als sie auf dem Sofa schlief? Und wenn die Person noch da war?

9 Neuntes Kapitel

Der Bildschirm ließ weißes Licht über die Wände flackern – das einzige Licht in dem Hotelzimmer. Abbies Kopf lag auf dem Kopfkissen mit dem Gesicht zum Fernsehapparat. Endlich war sie eingeschlafen. Kate knipste eine Lampe an, suchte die Fernbedienung und schaltete den Trickfilm ab. Sie warf noch einen Blick auf die verschlossene Tür. Nach mehrfachem Schütteln war Abbie aufgewacht und hatte es spannend gefunden, dass sie mitten in der Nacht in ein Hotel in ihrem eigenen Wohnort zogen und dabei sehr heimlich taten. Kate hatte versucht es spielerisch zu gestalten, wie eine Überraschungsparty für zwei.

Kate hoffte, hier seien sie sicher. Sie war zittrig und übererregt, als ob sie zu viel starken Kaffee getrunken hätte. Jetzt, wo sie im Hotel Corvalis eingeschlossen war und keine Spaßaktion mehr vorzutäuschen brauchte, überfielen sie die Fragen: Wie war das Keramikstück ins Haus gekommen? Was bedeutete es? Wann war es da hingelegt worden? Kate dachte daran Jane anzurufen, um zu hören, was sie davon wusste. Vielleicht auch ihre Eltern – aber den Gedanken verwarf sie, es würde ihnen zu viele unnötige Sorgen machen. Sie sollte wohl die Polizei oder das FBI anrufen, aber immer wenn sie den Hörer abhob, unterbrach sie sich wieder.

In den Monaten nach ihrer Rückkehr aus Venedig hatte Kate regelmäßig einen befreundeten Polizeibeamten angerufen. Adam war Jacks und ihr Freund gewesen; auf ihn konnte sie sich verlassen, er hatte Beziehungen, auch wenn die einzige Beruhigung, die sie bekam, die Auskunft war: »Ich suche weiter.« Ein halbes Jahr nach Jacks Verschwinden hatte Adam sich zu ihr gesetzt. Sie hatte sich gewundert, dass er sie in die Polizeistation gebeten hatte, und noch mehr, als er sie in einen Raum für Verhöre brachte – um nicht gestört zu werden, hatte er gesagt. Aber als sie da waren, wusste sie, dass etwas nicht stimmte. Er benahm sich nicht wie sonst. Adam rekapitulierte die Zeit, die Telefonanrufe und alles, was er unternommen hatte. Dann fragte er, was *sie* meinte, warum es keinerlei Spuren gab.

»Jacks Foto mit der Information ist um die ganze Welt gegangen. Wir haben Spezialisten für Entführungen ins Ausland, Lösegeldforderungen, politische Morde und Vermisste eingesetzt, aber es gibt nichts: keinen Erpresserbrief, keine Erklärung von einer Terroristengruppe, keinen Kontakt mit seinen Verwandten oder früheren Freunden, keinen Hinweis auf eine andere Frau, keine angeschwemmte oder von Fischern gefundene Leiche. Das sind die Fakten, Kate. Du musst mir sagen, ob es noch etwas gibt, was wir nicht wissen.«

Kate musste an ihr letztes Verhör in einem solchen Raum denken. Da wusste sie es: Adam hatte *sie* in Verdacht. Nach Monaten ohne jedes Ergebnis war sogar Adam misstrauisch. Er behielt sie mehrere Stunden da und gab am Ende zu, dass manche Leute versuchten ihre Schuld zu verheimlichen, indem sie übermäßig besorgt taten. Er hatte sie gehen lassen und gesagt, er glaube ihr – aber sie wusste, dass er nicht ganz überzeugt war. Seitdem prüfte sie sich ständig, scheute jede Befragung und jede Aktivität und fragte sich, ob sie dadurch schuldig erscheinen könnte. Zu den Angstgefühlen, die sie schon hatte, kam nun noch die Sorge, was andere von ihr dachten: Allzu große Aufregung konnte man als Schuld auslegen. Zu wenig Betroffenheit konnte dasselbe bedeuten. Ob sie alles tat oder gar nichts – irgendjemand verdächtigte sie immer.

Kate nahm den Hörer ab, warf einen Blick auf die Vorhänge, die jeden Zentimeter des Fensters bedeckten, und auf den Riegel über dem Türknopf. Sie konnte ja nicht ewig hier bleiben. Sie wählte Connies Nummer.

»Wenn das schon wieder ein Vertreter ist, achten Sie mal auf die Zeitzonen«, brummte Connie ärgerlich nach mehreren Klingelzeichen.

»Hier ist Kate.« Sie hörte ein Geräusch, als ob Connie sich schnell aufsetzte.

»Was ist los?« Connies Stimme verriet plötzlich keine Schläfrigkeit mehr, nur noch gefasste Angst.

»Das lässt sich nicht so schnell sagen, aber ich bin in einem Hotel in der Stadt. Ich könnte dich jetzt gut gebrauchen.«

»Kate, was ist passiert? Irgendetwas musst du mir doch sagen.«

»Ich habe eine Keramikscherbe gefunden – genau wie die in Venedig. Sie war in meinem Haus, auf meinem Kopfkissen.«

»Wie ist die da hingekommen? Dumme Frage, ich weiß. Wo bist du?«

»Hotel Corvalis. Zimmer 253.«

»Ich komme sofort.«

Kate ließ sich in einen Sessel neben einem kleinen Tisch fallen. Sie nahm das dreieckige Bruchstück aus der Tasche. Es sah genau aus wie das, das sie in Venedig gefunden und festgehalten hatte, bis die italienische Polizei es weggenommen und in den Raum für Beweisstücke eingeschlossen hatte. Und Analysen hatten nichts ergeben. Nur dass es auf dem Kopfkissen gelegen hatte, war verdächtig.

Das Zimmer war still und warm; das passte nicht zu ihrer inneren Unruhe. Schon nach einer Viertelstunde klopfte Connie an die

Tür. Durch den Spion sah Kate ihren Kopf seltsam verformt. Sie öffnete ihrer Freundin die Tür, die mit wirrem Haar und in unpassender Kleidung kam: einer Flanell-Trainingshose und einem T-Shirt ihres Mannes.

Connie umarmte Kate sofort und hielt sie eine ganze Weile fest. Dann ließ sie los und schaute sich im Zimmer um. »Zeig mal!«

Kate zeigte auf den Couchtisch und verriegelte die Tür hinter ihnen.

»Das ist sie also? Ist es genau dieselbe?« Connie hielt die Scherbe ans Licht, während Kate am Bett vorbeiging und sich in den Sessel setzte.

»Ich weiß nicht. Die erste habe ich nicht lange gehabt. Aber sie sieht genau so aus.«

»Vielleicht ist sie der Polizei in Italien gestohlen worden – oder vielleicht hing der blöde Polizist in Wirklichkeit mit da drin und verfolgt dich jetzt – oder vielleicht ist es eine Art Test, um zu sehen, wie du reagierst und ob du unschuldig bist.«

»Connie, das hier sind Fakten.« Kate hatte den Eindruck, ihre Freundin bewege sich in einer Fantasiewelt. Connie sah wieder nüchterner aus und beide schauten Abbie an, die jetzt auf der Seite schlief.

»Tut mir Leid. Du musst ja wahnsinnig erschrocken sein.«

Kate antwortete nicht.

»Und du hast nicht die Polizei gerufen?«

»Nein.«

»Aber dies ist eine wichtige Sache. Bestimmt.«

»Das weiß ich. Und ich weiß auch, dass ich anrufen müsste. Immer wenn ich den Hörer abnehme, denke ich, wie das wohl von der anderen Seite aussieht. Ich meine, wer hat die Scherbe gefunden? Ich. Könnte irgendjemand anders sie hingelegt haben? Nein. Zwei Leute waren die ganze Nacht im Haus. Wie hätte da jemand einbrechen können und warum sollte er? Ich habe sie angefasst, meine Fingerabdrücke sind also überall drauf. Sind noch andere da – außer deinen? Wahrscheinlich nicht. Das könnte eine Geschichte in der Abendzeitung hergeben. Stell dir vor: Jack Porters Verschwinden ist immer noch rätselhaft. Wer ist der erste Verdächtige?«

»Du hast Recht.« Connie legte das Keramikstück weg und fing an auf- und abzugehen.

»Meinst du?« Kate hatte erwartet, Connie würde anderer Ansicht sein.

»Wir müssen beten.« Connie sah ernst aus. Kates Mundwinkel

fielen nach unten. Sie hatte zuerst mit anderen Vorschlägen von ihrer Freundin gerechnet. Dass Connie gleich vorschlug zu beten, war ein Zeichen, dass sie verstand, in welch schwieriger Lage Kate war.

»Gut, dann beten wir.«

»Mama?« Abbie setzte sich im Bett auf. »Hallo, Miss Connie.« Connie winkte ihr zu, ging dann aber wieder hin und her und man sah an der Bewegung ihrer Lippen, dass sie schon betete.

»Schätzchen, versuch wieder einzuschlafen, ja?«

»Ich habe Durst.« Die Augen fielen ihr zu, obwohl sie aufrecht saß.

Im Bad fand Kate einen eingepackten Plastikbecher, versuchte die Hülle abzureißen und füllte ihn dann mit Wasser. Abbie war auf ihr Kissen zurückgefallen, griff aber nach dem Becher.

»Setz dich auf, sonst kleckerst du und wirst ganz nass.« Sie half Abbie ein paar Schlucke zu trinken und legte sie dann sanft wieder auf das Kissen.

Connie stand jetzt ruhig. »Das tut mir alles sehr Leid«, sagte sie mit roten Augen und verstörtem Blick. »Ich habe dich gedrängt, Jack hinter dir zu lassen. Und wenn du es versuchst, passiert so etwas.«

»Dafür kannst du doch nichts.«

»Was macht Gott da? Dafür könnte ich gut eine Erklärung gebrauchen.«

»Vielleicht will Gott nicht, dass ich ein normales Leben führe. Ich wünschte, ich könnte ihn wenigstens ein bisschen verstehen.«

Connie antwortete nicht. Vor langer Zeit hatten sie einmal darüber gesprochen, wie es Connie ärgerte, gleich nachdem Jack verschwunden war, die allzu einfachen christlichen Antworten zu hören: »Gott wirkt alle Dinge zum Guten. Der Herr hat einen Plan.« Das stimmte zwar, aber die Leute sagten es, um nicht ihren Schmerz teilen, wirklich helfen und sich engagieren zu müssen. Wie konnten sie auch nur ansatzweise ahnen, wie es war, die Hälfte von sich selbst zu verlieren und nicht zu wissen, wo sie war?

»Dieses Mal machen wir es anders«, sagte Connie entschlossen.

»Was?«

»Wir müssen stärker sein, ausdauernder.«

Kate legte sich auf das Bett neben Abbie und schloss die Augen. Plötzlich ging alles zu schnell und sie hatte keine Kraft mehr.

»Ich habe einmal eine Sendung gesehen ...« Connie unterbrach sich, als Kate den Kopf schüttelte. »Nein, das war ein Tatsachenbericht über eine Frau, die ihre Tochter suchte. Sie wusste, dass ihr Mann sie in seine Heimat in Bolivien mitgenommen hatte – oder war es Quebec oder vielleicht Saudi-Arabien? Ich weiß nicht mehr ... Aber diese Frau hat angefangen selbst nachzuforschen und hat eine internationale private Detektei eingeschaltet. Am Ende hat sie ihre Tochter wiederbekommen – allerdings mussten sie sie widerrechtlich entführen.«

»Heißt das, dass du denkst, Jack lebt noch?« Kate starrte Connie an.

»Ich weiß gar nicht mehr, was ich denken soll. Glaubst *du* es denn?«

Kate stützte sich auf einen Ellbogen. Um die dicken Vorhänge herum sah sie einen schwachen Lichtschein: Draußen wurde es hell. Der Gedanke, dass Jack noch lebte – atmete, schlief, aß, träumte – war noch schlimmer. »Fast hoffe ich nicht. Wenn Jack noch lebt, ist er nicht der Mensch, den ich meinte zu kennen.«

»Aber irgendjemand hat dieses Ding auf dein Kopfkissen getan. Ein Mensch aus Fleisch und Blut war das. Ich glaube, es ist Zeit; wir müssen anfangen einen Plan zu machen. Vielleicht sollten wir ...«

Abbie bewegte sich. »Mama?«

»Es ist noch zu früh zum Aufwachen, Abbie. Versuch noch ein bisschen zu schlafen. Wir sind auch leiser.«

»Aus irgendeinem Grund hat Gott das mit dir noch nicht abgeschlossen.« Connie saß am Tisch und hatte wieder das Stück Keramik in der Hand.

»Mama?«

»Ich spreche gerade mit Connie.«

»Aber Mama ...«

»Ich suche mal ein Fernsehprogramm. Noch ein bisschen, dann gehe ich mit dir schwimmen.«

»Aber Mama, ich muss dir etwas sagen.«

»Was denn?« Kate wurde ungeduldig.

»Ich habe die Fliese auf dein Kopfkissen gelegt.«

Kate wurde steif. Ihr Hals drehte sich langsam wie auf einem rostigen Scharnier. Abbie sah sie unverwandt an; ihre Augen fragten: Habe ich etwas Schlimmes getan?

»*Du* hast sie auf mein Kissen gelegt?« Kate wurde blass. Sie setzte sich auf dem Bett auf. Ihr Magen rumorte und tausend Gedanken schwirrten ihr durch den Kopf. War Abbie in Gefahr gewesen? Hatte jemand ihr die Scherbe gegeben, während sie weg war und den Abend mit Mason genoss? »Das ist sehr wichtig«, sagte sie und versuchte ruhig zu sprechen. »Wo hast du sie her? Und warum hast du sie auf mein Kopfkissen getan?«

»Also ich habe sie da hingetan, weil ich noch weiß, dass du die andere an der Stelle gefunden hast. Ich wollte es dir sagen, aber ich bin eingeschlafen, bevor du gekommen bist. Miss Jane musste ein paar wichtige Telefongespräche führen, vorher konnten wir den ersten Teil von *Ann of Green Gables* nicht sehen, da bin ich die Post holen gegangen. Ein kleines Päckchen war dabei und ich dachte, es wäre von Onkel Chris – vorne drauf hat kein Name gestanden. Da habe ich es aufgemacht. Als ich gesehen habe, was drin ist, habe ich Angst bekommen und wusste nicht, was ich machen sollte. Ich dachte, vielleicht wird Miss Jane wütend, weil ich die Post aufgemacht habe, darum habe ich es einfach in meinem Zimmer versteckt.«

»Und wann hast du die Scherbe auf mein Kopfkissen gelegt?«

»Da hatte Miss Jane mich schon ins Bett gebracht. Ich wollte schlafen, aber ich konnte nicht. Ich dachte, du wirst wütend, und wollte nicht, dass Miss Jane auch noch wütend auf mich wird. Da bin ich in dein Zimmer gegangen und habe sie auf dein Kopfkissen getan, damit du sie siehst. Ich wollte wach bleiben, aber ich habe es erst gemerkt, als ich aufgewacht bin und du mich mit ins Hotel genommen hast. Ich habe es ganz vergessen.« Tränen liefen über Abbies Wangen.

»Es ist gut, Abbie. Du hast nichts falsch gemacht«, flüsterte Kate und fing eine Träne auf, ehe sie von ihrem Kinn tropfen konnte. »Miss Jane hat von dem Päckchen nichts erfahren?«

»Nein.«

»Und es ist mit der Post gekommen?«

»Ja, sonst waren nur die Rechnungen da. Ich habe keine Post bekommen, aber ich war so gespannt ...«

»Wo ist die Schachtel jetzt?«

»Ich habe sie in den Müll geworfen, ganz weit nach unten, weil ich dachte, ihr schimpft mich aus.«

»Wir müssen die Schachtel haben.« Kate stand auf. Connie reichte ihr schon ihre Handtasche und Schlüssel. »Abbie, du hast nichts Schlimmes gemacht. Du kannst überhaupt nichts dafür. Ich hoffe nur, Jane hat den Müll nicht rausgebracht.«

»Sollen wir alle mitkommen?«

»Nein, so ist es besser. Jetzt weiß ich ja, dass niemand im Haus herumschleicht, da passiert mir nichts.«

Connies Blick gab Kate die Sicherheit, dass sie für Abbies Wohlergehen sorgen würde.

»Aus welchem Film ist das jetzt? Und geht er gut aus?«, fragte Kate Connie, als sie den Mantel anzog.

»Das wüsste ich gern.« Connie setzte sich aufs Bett. »Wo sind deine Schuhe?«

»Ich hatte es so eilig, ich bin ohne weggefahren.«

»Wie bist du denn ins Hotel – ach, ich bleibe jetzt einfach hier sitzen und stelle es mir vor.«

»Schön, wenn dir das Spaß macht.«

Sie öffnete die Tür und Abbie kam gelaufen und umarmte ihre Beine. Plötzlich kamen ihr wieder die Tränen. Kate bückte sich und umarmte sie fest. Ihr Haar roch nach getrockneter Schlagsahne und nach Melonenshampoo.

»Alles ist in Ordnung, Abbiekind. Du hast nichts falsch gemacht. Niemand ärgert sich über dich.«

»G-gut«, brachte sie unter Schniefen heraus.

Kate lehnte sich zurück und schaute tief in Abbies glitzernde Augen. »Du bist ein ganz besonderes Kind, weißt du das?«

Abbie nickte und lächelte leicht.

»Ich bin bestimmt bald wieder da.«

Als Kate die Tür schloss, fiel ihr ein, dass sie zu Jack etwas Ähnliches gesagt hatte, als sie aus dem Hotel in Venedig ging. Alles führte immer wieder zu diesem Tag zurück.

10 Zehntes Kapitel

Ihr Haus wirkte ungewohnt dunkel, als Kate in die Einfahrt fuhr – vielleicht weil sie es nie so früh am Morgen von außen sah, wenn die Sonne gerade erst hinter den Bergen im Osten aufging. Auf dem Weg hierher hatte sie an jeder Ecke damit gerechnet, dass jemand sie überfallen könnte.

Im Flur war noch Licht. Bei ihrer panisch überstürzten Flucht mit Abbie hatte Kate es angeschaltet. Als sie jetzt durch die Haustür kam, wirkte die Stille fast laut auf sie.

Der Mülleimer war übervoll und klebrig vom Sahnebecher und von mit Schokolade beschmierten Papptellern, die sie beim Suchen zur Seite schob. Ein Butterpapier klebte sich an ihre Hand und das Ende ihres weinroten Ärmels blieb an einer weichen braunen Masse hängen.

Dann sah sie die Schachtel. Kate zog sie aus dem Müll und stellte sie auf die Arbeitsfläche. Von außen sah sie nicht ungewöhnlich aus: eben ein normales Postpäckchen. Kate putzte es mit Papiertüchern ab, schloss die Seitenteile und suchte im Müll, bis sie alle Teile des Etiketts gefunden hatte. In der Schachtel war Plastikfüllstoff und ein Beutel mit Gleitverschluss. Es stand kein Absender darauf, wie Abbie gesagt hatte, aber noch seltsamer war, dass die Adresse zwar ordentlich mit Druckbuchstaben in blauer Tinte geschrieben war, ihr Name aber nicht da stand. Der Poststempel war vom Müll verschmiert, aber er sah aus, als wäre es vor wenigen Tagen gestempelt worden. Kate entzifferte ein paar Buchstaben und wusste dann, wo es herkam: Phoenix, Arizona.

Phoenix sagte ihr nichts. Kate war noch nie da gewesen und kannte auch niemanden von dort. Sie hatte einen Vetter in Kingman in Arizona, aber das hatte hiermit nichts zu tun.

Sie schaltete mehr Licht an und brachte die Schachtel zum Sofa. Sie dachte alle Möglichkeiten durch, warum ihr die Scherbe geschickt worden war, von wem und was Arizona damit zu tun hatte. Jetzt war es Zeit, die Polizei anzurufen – Adam wahrscheinlich. Seit dem Tag im Verhörraum der Polizei hatte sie nur selten mit ihm gesprochen. Der Gedanke, wieder da hinzugehen und sich dem Verdacht auszusetzen, war Kate schrecklich. Ihr fiel ein, was Connie von einer internationalen privaten Detektei gesagt hatte. Vielleicht sollte sie das lieber zuerst versuchen.

Ein paar Stunden später brachte Connie Abbie nach Hause. Sie hatten frische Brötchen besorgt und Abbies wegen tat Kate, als ob alles wunderschön wäre. In zwei Tagen sollten sie zu ihrer Viertagereise aufbrechen. Abbie erzählte Connie von Opas Pferden und wie Oma ihr Kartenspiele beibrachte. Connie sagte, sie wolle den Tag über dableiben, und hatte schon ihrem Mann Bescheid gesagt und jemanden gebeten, heute an ihrer Stelle den Haushalt zu versorgen. Kate saß auf dem Sofa, die Schachtel und das Fliesenstück hatte sie in ihrem Schrank verstaut. Abbie und Connie waren in der Küche, ihre Stimmen hörte sie gedämpft wie durch einen dicken Nebel.

»Wir wollen deine Mama ein bisschen in Ruhe lassen«, hörte sie Connie sagen. »Kate, du hast in der Nacht nicht geschlafen. In ein paar Stunden machen wir Pläne, aber jetzt ruh dich aus, damit du klar denken kannst.«

Kate wollte widersprechen, aber sie war einfach zu müde. Sie ging in ihr Zimmer und betrachtete einen Augenblick lang ihr Kopfkissen mit der kleinen Delle, wo die Fliese gelegen hatte. Sie spürte, wie die alte verzehrende Müdigkeit sie überfiel. Sie kämpfte dagegen an, aber sie hatte nicht mehr gewusst, wie ungeheuer stark sie war. So lange hatte sie sich dagegen gewehrt, hatte ihr manchmal nachgegeben und war dann aufgewacht, als der Tag vorbei war. Es war eine so starke Trauer oder Depression, vielleicht auch Angst, dass sie sich wünschte ins Nichts zu gleiten, den Verstand zu verlieren und nichts mehr zu fühlen. Vielleicht war Wahnsinn in Wirklichkeit die wirksamste Flucht – keine furchtbare Krankheit, sondern Ruhe vor einer Welt voller Schmerzen.

Kate war entschlossen, dagegen zu kämpfen. Sie wollte schlafen und dann wieder stark sein. In den letzten drei Jahren hatten Abbie und das Antiquitätengeschäft sie daran gehindert zu tief zu fallen – dieses Mal wollte sie es auch für sich selbst. Kate würde diese Sache in Angriff nehmen und die Antworten finden – wenigstens genug Antworten, um weiterzugehen.

Stunden später wachte sie auf. Sie hatte gut geschlafen. Sie lag auf Jacks Seite des Bettes, das Kopfkissen an sich gedrückt. Das Telefon klingelte, aber sie griff nicht danach.

Ein paar Minuten später klopfte Connie an die Tür und schaute herein. »Geht es dir gut?« Sie sah besorgt aus, lächelte aber. »Sollen wir den Arzt rufen, dass er dir ein Antidepressivum spritzt?«

»Womöglich noch eine Infusion?«

»Diese Frau hat schon zweimal angerufen.« Sie öffnete die Tür weiter und zeigte auf das schnurlose Telefon, das sie an sich drückte. »Eine ältere Dame, das merkt man, und sie versteht nicht so ganz, dass du nicht gestört werden darfst. Sagt, es ist sehr wichtig. Ich kann sie auch wieder abwimmeln.«

»Ich spreche mit ihr. Es geht mir besser, viel besser. Danke, Connie.« Kate setzte sich auf und nahm das Telefon. Connie schloss die Tür beim Hinausgehen.

»Mrs. Porter?« Ein leichtes Zittern in der Stimme der Frau zeigte, dass sie alt war.

»Ja?«

»Sehr gut. Ich habe schon versucht Sie zu erreichen. Auch gestern Abend wollte ich schon mit Ihnen sprechen.«

Kate richtete sich weiter auf und versuchte die Stimme mit dem starken Akzent zu erkennen. »Wer ist da?«

»Bitte hören Sie zu. Sie werden bald Post bekommen. Es ist kein Absender darauf. Aber ...«

»Sie ist gestern Abend angekommen. Wer sind Sie?«

»Sie ist schon angekommen? Dann ist es sehr schnell gegangen. Haben Sie sie aufgemacht?«

»Ja.« Kate war aufgestanden. »Aber wer ...«

»Dann ist es sehr wichtig, dass wir uns treffen und über den Inhalt sprechen. Das will ich nicht am Telefon bereden.«

»Wer sind Sie?«, fragte Kate energisch.

»Eine Freundin. Die Sache liegt mir am Herzen.«

»Warum können Sie mir nicht sagen, wer Sie sind? Warum haben Sie es mir geschickt?«

»Wenn wir direkt miteinander reden könnten, wäre das viel besser als am Telefon.«

»Sie wissen, wo ich wohne?«, fragte Kate. Sie war gleich auf der Hut.

»Ich habe die Adresse, ja. Wir sind im Augenblick in Portland.«

»Wir?«

»Bitte, Mrs. Porter. Ich weiß, dass mein Anruf und das Päckchen Ihnen große Angst machen müssen. Aber wir können uns in der Öffentlichkeit treffen. Sie können den Platz bestimmen. Wir wollen Ihnen helfen.«

Kate war misstrauisch, ängstlich, neugierig, und sie wollte etwas erfahren – irgendetwas – nachdem sie so lange gar nichts gehabt hatte. Sie spürte, dass sie dabei war wieder so zu werden, wie sie in der ersten Zeit nach Jacks Verschwinden gewesen war: schwach und verängstigt. Sie musste einen Ausweg finden.

»Ich werde kommen.«

»Sehr gut. Es ist wichtig, dass Sie mir trauen und es nicht anderen erzählen. Sie brauchen keine Angst zu haben. Ich habe Informationen, die Sie brauchen werden.«

Kate wendete sich zur Tür, als sie knarrend aufging. Connie schaute herein. »Ich komme nach Portland. Morgen. Geben Sie mir Ihre Nummer, dann rufe ich von unterwegs aus an.«

»Gut. Das wird gehen.«

Kate suchte in den Schubladen ihres Nachttischs, bis sie ein Stück Papier fand. Sie fand einen grünen Buntstift und schrieb die Nummer des Sheraton-Hotels in Portland auf.

Connie stand noch in der Tür. »Ich fahre mit«, sagte sie, als Kate aufgelegt hatte.

»Wo ist Abbie?«, fragte Kate. »Hat sie etwas von dem Gespräch gehört?«

»Sie bringt Whiskers Walzertanzen bei. Wer war das?«

»Ich weiß nicht. Diese Frau hat das Keramikstück geschickt oder weiß jedenfalls, wer es war. Sie sagt, sie haben meine Adresse, den Namen und die Telefonnummer; das ist nicht so ein tolles Gefühl.«

»Du triffst sie morgen?«

»Ja.«

»Wir müssen die Polizei anrufen.« Connie sah traurig aus, als sie das sagte. Sie verstand, was es für Kate bedeutete.

»Es ist nicht gefährlich. Ich suche den Treffpunkt aus.«

»Dann warte ich im Auto.«

»Abbie muss doch in die Schule, da muss sie jemand abholen. Sie war heute schon nicht da.«

»Was ist, wenn es Terroristen sind oder wenn sie Geld verlangen? Ich rufe Mason an, der soll mitfahren.«

»Nein. Das wäre keine gute Idee. Mason dürfen wir da nicht hineinziehen.«

»Zu Befehl, Agent Scully.«

»Wer ist das?« Kate musste lachen, sie wusste, es war sicher wieder eine seltsame Connie-Vorstellung.

»Weißt du nicht? Die *Akte X*.«

»Hat dir schon mal jemand gesagt, dass du viel zu viel fernsiehst?«

»Es könnte sein, dass ich das schon gehört habe.«

Connie setzte sich aufs Bett. Kate ließ sich neben sie fallen. Sie schauten sich an.

»Ich weiß nicht, wie ich da jetzt wieder durchkommen kann«, flüsterte Kate. »Alle sagen: ‚Ach, das schaffst du bestimmt. Wir helfen dir. Du schaffst es – glaube nur, dann hilft Gott dir durch.' Sie sagen, es muss doch ein Trost sein, dass Abbie bei dir ist. Erst gestern habe ich gedacht, ich schaffe es wirklich.«

Connie berührte ihre Hand. »Ich weiß nicht, wie du da durchkommst und ob überhaupt. Aber ich bin die ganze Zeit bei dir. Das kann ich dir versprechen.«

»So ehrlich kann nur eine echte Freundin sein.« Kate schloss die Augen. Da fiel ihr etwas ein: War in dem Päckchen nur die Fliese gewesen? Abbie riss die Päckchen von Onkel Chris immer auf, um zu sehen, was darin war, bevor sie die Karten las, die er schrieb.

»Wo gehst du hin?«, fragte Connie, als Kate plötzlich aufsprang.

»Agent Kate hat eine Idee.«

Connie ging ihr nach zum Mülleimer. Abbie war immer noch mit Whiskers draußen und Kate durchsuchte den Inhalt noch einmal gründlich. Ziemlich weit unten fand sie einen Umschlag, den sie beim ersten Mal übersehen hatte. Ihr Name stand vorn darauf.

»Erstaunlich«, sagte Connie leise. »Mach ihn auf.«

Sehr geehrte Mrs. Porter,

immer wieder versuche ich diesen Brief an Sie zu schreiben. Es tut mir Leid, was Ihrem Mann zugestoßen ist. In mancher Hinsicht fühle ich mich verantwortlich. Ich habe gehofft, Sie treffen und Ihnen alles sagen zu können, was ich darüber weiß. Aber wenn Sie dieses Päckchen erhalten, ist es ein Zeichen, dass das nicht möglich ist. Bald werden andere mit Ihnen in Verbindung treten, die wissen, wie sie helfen können. Zum Beweis meiner Aufrichtigkeit vertraue ich Ihnen meine blaue Fliese an. Bitte bewahren Sie sie gut, bis Sie die anderen treffen.

Seien Sie vorsichtig und lassen Sie dies nicht bekannt werden. Es ist außerordentlich wichtig.

Hochachtungsvoll

Karl Olsen

»Kate, das ist der Beweis.«

Kate nickte und las den Brief noch einmal. »Ja. Endlich etwas Greifbares.«

11 Elftes Kapitel

Lukas saß auf dem kleinen Sofa am Fenster. Er blätterte mit schnellen Bewegungen den *London Telegraph* durch und ärgerte sich, dass er unten keine andere ausländische Zeitung gefunden hatte.

»Was stört dich?«, fragte Marta. Sie saß auf dem Sofa an der anderen Seite des Zimmers. Neben ihr stand das Telefon.

»Warum hast du gesagt, wir hätten Information für sie?«

»Ich dachte, ohne Grund wird sie nicht kommen. Und wir haben wirklich Information für sie, die Arme.«

»Du hättest mich anrufen lassen sollen.«

»Du hättest sie so verängstigt, dass sie sofort zur Polizei gegangen wäre, wenn sie nicht schon da war.«

Lukas schlug die Zeitung ungeduldig auf den Tisch. Er ärgerte sich über Marta und das regte ihn auf. Sie war Karls Witwe – eine Frau, die einmal jung und schön gewesen war, die Entsetzliches ertragen und doch Freundlichkeit und Mitgefühl für andere bewahrt hatte. Das machte ihn verrückt. Ihre Sorge um Kate Porter hatte sie Informationen gekostet, die sie brauchten. Sie hatte nicht bestätigt, was in dem Päckchen war, aber sie beide waren ziemlich sicher. Hätte Marta ihn die Schachtel öffnen lassen, bevor er sie geschickt hatte, wären sie gar nicht in diese Lage gekommen.

Lukas merkte, dass sein Ärger tief ging. Er verfolgte ihn schon seit seiner Ankunft in Amerika. Eigentlich sollte er schon zu Hause oder wenigstens im Flugzeug sein. Dann nähme er jetzt eine kleine Zwischenmahlzeit oder schaute sich auf dem Interkontinentalflug den ersten Film an. Er könnte an zu Hause und an seine Töchter und Enkel denken. Er hätte Angst davor, wieder in die Wirtschafts- und die allgemeine Politik der Regierung einzusteigen. Konnte sich der Euro gegen die anderen Weltwährungen halten? Was würde der nächste Skandal sein und welcher Minister in Schwierigkeiten kommen? Würde der Wahlkampf die gegenwärtigen Umfragewerte noch ändern können? Diese Fragen waren einmal lebenswichtig und dringend gewesen.

Aber seit der Beerdigung seines langjährigen Freundes und Martas nächtlichem Weinen kamen Lukas die Diskussionen um ein Regierungspapier wie die Streitereien von Schulkindern vor. Das zu wissen beunruhigte ihn. Er hätte sich in seinen letzten Jahren lieber mit Alltagssorgen und politischen Angelegenheiten beschäftigt. Zwar hatten die unbeantworteten Fragen ihn dazu gebracht, mit nach Portland zu fahren und die Spur zu verfolgen, die Kate Porter bot, aber er hatte diese Aufgabe, nach Wolfram zu suchen, noch nicht wirklich angenommen. Er kämpfte noch dagegen und wünschte sich, wieder in die Unwissenheit zurückzugleiten, die er vor diesem Treffen gehabt hatte. Was stimmte da nicht? Hatte er den Willen verloren, um das Leben eines Freundes zu kämpfen?

»Ich habe versucht möglichst wenig zu sagen. Das Telefon könnte ja abgehört werden«, erklärte sie.

Da merkte er, dass Marta wusste, dass er ihretwegen oder doch zum Teil ihretwegen verstimmt war. Sie hatte sich vorher überlegt, was sie sagen wollte. Es war klug von ihr ans Telefonabhören zu denken, aber er bezweifelte, dass sie so weit gehen würden. Andererseits, was wusste er schon?

»Wollen wir zum Essen in die Stadt gehen oder uns etwas bringen lassen?«, fragte Marta.

»Ich bin noch nie in dieser Stadt gewesen. Wir können auch im Hotelrestaurant essen.«

»Du bist ein Gewohnheitstier, nicht wahr?«

»Wie meinst du das?«

»Du hast am liebsten deine Zeitung, deinen Kaffee und ein sicheres Hotel.«

»Ich bin ein alter Mann. Ich brauche ein bisschen Bequemlichkeit.«

Ihr Lachen tat ihm gut. Es war das erste Mal seit Karls Tod, dass Lukas wieder etwas von der gewohnten Marta in ihrer Stimme erkannte. Sein Ärger verflog und ihr Lachen brachte ihn zum Lächeln.

12 Zwölftes Kapitel

Das Café *Cup O' Day* war in der Innenstadt von Portland. Eine Gruppe von Stammgästen saß schon draußen an Tischen. Aus versteckten Lautsprechern tönte verrückte Musik. Sie klang, als wäre sie in einem tropischen Dritte-Welt-Land komponiert worden, mit vielen Bongos und Ukulelen. Das Café roch nach starkem Espresso und Würzkräutern, die Lukas' Nase peinigten. Er hasste modische Cafés. Die Westküste von Amerika bildete sich ein, damit eine neue Masche gefunden zu haben – dabei versammelten die Wiener Kaffeehäuser seit Jahrhunderten Jung und Alt.

»Es war klug von ihr, einen solchen Platz auszusuchen«, sagte Marta, als sie sich an einen Tisch setzten.

»Der Kaffee ist wahrscheinlich abscheulich und wir müssen zur Theke gehen, um etwas zu bestellen. Keine Bedienung in Amerika.« Lukas fluchte auf Deutsch, was ihm einen strafenden Blick von Marta eintrug. Nein, er hatte nicht vergessen, dass sie Englisch sprechen wollten, solange sie hier waren. »Manches kann man nur in der eigenen Sprache sagen.«

Marta kicherte leise und grinste. Ihr Gesichtsausdruck beruhigte ihn so, dass es ihn überraschte. Ein Kellner nahm ihre Bestellung entgegen und Lukas schaute auf seine Uhr. Sie waren zu früh da.

»Sie kommt bestimmt«, sagte Marta.

Er zweifelte nicht daran, aber er fürchtete es. Er wollte die Sache beschleunigen: die Fliese und alle Informationen über das Verschwinden dieses Mannes bekommen und dann gehen, ehe die Frau zu viel über sie erfahren konnte. Lukas sehnte sich jetzt so sehr nach Hause wie nur einmal als kleiner Junge, als seine Mutter schwer krank gewesen war und er einen Monat lang hatte bei seiner Tante bleiben müssen.

Dann sah er sie durch die großen Fenster. Sie war jünger, als er angenommen hatte: etwa so alt wie eine seiner Töchter. Kate Porter kam herein und stand einen Augenblick in der Tür. Sie hielt ihre braune Handtasche wie einen Schild in der Hand und schaute sich im Raum um. Sie trug Rock und Bluse – wenigstens war sie nicht so zwanglos angezogen wie die meisten Amerikaner.

Ihre Blicke trafen sich. Lukas konnte sehen, dass sie erleichtert war. Was hatte sie erwartet?

Sie gaben sich die Hände und stellten sich vor. Marta hatte ihn überzeugt, es sei besser etwas Genaues zu sagen. Marta hatte ziemlich viel Überzeugungsarbeit geleistet.

»Haben Sie das Päckchen mitgebracht?«, fragte Lukas, noch bevor sie sich wieder gesetzt hatten.

»Nein.«

»Wir hätten den Gegenstand gern wieder.« Er wusste, dass seine Stimme hart klang, aber er wollte die Scherbe bekommen und dann den Kontakt abbrechen. Wieder fragte er sich, warum Karl diese Frau ins Spiel gebracht hatte. Er musste doch gewusst haben, dass sie sich würden treffen müssen.

»Ich hatte nicht vor, ihn Ihnen zu geben.« Seine abrupte Art schien sie verunsichert zu haben und Lukas war froh darüber. Sie sollte nicht denken, sie seien ein ältliches Paar, das sie wie zwei Kinder mit Freundlichkeit zu allem überreden könnte.

»Es war nicht richtig, dass Sie ihn bekommen haben.«

»Hat Karl ihn geschickt?«

Marta sah ihn schnell an.

»Ich war es«, sagte Lukas. Man brauchte dieser Frau nicht alles zu erklären. Etwas an ihr störte ihn. Sie saß da und versuchte ihn einzuschätzen und Antworten zu bekommen, die er nicht geben wollte. »Was wissen Sie von Karl?«

»Haben Sie mit dem Verschwinden meines Mannes zu tun gehabt?«

Lukas sah, dass die Sache noch schlimmer verlaufen würde, als er befürchtet hatte. »Nein, das habe ich nicht.«

»Wissen Sie, was mit ihm passiert ist?«

»Wir wissen, dass er vor drei Jahren verschwunden ist. Vielleicht können Sie es uns genauer erzählen?«

»Sie müssen noch etwas wissen, warum hätten Sie mir sonst das Päckchen geschickt? Und wo ist Karl, wenn er es nicht abgeschickt hat?«

»Entschuldigung«, sagte Marta. »Wir müssen es langsam angehen und erst miteinander reden. Auf allen Seiten ein bisschen Vertrauen gewinnen. Mrs. Porter, möchten Sie etwas bestellen?«

Sie warf einen schnellen Blick auf Marta und sah dann wieder Lukas an. Sie hatte Angst vor ihm, aber nicht so viel, wie er es sich wünschte. Die Sache würde nicht so leicht werden, wie er gehofft hatte.

Mit zwei älteren Leuten wie diesen hatte Kate nicht gerechnet. Abgesehen von ihrem starken europäischen Akzent könnten sie irgendein altes Paar sein, das sonntagnachmittags in irgendeinem Park in Portland spazieren ging. Er könnte ein mürrischer alter

Mann sein und sie eine freundliche Großmutter. Was Kate erwartet hatte, wusste sie nicht genau. Vielleicht Leute, die mehr an die Charaktere in Spionagefilmen erinnerten: die Kettenraucherin und den Chef des Nachrichtendienstes mit dunklen, forschenden Augen. Trotzdem spürte sie, dass dieser Mann auf jedes ihrer Worte achtete. Aber das Erscheinungsbild konnte ja täuschen; das bestätigte sich, sobald sie anfingen miteinander zu reden. Das Paar war nicht einmal ein echtes Paar: Die Frau lebte in Arizona – der Mann sagte nichts dazu. Zwischen diesen beiden könnte es ebenso viel Spionage geben wie zwischen dem Paar in *All in the Family*.

»Lukas hat drei Töchter, aber ich habe keine Kinder. Haben Sie Kinder?«

Lukas sprach nicht, während die Frau die Unterhaltung führte. Er sah immer wieder um sich, als gefiele es ihm hier nicht, besonders als das Schlagen der Trommeln in ein voll tönendes südamerikanisches Lied überging. Einen Augenblick hatte sie das Gefühl, das alles sei ein Scherz. War es wirklich möglich, dass sie hier saß mit zwei Menschen, die ihre erste Verbindung zu Jack darstellten? Vielleicht wussten sie gar nichts. Aber endlich hatte sie den Beweis vor Augen, dass das alles wirklich passiert war, dass sie nicht den Verstand – und damit auch Jack verloren hatte. Diese Ereignisse waren real. Jacks Verschwinden war real. Fast wünschte Kate, sie wäre einer von Connies fantastischen Ideen gefolgt, ein verstecktes Mikrofon zu tragen, diese Leute von der Polizei verhaften zu lassen oder die Begegnung von einem Versteck aus auf Video aufzunehmen. Aber Karl Olsens Brief brachte sie davon ab. Er hatte ihr die Fliese anvertraut, also würde sie ihm auch vertrauen, ganz gleich, wo er war.

»Ich habe eine Tochter«, sagte Kate. »Sie ist sieben Jahre alt. Aber können wir jetzt über das Keramikstück sprechen?«

»Keramik?«, fragte die Frau und schaute Lukas an, als ob sie nicht verstünde. Die Namen der beiden konnte Kate sich nicht merken. Sie hatte sie aufschreiben und sich die Schreibung diktieren lassen wollen und dann versuchen herauszufinden, wer sie wirklich waren. Vielleicht war das ein Einfluss von Connie.

»Der Gegenstand in dem Päckchen. Wussten Sie, was darin war?«

»Das ist keine Keramik«, sagte Lukas. »Es ist eine antike Fliese.«

»Wie die Fußbodenfliesen?«

»Schmuckfliesen werden anders gebraucht«, brummte Lukas, als ob ihn jede Art Erklärung ärgerte. »Man findet sie in der ganzen

Welt in Schlössern, Kirchen, Moscheen. Manche sind sehr alt, andere gibt es in normalen Küchen.«

»Schmuckfliesen sind mir ein Begriff. Wo kommt diese her?« Kate setzte die Ellbogen auf den Tisch und beugte sich vor. Sie wollte viele Fragen stellen und der Brief steckte in ihrer Handtasche. Die wichtigsten Fragen würde sie nachher stellen; erst wollte sie das Vertrauen der Frau gewinnen, vielleicht sogar durch ein Wunder das des Mannes, und dann versuchen die Wahrheit zu finden.

Marta warf Lukas einen Blick zu, wie um zu fragen, wie viel sie sagen sollte. Kate fragte sich, wie ihre Beziehung war, wie lange sie sich schon kannten, warum sie hergekommen waren.

»Während des Zweiten Weltkrieges ist diese Fliese in fünf Stücke zerbrochen worden«, sagte Marta. »Von fünf Männern, die zur Widerstandsbewegung gehörten, jedem wurde ein Stück gegeben. In ...«

»Marta«, sagte Lukas. Mehr brauchte er nicht zu sagen, denn es war klar, dass Marta der Tadel unangenehm war. Sie tat, als hätte sie seine unausgesprochene Botschaft nicht verstanden.

»Ein Stück befindet sich in einem Polizeitresor in Italien und eins habe ich«, sagte Kate. »Wo sind die anderen drei Stücke? Und woher wissen Sie das alles?«

»Sie irren sich«, sagte Lukas. »Die Fliese, die Sie in Venedig gefunden haben, war nicht echt, sondern nur eine Fälschung.«

»Woher wissen Sie, dass ich das Keramikstück – die Fliese – in Venedig gefunden habe?« Plötzlich fragte sie sich, wie viel sie von ihr wussten. »Und es war kein echtes Stück?«

»Nein«, sagte Marta. »Eines von den echten Stücken ist 1945 von einem Deutschen namens Wolfram Meizer gestohlen worden. Das Stück, das Sie gefunden haben, hatte genau die Form der Scherbe, die eigentlich Janos gehört hatte – einem Freund von uns.«

»Aber woher wissen Sie, welche Form meine Fliese hatte?«

»Karl, Martas Mann, hat Informationen über die Fliese gesammelt, die Sie in Italien gefunden haben. Er hatte ein Foto davon.« Lukas und Marta schauten sich an.

»Wo ist er?«

Nach einer Pause sagte Marta: »Karl ist vor kurzem gestorben.«

Kate und Marta sahen sich eine Weile an, dann drehte Kate sich weg. Jetzt verstand sie Karls Brief besser. »Macht es Ihnen etwas aus mir zu erzählen, was passiert ist?«

»Wir glauben, er ist ermordet worden oder durch etwas Ähnliches umgekommen ... Er hatte ein schwaches Herz.«

»Das tut mir Leid.« Kate sagte es und unterbrach sich sofort. Sie wollte keine solche Floskel von sich geben, denn es war ihr unangenehm gewesen, wenn andere diese Worte zu ihr sagten. Was sollte ihnen Leid tun? Jetzt hatte sie den gefürchteten Satz selbst ausgesprochen.

»Ihr Mann hat mit der blauen Fliese auch einen Brief geschickt.« Kate öffnete die Handtasche und legte den Brief vor Marta hin.

Marta war offensichtlich überrascht; sie schien Mühe zu haben, die Fassung zu bewahren. Sie hob ihn auf. Lukas beugte sich herüber und las leise mit.

»Wie hängt das mit meinem Mann zusammen?«, fragte Kate nach mehreren Minuten, in denen sie zuhörte, wie die Bongos von mediterraner Gitarrenmusik abgelöst wurden.

»Gerade das wissen wir nicht genau«, sagte Marta. »Karl wusste mehr, aber er hat es mir nicht gesagt.«

»Warum haben Sie mir die Fliese geschickt?« Sie redete Lukas an. »Sie wollen doch offenbar nicht, dass ich damit zu tun bekomme.«

»Das ist so Lukas' Art«, sagte Marta. »Warum Lukas die Schachtel abgeschickt hat, das ist ein bisschen kompliziert. Er wusste da noch nicht, was darin war.«

»Wie hängen Sie mit dieser Blauen-Fliesen- ...«

Der Kellner kam mit Kaffee und Gebäck für die beiden. Kate sah, dass Lukas misstrauisch in seine Tasse spähte. Sie bestellte einen Vanille-Mokka und bemerkte sein Stirnrunzeln. Die Frau sagte zwar, das sei Lukas' Art, aber sie fühlte sich unter seinem Blick bis ins Kleinste ausgeforscht.

»Diese fünf Männer, die je ein Stück von der blauen Fliese bekommen haben ...«, Kate lehnte sich auf ihrem Stuhl zurück und beobachtete Lukas, »waren Sie ein Mitglied der Blaue-Fliesen-Gruppe?«

Er schaute sie überrascht an, dann wurde sein Gesicht dunkel vor Zorn.

»Ich will die Fliese«, sagte er, als versuchte er jedes Wort so ruhig wie möglich auszusprechen. »Es war falsch, dass Karl Sie da hereingezogen hat.«

»Wie kannst du das sagen?«, fragte Marta, bevor Kate antworten konnte. »Karl hat einen Grund dafür gehabt. Er hat geschrieben, er fühlte sich mitverantwortlich für das Verschwinden ihres Mannes. Da gibt es Dinge, die du nicht weißt, Lukas. Sprich nicht noch einmal so von ihm.«

Ihre Worte löschten Lukas' Ärger aus wie Wasser, das man über Feuer gießt.

»Kate ...« Marta legte ihre Hand über Kates. Sie zitterte, aber Kate wusste nicht, ob es von der Erregung oder vom Alter kam. »Wir hoffen mit unseren eigenen Nachforschungen etwas über Ihren Mann zu erfahren.«

»Arbeiten Sie irgendwie mit der Polizei oder mit Detektiven?«

»Mit diesen Einrichtungen arbeiten wir nicht«, sagte Lukas feierlich.

»Ich will mithelfen.« Sie sagte das schnell, wollte sich engagieren, ohne die Warnzeichen zu beachten. Kate meinte bei der Frau ein leichtes Lächeln zu bemerken.

Lukas Johannsen reagierte genau umgekehrt: »Das kommt nicht in Frage.«

»Warum nicht?«

»Hier geht es um etwas, was vor langer Zeit passiert ist. Sie können diese Dinge gar nicht verstehen.«

»Erklären Sie es mir.«

»Wie können Sie etwas verstehen, was schon vor Ihrer Lebenszeit passiert ist? Diese Sache hat sogar schon vor dem Krieg angefangen. Was wissen Sie überhaupt von unserem Krieg? Lassen Sie mich raten: Sie haben ein Semester an der Universität darüber gearbeitet? Oder einen Roman gelesen? Sie haben im Kino *Schindlers Liste* gesehen mit Popcorn und Coca-Cola?«

Kate antwortete nicht.

»Lukas«, tadelte die Ältere.

»Hierbei geht es um mich. Und um meinen Mann. Sagen Sie mir, was mit ihm passiert ist, dann gehe ich weg«, sagte Kate hartnäckig.

Lukas verschränkte die Arme vor der Brust. »Ich weiß es nicht.«

»Wir könnten etwas erfahren«, sagte Marta. Beide wendeten sich schnell zu ihr hin – Kate hoffnungsvoll und Lukas mit einer unausgesprochenen Warnung. Marta ignorierte ihn und beugte sich zu Kate: »Es geht auch um meinen Mann. Wir haben noch keinen Beweis – wir verfolgen die Sache weiter. Aber bevor Sie sich verpflichten, müssen Sie wissen, was es Sie kosten wird.«

»Ich weiß nicht, ob ich weiterleben kann, ohne etwas zu wissen.«

Lukas schüttelte den Kopf. »Wenn Sie sich engagieren, kann das lebensgefährlich sein. Sagten Sie nicht, Sie hätten eine Tochter? Und wahrscheinlich ein gutes Auskommen hier in Amerika? Sind Sie bereit alles zu riskieren, was Sie haben, um zu erfahren, was passiert ist? Darüber sollten Sie nachdenken. Martas Mann, mein Freund, ist im Grab, weil wir nach Antworten gesucht haben. Der

Preis ist zu hoch für Wissen, sogar zu hoch für Rache. Das müssen Sie entscheiden.«

Lukas schob seinen Stuhl geräuschvoll zurück und ließ die beiden allein. Kate beobachtete, wie er sich im Raum umsah und dann zum Waschraum stürmte. Plötzlich war ihr der Raum zu laut, Martas Blick zu neugierig.

Kate verlor wieder den Mut. »Ich brauche ein bisschen Zeit.«

»Das habe ich erwartet.«

Die beiden Frauen schauten sich an und schienen sich zu verstehen.

»Meinen Sie, mein Mann könnte noch leben?«, fragte Kate.

Marta rieb sich sacht die Hände und schaute auf den Tisch. »Wolfram hat überall, wo er war, eine Todesspur hinterlassen. Das sage ich Ihnen, denn ich würde nicht hoffen wollen, dass mein Mann noch lebte, wenn es nicht so wäre. Aber ich kann es nicht sicher sagen. Wenn Sie beten können, würde ich beten. Dies könnte Ihre wichtigste Entscheidung sein. Wir fahren wieder nach Europa – nach Italien und Österreich.«

»Ich kann nicht nach Europa fahren. Ich habe ein Kind und ein Geschäft.«

»Ich möchte, dass Sie wissen, was vielleicht nötig wird. Nichts ist unmöglich, aber wenn mir ein Kind geschenkt worden wäre, wäre ich auch so vorsichtig. Sie sind eine gute Mutter. Nehmen Sie sich Zeit. Wenn Sie sich entscheiden nicht mitzuarbeiten, bitten wir Sie um die Fliese.«

»Geben Sie mir eine Woche?« Kate konnte kaum glauben, dass sie überhaupt daran dachte.

»Natürlich.«

Kate wagte kaum zu atmen, bis sie von dem alten Paar im *Cup O' Day* einen Straßenzug entfernt war. Einen Augenblick lehnte sie sich an ein Haus, um zu Atem zu kommen. Marta hatte ihr eine Telefonnummer gegeben. In einer Woche wollte sie Antwort haben, ob Kate bei der Suche helfen oder die Fliese hergeben wollte.

Kate hatte eine Entscheidung zu treffen – die wichtigste ihres Lebens.

13 Dreizehntes Kapitel

Das Taxi drängte sich durch den Verkehr und fuhr dann auf die Autobahn. Die Regenwolken waren von Nordwesten nach Osten abgezogen und hinterließen einen strahlend blauen Himmel. Lukas wollte etwas Hässliches an der Landschaft finden, aber die spitzen Fichten, die üppig grüne Wiesen beschatteten, gefielen ihm doch. Er wunderte sich, dass Karl und Marta nicht eine Gegend ausgesucht hatten, die ihrer Heimat ähnlicher war als die trockene Wüste von Arizona. Vielleicht hatten sie gedacht, sie könnten eine Zeit lang vergessen. Seltsam, dass er im Land geblieben war und im großen Ganzen gelernt hatte mit seiner Vergangenheit zu leben, während Olsens ihr Land zurückgelassen hatten und doch von den Geistern der Vergangenheit festgehalten wurden. Darum war Karl Olsen jetzt tot.

Lukas starrte auf die vorbeigleitenden Bäume und Hügel an der Autobahn, während sie zum Flughafen Sheraton in Portland fuhren. Marta saß schweigend neben ihm.

Der Taxifahrer klopfte im Takt eines Liedes auf das Lenkrad, das er für Lukas' Geschmack zu laut eingestellt hatte. Eine Durchsage kam durch sein Radio und er drehte es leise, aber seine linke Hand ließ keinen Schlag aus. Marta schaute aus ihrem Fenster. Das gelbe Taxi überholte einen tuckernden Käfer, der als Erdbeere angemalt war, und Lukas bemerkte, dass anscheinend an jeder Ein- und Ausfahrt Wohnmobile in alle Richtungen fuhren. In Amerika gab es überall Wohnmobile mit weißhaarigen Fahrern.

»Der Westen«, schimpfte er.

Marta drehte sich zu ihm. »Du bist ein bitterer alter Mann.« Es war das erste Mal, seit sie das Café verlassen hatten, dass sie etwas sagte.

»Wir können dann im Hotel reden.«

»Warum? Hast du Angst, mich zu beleidigen?«

»Vielleicht.« Er schaute konsequent aus seinem Fenster und warf ab und zu einen Blick auf den Tachometer. »Unter anderem.«

»Ich bin nicht schwach und du bestimmst nicht über mich, Lukas Johannsen.« Er merkte, dass sie wütend auf ihn war, besonders als sie anfing Deutsch zu sprechen. »Ich erlaube nicht, dass du für mich sprichst oder mir vorschreibst, was ich sagen darf und was nicht.«

Jetzt sprach auch er Deutsch, obwohl sie der Fahrer ein paar Mal flüchtig durch den Spiegel ansah. »Du bist wütend wegen des Treffens? Ich sollte wütend sein.«

»Bist du auch.«

Er drehte sich weg und sah den krummen Gipfel des *Mount Hood*, der einsam in den Himmel ragte. Das war auch seltsam an den Bergen in dieser Gegend: Die höchsten Gipfel stiegen einsam aus Tälern oder von niedrigeren Kämmen auf, ganz anders als die massiven Ketten von Kämmen und Gipfeln zu Hause.

»Du bist wütend und ich bin wütend«, sagte sie. »Wenn ich nicht so viel Achtung vor dir und mir selbst hätte, hätte ich dir gesagt ... na ja, so alt ich bin, ist mir immer noch wichtig, was meine Mutter mich gelehrt hat. Aber du verbietest mir nicht noch einmal den Mund.«

Lukas starrte auf ihr Profil, denn sie schaute ihn nicht an. Er konnte nur den Kopf schütteln.

»Kate Porter wird sich entscheiden, ob sie mit uns arbeitet oder die Fliese hergibt.«

»Das haben wir nicht angeboten«, sagte er allzu laut. Die Augen des Fahrers waren wieder im Spiegel zu sehen. »Ich bin einen Augenblick weggegangen und jetzt denkt sie, sie hat die Wahl.«

»Wir sind alt, Lukas. Ist dir das klar?«

»Das weiß ich sehr gut. Aber diese Frau kann dabei nicht helfen.«

»Wir sind alt und sie ist schon mit betroffen. Dich erkennt man in ganz Europa.«

»Und eine Amerikanerin fällt nicht auf?«

»Wolfram hat ihrem Mann etwas getan – höchstwahrscheinlich wird seine Leiche nie gefunden. Ich würde das wissen wollen. Und Karl wollte sie einbeziehen. Er wusste, dass wir sie brauchen. Er hat sich auch verantwortlich gefühlt – ich möchte wissen warum.«

»Also manches hat er doch für sich behalten.«

»Wir haben alles geteilt. Er hätte mir dies auch zur richtigen Zeit gesagt. Ich brauchte keine Angst vor schlimmen Geheimnissen zu haben. Irgendwann hat Karl sie mir immer erzählt. Dies hätte er auch erzählt.«

»Was meinst du, was das soll?« Er senkte die Stimme. »Wir können keine geheime Gruppe bilden wie früher. Das ist vorbei. Aber selbst wenn – wir würden nie eine amerikanische Mutter hineinnehmen, die überhaupt nichts von der Sache weiß. Das ist Wahnsinn.«

»Ich wollte Kate Porter die Möglichkeit geben zu helfen. Ich hätte diese Möglichkeit auch haben wollen. Nun, Lukas, ich gebe dir dieselbe Möglichkeit. Willst du mir helfen Wolfram Meizer zu finden?«

»Was redest du da? Das ist meine Sache.«

»Nein. Karl und ich haben über zehn Jahre lang gesucht. Dieser Mann hat mir meinen Ehepartner genommen. Höchstwahrscheinlich hat er dieser Frau auch ihren genommen. Vielleicht werden wir beide zusammenarbeiten. Ich weiß, dass du dich innerlich nicht festgelegt hast. Du fühlst dich verpflichtet, weil ich Karls Witwe bin und wegen alter Versprechen und wegen Susannes Tod. Aber dafür sind wir zu alt. Wir müssen Wolfram Meizer suchen, weil wir Gerechtigkeit wollen, nicht Rache. Wir müssen alle Kraft einsetzen, vielleicht die letzte Kraft, die wir in diesem Leben auf etwas wenden. Ich sage dir dasselbe, was ich Kate Porter gesagt habe: Du musst für dich selbst entscheiden und nicht für jemand anderen.«

Marta hatte gesprochen, ohne ihm ins Gesicht zu sehen. Jetzt schaute sie ihn prüfend an, als ob sie Gedanken verstünde, die selbst er nicht kannte.

»Du warst all diese Jahre nicht in meiner Nähe, Marta. Trotzdem glaubst du mich so gut zu kennen?«

»Ich kenne dich. Ich kenne deine guten und schlechten Seiten«, behauptete sie.

Er schüttelte den Kopf. »Das stimmt nicht.«

»Ich weiß, warum du sie nicht magst.«

»Wen? Kate Porter? Sie ist mir weder sympathisch noch unsympathisch.«

»Das ist nicht wahr.« Sie war sehr sicher und er nahm es übel, dass sie dieses Mal Recht hatte. Er mochte Kate Porter nicht, aber er wusste nicht warum.

»Wir können uns auf sie verlassen«, sagte Marta und machte eine Pause, als ob sie überlegte. »Sie erinnert dich an Susanne.«

Sofort stieg Ärger in ihm auf. Marta sah ihn mitfühlend an, aber er war wutentbrannt. »Wie kannst du so etwas sagen? Die Frau ist Susanne gar nicht ähnlich.«

»Sie sehen nicht ähnlich aus und sie ist auch älter, als Susanne war, als sie gestorben ist.«

»Als sie ermordet wurde«, verbesserte er.

»Ja. Aber da ist Mut und eine Art ... ist das Naivität in Bezug auf die Welt? Nein, nicht Naivität, denn diese Frau hat Schmerzen durchgestanden. Aber sie ist tapfer, ohne es selbst zu wissen.«

»Du hättest große Gedichte schreiben sollen, Marta.«

»Ich habe Susanne gekannt. Sie war meine Schwägerin und die einzige wirkliche Freundin, die ich je hatte. Manche Eigenschaften von Susanne erkenne ich, wenn ich sie sehe. Denk darüber nach, dann siehst du es auch.«

Lukas hatte angefangen an einem kleinen Riss in dem PVC-Sitz zu zupfen, merkte es aber und hörte auf. Es störte ihn, dass er keine klare Vorstellung mehr von Susanne hatte. Er wusste noch, wie sehr ihm ihr Lachen gefallen hatte und ihre weichen Hände mit den feinen Schmutzlinien unter den Nägeln von der Arbeit auf dem Hof ihrer Großmutter. Einzelheiten, die er besonders liebte, vermochte er sich noch vorzustellen, aber das Gesamtbild konnte er in letzter Zeit nicht mehr deutlich sehen.

Es überraschte ihn, dass Marta ihre Hand auf seine legte und sie leicht drückte. Es war lange her, dass jemand ihn so sanft berührt hatte.

»Sie war treu und ehrlich und gut. Und sie hat dich geliebt, Lukas. Das war dir eine Frage, nicht wahr? Karl hat es mir nicht geglaubt, aber ich wusste, dass du beunruhigt warst, als du erfuhrst, dass Susanne zum Widerstand gehörte. Sie wollte es dir sagen, aber sie dachte, dann könntest du ihrer Liebe nicht trauen. Ich wollte es dir sagen, aber am Ende ist alles so schnell gegangen.« Sie seufzte und rückte näher. »Am Anfang wollte sie dich nicht lieben wegen deiner Vergangenheit. Am Ende hat sie dich trotz deiner Vergangenheit geliebt.«

In Lukas kamen starke Gefühle auf. Er drehte sich wieder zum Fenster und strengte sich sehr an, nichts nach außen zu zeigen. Das Taxi war von der Autobahn abgefahren und steuerte auf das Flughafenhotel zu. Ihm war, als wäre ein Ventil geöffnet worden und nun überwältigten ihn unerwünschte Gefühle. Sein Kinn bewegte sich und die Muskeln spannten sich. Mehr als fünfundfünfzig Jahre lang hätte er es gern gewusst. Jetzt hatte er in einem Taxi in Amerika bei zweifelhafter Musik und mit Marta neben sich die Wahrheit erfahren.

»Lukas?« Ihre Stimme war leise. »Ist alles in Ordnung?«

Er räusperte sich. »Gerechtigkeit statt Rache. An den Gedanken muss ich mich erst gewöhnen.«

Die Scherbe war in ihrem Wagen gewesen, im Handschuhfach versteckt in einem mit Watte gefüllten Beutel mit Gleitverschluss.

Jetzt hielt sie sie in der Hand und legte sie an das Seitenfenster auf der Fahrerseite. Kein Licht schien durch. Sie untersuchte das kobaltblaue Reliefmuster und überlegte, wo das Stück herkommen könnte. Es war nicht blau und weiß wie Delfter Porzellan, aber das Reliefmuster erinnerte sie an etwas Europäisches. Lukas und Marta wollten es wiederhaben, wenn sie sich entschiede nicht bei ihrer Suche mitzuhelfen – der Suche nach einem Feind aus dem Zweiten Weltkrieg. Als sie da mit laufendem Motor in der Einfahrt saß, kam ihr das Ganze grotesk vor.

Abbie war bei Connie und Kate hätte sie da abholen sollen, aber sie wollte zuerst ihr Häuschen sehen. Sie saß da eine Weile und betrachtete das Vertraute: den mit Ziegeln belegten Weg zum Eingang, die Blumenbeete unter den rustikalen Fenstern. Sie wollte schon immer das Gras schneiden, das in dem langen Riss in der Einfahrt wuchs, aber immer wenn sie hinkam, fiel ihr auf, wie das Gras sich verzweifelt an das bisschen Erde klammerte, das vom kalten Zement umschlossen war. Und dann ließ sie es wachsen. Manchmal im Sommer sprengte sie sogar Wasser in die Richtung.

Jetzt, als sie das Vertraute betrachtete und suchte, schien ihr alles verändert. Wieder einmal.

Vor drei Jahren war Kate allein von Venedig aus zurückgeflogen. Ihre Eltern hatten Abbie schon ein paar Tage früher wieder nach Oregon gebracht. Kate hatte noch abgewartet, weil sie auf eine Nachricht hoffte. Das waren die einsamsten Tage ihres Lebens gewesen. Sie hatte nahe am Flughafen gewohnt, wo alles kalt und unpersönlich war, aber wo sie sich unter die Reisenden, Familien und Liebespaare mischen konnte. Dann war sie nach Hause geflogen und hatte Jack irgendwo zurückgelassen.

Mason hatte sie am Flughafen abgeholt, während sich ihre Familie auf ihre Ankunft vorbereitete. Sie erinnerte sich, wie ihr das gemütliche Haus gleich auf den ersten Blick fremd erschienen war. Wochenlang hatte sie keinen Augenblick Zeit gehabt richtig darüber nachzudenken. Danach war Kate allein: Verwandte und Freunde mussten ihr Leben weiterführen; sie hatte darauf bestanden, dass sie wegfuhren.

Auf der ersten Heimfahrt vom Supermarkt mit dem Rücksitz voll Waren hatte sie genau hier mit laufendem Motor gehalten. Der Baum im Vorgarten war da noch kleiner gewesen und der Rasen von einem hilfreichen Gemeindeglied frisch gemäht. Das Haus hatte wieder so ausgesehen wie früher, ehe sie mit Jack verreist war – aber es war nicht dasselbe gewesen. Zum ersten Mal war ihr bewusst geworden, dass dieses Haus, das sie liebte, ohne Jack und auch ohne sie weiter bestehen würde. Es gehörte nicht ihr. Eine Zeit lang wohnte sie hier, dann würde das Haus andere Menschen aufnehmen. Sie hatte sich noch an Hoffnung und Gebeten festgehalten, aber ein Teil von ihr hatte gewusst, dass Jacks Stimme nicht auf dem Anrufbeantworter sein würde, wenn sie hereinkam. Jack würde die Lebensmittel in den weißen Plastiktüten nicht essen. Jack konnte das alles nicht wieder gutmachen.

Das sah Kate jetzt wieder, als sie mit der blauen Scherbe auf dem Armaturenbrett und mit summender Heizung dasaß. Alles erschien schon auf den ersten Blick leer und hoffnungslos. Vor ein paar Tagen war sie zu einem neuen Leben aufgebrochen, einer Zukunft, die nicht an den Schmerz der Vergangenheit gefesselt wäre. Jetzt kamen plötzlich diese Fliese, diese Leute, diese weit hergeholte Geschichte von Nazis und alliiertem Widerstand in ihre Welt und brachten sie aus dem Gleichgewicht – gerade als sie dachte, sie hätte sie wieder im Griff. Kate musste entscheiden. Dieses Mal war es ihre Entscheidung.

Eine Stunde später war Kate bei Connie. Ihr Lächeln und ihr ganzes Benehmen kamen ihr wie trocknender Lehm vor, der unter Druck oder bei schnellen Bewegungen leicht abfallen konnte. Sie fand Abbie und Connie am Computer, wie sie die Homepage von Connie und Tim O'Brien bearbeiteten. Connie brachte ihre Familiennachrichten und Fotos jede Woche für Verwandte und Freunde auf den neuesten Stand. Kate berichtete Connie kurz und sie fragte: »Was willst du machen?«, aber Abbie unterbrach sie vor Aufregung über die morgige Reise. Also nahm Kate Abbie mit nach Hause, ohne einen Entschluss gefasst zu haben.

Später rief Connie noch mehrfach an, um zu wissen, ob Kate ihre Familie besuchen würde, was sie beschlossen hätte und ob sie im Internet nach einer internationalen Detektei suchen sollte. Am Ende nahm Kate den Hörer gar nicht mehr ab, auch nicht, als Mason anrief.

Kate musste sich zwingen, sich auf die Reise zu freuen. Es stand ihr so vieles bevor, was sie für vier Tage beiseite schieben musste. Aber Abbie lief aufgeregt herum und brachte ihre Sachen in Ordnung: Sie füllte Whiskers' Futternapf und wusch seine Wasserschale, dann ging sie zu den Nachbarn, um sicherzustellen, dass sie wussten, wo sein Spielzeug war – das hatte sie vergessen zu sagen, als sie sie bat auf Whiskers aufzupassen.

»Mama, du musst mir vorlesen«, rief Abbie aus dem Schlafzimmer.

Kate gab Abbies Bitten nach. *Die Reise auf der Morgenröte* lag oben auf Abbies Decken. In der letzten Woche hatten sie wenig gelesen. Das Buch war hinter Abbies Bett gefallen und war mehrere Tage lang verschwunden. Kate fing mit dem zweiten Kapitel an. Da erklärte der junge König des Zauberlandes Narnia, warum er ans Ende der Welt segeln wollte:

»... Am Tag meiner Krönung habe ich mit Aslans Zustimmung einen Eid abgelegt, dass ich – sobald ich für Frieden in Narnia gesorgt hätte – selbst für ein Jahr und einen Tag nach Osten segeln würde, um meines Vaters Freunde zu finden oder ihren Tod zu erforschen und sie, sofern möglich, zu rächen.«

Kate hörte auf zu lesen und Abbie schaute neugierig von ihrem Kissen auf. Kate hatte die Chroniken von Narnia als kleines Mädchen gelesen, aber sie hatte vergessen, dass Caspians Reise in die unbekannten Meere den Zweck hatte Menschen zu finden.

»Mama?«, fragte Abbie.

Kate fing wieder an zu lesen. Vor ihr und Abbie breitete sich ein unbekanntes Meer aus. Hatte sie den Mut in Gegenden zu segeln, von denen es noch keine Karten gab? Wenn sie nur schon einmal die letzte Seite aufschlagen und sehen könnte, dass es ihr und Abbie nicht geschadet, sondern gut getan hatte die Reise zu unternehmen! Aber das wirkliche Leben führte nicht immer zum glücklichen Ende.

Eigentlich sogar selten.

14 Vierzehntes Kapitel

Mutter und Tochter fuhren in einem silberfarbenen Geländewagen auf der kurvenreichen Straße nach *Crocker Valley*. Kate hatte nicht die Energie diese Reise zu unternehmen, die alten Großtanten abzuholen und noch stundenlang bis zu ihren Eltern zu fahren. Sie hatte keine Lust das Gezänk der Tanten anzuhören, allein für das Fahren verantwortlich zu sein und das Geheimnis der letzten Tage ihren Familienmitgliedern vorzuenthalten. Es gab so viel zu entscheiden und dies kam ihr wie Flucht vor.

»Mama!«

Kate erschrak heftig, sie suchte nach einem Hindernis auf der Straße und schaute dann Abbie an. »Was ist?«

»Nichts«, sagte Abbie, aber ihr Gesichtsausdruck verriet es: *Du hast mir wieder nicht zugehört.* Dieser Ausdruck erschien allzu oft. Kate wusste nicht, wie oft sie ein Gespräch verhindert oder automatisch geantwortet hatte. In solchen Augenblicken hätte Abbie fragen können: »Darf ich in den Fanclub für Charles Manson eintreten?« und Kate hätte gesagt: »Natürlich, Liebling.«

»Meinst du, sie merken, wie groß du geworden bist?«, fragte Kate leichthin zur Entschuldigung.

»Wahrscheinlich«, murmelte Abbie. »Tante Hannah versucht bestimmt wieder mir Feigengelee schmackhaft zu machen.«

»Bei mir hat es am Ende funktioniert«, sagte Kate mit einer Grimasse.

»Du magst Feigengelee?« Abbie stöhnte, als Kate nickte. »Darum ist sie so überzeugt, dass ich mich daran gewöhne. Du hast nachgegeben.«

Beide lachten und verstanden sich wieder; sie besprachen Tante Hannahs schrecklichsten Erfindungen von Lebersuppe mit Ziegenpfeffer bis zu Butter mit Schweineschmalz. Bald schlug Abbie vor zu singen. Also legte Kate eine CD von einer Band aus Kentucky ein, die Jack gekauft hatte, nachdem er die Band auf einer Antiquitätenausstellung im Staat Washington gehört hatte. Abbie liebte die CD und war verrückt auf die Musik. Sie sangen die Lieder laut mit und fühlten sich an Jack erinnert, während Kate versuchte die Gedanken an zerbrochene blaue Fliesen und lebenswichtige Entscheidungen zu verscheuchen. Drei Jahre lang hatte sie die Rolle einer normalen Mutter gespielt, aber ihre Gedanken waren woanders gewesen. Jetzt beschloss Kate sich auf die Gegenwart, auf diese Reise zu konzentrieren. Es würde Zeit kosten das wieder zu gewinnen, was sie verloren hatten. Sie brauchten Lachen und Freundlichkeit und Kate musste mit ganzem Herzen dabei sein. Der Entschluss schien logisch, aber der Kampf hatte wieder begonnen.

»Das möchte ich gern noch einmal hören«, sagte Abbie lächelnd, als das Lied zu Ende war. Sie legte die CD wieder ein und sie sangen noch lauter.

Sie kamen gut voran. Je weiter Kate von zu Hause wegfuhr, umso mehr Abstand suchte sie von der blauen Fliese, zwei alten Leuten, die ihre Entscheidung wollten, und sogar von Jack Porter. Diese Reise könnte ihr die richtige Sicht geben. Sie wurde zwischen zwei Welten hin- und hergerissen. So konnte sie nicht lange leben. Abbie grinste sie beim Singen an. Kate wusste, sie musste einen Weg wählen und den anderen verlassen.

Tante Gerdies babyblaues Gepäck wartete im Eingang. Tante Hannah war im Garten und pflegte ihre Pflanzen; sie trug rosa Gartenhandschuhe an den Händen und einen großen Strohhut auf dem Kopf, der wie ein Pilzhut aussah. Als sie ankamen, kam sie sofort aus dem Garten und umarmte sie beide. Dann fing sie an alle Gründe aufzuzählen, warum alte Leute nicht reisen sollten.

»Das Letzte, was ich mir wünsche, ist stundenlang in einem überfüllten Auto zu sitzen, um dann in einem fremden Bett zu schlafen. In fremden Häusern schlafe ich nie gut. Und ich gehe in diesen Raststätten so ungern zu ‚Damen', besonders wenn man über die Grenze nach Kalifornien kommt – du weißt ja, diese kalifornischen Verbrecher warten nur darauf, einen unvorbereitet zu erwischen. Ich muss wohl mein Pfefferspray mitnehmen. Ich habe nie verstanden, warum Kerby euch alle in so einem Staat hat aufwachsen lassen; das hat mich viele Stunden Sorgen und Gebet gekostet.«

»Hallo, Leute«, rief Tante Gerdie vom Eingang aus; sie trug ein Reisekissen. »Seid ihr fertig zum Abfahren?«

Tante Hannah seufzte tief und schwer. »Dann muss ich wohl den Koffer packen.«

Sie machten kurz Pause im Haus, Tante Hannah versuchte Abbie zu überreden Feigengelee auf ihr Brötchen zu probieren und alle gingen noch einmal ins Bad, dann beluden sie das Auto wieder. Tante Hannah bestand darauf, dass alle Strohhüte trugen, um ihre Gesichter vor dem grellen Licht der Straße zu schützen: »Es ist schlecht für die Augen und man muss immer an Hautkrebs denken.« Kate wusste, dass sie alle vier mit diesen breitrandigen Hüten lächerlich aussahen. Abbie rutschte der Hut immer über die Augen, als sie Crocker Valley verließen und wieder auf die Autobahn fuhren. Tante Hannah saß auf dem Beifahrersitz mit dem großen Reisekissen um den Hals, denn sie vertrug Autofahren schlecht und neigte zu Nackenschmerzen.

Tante Gerdie, die die *Crocker Valley Post* las, beugte sich nach vorn. »Tante Hannah, wusstest du, dass Henry Kronley gestorben ist?« Kate fiel ein, dass Jack immer hatte lachen müssen, wenn die Schwestern sich gegenseitig »Tante« nannten.

»Nein, wirklich nicht«, sagte die ältere Schwester und hob betroffen den Kopf vom Nackenkissen. »Was kann da passiert sein?«

Tante Gerdie hielt die Zeitung vor sich und traf Kate am Hinterkopf, als sie die Seiten glättete. »‚Henry, Kronley, 86, ist nach langer Krankheit in seinem Haus gestorben.' Hast du gewusst, dass er lange krank war?«

»Als ich ihn das letzte Mal sah, hat er sehr gut ausgesehen«, sagte Hannah.

»Mir kam es auch so vor. Ich möchte wissen, was da passiert ist.«

Kate warf einen Blick nach hinten auf Abbie, die ihr ein kleines Zeichen von Belustigung gab. Kate glaubte, die Tanten hätten noch nie versäumt, morgens die Todesanzeigen zu lesen. Selbst in einer fremden Stadt, wo sie die Verstorbenen nicht kannten, lasen die Tanten die Anzeigen. Kate war sicher, dass sie hauptsächlich dafür die Tageszeitung erhielten.

»Wir müssen der Familie eine Karte schreiben.« Tante Gerdie ließ sich auf ihrem Sitz zurückfallen. »Ich konnte kaum glauben, was ich da gelesen habe. Ist das nicht eine Schande, wirklich eine Schande?«

»Tante Gerdie, in diesem Alter sterben wir alle schnell.« Tante Hannah versuchte sich mit dem Kissen um den Hals auf dem Sitz umzudrehen. »Abbie, Liebes, deine Urgroßtante hat eine Alterskrise. Du weißt natürlich nicht, was das ist. Das ist ein Juckreiz im Hinterteil, jetzt weißt du's. Ich bin ganz zufrieden alt geworden und genieße meinen Garten. Jetzt will sie plötzlich alle möglichen verrückten Sachen machen.«

»Zum Beispiel?«, fragte Kate lächelnd. Sie stellte sich vor, wie ihre Tante plötzlich unbedingt Fallschirmspringen oder etwas Ähnliches anfangen wollte. Die Vorstellung von der rundlichen Tante Gerdie, wie sie durch die Luft flog und ihr das kurze wellige Haar ums Gesicht flatterte, brachte sie zum Lachen.

»Ich hätte Lust zum Fallschirmspringen«, sagte Tante Gerdie.

»Was?«, riefen Kate und Tante Hannah einstimmig.

»Ich habe von einer Frau über siebzig gelesen, sie hat es versucht und lebt noch. Ich bin zwar noch älter, aber warum sollte ich das nicht können?«

»Wie schön, dass sie es überlebt hat«, sagte Tante Hannah ungläubig.

»Ich habe Bilder gesehen, da ist immer ein hübscher junger Mann zur Sicherheit mit angeschnallt. Das gefällt mir daran am besten.«

Kate lachte, aber Tante Hannah runzelte die Stirn.

»Ich dachte auch an Parasailing oder an eine Kreuzfahrt – um noch einmal aus Crocker Valley herauszukommen, bevor ich in den Todesanzeigen erscheine.«

»Tante Gerdie, was ist los mit dir?«, fragte Kate, als sie von der kleinen gewundenen Landstraße auf die breite staatenverbindende Autobahn auffuhr.

»Sie hat eine Alterskrise, sage ich dir.« Tante Hannah verschränkte die Arme vor der Brust. »Letzte Woche wollte sie einen Sportwagen kaufen und wir sollten mit Schals um den Kopf und Sonnenbrillen wie Jackie Onassis an der Küste entlangfahren. Die Frau bricht sich noch die Hüfte, das sehe ich schon. Manche alten Leute kriegen Alzheimer; manche werden einfach so verrückt.«

»Dann singen wir ‚Born to be Wild' und gucken nach schmucken alten Männern«, warf Tante Gerdie ein.

Im Rückspiegel sah Kate, wie Abbie genau wie Tante Hannah den Kopf schüttelte, nur mit einem Lächeln auf den Lippen.

»Altwerden kannst du vergessen, sage ich dir. Dagegen muss man mit allem angehen, was man hat«, sagte Tante Gerdie bestimmt.

»Ich möchte mein Alter lieber genießen«, sagte Tante Hannah.

»Lass dir eines sagen, liebe Großnichte.« Tante Gerdie berührte Kates Kopf. »Tu alles, was du in diesem Leben tun kannst. Wenn du nicht weißt, was du machen sollst, und fragst Gott und er antwortet, dann mach es. Damit du nicht als alte Frau wünschst, du wärest über Brücken und Straßen gegangen, die dir damals Angst gemacht haben. Diese Wege haben die besten Aussichten. Hörst du, was ich sage?«

»Ja, Tante Gerdie. Ich höre zu.« Kate fragte sich, was diese Worte gerade jetzt für sie bedeuteten. War es Zufall, dass ihre uralte Großtante ihr in dieser Lage einen solchen Rat gab?

»Das hoffe ich doch. Das Leben geht schnell vorbei und wir verschwenden unsere Zeit mit einer Menge unwichtiger Dinge. Gottes größte Pläne erleben wir manchmal nicht, weil wir zu viel Angst haben.«

»Lass doch das arme Mädchen in Ruhe.« Tante Hannah zog ihren Hutrand etwas nach unten. »Wir wollen doch Spaß haben und nicht an einem Kurs in Lebensphilosophie von einer alten Frau teilnehmen. Wir alten Leute haben alle unerfüllte Wünsche und bereuen manches – das kommt mit dem Alter.«

Dann fuhren sie schweigend die Straße entlang zwischen den anderen Fahrzeugen, die jedes auf sein eigenes Ziel zusteuerten. Kate fragte sich, ob sie irgendwann als alte Frau große Teile ihres Lebens bereuen würde.

15 Fünfzehntes Kapitel

Gegen vier Uhr war Kate die Einzige, die noch wach war. Tante Hannah schnaubte leise auf dem Beifahrersitz; Abbie und Gerdie hatten die Köpfe an Kissen an den Fensterscheiben gelegt. Kate fuhr zügig auf der staatenverbindenden Autobahn nach Süden und überquerte die Grenze von Oregon nach Kalifornien, wo Tante Hannah überallhin ihr Pfefferspray mitnahm, obwohl es in diesem Teil Kaliforniens mehr Wild als Menschen gab.

Kate genoss es, ganz allein in Frieden fahren zu können. Wenn man im Auto reiste, erlebte man die Autobahn anders: Die Reifen summten zwar wie sonst und der Wagen bewältigte die Strecke mit der üblichen Geschwindigkeit, aber diese leichte, erwartungsvolle Spannung spürte man nie, wenn man zu einer normalen Besorgung oder einem nahen Ziel fuhr. Eine Reise war wie ein unbeschriebenes Blatt. Kate wünschte sich, sie und Abbie hätten sich kein Ziel gesetzt, sondern wären ins Blaue hineingefahren. Das hatte sie einmal im Sommer vor ihrem zweiten Studienjahr mit zwei Freundinnen getan. Sie hatten Karten, Kopfkissen und billige Lebensmittel eingepackt und dann an großen Kreuzungen eine Münze geworfen und waren schließlich in Austin in Texas gelandet.

Immer wenn Kate auf eine Reise ging, spürte sie diese prickelnde Spannung. Die Geräusche der Straße wurden ihr bewusst: das Rumpeln großer Lastwagen mit Anhängern und das Vorbeirauschen der Personenwagen. Plötzlich fühlte sie sich, als wäre man ihr etwas schuldig – als müssten andere ihr Platz machen, weil ihr Wagen große Strecken fuhr und einen beachtlichen Teil Amerikas unter die Räder nahm.

Die Freude am Fahren ließ nach, als ihre Mitfahrerinnen aufwachten. Von da an musste Tante Hannah alle fünfzig Kilometer zu »Damen«. Kate hatte für die Fahrt vom Haus der Tanten bis Nordkalifornien mit etwa sieben Stunden gerechnet. Aber mit dem Mittagessen, einer Zwischenmahlzeit und den Pausen für »Damen« dauerte es über zehn Stunden, bis sie von den Bergen um den *Shasta*-See in das obere Ende des *Sacramento*-Tals einfahren konnten.

Kate verließ die Autobahn und fuhr die vertrauten Nebenstraßen. Die Städte Anderson, Olinda und Happy Valley lagen in das junge Grün eingebettet. Auf drei Seiten umgab sie eine Kette von entfernten blauen Bergen, die mit träumerischem Blick auf die Einwohner herunterschauten. Die mit samtenem Grün überzogenen Ebenen und Felder würden bald unter der sengenden Sommersonne gelb werden. Kate liebte den Mai in ihrer Heimatstadt, denn da waren die Weiden grün vom Gras und der Himmel nach dem Regen frisch und klar. An den Feldrändern standen Eichen und um kleinere Bäche Gruppen von hoch aufgeschossenen Nusskiefern. Sie fuhren auf Straßen, die Kate kannte wie alte Freunde. Sie sah die roten Blechdächer der Schule von Cottonwood und dachte mit bittersüßen Gefühlen an den Schulabschluss, der die Klassenkameraden von der Schule in alle Richtungen versprengt hatte.

»Abbie, das ist meine alte Schule.«

Ihre Tochter reckte den Hals, um an Tante Gerdie vorbei aus dem Fenster zu schauen. »Hast du da Volleyball gespielt?«

»Ja«, sagte Kate, als sie an der großen Turnhalle vorbeifuhren.

Frisch gestrichen und mit gemähtem Rasen sah die Schule so neu aus, als wäre sie noch genau wie in den achtziger Jahren, als sie sie besucht hatte, aber renovierte und ganz neue Gebäude passten nicht zu der Erinnerung. Wie viele Schüler hatten seitdem diese Räume verlassen? Wo waren sie jetzt alle? Die ganze Welt hatte ihr offen gestanden, als sie mit Freunden auf dieser Betontreppe gesessen, College-Prospekte gelesen und davon geträumt hatte, was sie werden wollte. Sie hatte sich zu allem fähig gefühlt.

Erinnerungen kamen: trotzige Tränen nach der Trennung von einem Jungen, den sie für ihren »Einzigen« gehalten hatte; eine vermasselte Trigonometriearbeit; ein Streit mit ihrer besten Freundin; geschwänzte Schulstunden und Vorbereitungen für den Schülerball; Lachen auf den Gängen; eine zerbeulte Stoßstange an der perfekt gepflegten *Corvette* ihrer Freundin. Diese Jahre, in denen sie der Kindheit entwachsen war und versuchte sich das Studium und ein Leben als Erwachsene vorzustellen, waren ein Chaos von Gutem und Schlechtem gewesen. Und jetzt war sie wieder mitten darin, versuchte wieder sich selbst zu finden.

»Noch einmal jung sein!«, sagte Tante Gerdie hinter Kate. »Ich würde alles anders machen.«

»Sind wir schon nah am Gottesgipfel?«, fragte Abbie, als Kate beschleunigte und die Schule hinter sich ließ.

»Woher weißt du davon?«, fragte Kate. »Hat Opa es dir erzählt?«

»Ja. Er sagt, das ist ein wichtiger Platz, wo er einmal mit Gott gesprochen hat. Er sagt, ich bin schon bald alt genug, um da hinzugehen.«

»Das sieht Opa ähnlich. Siehst du die Bergkette da gerade vor uns? Von Omas und Opas Haus aus sieht man ihn besser, aber da ist der Gottesgipfel.«

Nur Minuten später bogen sie in die *Old Oak Lane* ein. Langsam fuhr Kate die kiesbestreute Einfahrt hinauf. Die Bäume im Vorgarten und in dem kleinen Obstgarten schienen seit ihrem letzten Besuch in der Woche vor *Thanksgiving Day* fast einen Meter gewachsen zu sein. Vielleicht sahen sie jetzt mit dem Laub höher aus – oder vielleicht hatte sie sie schon lange nicht mehr richtig wahrgenommen.

»Ich glaube, mein Hintern ist eingeschlafen«, sagte Tante Hannah, als sie anhielten.

Am Eingang blühten Blumen in Kübeln und der alte Walton wedelte auf seinem Liegeplatz am Fußweg mit dem Schwanz. Kate war heimgekommen.

Kates Mama öffnete die Haustür und ihr Vater kam vom Hof her.

»Opa und Oma Golden!« Abbie sprang aus dem Wagen, ohne die Tür zu schließen.

Sie standen in Gruppen, voll damit beschäftigt, einander zu begrüßen. Tante Gerdie fragte: »Warst du überrascht, dass wir Kate dazu überredet haben?« Tante Hannah lief eilig ins Haus, um die Toilette zu benutzen.

Kates Mutter umarmte sie und sagte: »Kate, das ist wunderbar, besonders jetzt zum Muttertag. Cottonwood hat sich schon wie üblich auf das Fest vorbereitet.«

»Es wird Abbies erster Festumzug in Cottonwood«, sagte Kate.

»Dann wird es aber Zeit.« Ihre Mutter zwinkerte ihr zu und drehte sich um, um Tante Gerdie zu begrüßen.

Kate spürte, wie ihr jemand auf die Schulter tippte, drehte sich um und blickte ihrem Vater ins Gesicht. Er legte ihr die Hände auf die Schultern und schaute ihr lange in die Augen, bevor er sie umarmte. »Lass uns eure Sachen hereinbringen.«

Sie mussten mehrfach gehen, bis sie Kates Gepäck in ihr früheres Zimmer und das der Tanten ins Zimmer ihres Bruders gestellt hatten.

»Katie, das ist großartig«, sagte ihr Vater, als sie fertig waren. Kate fühlte sich gleich schuldig, weil es nicht ihre Idee gewesen war. Jetzt, da sie hier war, kam ihr die Fahrt ganz leicht vor, wenn nur Tante Hannah nicht dabei gewesen wäre.

Wieder schaute ihr Vater sie intensiv an. »Es ist immer schön, wenn du hier bist«, sagte er. Aber mit diesen wenigen Worten hatte er viel mehr ausgedrückt: wie sehr er sie vermisst hatte, wie gut es war, dass sie kam, dass er wusste, dass etwas sie beschäftigte und dass sie es ihm erzählen sollte, wenn sie dazu bereit wäre.

Der Abend verging mit Essen und Gesprächen. Nach dem Essen saßen sie auf der Veranda und Kate wurde bewusst, wo ihre Liebe zu

Abenden im Freien herkam. Abbie erzählte alles über die Reisen nach Narnia, von denen sie gerade lasen: von Lucy, Edmund, König Caspian, der pelzigen Kriegermaus Riepischeep und dem schwierigen Jungen, der Eustace hieß.

»Sie sind gerade auf der Insel gelandet und Eustace hat sich wieder mal beschwert. Willst du wissen, was dann passiert ist, oder willst du das Buch lesen?«

»Erzähl mir nur«, sagte Kates Mutter Paula interessiert.

»Ein Seeräuber hat sie entführt und auf ein Sklavenschiff gebracht.«

»Das ist ja schrecklich«, sagte Paula.

»Mama, können wir weiterlesen?«

»Das Buch ist noch im Auto unter einem Sitz. Können wir heute eine andere Geschichte lesen?«

Abbie sah einen Augenblick enttäuscht aus, dann lächelte sie, als ob ihr eine wunderbare Idee gekommen wäre. »Vielleicht kann Oma eine von ihren Geschichten lesen. Mir gefällt immer die mit dem Brot, das aufgeht und aus dem Backofen durchs ganze Haus kommt – und der Junge versteckt sich im Wald, weil er denkt, er wird dafür bestraft, dass er versucht hat selbst Brot zu backen.«

»Sag ‚Gute Nacht', dann holen wir es«, sagte Kates Mutter.

Abbie verabschiedete sich von allen und folgte ihrer Oma ins Haus.

»Das Mädchen mag Geschichten«, sagte Kates Vater Kerby.

»Sie weiß noch viel mehr, als ich dachte.« Kate wurde unruhig: Wenn Abbie nun Kates Mutter von der blauen Scherbe in dem Päckchen erzählte?

»Kerby?«, fragte Tante Gerdie. Sie stand in der Tür mit der Zeitung in der Hand. »Kennst du einen Walter Wundermeyer aus Anderson? Er ist gestern bei einem Motorradunfall umgekommen.«

»Liest du immer noch die Todesanzeigen, Gerdie?«, fragte er grinsend.

»Bis ich in einer drinstehe.« Sie zeigte müde auf die Seite.

»Nein, ich kenne ihn nicht.«

»Er war erst sechsundsiebzig. So eine Schande. Wenigstens hat er Spaß am Leben gehabt, als es passiert ist.«

»Ist mit ihr alles in Ordnung?«, fragte Kates Vater, als Tante Gerdie wieder im Haus verschwand.

»Tante Hannah sagt, sie hat eine Alterskrise.«

»Ein paar Tage von Crocker Valley weg zu sein wird ihr gut tun – dann hat sie den Damen in der Bibliothek etwas Neues zu erzählen.«

Ein Chor von Grillen zirpte in den üppigen Blumenbeeten und unter den Bäumen im Garten. Irgendwo bellte ein Hund und ein Leuchtkäfer schwirrte vorbei. Vom Horizont aufwärts verwandelte sich das sanfte Gelb des Himmels in Grau und dann in Schwarz.

»Es ist so schön in dieser Jahreszeit. Ich konnte den Frühling nie richtig genießen, weil ich wusste, dass die Hitze bald kommt und die grünen Hänge austrocknet«, sagte Kate. »Ich wollte, es könnte so bleiben.«

Ihr Vater nahm einen Schluck Kaffee und dachte über ihre Worte nach. »Das Beste dauert manchmal nicht sehr lange. Wenn wir das ganze Jahr Blumen und Grün hätten, würden wir ihren Wert nicht mehr sehen.«

Kate nickte. Das waren wahre Worte, aber sie wünschte, es wäre nicht so.

Es wurde dunkel und sie gingen ins Haus. Kate setzte sich auf ihren alten Platz auf dem Sofa, legte die Füße auf den Couchtisch und schaute im Geschichtsprogramm die Lieblingssendung ihres Vaters an.

Nur ihr Elternhaus konnte ihr helfen die Entscheidung zu treffen, dachte sie plötzlich. Aber hier war noch mehr Gutes für sie. Sie wusste nicht, was es war, aber sie war froh, dass sie gekommen war.

16 Sechzehntes Kapitel

Außer den Tanten gingen alle früh aus dem Haus, um den alten Lieferwagen ihres Vaters am Weg des Festumzugs zu parken. Hannah wollte nicht mehr Auto fahren und Gerdie wollte einen »schmucken alten Witwer« besuchen, wie sie sagte, der in derselben Straße wohnte.

Kate, Abbie und Kates Eltern frühstückten in dem kleinen Restaurant in der Front Street. Die rustikale Gastwirtschaft war überfüllt mit kostümierten Kindern und Erwachsenen. Nach Omelett, Kartoffelpuffern und den winzigen Pfannkuchen für Abbie zahlten sie an einem Stand der Baseballjugend fünfundsiebzig Cent für heißen Kakao und nahmen die Styroporbecher mit zum Wagen.

Der Festumzug von Cottonwood brachte die ganze Stadt auf die Straße. Abbie stellte ihren Gartenstuhl an den Randstein neben Omas und Opas, während Kate auf der Ladefläche des Wagens saß. Während sie auf Bewegung am Ende der Straße warteten, planten Abbie und Opa, dass sie nächstes Jahr auf seinem Pferd im Umzug mitreiten sollte. Als Kate sie so beim Reden beobachtete, kam ihr ein Gedanke: *Wie wäre es, wieder hierher zu ziehen?*

Als Kind hatte Kate mit Vorliebe die Weiden durchstreift und im breiten, flachen Bett des Cottonwood Creek gespielt. Aber als Jugendliche konnte sie es nicht abwarten, das Kleinstadtleben hinter sich zu lassen. Im Studium war ihre Verachtung für das Landleben und seine Sitten mit den Besuchen gewachsen. Aber heute wünschte sie es sich wieder. Sie wollte Geld abheben, einkaufen und noch Eis essen können, alles im Umkreis von anderthalb Kilometern. Sie wollte auf den Landstraßen ihrer Jugend spazieren gehen und Abbie sollte auf ihre alte Schule gehen. Als ob sie ein Spielzeug gefunden hätte, das sie als Kind geliebt und dann weggepackt und vergessen hatte, wusste Kate plötzlich, dass sie diesen Ort liebte.

Kate schaute sich um und sah am Straßenrand und an den verschiedenen Ständen Leute, die sie noch kannte. In Cottonwood staubten die Familien zum Muttertagswochenende ihre Cowboyhüte ab, als ob sie sie nun einmal im Jahr oder täglich trugen. Das Grillen am Donnerstagabend leitete das viertägige Fest mit der Ausrufung der Rodeo-Königin ein. Zwei Tage Rodeo und Gemeindeveranstaltungen brachten Einwohner und Touristen zusammen.

»Es hat schon seinen Sinn, an einem Platz einzuwurzeln«, flüsterte Kate.

»Käthchen, Mädchen!« Tayler, ihr Bruder, kam mit zwei Stühlen in den Händen um den alten Ford herum. Er warf sie hinten auf den

Lieferwagen, umarmte Kate fest und heftig und küsste sie auf den Kopf. »Es ist höchste Zeit, dass du uns mal besuchst.«

»Eine alte Tante hat mich fast mit Gewalt hergeschleppt«, sagte Kate.

»Ja, ich hab's gehört. Das ist ein gutes Gefühl für uns. Ich wusste schon, du hättest nie in Oregon studieren dürfen – womöglich hätten wir dich gar nicht mehr hier gesehen.«

Kate boxte ihn leicht auf den Arm. »Wo ist deine Frau?«

»Sarah ist mit Reece auf dem Festwagen vom Kindergarten. Passt auf, dass die Kinder nicht runterfallen.«

»Das dürfte sinnvoll sein«, sagte sie lachend.

Am Ende der Straße begann eine Musikgruppe zu spielen.

Junge und Alte reckten sich auf den Ladeflächen von Wagen und an den Straßenrändern, um die Schulband von Cottonwood zu sehen, die jedes Jahr die Spitze des Umzugs bildete.

»Das ist wie früher für dich, nicht wahr?«, sagte Tayler, als sie auf die Ladefläche des väterlichen Lieferwagens kletterten. Er stellte die rostigen Gartenstühle für sie auf.

Kate bemerkte die leichten Falten, die sich um seine Augen bildeten, als er gegen die Morgensonne blinzelte. Ihr Bruder sah ihrem Vater ähnlich: kräftiges Kinn, hohe Wangenknochen, graue Augen und sandbraunes Haar. Seine Schultern waren breiter geworden und er sah mit über dreißig endlich wie ein Mann aus; jahrelang hätte man ihn für einen langen, dünnen Jungen halten können.

Jetzt war die Band zu sehen; die Flöten spielten einen Refrain, dann fielen die anderen ein.

»Da warst du«, sagte Tayler und zeigte auf die Klarinettengruppe. »Weißt du noch – diese polierten Bügel, die dir immer in die Lippen geschnitten haben?«

»Wenigstens brauchte ich nicht abends noch eine tolle Kopfbedeckung zu tragen wie jemand, den ich kenne.«

»Wenigstens habe ich ...«

»Seid ihr beide brav da oben?« Paula Golden warf ihnen von ihrem Sitz unten den bekannten Blick zu.

»Entschuldigung, Mama«, sagten sie und stießen sich mit den Ellbogen. Einen Augenblick lang waren sie wieder zwölf- und vierzehnjährig.

»Haben wir nicht als Kinder viel geträumt?«, fragte sie. Ein Pferdewagen trug eine Gruppe Clowns vorbei.

»Wir hatten keine großen Zukunftspläne, aber auf jeden Fall Spaß und eine Menge Fantasie, auch wenn ich es selbst sage. Es blieb uns nicht viel anderes übrig, wo Mama uns so viele Gedichte und klassische Werke vorgelesen hat. Weißt du noch, wie wir Moby Dick gespielt haben, als der Blitz die Eiche auf der vorderen Weide umgeworfen hatte?«

»Das hatte ich vergessen«, sagte sie und lachte bei der Erinnerung daran, wie Tayler als Junge selbst gemachte Speere in den Baumstumpf stieß, als ob er der Wal wäre. »Weißt du noch, wie wir die Höhle gegraben und das trockene Bachbett für die *Reise zum Mittelpunkt der Erde* benutzt haben? Wir mussten immer deine Lieblingsgeschichten spielen wie *Fischerjungs* oder *Die Zeitmaschine*.«

»Aber du hast mich nie dazu gekriegt, mich von dir als Peter Pan einen Baum heraufziehen zu lassen. So dumm war ich nicht.«

»Da kommen Reece und Sarah!«, rief ihre Mutter.

Sie standen beide auf und winkten. Taylers und Sarahs Sohn Reece trug eine bemalte Schweineschnauze aus Pappe und passende Ohren. Er winkte Abbie heftig zu, als er sie sah. Sarah musste auf die Kinder achten, sie lächelte nur und winkte kurz, als sie die Rufe hörte.

»Hallo, meine Schöne!«, rief Tayler und Sarah warf ihm eine Kusshand zu.

Kate lächelte; sie war froh, dass seiner Stimme nach Sarahs Fehlgeburten und vergeblichen Versuchen schwanger zu werden nichts mehr von der Anspannung der letzten Jahre anzumerken war. Ihr Bruder arbeitete erfolgreich auf der kleinen Farm, die er sich immer gewünscht hatte, wo er das Wachstum und den Wechsel der Jahreszeiten miterleben konnte. Seine größte Herausforderung war es gewesen, dass sie beide von Trauer und Frustrationen umgeben waren. Kate wusste, dass ihr Bruder ihr nach Jacks Verschwinden gern mehr geholfen hätte. Tayler wollte die Welt in Ordnung bringen, aber er konnte weder seiner Frau noch seiner Schwester entscheidend helfen.

»Weißt du, dass ich dich gern habe, großer Bruder?«, fragte sie leichthin und legte ihm den Arm um die Schulter. Der Gartenstuhl wackelte und knirschte unter ihrem Gewicht.

Tayler sah ernst aus, als er sich ihr zuwendete. »Danke, Schwester. Ich dich auch.«

Am Nachmittag kamen Tayler, Sarah und Reece zu Goldens zum Familientreffen. Kates Mutter kochte Eintopf und backte Sauerteigbrot im Automaten, während die anderen Erwachsenen den Kindern beim Schaukeln zusahen. Für Kate, die sich Sorgen machte, weil Abbie so wenig Freunde hatte, war es gut sie mit Reece spielen und herumrennen zu sehen wie jedes normale Kind. Nach einem späten Mittagessen holte Tayler eine Kiste mit alten Drachen vom

Speicher über der Garage. Jeder machte sich daran einen Drachen wieder flugfähig zu machen. Es wurde schon kühl und ein leichter Wind trieb hohe weiße Wolken übers Land. Bald stiegen prächtige Farbtupfer den Wolken entgegen, die wie Watte aussahen.

Kate schaute vom Zaun der vorderen Weide aus zu. Als sie sich daran lehnte, legten sich ihre Jackenärmel auf die scharfen Spitzen des Stacheldrahts. So lange hatte sie sich von allen Menschen isoliert gefühlt; jetzt nahm sie sich Zeit, ihre Familie zu beobachten. Trotz der drei Jahre, in denen sich für sie nichts bewegt hatte, war das Leben weitergegangen. Ihr Neffe war gewachsen und erinnerte sich nicht mehr an Onkel Jack. Die Zeit in ihrer Heimatstadt war weitergegangen wie das Leben ihrer Einwohner. Ihr alter Hund war noch älter geworden und die Pferde ihres Vaters brauchten eine Zahnbehandlung.

Während die Welt weiterging, hatte Kate festgesteckt wie in einem alten Sumpf, wo der Schlamm sie nach unten zog. Sie wollte heraus, wollte weglaufen, aber die ständigen Fragen, die Hoffnung, die immer wieder zerschlagen wurde, der Glaube, der nicht alles überwand: das alles hielt ihren Fortschritt auf. Eine Frau, die einmal vom Tod ihres Kindes berichtet hatte, hatte das gut ausgedrückt: »Man kann nichts tun. Wenn ich mir an einem Tag das Ziel setzte mein Geschirr zu spülen und es wirklich getan habe, dann war ich stolz. Ich konnte nicht da herauskommen.«

Kate sah zu, wie die geflickten Drachen in den Himmel stiegen. Abbie rannte, die Schnur fest in der Hand, aber ihr Drachen kam ins Schleudern und schleifte auf dem Boden. Alle anderen hatten mit ihren eigenen taumelnden Drachen zu tun.

Schnell kroch sie unter dem Stacheldraht durch und lief über die frisch gemähte Wiese; sie spürte, wie ihr Haar leicht auf ihren Schultern tanzte. Abbie hatte sich jetzt in der Schnur verfangen. Kate griff nach Abbie, gerade als sie die schmalen Schultern resigniert fallen ließ.

»Weißt du, wie oft die Brüder Wright probieren mussten zu fliegen, bis ihr Flugzeug einmal abgehoben hat?«

»Wie oft?«

»Ja, natürlich, jetzt willst du es genau wissen.« Kate nahm das Kinn ihrer Tochter zwischen beide Hände. »Ich weiß nicht, aber sie mussten es sehr oft versuchen. Und sie mussten sich gegenseitig helfen.«

»Hilfst du mir?« Es war seltsam, dass ihre Tochter bei einer so einfachen Frage nicht sicher schien, wie die Antwort sein würde.

»Natürlich. Ich war mal ganz gut im Drachen-Steigenlassen.«

»Gut.« Abbies Stimme wurde eine ganze Oktave höher. »Willst du Schnur oder Schwanz? Das sagt Opa immer.«

»Ich nehme, was du nicht willst.«

»Dann nehme ich den Schwanz und renne. Du hältst die Schnur, ja?«

»Fertig.«

Abbie legte den rotweißen Drachen zurecht, den sie mit Blumenaufklebern geschmückt und mit silbrigem Klebstreifen geflickt hatte. Dann liefen sie.

Der kleine Drachen flatterte, als Abbie ihn losließ, und stieg immer höher. Kate schätzte Höhe und Windstärke ab und gab ihm mehr Schnur. Abbie rannte und hüpfte unter dem Drachen, als ob sie gleich hochfliegen und ihn fangen könnte. Über der Weide, wo sie über Pferdemist springen mussten, schwebten und tanzten die kleinen Drachen und machten den Himmel bunt. Sie gaben sich große Mühe oben zu bleiben und noch höher in den Himmel zu steigen.

Kate erinnerte sich, dass sie einmal überzeugt gewesen war fliegen zu können. Es war noch nicht sehr lange her, da war ein kleines Mädchen an einem sehr windigen Tag mit einem Betttuch auf das Dach seines Hauses geklettert. Tayler hatte ihre Idee lächerlich gemacht, aber das hatte ihren Entschluss nur bestärkt. Ihre Mutter war für eine Stunde in die Stadt gegangen und der Wind war gerade richtig. Ein Windstoß blähte das Betttuch und legte sich dann. Tayler auf seinem Platz im Maulbeerbaum sagte, sie sei verrückt. Sie hörte nicht auf ihn und konzentrierte sich. Die Bäume bewegten sich erst sacht, dann stärker; das Betttuch blähte sich auf. Sie sprang. Und fiel.

Aber immer, wenn ihr der Wind heftig ins Gesicht schlug, glaubte sie wieder an das Fliegen und hoffte eines Tages wirklich in der Luft gleiten zu können. Ein kleiner Drachen, der mit einer Schnur an der Erde festgehalten wurde und doch mit aller Kraft versuchte zu fliegen.

Es ist noch nicht vorbei. Ich kann immer noch fliegen. In diesem Augenblick glaubte sie wieder, Menschen müssten fliegen können.

Dann flaute der Wind ab. *Das war's mit dem Fliegen,* dachte Kate, als die Drachen taumelten, sich wieder aufrafften und dann doch zur Erde stürzten. Es war, als ob Gott sie einfach wieder zurückgestoßen hätte, gerade als sie den Durchbruch geschafft hatte.

»Das ist der schönste Muttertag, den ich erlebt habe, seit du und

Tayler nicht mehr zu Hause seid«, sagte Kates Mutter, als sie von der Wiese hereinkamen. »Kennst du das noch?

,Kommt zu mir, meine Kinder, kommt nah und leis mir erzählt, was Vögel und Winde singen in eurer sonnigen Welt! Denn all unser Können und Wissen, das aus den Büchern spricht – was ist's gegen eure Liebkosung und die Freude in eurem Gesicht? Ihr seid besser als alle Balladen, die je ein Sänger uns bot ...'«

Sie drehte sich um und streckte die Arme aus wie ein Dirigent und alle Erwachsenen sprachen mit ihr zusammen:

»,Ihr seid lebende Gedichte und alle andern sind tot.'«

»Longfellow«, sagte Tayler. Die Kinder staunten. »Longfellow ist Omas Lieblingsdichter und dieses Gedicht hat sie am häufigsten zitiert, wie ihr seht.«

Dann sprachen sie über verschiedene Dichter, aber Kate spürte, wie Longfellows Worte sie begleiteten. Das hatte sie vergessen – dass ihre Mutter sie und Tayler »meine lebenden Gedichte« genannt hatte. Auch Kate hatte Abbie als kleines Kind so genannt. Aber sie hatte es vergessen.

Kate arbeitete täglich mit Möbeln und alten, toten Dingen. Hier lag ein Leben vor ihr, das nicht renoviert zu werden brauchte; es war frisch und neu und so voll spontaner Energie, wie nur ein Kind es haben konnte. Sie sah, wie ihre Tochter mit Reece lief, die Drachen in der Hand. In diesem Augenblick wurde ihr bewusst, wie sehr sie ihr Kind liebte. Das Eis in ihrem Inneren taute auf und ihre Liebe weckte ein Staunen, das sie vergessen hatte.

»Abbie!«, rief sie. »Willst du mein geheimes Baumversteck sehen?«

»Kann Reece mitkommen?«

»Wir können Reece auch später mitnehmen und jetzt gehen nur wir beide.«

»Gut.« Die anderen gingen hinein, um heißen Kakao zu trinken. Kate berührte das Haar ihrer Tochter; es war strähnig geworden und roch nach Wind. Sie gingen Hand in Hand auf der Straße seitlich am Haus und an den Pferdehöfen vorbei und über eine große Wiese.

»Du hast ein Baumversteck?«, fragte Abbie.

»Jetzt ist es nicht mehr sehr geheim. Ich bin bis in den Wipfel geklettert und habe Tayler beobachtet, wenn er kam und mich erschrecken wollte. Er hat mich erst gefunden, als ich lachen musste. Da drüben in der Eichengruppe ist es.«

Ein mit Gras bewachsener Pfad zog sich über die grüne Wiese zu einer Gruppe von breiten alten Eichen, die einmal Kates Wunderland gewesen war. Die dicht belaubten Äste sorgten dafür, dass das grüne Gras nicht braun wurde, und boten in der Sommerhitze immer einen schattigen Platz. Das Wäldchen bestand aus mindestens zwanzig Bäumen und auf dem Boden lagen dicke, bemooste, zerfallende Stämme. Tayler und Kate hatten sich vorgestellt, die Bäume wären von Indianern gefällt worden, die diesen Platz sicher genau so geliebt hatten wie sie selbst. Es war sehr still in diesem Kreis von Bäumen, als wüssten auch die Vögel und Insekten, dass dies ein Zauberwald war. Es roch nach Moos und vermoderndem Holz und Laub.

»Hier sieht es aus wie in dem Wald zwischen den Welten.«

Kate lächelte; ihr fiel auf, wie viel ihre Tochter von den Chroniken von Narnia im Gedächtnis behielt, die sie lasen, und auch wie genau ihre Beobachtung stimmte.

»Daran habe ich noch nie gedacht. Wenn hier unter den Bäumen Pfützen wären, könnten wir reinspringen und versuchen in eine andere Welt zu kommen.«

»Fändest du das nicht toll?« Abbies Augen funkelten vor Fantasie, als sie nach oben in das Dach aus Zweigen und Blättern schaute. »Dann könnten wir durch verschiedene Welten kommen und gehen und vielleicht irgendwo Papa finden.«

Irgendwie hatte Kate geahnt, dass Abbie an ihren Vater dachte, noch ehe sie seinen Namen aussprach. »Was meinst du, wo Papa ist?« Kate blieb bei einem umgefallenen Stamm und setzte sich darauf.

»Ich weiß nicht.« Aber Abbie sagte es so, dass Kate Zweifel hatte.

»Bitte sag es mir. Ich lache nicht über das, was du denkst.«

Die Sonne warf sanfte Flecken durch die Zweige über ihnen wie durch buntes Glas.

Endlich sprach Abbie. »Im Kindergarten habe ich meinen Freunden gesagt, Papa hätte einen besonderen Auftrag, den nur sehr wichtige Leute ausführen können. Die Kinder haben es geglaubt und ich auch. Aber jetzt glauben es die Kinder in der Schule nicht mehr. Sie sagen, Papa hätte uns verlassen wie Jeffreys Vater. Ein Junge hat gesagt, vielleicht hättest du ihn umgebracht und in einer Kiste ins Meer geworfen.«

Kate versuchte sich nichts anmerken zu lassen. »Und was hast du gesagt?«

»Ich habe ihm gesagt, er sieht zu viel fern.«

Beide lächelten.

»Ich habe viele Gründe überlegt, warum er nicht wiedergekommen ist. Wenn er schiffbrüchig war und auf eine einsame Insel verschlagen worden ist wie in *Swiss Family Robinson*? Oder wenn er etwas sehr Schlimmes herausgefunden hat und die bösen Männer ihn deswegen nicht freilassen. Ich habe einunddreißig Sachen in mein Tagebuch geschrieben, die passiert sein könnten. Wenn ich groß bin, gehe ich ihn suchen. Und ich finde, du solltest auch nicht aufgeben.«

Kate wusste nicht, was sie dazu sagen sollte, aber dieses Mal beunruhigte es sie nicht. Sie wusste, sie kamen vorwärts; dass Abbie ihr das gesagt hatte, war der Beweis. Vielleicht, wenn sie beide ehrlich zueinander wären, könnten sie irgendwann trotz Jacks Verlust Frieden finden.

»Abbie, ich bin froh, dass du mir das erzählt hast. Von jetzt an halten wir fest zusammen und sagen uns gegenseitig, was wir denken. Ich bin sicher, es wird gut.«

Abbies Hand suchte ihre und Kate wusste, das war ein gegenseitiges Versprechen. Sie standen auf, wanden sich durch das Wäldchen und stiegen über Zweige, Abbie immer an Kates Hand. Endlich blieb sie stehen.

»Das war mein Baum. Da bin ich raufgeklettert und bin mir größer vorgekommen als alle anderen. Manchmal habe ich ein Buch mitgenommen; manchmal habe ich einfach nachgedacht und mich vor meinem Bruder versteckt.«

Die Holzbretter, die sie einmal in den Stamm genagelt hatte, waren lose und mehrere fehlten. Kate schätzte, der Baum müsste mindestens fünfzehn Meter hoch sein, aber als sie klein war, war er ihr noch höher vorgekommen. Die dicken Äste reckten sich zum Himmel. Sie sah den Rest von einem ihrer »Zimmer«: eine Sperrholzplatte, die ihr Vater ihr gegeben hatte, als er den Schuppen für Pferdegeschirre baute.

»Können wir raufklettern?«, fragte Abbie aufgeregt.

»Ich weiß nicht, wir versuchen es mal.«

Kate prüfte ein Brett und es sprang sofort aus der rauen Rinde. Abbie lachte, als es sie nach hinten stieß.

»Das müssen wir wohl anders versuchen.«

Kate versuchte Abbie hochzustemmen, aber dann löste sich ein altes Stück Seil und riss. Es schien unmöglich, bis Kate einen umgefallenen Holzklotz mit Ästen sah, die spitz herausstanden. Zusammen schleppten sie den Klotz und lehnten ihn an den Baumstamm. Kate zerkratzte sich Arme und Beine, kletterte und half Abbie, bis sie es schafften. Endlich oben, kletterten sie noch höher und setzten sich in eine Astgabel.

»Wir haben's geschafft, Mama!«

Beide lachten über das eben Erlebte und schauten dann durch

die anderen Zweige auf Kates Elternhaus, die Weiden und Zäune. Sie entdeckten den alten Walton, der langsam schwanzwedelnd zur vorderen Veranda ging, und die Pferde, die auf einer Weide frisches Gras fraßen.

»Von hier aus kannst du die Bergkette sehen.« Kate deutete auf einen langen Bergrücken, den der *Cottonwood Creek* durchschnitt. »Das ist der Gottesgipfel.«

»Oh«, sagte sie ehrfürchtig. »Warum ist Opa da zuerst hingegangen?«

»Seine Mutter ist bei einem Autounfall umgekommen. Sie hatte viele Jahre für ihn gebetet und er war sehr traurig, dass er sie verloren hatte. Darum ist er da hinaufgegangen und hat beschlossen zu warten, bis Gott zu ihm spräche.«

»Und hat Gott zu ihm gesprochen?«

»Opa sagt, Gott kam in einem stillen, sanften Säuseln und die Worte hörte er in seinem Herzen.«

»Was hat Gott gesagt?«

»Er hat gesagt: ‚Ich bin immer bei dir, bis ans Ende der Zeit.'«

»Wow. Da will ich irgendwann mal hin.«

»Wenn du noch ein bisschen größer bist.«

»Hoffentlich wachse ich ganz schnell.«

Was Abbie da sagte, als sie so auf verschiedenen Ästen über Kates vertrautem Land saßen, überraschte sie.

»Freu dich an deiner Kindheit, Abbie. Nimm dir nicht zu viel Zeit, um in die Zukunft zu schauen, denn wir Erwachsenen nehmen uns eine ganze Menge Zeit zurückzuschauen. Wir müssen uns an der Zeit freuen, die jetzt ist.« Sie machte eine Pause und dachte über ihre Worte nach. »Mir scheint, das lerne ich jetzt nach vielen verschwendeten Jahren.«

Sie saßen im Baum und Kate rutschte öfter hin und her; sie merkte, dass Äste für Erwachsene nicht so bequem sind wie für Kinder. Sie erzählte Abbie manches, was sie früher in dem Wäldchen erlebt hatte, und fragte sich, warum sie das nie vorher getan hatte.

»Haben du und Onkel Tayler nicht eine geheime Schatzkammer gehabt?«

»Woher weißt du denn so viel?«

»Oma und Opa schreiben mir E-Mails.«

Kate lachte bei dem Gedanken. Hätte sie als Kind in diesem Baum sich jemals etwas wie E-Mail vorstellen können und dass ihre Eltern das mit ihrem Kind taten?

»Ja, ja, wir haben eine geheime Schatzkammer gehabt. Wir haben kein Gold und Silber vergraben, sondern unsere eigenen Schätze reingetan.«

»Was denn?«

»Da muss ich nachdenken ... Ich hatte eine falsche Perlenkette, die mochte ich besonders gern, eine Feder hatte ich gefunden und war überzeugt, sie wäre von einem Seeadler, eine Postkarte aus Hawaii, die die Tanten von da geschickt haben, und einen Silberdollar, den mir mein Großvater gegeben hat. Was noch?« Kate versuchte sich die Blechdose vorzustellen, die sie golden angemalt hatten, und die Zeremonie, mit der sie Schätze hineingelegt hatten. »Tayler hat ein gepresstes vierblättriges Kleeblatt reingetan, ein paar besonders schöne Steine, die machten die Truhe – so nannten wir sie – richtig schwer, und noch ein paar solche Sachen. Aber als wir sie einmal vergraben hatten, haben wir sie immer wieder ausgegraben und neue Sachen reingetan und andere rausgenommen. Die Perlen brauchte ich für eine Nachtparty.«

»Das kann ich verstehen«, sagte Abbie in erwachsenem Tonfall und kicherte dann über sich selbst.

»Wir haben sogar auf eine braune Papiertüte eine Karte gezeichnet und die Ränder angesengt, damit sie richtig alt aussieht. Vielleicht sollten wir das zu Hause mal mit dir machen.«

»Ist euer Schatz noch da?«

»Das glaube ich nicht. Wir haben ihn eine Zeit lang immer woanders hingetan und dann einen hohlen Baumstamm gefunden und ihn da versteckt. Aber ich meine, Tayler hätte ihn rausgeholt, als er von der Universität zurückkam.«

»Können wir nachgucken? Bitte?«

Kate schaute hinunter in den schattigen Wald und überlegte, ob der Schatz wirklich noch irgendwo da unten sein könnte.

»Wahrscheinlich – wenn wir von diesem Baum runterkommen.« Das Hinunterklettern war schwieriger als das Hinaufklettern. Als sie endlich unten ankamen, war das sanfte Licht des bewölkten Himmels schon ein wenig schwächer geworden. Aber es war die Mühe und die Kratzer wert gewesen da hinaufzuklettern. Kate wusste nicht mehr, wann sie zum letzten Mal in einem Baumwipfel über der Landschaft gesessen hatte. Das sollte verpflichtend für alle Erwachsenen sein – um sie an die Einfachheit der Kindheit zu erinnern.

»Wir müssen uns beeilen.« Kate streifte sich Baumrinde aus dem Haar. »Ich habe Hunger und hier im Wald wird es schnell dunkel.«

»Wohin?«, fragte Abbie wie ein Abenteurer auf einer Forschungsreise.

»Hier entlang!«

Zwischen Bäumen und umgefallenen Stämmen rannten sie einen kleinen Abhang hinunter auf ein riesiges Gewirr von Wurzeln zu, das weit über ihre Köpfe reichte; der uralte Baum lag da in ewigem Schlaf.

»Einmal, als ich ein bisschen älter war als du, gab es ein schreckliches Unwetter. Dieses war damals der höchste Baum im Wäldchen mit dicken Ästen, die über alle anderen reichten. Nach dem Sturm hat Tayler gesehen, dass die Äste nicht mehr da waren. Der Baum war oben zu schwer und der Sturm hat ihn einfach umgeworfen und die Wurzeln aus dem Boden gerissen. Daher kommt dieses Loch hier unten. Wir waren traurig wegen des Baumes; er war so schön. Aber man konnte hier wunderbar spielen und Schätze verstecken. Unsere Schatzkiste ist jetzt bestimmt weg.«

Sie sprangen in die Grube, die mit dem Laub und modernden Holz von vielen Jahren nicht mehr so tief war. Kate konnte im Gewirr der Wurzeln nichts erkennen. Sie streckte die Hand sehr vorsichtig in die Höhlung, gespannt, was sie tasten würde. Ihre Finger berührten etwas Kaltes, Metallenes.

»Sie ist da«, sagte Kate überrascht.

»Ja?« Abbies Gesicht strahlte vor Begeisterung.

Als Kate die alte Blechdose herauszog, rieselten Erde und Holz auf ihren Arm. Sie stiegen aus der Grube und stellten die Dose auf einen Baumstumpf. Die »Truhe« war an einer Ecke durchgerostet und schmutzig von den Jahren in und über der Erde, der größte Teil der Goldfarbe war abgeblättert und die ursprüngliche Silberfarbe zu sehen.

Kate zögerte sie zu öffnen. Einmal hatte Tayler ein Päckchen Zigaretten darin versteckt, als er zwölf war. Sie wusste nicht, was später in ihrer weiteren Schulzeit noch darin versteckt worden war, denn da war sie schon nicht mehr in das Wäldchen gekommen. Der Deckel quietschte beim Öffnen und Kate versuchte schnell einen Überblick zu gewinnen, aber Abbie war genauso schnell. Sie fand keine alten Zigaretten, sondern Bonbonpapiere, durch die winzige Löcher genagt worden waren, und Plastikspielzeug.

»Guck mal, ein Papier von einem Karamellbonbon.« Abbie hielt es hoch, aber es war nichts mehr darin.

»Das ist merkwürdig«, sagte Kate, als sie den Inhalt sorgfältig untersuchten. Er sah eher aus wie eine Sammlung von Preisen für einen Kindergeburtstag, nicht wie ihre alte Schatzkiste.

»Mama, da steht mein Name drauf«, sagte Abbie. Sie hatte einen gelben Briefumschlag herausgenommen.

»Zeig mal.« Kate erkannte die Handschrift, obwohl die letzten Buchstaben von *Abigail Rose* vom Wasser verwischt waren.

Das waren Worte aus der Vergangenheit.

»Darf ich ihn aufmachen?«

Kate zögerte zu lange: Abbie fing schon an die Klappe vorsichtig abzuheben.

»Da ist Geld drin und ein Brief!« Sie zeigte Kate einen Zehndollarschein und gab ihr dann den Brief. »Mama, liest du ihn?«

Kate nahm ihr das verbrauchte Papier aus der Hand. Sie las den Brief und las ihn noch einmal.

»Laut, Mama.«

»Überraschung, Abbie. Hier hast du Geld zum Ausgeben, während wir weg sind. Opa mag sehr gern das *Rocky-Road*-Eis, vielleicht kannst du ihm eins spendieren. Mama und ich werden dich vermissen, wenn wir in Italien sind, aber es dauert nicht lange, bis wir wiederkommen. Ich möchte, dass du immer weißt, wie lieb deine Mama und ich dich haben. Wir bringen dir etwas mit – bestimmt etwas Besseres als das Heidelbeerschaumbad, das ich dir in Montana gekauft habe. Wie das gestunken hat! Davon müssen wir mal etwas in Mamas Badewasser tun, weil sie diesen gemeinen Trick mit dem kalten Wasser gemacht hat. Ich habe dich lieber als Käsesnacks.«

Abbie und Kate starrten sich an, als ob sie wirklich Jacks Stimme gehört hätten.

»Das weiß ich noch, ‚Ich habe dich lieber als Käsesnacks'«, flüsterte Abbie. »Als ich klein war, hat Papa gesagt, ich sollte diese Käsesnacks probieren, und ich wollte nicht. Er hat gesagt, er liebt Käsesnacks, und ich habe ihn gefragt, ob er sie mehr liebt als mich.«

Kate nickte und starrte wieder auf den Brief in ihrer Hand.

»Mama, Gott antwortet doch«, sagte Abbie leise. »Weißt du noch, dass wir gebetet haben? Jetzt kriegen wir einen Brief von Papa.«

»Das kann einfach nicht stimmen.« Verwirrt und erschrocken schüttelte Kate den Kopf. »Das muss ein Irrtum sein. Wir müssen Onkel Tayler suchen.«

17 Siebzehntes Kapitel

Er hatte etwas gefunden. Lukas ging die Papiere noch einmal durch, um bestätigt zu finden, was er schon gelesen hatte. Es stand noch dasselbe da.

Es war mitten in der Nacht – er wollte gar nicht wissen wie spät. Er saß in Karls Arbeitszimmer und starrte auf das Päckchen von Papieren, das er hinten in einem Aktenschrank versteckt gefunden hatte.

Lukas und Marta waren gleich nach dem Gespräch mit Kate aus Portland abgefahren. Und obwohl die Sehnsucht ihn stark nach Hause zog, war er doch noch für ein paar Tage mit nach Arizona gekommen, um Marta zu helfen. Lukas hatte noch einmal die Akten und Papiere geprüft für den Fall, dass er etwas über Wolfram Meizer übersehen hatte. Er hatte lange dafür gebraucht, denn Karls Arbeitszimmer war ungeordnet und voll mit Zeitschriften über Angeln, Golf und Gemeindeleben, die er jahrelang aufgehoben hatte; Lukas hatte einen ganzen Stapel aus den achtziger Jahren entdeckt. Anscheinend hatte Karl Papiere gesammelt: ungültige Schecks, Quittungen, Comics und Spaßseiten aus dem Internet.

Dann hatte Lukas diesen übergroßen weißen Umschlag gefunden.

Jetzt wusste er, dass Karl mehr gewusst hatte, als er ihnen ursprünglich mitgeteilt hatte. Nicht nur das: Karl schien sich auf Gebieten betätigt zu haben, die einen Verdacht direkt auf ihn lenkten. Wusste Marta davon? Lukas glaubte, dass sie alles geteilt hatten. Vielleicht war sie doch nicht so vertrauenswürdig, wie er angenommen hatte.

Er rieb sich die Augen, schaute auf die Uhr und stöhnte innerlich, dass es so spät war. Sicher verstand er diese Dokumente falsch. So mitten in der Nacht arbeitete sein Gehirn schwerfällig und die Anstrengung machte ihm zu schaffen. Aber hier lag der Beweis vor ihm. Lukas warf einen Blick auf die offene Tür. Über dem Flur, in dem Zimmer, das sie jahrelang mit Karl geteilt hatte, schlief Marta jetzt. Wusste sie es oder hatte er dies auch vor ihr geheim gehalten? Am liebsten hätte er sie sofort geweckt und gefragt. Aber zuerst musste er sich ausruhen. Er brauchte Schlaf, um am Morgen stark zu sein und ihr die Sache vorzuhalten. Wenn es stimmte, was da stand, hatte Karl anscheinend nicht nur Wolfram geholfen, sondern war auch am Verschwinden von Jack Porter beteiligt.

Lukas würde bis zum Morgen warten.

Tayler hielt den Brief in der Hand. Sein Mund verzog sich so, dass Kate wusste, dass er sich Sorgen machte.

»Ich weiß das noch.« Er nickte, als ihm die Erinnerung kam. »Jack hat mir geholfen die Schatzkiste für eine Art Nachtabenteuer für die Kinder zu füllen. Das wollten wir machen, als du mit ihm weg warst. Jack war unruhig, weil Abbie so lange allein bleiben sollte. Wir haben Süßigkeiten und Spielzeug reingetan und Sarah und ich sollten eine Schatzsuche veranstalten. Ich glaube, du warst an dem Tag mit Sarah und Mama in Chico – ja, da wart ihr, denn Sarah hat ... egal. Aber ich erinnere mich jetzt, dass wir einen Brief in die Kiste gelegt haben.«

»Wie konntest du das vergessen?« Kate versuchte ihm keinen Vorwurf zu machen, aber ihre Hände zitterten noch von dem Schreck, Jack in dem Brief so gegenwärtig zu erleben.

»Das war nur *ein* Spiel; wir hatten noch viele andere vor, auch ein Dreibeinrennen und etwas, was Mama vorbereitete. Du und Jack, ihr hattet auch diese Briefe fertig gemacht, die Abbie jeden Morgen lesen sollte, solange ihr verreist wart. Weißt du noch?«

Kate erinnerte sich. Am Abend vor der Fahrt nach Cottonwood waren sie lange aufgeblieben. Nach dem Packen waren sie »überdreht« gewesen bis zur Albernheit und Kate hatte von der großartigen Idee gehört, für jeden Tag einen Brief dazulassen. Beim Entwerfen der Briefe hatte Jack auf jede ihrer Fingerspitzen ein Smiley gemalt. Mit Lachen und Späßen hatte das Ganze doppelt so lange gedauert. Aber sie erinnerte sich an die Briefe:

Tag »Eins«: Heute fliegen wir von Kalifornien nach Italien. Male ein Bild für uns, dann bringen wir dir zwei Flugzeugflügel mit.

Tag »Zwei«: Wenn du aufwachst, ist bei uns Schlafenszeit an unserem ersten Tag in Venedig. Wir vermissen dich.

Kate wusste, dass die Briefe bis dahin geöffnet worden waren. Nach Jacks Verschwinden hatten ihre Eltern Notfallpässe besorgt, waren nach Italien geflogen und eine Woche bei ihr geblieben. Abbie war bei Tayler und Sarah geblieben. Kate hatte Abbie selbst sagen wollen, was passiert war, aber sie wollte nicht, dass sie erwartete, beide Eltern aus dem Flugzeug steigen zu sehen, und dann mit Schrecken die Neuigkeit erfuhr. Darum hatte Tayler mit Sarahs Hilfe die Sache erklärt, so gut er konnte. Aber erst, als Kate allein in Corvalis ankam, war allen recht klar geworden, dass es wirklich so war. Wie Abbies Gesicht bei ihrer ersten Begegnung ausgesehen hatte, so blass und ernst, das stand in krassem Gegensatz zu den vor Begeisterung geröteten Wangen, die sie jetzt hatte, als sie sich im Nebenzimmer mit Oma unterhielt.

Kate nahm Tayler den Brief ab und legte ihn auf die Arbeitsfläche in der Küche. Die anderen Familienmitglieder diskutierten leise im Wohnzimmer. Sie kam immer wieder zu Jacks Worten zurück. Das schienen doch Worte eines Mannes zu sein, der seine Tochter liebte und sich auf das Wiederkommen freute. Aber worauf konnte man sich noch verlassen? Wenn er doch wenigstens eine kleine Andeutung gemacht hätte – etwa: »Abbie, ich muss für ein paar Jahre wegfahren, aber ich verspreche dir wiederzukommen. Gib nicht auf!«, oder: »Mein Auftrag von Gott ist jetzt fast abgeschlossen, aber irgendwann sehen wir uns wieder«, oder sogar: »Abbie, ich habe dich lieb, aber ich muss trotzdem weg. Es tut mir sehr Leid, aber ich komme nicht wieder.« Die schlimmste Möglichkeit wäre besser als Schweigen.

»Ich muss Abbie ins Bett bringen«, sagte Kate. »Sie ist überzeugt, dass das eine Antwort auf unsere Gebete ist.«

»Kate«, sagte Tayler und legte die Hand auf ihren Arm, »vielleicht stimmt das.«

»Wie kannst du so etwas sagen?«, Kate wurde ärgerlich.

Ihre Schwägerin schaute auf.

»Lass uns rausgehen«, sagte Tayler und nahm Kates Arm. Er öffnete die Glasschiebetür und sie spürte die Kühle des Abends im Gesicht. »Mama bringt Abbie ins Bett und sagt ihr auch das Richtige.«

Kate zögerte, aber ihre Mutter hatte Tayler gehört und nickte, sie sollte mit ihm gehen. Kate schloss die Tür hinter sich und wartete, bis ihre Augen sich an die Dunkelheit gewöhnten.

»Früher kannte ich alle diese Sternbilder«, sagte Tayler, als sie sich an das Geländer lehnten. Sie hatte schon erwartet, dass ihr Bruder etwas sagen würde, um sie vom aktuellen Thema abzulenken.

»Auf deine Tricks falle ich nicht mehr rein, Brüderchen. Und außerdem kanntest du gar keine Sternbilder außer dem Großen und Kleinen Bären. Die anderen hast du erfunden.«

»Und die ich erfunden habe, habe ich alle vergessen«, sagte er. Dann wendete er sich zu ihr. »Ich weiß nicht, wie ich dir helfen kann, Kate. Ich kann dich nicht loskaufen. Es ist merkwürdig, wenn ich das sage, weil wir ja nie gut über geistliche Sachen reden konnten. Aber ich weiß, dass Gott immer noch bei dir und Abbie ist. Ich denke, irgendwann kannst du das selbst sehen.«

»Ein Teil von mir glaubt das. Ich wünschte nur, ich könnte es jetzt schon sehen.«

»Ich habe immer noch Fragen an den Chef da oben – zum Beispiel warum Sarah und ich nicht mehr Kinder bekommen können? Und warum wir im Luxusland Amerika geboren sind und andere leben ihr ganzes Leben in Armut? Solche Sachen. Ich fange gerade an zu sehen, dass Gottes Liebe größer ist, als ich es mir vorstellen kann, und dass es rätselhaft ist, was er tut und warum. Wahrscheinlich sollte ich mich auf meine Beziehung zu Gott konzentrieren und nicht auf all das, was er mit der ganzen Welt macht. Aber genug gegrübelt ... Dass wir diesen Brief jetzt gefunden haben, nach so langer Zeit ... Ich weiß nicht, was ich davon denken soll. Aber vielleicht tut Gott etwas mit dir ... Ach, was weiß schon ein Bauer aus Cottonwood?«

»Sehr viel, würde ich sagen.«

»Wirklich? Ich wollte dich nämlich fragen ...« Tayler zog ein kleines Stahlsofa mit Plastikkissen heran; die Füße kratzten auf dem Holzfußboden. Er setzte sich und sein Gesicht lag im Dunkeln. »Kate, ist etwas passiert?«

Seine Frage brachte sie aus dem Gleichgewicht: Erst die Sterne und Gott und plötzlich diese Direktheit. »Was meinst du damit?«

»Das musst du mir sagen. Ich merke nur, dass etwas anders ist mit dir. Ich meine, natürlich hast du dich verändert, seit Jack verschwunden ist, aber dieses Mal ist noch etwas anderes da. Ich habe Papa danach gefragt und er hat gesagt, du sagst es uns bestimmt, wenn du so weit bist.« Tayler rückte beiseite, damit Kate sich zu ihm setzen konnte. Beide stellten die Füße auf das Geländer. »Oder habe ich doch zu viel gegrübelt?«

Kate überlegte, ob es richtig wäre, Tayler von dem blauen Fliesenstück und ihrem Treffen mit Lukas und Marta zu erzählen. Damit war Verantwortung verbunden. Wenn sie mitarbeiten wollte, würde ihre Familie sich Sorgen machen. Wenn sie sich entschied die Vergangenheit hinter sich zu lassen, wäre es umso besser, je weniger Menschen wussten, dass sie diese Gelegenheit nicht genutzt hatte. Sie schaute in den Himmel, aber er gab keine Antwort. Er funkelte nur von Tausenden von Sternen in der Dunkelheit, unbeeinflusst von irdischen Problemen.

Dann entschied sie sich plötzlich. »Es ist etwas passiert. Vor ein paar Wochen habe ich beschlossen, Jack hinter Abbie und mir zu lassen und neu anzufangen – es jedenfalls zu versuchen. Hier habe ich überlegt, ob ich wieder nach Hause ziehen soll.«

»Jetzt ist mir klar, warum Jacks Brief dich so aufgeregt hat.«

»Das ist noch nicht alles. Vor nicht einmal einer Woche habe ich neue Nachrichten bekommen, die ... also ich sage es einfach. Ich habe eine blaue Fliese gefunden – wie die, die ich in Venedig gefunden habe.«

Tayler nahm die Füße vom Geländer und setzte sich auf. »Du hast eine blaue Fliese gefunden – wo?«

»In meinem Haus. Sie ist mit der Post geschickt worden. Und die Leute, die sie geschickt haben, haben sich mit mir getroffen, direkt vor der Abfahrt zu diesem Besuch.«

»Kate, fang am Anfang an und erzähl mir alles.«

Ein Stein, den man in einen See wirft, kann die Wellen nicht verbergen, die sich auf der glatten Wasserfläche ausbreiten, auch wenn er noch so klein ist. Tayler bestand darauf, dass Kate die Sache ihren Eltern und Sarah berichtete. Zu Kates Erleichterung waren wenigstens die Tanten und Abbie schon schlafen gegangen. Sie erzählte, wie sie die Fliese gefunden und Lukas und Marta getroffen hatte, und dabei wurde ihr die Wichtigkeit der Sache so bewusst, als wäre sie gerade noch einer Katastrophe entgangen. Jetzt aus dem Abstand erkannte sie auch durch die Reaktion der anderen, wie bedeutend diese Ereignisse waren. Es mutete an wie ein Fantasiespiel, wie sie da im Wohnzimmer saßen und über eine Gruppe von Widerstandskämpfern sprachen, die Bruchstücke einer altertümlichen Fliese bei sich trugen.

»Und du hast das für dich behalten? Abbie auch?«, fragte ihre Mutter.

»Es wundert mich, dass sie es geheim gehalten hat – und es beunruhigt mich ein bisschen. Abbie dachte, sie hätte etwas falsch gemacht, weil sie die Post aufgemacht und die Fliese auf mein Kopfkissen gelegt hatte. Und ich wollte es niemandem sagen, weil es mir unnütz vorkam, in diesem Stadium jemanden zu beunruhigen.«

»Du brauchst uns mehr, als es dir bewusst ist«, sagte ihr Vater und Kate erkannte plötzlich, dass es wahr war.

Sie redeten und planten, die Kaffeetassen wurden immer wieder gefüllt bis spät am Abend. Mehrfach beteten sie unter der Leitung ihres Vaters um Weisung. Kate wollte Antworten, jetzt gleich, aber es kamen keine. Niemand sagte ihr, was sie tun sollte, aber sie wusste, sie würden sie mit ihrer Entscheidung unterstützen.

»Jetzt sehe ich, wozu dieses Wochenende zu Hause gut ist«, sagte ihr Vater. »Zum Heimkommen.«

Kate wendete sich ihrem Vater zu und erwartete ihn lächeln zu sehen und von ihrem Umzug hierher sprechen zu hören, damit sie besser helfen könnten.

Der Gesichtsausdruck ihres Vaters blieb ernst und konzentriert.

»Manchmal muss man heimkommen, um sich der Welt wieder stellen zu können. Ich meine nicht Cottonwood. Es gibt einen Platz in uns, da erkennen wir, wer wir wirklich sind und wer uns gemacht hat. Wenn man einmal heimgekommen ist, dann kann man das tun, wozu Gott einen hierher gestellt hat. Wir wollen unseren Weg selbst suchen und wir schauen gern auf die Pläne von anderen und machen daraus unsere Wunschliste. Aber wir müssen Gottes Weg gehen. Er wird schwer und steinig, Kate. Aber das Ziel ist es wert.«

Das waren viele Worte für ihren Vater. Und sie waren wahr. Zwei Wege lagen vor ihr und Kate stand an der Gabelung: Unsicher ging sie einen Schritt nach vorn und trat schnell wieder zurück.

»Was sagt dir Gott?«, fragte ihr Vater.

»Ich weiß nicht. Ich kann ihn nicht hören.«

»Er wird antworten, wenn du ganz genau hinhörst. Und ich weiß, wo du ihn finden kannst.«

18 Achtzehntes Kapitel

Lukas war erst um die Zeit eingeschlafen, zu der er gewöhnlich aufwachte. Der Geruch von Speck und Kaffee hatte ihn aufgeweckt. Jetzt beugte er sich über das Frühstück, das Marta bereitet hatte: Speck, Pfannkuchen und Obst – und fragte sich, wie er es ihr sagen konnte.

Seine Gabel kratzte laut auf dem Teller, als er seinen Pfannkuchen zerteilte. Der Speck war genau so gebraten, wie er es gern mochte: ein bisschen kross, aber nicht zu braun. Marta füllte seine Kaffeetasse wieder und er bedankte sich.

»Was ist?«, fragte sie und setzte sich mit ihrem Frühstück ihm gegenüber.

Das war die Gelegenheit. »Nichts«, sagte er.

»Hast du gut geschlafen?«

»Ja.« Er nahm ein Stück Speck und schaute auf seinen Teller.

»Geht es dir gut?«

»Ja.« Er stürzte seinen Kaffee hinunter.

»Also was hast du? Was ist los?«

Lukas ging hinaus, kam wieder und warf den weißen Umschlag auf den Tisch. »Das habe ich gefunden.«

Marta wartete einen Augenblick und aß dann noch einen Bissen.

»Weißt du, was das ist?«

»Ja«, sagte sie.

»Dann hast du mich belogen.«

»Nein, das habe ich nicht – und Karl auch nicht. Dies war für unsere Suche nicht wichtig.«

»Wie kannst du sagen, das wäre nicht wichtig und du hättest nicht gelogen? Erstens habt ihr beide mir gesagt, ihr wäret nicht wieder in Österreich gewesen.«

»Ich habe gesagt, *ich* bin nicht wieder da gewesen. Karl ist geflogen und ich bin hier geblieben.«

»Erklär mir das sofort!«, rief er donnernd.

»Beruhige dich, dann ja«, sagte sie mit herausfordernd erhobener Stimme.

Lukas schwieg und lehnte sich auf seinem Stuhl zurück. Sie starrten sich an, bis sein Blick auswich. Ihre Hände zitterten mehr als sonst und ihm war übel bei dem Gedanken, dass sie von dem Umschlag gewusst und ihm nichts gesagt hatte. Er zweifelte, ob sie die Wahrheit sagen würde.

»Du weißt also, was drin ist«, sagte sie und berührte den Umschlag. »Ich will es einfach machen, wenn das geht. Karl glaubte zu wissen, was Wolfram suchte: einen Platz, wo die Nazis etwas versteckt hatten. Er wusste nicht genau, wo der Platz liegt, denn es gab drei Möglichkeiten. Er wusste auch nicht, was da versteckt war. Ich glaube, das Ganze hat 1994 angefangen, aber ich kann all diese Jahre nicht mehr auseinander halten.

Karl hat mir nie die genauen Einzelheiten erzählt. Aber er hat jemanden gefunden, der Wolfram in Südamerika kannte: die Frau eines Nazis im Exil. Wolfram hatte ihren Mann wegen einer Geschäftspartnerschaft angesprochen. Sie hatten schon vorher zusammen Geschäfte gemacht. Dann starb er. Sie hat geglaubt, Wolfram hätte ihn vergiftet und das Firmeneinkommen an sich gebracht – sie war schockiert, als sie erfuhr, dass sie nichts erbte. Aber in einer Hinsicht war sie schlau: Sie kopierte alle Dokumente ihres Mannes ohne sein Wissen. Als Karl aus Argentinien wiederkam, brachte er die Informationen in dem Umschlag mit.«

»Warum sollte diese Frau Karl die Karten und die deutschen Unterlagen geben?«

»Karl hat für diese Sachen bezahlt. Es hat einen großen Teil unserer Ersparnisse für den Ruhestand gekostet. Die Frau war nicht umsonst mit einem alten Nazi verheiratet; sie wusste, wie man sich schadlos hält. Als Karl die Karte mit den drei Plätzen hatte, sprach er mit einem Berufstaucher, einem Spezialisten, der schon Schiffe und Flugzeuge unter Wasser entdeckt hatte und solche Sachen. Sie besuchten die drei Plätze, von denen wir glaubten, Wolfram wollte dahin zurückkommen.«

»Wollte Karl Wolfram finden oder dieses geheime Versteck?«

»Beides. Ich weiß, was du denkst: wir hätten nach verschollenem Nazigold gesucht. Du solltest wissen, dass uns Reichtum nicht interessiert. Außer Gold gibt es noch Technologie und Berichte von Firmen, die mit ihnen gearbeitet haben; die hat man nie gefunden. Man hofft auch noch Belege zu finden, welchen Familien Kunstwerke, Bankkonten und Landbesitz weggenommen worden sind. Du weißt ja, wie wichtig die Nazis Papierkram genommen haben. Sie waren fast fanatisch hinter genauen Informationen her.«

»Ja, ich weiß.«

Sie machte eine Pause; offensichtlich hatte sie ihren Fehler bemerkt. Natürlich wusste Lukas das, er war ja selbst ein Nazi gewesen.

Er sprach, bevor sie sich ganz gefasst hatte: »Karl hätte doch in eine Überlebenden-Organisation eintreten können, um die verlorenen Belege zu finden. Glaubst du, es ist ein Teil des verschollenen jüdischen Vermögens?«

»Das haben wir angenommen. Aber Karl konnte sich keiner anderen Gruppe anschließen wegen Wolfram. Eine größere Suchaktion hätte man nicht geheim halten können. Dann wäre Wolfram wieder verschwunden. Karls erstes Ziel war, Wolfram zu finden. Er meinte, wenn wir Wolfram erst gefunden hätten, würden wir alle Dokumente, die wir fänden, an die zuständigen Stellen weitergeben.«

»Was ist passiert, nachdem er diesen Taucher getroffen hatte?«

»Karl kam über den Winter nach Hause. Er blieb in Verbindung mit dem Taucher – er hieß Rudy Blessing. Dann gegen Ende des Winters hat Karl ihn nicht mehr erreicht. Er hat immer wieder E-Mails geschrieben und versucht anzurufen. Schließlich fuhr Karl hin, um ihn zu finden, aber er war schon vor Monaten verschwunden. In Rudys Haus hat Karl wieder ein Stück blaue Fliese gefunden.«

Lukas wollte gern glauben, dass dies mit den Fliesenstücken zusammenhing. »Also da kommt Jack Porter ins Bild«, sagte er nachdenklich.

»Wie meinst du das?«

»Rudy Blessing und Jack Porter haben 1989 zusammen im Mittelmeer gearbeitet. Das steht in diesen Papieren. Jack Porter untersuchte ein Schiff, das Rudy Blessing unter Wasser entdeckt hatte.«

»Das wusste ich nicht.« Marta schwieg und dachte nach. »Aber das erklärt, warum Karl Kate Porter die Fliese geschickt hat. Nach Rudy Blessings Verschwinden hat Karl mit Suchen aufgehört, weil er sich für den Tod dieses Menschen verantwortlich fühlte; wir haben natürlich angenommen, Rudy wäre tot und eines von Wolframs Opfern. Karl ging es sehr schlecht und er hat kaum mit mir darüber gesprochen. Er hatte ihn wirklich gern gehabt. Das war zu viel für ihn. Nach ein paar Jahren wurde alles anders: Karl wollte wieder anfangen zu suchen. Wenn ich jetzt die Daten vergleiche, war das die Zeit, in der Jack Porter verschwunden ist. Und Karl wollte Kate bestimmt helfen, weil er sich für den Tod ihres Mannes genauso verantwortlich fühlte wie für Rudys.«

»Wahrscheinlichen Tod. Wir wissen nichts Genaues.«

»Ja, ich nehme an, das stimmt. Ich habe überlegt, was Kate Porter damit zu tun hat, aber ich wusste den Zusammenhang nicht. Ich dachte, Karl wollte jemandem helfen, der mit Wolfram in Verbindung steht, aber das kam mir merkwürdig vor – manchmal meint man als konservative Ehefrau nicht alles fragen zu dürfen. Jetzt verstehe ich es. Karl hat sehr unter den Ereignissen gelitten. Darum hat er auch dieses Treffen organisiert. Er hatte aufgehört nach Wolfram zu suchen, bis das mit Jack Porter passierte. Da hat Karl zu mir gesagt: ‚Wie viele müssen da noch sterben?' Gleich danach haben wir wieder angefangen nach Wolfram zu suchen. Er war überzeugt, dass man Wolframs Verbrechen unterbinden muss.«

»Und er wusste schon bald, dass er unsere Hilfe brauchte«, sagte Lukas.

»Ja«, sagte sie leise.

»Du hättest es mir früher sagen sollen.«

»An den Fakten hat es nichts geändert. Die Karte mit den drei Plätzen hattest du schon und auch die wesentliche Information, außer ...«

»Du hättest es mir sagen sollen.«

Sie nickte und legte ihre Hand auf seine. »Es tut mir Leid. Jetzt weißt du alles.«

Lukas drehte seine Hand um und verschränkte seine Finger mit ihren. Es überraschte ihn, dass ihre Berührung und ihre Worte ihn so sehr erleichterten. Ihr Gesicht war jetzt milder, aber er fand, dass sie sogar im Zorn auf eine Art schön war, die nur Alter und Würde zustande bringen. Lukas erlaubte sich nicht von anderen abhängig zu werden, aber er fing an sich bei Marta so wohl zu fühlen, dass er sie fast schon brauchte. Freude und Angst glichen sich aus. Aber so kurz nach Karls Tod und bei dem bevorstehenden Kampf wusste Lukas, dass er so viel nicht riskieren durfte.

19 Neunzehntes Kapitel

Kate konnte nicht schlafen. Die Uhr zeigte vier Uhr früh. Es würde noch Stunden dauern, bis sie ins Auto steigen, nach Norden fahren und die unvermeidlichen »Damen«-Pausen über sich ergehen lassen müssten. Sie brauchte Ruhe vor der Fahrt, aber die Ruhe kam nicht.

Kate drehte sich vorsichtig um; sie wollte Abbie auf der anderen Seite des Doppelbettes nicht wecken. Im Schein des Nachtlichts sah sie die Schlüssel für den Willys-Jeep ihres Vaters von 1947. Vor dem Schlafengehen hatte er sie ihr gegeben. Sie wusste, was er ihr damit anbot. Ihre Familie konnte ihre Meinung sagen und Rat geben, aber nur Gott konnte zuverlässig den Weg zeigen. Ihr Vater wusste, wo man ihm begegnen konnte: auf dem Gottesgipfel.

Die ganze Nacht hatte Kate mit dem Gedanken gekämpft, Gott auf dem Berg zu suchen. Wenn sie ihn nun nicht so finden konnte wie ihr Vater damals? Noch erschreckender: Wenn Gott wirklich da auf sie wartete?

Kurze Schlafphasen brachten Träume, an die sie sich nicht erinnern konnte, boten aber wenig Erholung. Am Ende gab sie es auf und zog sich an. Der Horizont hellte sich auf und der Morgen war recht kalt. Sie griff sich die Jacke ihres Vaters von der Garderobe im Flur und die gestrickten Handschuhe ihrer Mutter, denn auf dem Bergkamm würde es noch kälter sein. Der Jeep sprang erst nach mehreren Versuchen polternd an. Sie schaltete die Heizung an, denn sie wusste, dass der alte Jeep die halbe Strecke brauchen würde, um warm zu werden.

Als Kate aus der Einfahrt fuhr, schlug das Stoffverdeck im Wind hin und her. Kerby Golden fuhr jetzt regelmäßig einmal im Jahr auf den Berg. Er nahm sich einen ganzen Tag dafür und manchmal nahm er Kates Mutter oder jemand anderen mit, der das wollte. Jedes seiner Kinder hatte er dorthin mitgenommen, als sie vierzehn Jahre alt wurden. Sie hatten sich auf einen Felsvorsprung gesetzt und die weite Aussicht auf das Land und die Berge bis zu entfernten menschlichen Siedlungen in sich aufgenommen. Als Kate an der Reihe war, fuhren sie abends hin. Da hatte ihr Vater ihr mit wenigen Worten, wie es seine Art war, erklärt, wie viel ihm Gott bedeutete und dass ein Mensch ohne eine heile Beziehung zu seinem Schöpfer nie wirklich Frieden finden kann. Kate hatte es damals geglaubt, aber es war ihre einzige Fahrt zum Gottesgipfel gewesen. Da oben, hoch über dem gewöhnlichen Leben, war es einfach und klar erschienen. Jetzt war das Leben nicht mehr so einfach.

Sie fuhr auf der gepflasterten Straße, bis sie zum Schotterweg wurde, dann weiter auf einem Erdweg, der mitten durch ein Alfalfafeld führte.

Die erste der jährlichen Fahrten ihres Vaters war am Tag nach der Beerdigung seiner Mutter gewesen. Da war er jung gewesen, frisch verheiratet und seine Frau schwanger. Er hatte sich mit seiner Mutter gut verstanden. Sie hatte jahrelang für ihn gebetet. Sie hatte sich viel Zeit genommen, ihm von dem Frieden zu erzählen, den nur Gott geben kann, und dass das Leben ihm ohne die Liebe Christi keine Erfüllung bringen konnte. Er hatte sie geliebt und hoch geachtet, aber Gott hatte er nicht gebraucht – nicht einmal gewusst, ob er an einen Gott glaubte. Sein Leben, wie es war, hatte er schön gefunden und viel zu ausgefüllt, um sich mit philosophischen Fragen zu beschäftigen. Wenige Tage bevor sie beim Gehen auf einer Landstraße von einem Auto überfahren wurde, hatte seine Mutter etwas gesagt, was ihn dann verfolgte: »Ich hoffe, du findest Gott, egal was es kostet. Ohne ihn ist das Leben sinnlos.« Dann war er in seiner Trauer auf den Bergkamm gestiegen und hatte den Platz gefunden, den er später Gottesgipfel nannte.

Die Straße bog abwärts in das Bachbett ab. Als die Reifen auf den Fels am Grund des Baches klatschten, tönte ein Echo von oben aus der Schlucht. Kate suchte die Stelle, wo der Bach breit und flach war. Sie beugte sich über das Lenkrad um zu sehen, ob das Wasser nach dem Winterregen schon so stark gesunken war, dass sie durchfahren konnte. Am anderen Bachufer erhoben sich dunkle Felsen; das Aufsteigen schien unmöglich. Kate kannte den Weg zu einer versiegten Quelle, die im Winter Wasser führte, aber den Rest des Jahres zu einem Pfad wurde, der auf den Berg führte.

Vom Wasser des Baches stieg Kälte auf und kühlte ihre Nase und Wangen. Sie stellte den Jackenkragen hoch und war dankbar, dass ihr Haar lang genug war, um ihr den Hals zu wärmen. Ihre Füße waren unter der trägen Heizung warm geworden. Kate fuhr zwischen Bäumen und Sträuchern weiter, bis der Weg zu schmal wurde. Sie parkte und öffnete die Stofftür. Der Wald war in dem frühen Morgenlicht noch dunkel und Kate fühlte sich unwohl darin. Es war ein seltsames Gefühl, so unter den hohen Bäumen zu sein. Ihr Vater würde sagen, sie hätte zu lange in der Stadt gewohnt. Sie ging den Pfad aufwärts. Zweimal blieb sie stehen und überlegte, ob sie umkehren sollte, aber nach einer Viertelstunde nahm sie die letzte Steigung in Angriff. Ihr Atem ging in kurzen, schmerzhaften Stößen.

Dann stand Kate am Rand einer kleinen steinigen Lichtung und wagte nicht weiter vorwärts zu gehen. Ihr Vater hatte aus einem umgestürzten Baumstamm eine Bank ausgehauen; sie erinnerte sie an eine Kirchenbank. Nur stand die grob behauene Bank nicht unter dem Gewölbe eines Doms, sondern gab den Blick frei auf Gottes kunstvolle Schöpfung. Dies war heiliger Boden, glaubte sie. Sie brauchte eine Weile, bis sie den Mut fand, nahe an den Rand der Klippe zu gehen und sich auf die Bank zu setzen. Das Morgenlicht am Horizont wurde heller und freundlicher, vom östlichen Horizont schickte die Sonne die ersten Strahlen über die weite, hügelige Landschaft. Tief unten lag der Bach unsichtbar in der dunklen Schlucht; sie hörte sein leises Murmeln.

Sie fühlte sich klein und wünschte, ihr Vater säße neben ihr. Das hier war sein Platz. Einen Augenblick schloss sie die Augen und atmete den frischen Morgenduft ein. Die Welt schien zu warten, aber sie fand keine Worte, um anzufangen. Es würde peinlich sein zu Gott zu sprechen, als ob er gleich neben ihr, um sie herum oder in der Aussicht vor ihr wäre. Gott war zu groß; das wäre wie ein Gespräch mit einem Berg, wenn man von seinem Fuß aus zu ihm aufblickte.

Das war sie: ein Mädchen aus Cottonwood gegen die große Welt. Sie hatte sich nicht gewünscht jemand Bedeutendes oder Ungewöhnliches zu sein – nur Sonnenauf- und -untergänge und dazwischen Glück. Sie wollte in allem, was sie tat, ihr Bestes geben. Sie hatte ihren Mann und ihr Kind leidenschaftlich geliebt. Und sie hatte versucht andere zu lieben und Gott am allermeisten.

Warum sollte Gott in dieser verrückten Welt mehr verlangen?

»Warum?«, flüsterte sie.

Nichts.

Kein Wind, kein Ton, keine Worte.

Dann: *Was willst du von mir?*

Die Kälte schien in sie einzudringen und die Bank kam ihr unnatürlich hart vor. Das hier war Unsinn. Wenn sie zurückkäme, würden alle wach sein und etwas erwarten. Sie würden wissen, wo sie gewesen war, und sich fragen, ob Gott ihr da begegnet war. Sie würde ihnen nichts sagen können.

Kate stand auf, um zu gehen. Er hielt sie nicht auf, dieser Gott, den Menschen liebten und dem sie ihr Leben zur Verfügung stellten. Er hielt sie nicht hier zurück und lief ihr nicht nach mit seiner Wahrheit. Sie – die mit strahlendem Gesicht von diesem Berg hatte steigen wollen wie Mose vom Berg Sinai mit den Steintafeln in den Armen – hatte nichts.

Dies war nicht ihr Platz, nicht ihr Gottesgipfel. Vielleicht gab es so etwas nicht für Leute wie sie. Sie hatte nie Visionen gehabt oder Gottes Stimme gehört. Sie hatte keine Träume, die ihr den Weg zeigten, und keine Wunder, die ihr Leben veränderten.

Kate stolperte den Pfad entlang. Bergab war es viel mühsamer. Sie kam sich lächerlich vor, weil sie den ganzen Weg hierher gekommen war. Endlich sah sie den Umriss des Jeeps vor dem Felsen und die versiegte Quelle unter der nächsten Biegung. Sie schaute vom Pfad auf und sah nicht, dass da lose Steine lagen. Kate glitt aus und streckte sich nach etwas, das sie halten könnte. Sie schlug hart auf und spürte schmerzhaft die Steine und die harte Erde.

Ihre Hände brannten, das eine Knie pochte und ein Blutfleck sickerte durch ihre Jeans. Sie hinkte die letzten Schritte zum Jeep und setzte sich auf den rauen PVC-Sitz. Sie konnte das Hosenbein nicht hoch genug ziehen, um die Verletzung zu sehen. Aber dann ließ der Schmerz nach und sie wusste, was es war: nur eine Schürfwunde am Knie, wie sie sie als Kind hundertmal gehabt hatte.

Unter ihr glänzte der Bach wie ein Pfad aus reinem Silber. Und jetzt fielen Tränen, sacht und ungewollt. Kate wollte, dass sie aufhörten, sie ärgerte sich über ihre Schwäche und über Gottes Schweigen. Warum konnte er ihr nicht auf einem Berggipfel begegnen? Wie konnte der Eine, der das Leben und die Schöpfung in dieses fein abgestimmte Gleichgewicht gebracht hatte, einfach nicht da sein, um sie zu finden?

»Solche Gefühle soll ein Christ nicht haben«, sagte sie laut zu sich selbst. »Ein Christ soll Freude und Frieden fühlen, nicht Aufgewühltheit und Einsamkeit.«

Dann fiel ihr Jesus ein. War er der Erschütterung, der Einsamkeit, der Ablehnung und dem Schmerz entgangen? Warum sollte sie dagegen immun sein? Vielleicht ging es nicht darum, zu glauben, dass immer die Sonne schiene, sondern dass Gott da war, wenn sie nicht schien. Kate sah sich selbst, bevor Jack verschwunden war. Sie waren glücklich und sicher gewesen. Aber als ihre Seifenblase platzte und sie selbst tief innerlich verletzt wurde, hatte sie den Halt verloren. Sie hatte gar nicht wahrgenommen, dass sie eine Traumwelt um sich aufgebaut hatte, bis alles zerbrach. Da hatte sie nicht gewusst, was sie tun sollte.

War Gott bei ihr gewesen? Kate erinnerte sich an Zeiten, in denen er ihr so real schien wie ihr eigenes Leben. Waren die Erinnerung und diese Augenblicke nur eine weltfremde Einbildung gewesen? Sie dachte an diese Zeiten: ein kirchliches Jugendlager, ihren Hochzeitstag, eine lange Nacht, als Abbie sehr hohes Fieber hatte, sogar den Tag, an dem Jack verschwunden war – in denen sie Gott für Augenblicke in ihrem Leben gespürt hatte.

Sie untersuchte diese Erinnerungen auf etwas Falsches. Dann kam Kate zu den letzten paar Jahren des Schweigens. Und plötzlich erkannte sie, dass er nicht immer so still gewesen war, wie sie dachte. Gott hatte mit seiner leisen, ruhigen Stimme durch andere, durch Umstände und durch Ereignisse gesprochen, die sie »Zufall« nannte. Die Worte waren gesagt worden, aber sie hatte nicht zugehört.

Kate lehnte sich an das Lenkrad mit den rauen Rändern und schloss die Augen. Sie war im Unrecht gewesen und sie gab es zu. Ein Satz fiel ihr ein: *Du bist vor meinen Augen nicht verborgen.*

Sie schaute auf. In der Schlucht wurde es heller, als die Sonne dem Horizont näher kam.

»Du willst mich doch nicht zusammenschlagen, nicht wahr, Gott?«, bat sie. »Ich habe mich gegen dich gewehrt und dabei willst du nur mit mir gehen. Du willst, dass wir das zusammen machen. Zeig mir den Weg, den ich gehen soll. Zeig mir, wie ich für Abbie eine richtige Mutter sein kann. Und gib mir Kraft, den Weg zu gehen, den du mir vorgibst.«

Kate kam zum Haus zurück. Ihr Vater saß auf der vorderen Veranda und wartete. Als er näher kam, sah Kate seine fragenden Augen und kam sich gleich albern vor.

»Ich habe eine Idee«, sagte er und gab ihr die Hand, als ob sie aus einer Kutsche stiege.

»Was für eine Idee?«

»Ich meine, du solltest mit dieser blauen Fliese anfangen. Herausfinden, woher sie kommt und wie alt sie ist. Dafür arbeitest du im richtigen Fachgebiet.«

Kate blieb stehen und betrachtete sein Gesicht. Er hätte sie gern nach ihren Erlebnissen auf dem Berggipfel gefragt, liebte sie aber so sehr, dass er es nicht tat. Aber er wusste auch ohne zu fragen, was sie tun musste.

»Mit der blauen Fliese anfangen. Das ist eine gute Idee.« Kate seufzte. »Papa, wahrscheinlich fliege ich wieder hin – nach Europa, meine ich. Ich weiß nicht, ob es geht wegen des Ladens und wegen Abbie und auch sonst. Ich wollte nie wieder dahin kommen. Davor hatte ich auch Angst.«

»Wovor hast du noch Angst?«

»Also ein bisschen Angst habe ich zu erfahren, was mit Jack passiert ist.«

»Und wovor am meisten?«

»Gar nie zu erfahren, was passiert ist.«

»Dann musst du nach Europa. Auch wenn man nichts finden kann, weißt du wenigstens, dass du alles versucht hast.« Er legte ihr den Arm um die Schulter.

»Ich weiß.«

Sie gingen auf die Haustür zu.

»Wie ist der Jeep gefahren?«, fragte er.

»Er hat mich hingebracht, wo ich hinmusste«, sagte Kate. Sie lächelten beide und gingen zum Haus.

20 Zwanzigstes Kapitel

Er lehnte sich an die Kopfstütze und schloss die Augen. Beim Durchdrehen der Räder, als das Flugzeug abhob, seufzte er vor Erleichterung: Er verließ die Vereinigten Staaten. Wenn die Räder wieder aufsetzten, würde er nach Hause kommen. Der Heimflug hatte ihn immer erleichtert, gleich aus welchem Land er kam – aber nach diesem Flug hatte er sich mehr gesehnt als sonst.

Die Leute um ihn fingen an sich zu unterhalten und Getränke zu bestellen. Lukas streckte die Hand zum Sitz neben sich aus und fasste Martas Hand. Sie ergriff seine so schnell und kräftig, dass er ihr ins Gesicht schaute. In den Falten ihrer Wangen waren stumme Tränen und sie sah ihn nicht an. Ihn tröstete auf diesem Flug der Gedanke an zu Hause, aber Marta verließ alles, was ihr vertraut war, und flog wieder an den Ort, wo ihr Unglück angefangen hatte. Und Karl war nicht bei ihr. Lukas zerrte an einer Ecke seines Taschentuchs, bis es sich aus der Tasche ziehen ließ. Sie nahm es mit der anderen Hand.

Lukas schaute aus dem Fenster, wie sich das Flugzeug durch die Wolken bewegte. Er dachte an zu Hause und an die Reise, die vor ihnen lag. Dieses letzte Kapitel seines Lebens würde nicht so werden, wie er gehofft hatte. Vor ein paar Monaten war er gebeten worden ein Buch zu schreiben und an der Universität Vorlesungen zu halten. Er hatte immer geplant, den Ruhestand zum großen Teil in seinem Haus in den Bergen zu verbringen, und sich auf eine gute Pfeife und auf die Beschäftigung mit der deutschen Literatur gefreut, die er schon lange hatte studieren wollen. Vielleicht würde er dann seine Enkelkinder besser kennen lernen und auch seine eigenen Töchter. So hätten seine letzten Jahre bis zum Ende sein sollen.

Nun würde das nicht möglich sein. Er war im Leben selten dahin gekommen, wo er hinkommen wollte. All seine Zukunftsvorstellungen hatte er ändern müssen. Die Sünden seiner Jugend konnte er nie wieder gutmachen, auch wenn er sich noch so sehr bemühte. Und jetzt musste er Wolfram finden – der ihm einmal erklärt hatte, warum er in die NSDAP eintreten sollte, und dann seine moralischen Bedenken lächerlich gemacht hatte. Später war er zu Lukas' Feind geworden. Dann hatten sie gedacht, er sei gestorben, aber jetzt war Wolfram wieder da und verfolgte ihn in seinen Träumen. Lukas musste sich immer wieder sagen, dass Wolfram Meizer nur ein Mensch war, ein Mensch, der ihm vieles weggenommen hatte. Das Leben hatte Wolfram nicht die gerechte Strafe gebracht. Also würde Lukas sie mit einer schnellen Racheaktion bringen. Jetzt fühlte er den Hass, der ihm die nötige Kraft geben würde. Er würde ihm so viel Raum in sich geben, dass er den Mann vernichten konnte, der Marta zum Weinen gebracht und auch sein eigenes Leben großenteils zerstört hatte.

Sie hatten schon angefangen den Plan auszuarbeiten. Marta war überzeugt, Kate Porter würde zu ihnen nach Europa kommen wollen. Lukas hoffte es nicht. Aber abgesehen davon, würde er jeden Schritt durchdenken und so vorgehen, wie Wolfram es nicht erwartete. Der Anfang sollte ein Brief sein, den er selbst schreiben würde. Er wusste den Text schon auswendig. Irgendwie würde Lukas den richtigen Weg finden Kontakt aufzunehmen, der Brief würde Wolfram erreichen und dann würde es kein Zurück mehr geben.

In Gedanken schrieb er die Worte noch einmal:

Wolfram Meizer,
erinnerst du dich an mich? Weißt du noch, dass ich dich vor langer Zeit verraten habe? Hast du dich gefragt, was aus mir geworden ist, den du nicht erreichen konntest?
Ich kenne dich noch. Ich erinnere mich an Susanne im Schnee. Ich weiß noch den Schlammgraben, in dem du Janos liegen gelassen hast – wusstest du, wie er hieß? Und ich weiß noch, was du Karl getan hast. Wir leben noch: du und ich. Das Alter schwächt uns und wir werden bald sterben. Wer wird am Ende übrig bleiben?
Das wird die Zukunft zeigen.
Bis dann,
Bruno Weiler.

TEIL II

»Unser System ist so entsetzlich,
dass es kein Mensch für möglich halten würde.«
Der Kommandant von Auschwitz

21 Einundzwanzigstes Kapitel

Um diese Zeit, in der kältesten Stunde der Nacht, schaute der Mann gewöhnlich nach Westen. Dann schickte er ein Gebet in diese Richtung und erlaubte sich einen kleinen Augenblick der Hoffnung.

Aber dieses Mal stand er am Eingang und betrachtete die Berge im Osten: Eine feine helle Linie trennte die Bergkette vom Himmel. Der Anblick faszinierte ihn und er sehnte sich danach, alle Farben der Morgendämmerung zu sehen. Er wusste nicht mehr, wann er zum letzten Mal die Morgendämmerung gesehen hatte, und versuchte nicht sich zu erinnern. Er stellte sich vor, wie die herrliche Sonne aufging – heute oder irgendwann bald würde er die Sonne nicht sehen. Mit großer Anstrengung drehte er sich weg.

In dem Backsteinhaus war es dunkel und kalt – anscheinend kälter als draußen. Er ging an rot blinkenden Kameras, die an jeder Ecke angebracht waren, und an verschlossenen Türen vorbei und seine Schritte hallten, als er eine Treppe zu einem anderen Flur hinunterstieg. Er ging in sein Zimmer und schloss die schwere Stahltür, ohne den Zugschalter für das Licht zu betätigen. Er kannte den kurzen Weg zum Rand seines einfachen Feldbettes, das wahrscheinlich aus Armeebeständen stammte. Die Dunkelheit lag um ihn wie dichter Nebel, aber sie war tröstlicher als künstliches Licht. Das falsche Licht wäre Hohn, nachdem er eben die ersten Anzeichen der Morgendämmerung angeschaut hatte.

Die Art, wie sich das blasse Blau im Osten auf dem schwarzen Wasser gespiegelt hatte, ging ihm nicht aus dem Kopf und das beunruhigte ihn. Schmerzlich, fast hungrig sehnte er sich nach Tageslicht; das hatte er schon lange nicht mehr zugelassen. Die Routine, die er zum Überleben entwickelt hatte, war einfach mechanisch zu funktionieren als abhängiges Wesen, an dem nicht viel Menschliches mehr übrig war. Um sich zu bestätigen, dass er noch lebte, unterhielt er eine ungewöhnliche Freundschaft, seltenes Lachen und sein Schreiben. Alles, was er sonst noch gewesen war, war sorgfältig in seinem Inneren verschlossen und er hoffte es eines Tages wiederzubekommen.

Er war jetzt ein Nachtmensch. Das Sehen im Dunkeln hatte er ganz selbstverständlich gelernt wie andere Nachtgeschöpfe: eine Fledermaus oder ein Waschbär, vielleicht auch eine weise Eule. Erst hatte er sich gegen die Umstellung gewehrt, weil sie seine Kapitulation vor ihnen bedeutete. Den größten Teil des Tages war er wach geblieben in dem Bewusstsein, dass die Welt irgendwo über ihm, außer seiner Sichtweite, von der Sonne erwärmt wurde. Aber die Umstellung war doch gekommen: Um zu arbeiten musste er schlafen, also setzte sich sein Körper gegen seinen Willen durch. Diese Schwäche machte ihn wütend – besonders als dieses frühe Dämmerlicht sichtbar machte, dass er sich seiner Gefangenschaft gebeugt hatte.

Er ging die paar Schritte zu dem winzigen Waschbecken und tastete die Ecken ab, aber er wusste schon, dass man ihm seine Zahnbürste seit der Woche, in der sie verschwunden war, noch nicht zurückgegeben hatte. Sie spielten wieder ihr Spiel ohne Regeln. Es ging immer um Kleinigkeiten, die ihn demütigen und erinnern sollten, wer bestimmte. Am liebsten nahmen sie Zahnbürste und Essbesteck. Manchmal bekam er mit seinem Essen nur ein Buttermesser oder eine Gabel für Suppe oder gar nichts. Er stellte sich vor, wie sie ihn beobachteten und lachten. Heute Nacht hatte er kein Essen an seiner Tür gefunden.

Es war angenehm, kaltes Wasser im Gesicht zu spüren. Über das Waschbecken gebeugt trank er in langen Zügen. Es stillte seinen Hunger nicht, linderte aber. Nach der durchgearbeiteten Nacht schmerzten seine Muskeln. In den kommenden Sommermonaten würde es weniger Nachtzeit geben, sodass er intensiver arbeiten musste. Sie schienen es jetzt eiliger zu haben als früher. Er wusste, dass er beim Aufwachen eine anständige Mahlzeit vorfinden würde: Sie brauchten ihn jetzt und obwohl das Spielchen ihnen Spaß machte, brauchte er genug Energie, um für sie zu arbeiten. Das gab ihm eine gewisse Befriedigung.

Unter seinem Bett fand er den Holzklotz, an dem er schnitzte, neben denen, die er schon fertig gestellt und aufbewahrt hatte, um sie später zu verschenken. Sie standen in einer Reihe und an der Verbesserung ihrer Formen konnte man ablesen, wie seine Zeit vorangeschritten war. Der erste sah aus wie ein grob geschnitztes, schlecht geformtes Pferd, aber die neuesten Figuren waren glatt und detailgetreu. Eine Katze, ein Elefant, eine Blume mit Stängel und ein lächelndes Mädchen – das waren die Geschenke für die Geburtstage und Weihnachtsfeste, die er versäumt hatte. Er hielt das Holz in der Hand und dachte daran das Licht einzuschalten, aber stattdessen ließ er sich von Erinnerungen wegtragen.

Irgendwie musste er hier heraus. Sie waren klug und sie kannten seine Schwächen. Sie hatten herausgefunden, wie sie ihn gefangen halten konnten; sie brauchten seine Türen nicht zu verschließen. Er war gezwungen im Dunkeln oder bei künstlichem Licht zu leben – entweder von Neonröhren oder von der Glühbirne, die mitten im

Zimmer hing. Aber sie hatten ihn damit nicht vernichtet. Irgendwie brauchten sie ihn noch. Das muss die Möglichkeit sein, aus diesem Irrsinn *herauszukommen*, dachte er. Er musste ihre Schwachstelle finden.

Das versuchte Jack Porter seit drei Jahren.

Jack fuhr erschrocken aus dem Schlaf auf. Schritte hörte er immer schon, bevor sie am oberen Ende der Treppe ankamen. Alle seine Muskeln waren gespannt, aber er stand nicht auf. Der Schall kam die Treppe herunter zum unteren Eingang, aber er war unsicher, wer es war, bis er das Gewicht und den Gang auf dem Betonboden einschätzen konnte.

Die Schlösser an seiner Tür waren schon zugesperrt worden. Das wurde seit einer Woche so gemacht, wenn er vom Berg zurückgekommen war. Er wunderte sich, dass sie ihren eigenen psychologischen Methoden, ihn gefangen zu halten, nicht mehr trauten.

Die Schritte hielten an, alle vier Schlösser gingen nacheinander auf und die Tür öffnete sich knarrend. Er musste sein Gesicht vor dem Licht schützen, das aus dem Flur hereinschien.

»Dein Päckchen kommt dieses Mal früh.« Ian legte den Umschlag auf den Tisch.

»Danke«, sagte Jack auf Deutsch. Ian lächelte ein wenig.

Jack wartete, bis Ian gegangen war und alle Schlösser wieder versperrt hatte, ehe er aus dem Bett aufstand. Er wusste nicht, ob er sehen wollte, was darin war. Wieder überlegte er, warum sie die Regel durchbrochen hatten. Vielleicht wussten sie, dass er die Methode hinter dem unsinnigen Verschwindenlassen von Kleinigkeiten durchschaut hatte: Manchmal fehlte die Zahnbürste, in einer Woche gab es Seife und Rasierapparat und in der nächsten nicht. Er hatte gemeint ein unlogisches System erkennen zu können. Aber dies überraschte ihn.

Er würde das Licht brauchen, aber sie würden ihn beobachten. Jack versuchte stattdessen zu schlafen, er gönnte ihnen nicht die Befriedigung zu sehen, wie er eifrig das Päckchen öffnete. Aber er hielt es nicht lange aus. Dies war seine einzige Verbindung mit der Außenwelt und mit seinem früheren Leben. Was da zweimal im Jahr kam, das hatte ihn vor dem Wahnsinn und sogar vor Selbstmordgedanken bewahrt. Aber vor den Fotos zerbröckelte der schützende Panzer, den zu tragen er sich so sehr bemühte, und er blieb nackt und schutzlos. Seine größte Schwäche kannten sie so gut wie er selbst.

Mit einer einzigen schnellen Bewegung sprang er auf und zog am Lichtschalter. Das Licht flackerte, schien dann grell in den Raum und trieb die Schatten in die Ecken. Als er den großen Briefumschlag umdrehte, fand er wie gewöhnlich keinerlei Hinweis. Dann zog er die Fotos heraus; alle waren vom Computer ausgedruckt. Jack warf einen Blick auf die Kamera, die ihn von oben anstarrte, und legte die drei Fotos in einer Reihe vor sich hin.

Nichts merken lassen, sagte er zu sich selbst. Seine Hände zitterten von der Anstrengung, als er jedes Bild einzeln in die Hand nahm, um wirklich glauben zu können, was er schon gesehen hatte.

Wenn Jack vor drei Jahren gestorben wäre, hätte er sich gewünscht, dass seine Frau ein eigenes Leben führte. Das hätte er gesagt und auch geglaubt. Aber da hatte er vorausgesetzt, dass der Tod so war, wie er ihn sich vorstellte. Jack hatte nie etwas für das Bild von einem Himmel voll weißer Wolken übrig gehabt. Wuschelig und weiß würde der Himmel nicht sein. In seinen Gedanken neigte er zu der Vorstellung von einem Himmel voller Leben und Energie: Wiesen, Täler, dunkelgrüne Hänge – offene hügelige Landschaften, die sich über Hunderte von Jahren hinzogen. Hochebenen, wie er sie in New Mexico und Utah gesehen hatte, auf Türmen von rotem Fels, die sich meilenweit, ja, über ganze Welten erstreckten. Tausend Jahre lang konnte man steile Bergkämme und Gipfel erforschen, tief eingeschnittene Täler, mit Kiefern bewachsene Inseln und andere mit exotischen Blumen und kristallklarem Meer. An den Feinheiten, die er im Leben auf der Erde sah – der Vielfalt, der kunstreichen Verflochtenheit, der Ausgewogenheit – würde die Ewigkeit noch viel reicher sein.

Jacks Vorstellungen gingen weit. Er hatte viel Zeit dafür gehabt. Aber wenn er sich irrte?, dachte er, während er auf das Gesicht seiner Frau und dann seines Kindes starrte. Wenn der Himmel oder die Hölle oder die Zeit zwischen Tod und Ewigkeit ein Zwischenzustand zwischen Leben und Tod wäre? War der Feuersee nicht das, was er jetzt erlebte: der Schmerz, vom Leben und von der Liebe ausgeschlossen zu sein? Konnte die Hölle schlimmer sein als das? Es war die Hölle, ins Gesicht der eigenen Frau zu schauen und zu sehen, dass sie ohne ihn glücklich sein konnte. Die eigene Tochter groß werden zu sehen und sie nicht berühren zu können – das war die Hölle.

Kate lachte. Sein alter Freund Mason lehnte sich dicht an sie und grinste. Das war das erste Mal seit drei Jahren, dass er seine Frau hatte lachen oder auch nur lächeln sehen. Masons Hand lag auf Kates und ihre Wangen berührten sich leicht. Jack hatte andere Bilder gesehen mit Mason im Hintergrund oder beide Arme um Kate und Abbie gelegt. Plötzlich fügte sich der Sinn dieser Bilder zusammen und Jack verstand.

Das Foto von Abbie zeigte, dass sie die runden Babywangen völlig verloren hatte. Sie schaukelte auf der Hollywoodschaukel mit langen Beinen, die überhingen, ein Pflaster auf einem Knie. Er wusste nicht mehr, wie viele Stöße und blaue Flecken die Zeit seiner Tochter zugefügt hatte – früher hatte er jede Kleinigkeit erfahren. Ihr Haar war einen Ton dunkler geworden – honigfarben statt weizenblond – und schulterlang zu einer erwachseneren Frisur geschnitten. Roch ihr Haar noch nach dem Melonenshampoo, das sie so gern mochte? Abbie war erst sieben, würde bald acht werden, also immer noch ein kleines Mädchen – aber das würde nicht mehr lange dauern. So qualvoll die Jahre der Trennung gewesen waren, waren sie doch schnell vergangen; das merkte er, als er das Gesicht seiner Tochter anschaute.

Jack nahm das dritte Foto vor: Kate allein in ihrem Garten. Sonnenlicht leuchtete um ihr Haar. Ihr Gesicht lag im Schatten wegen des hellen Gegenlichts, aber er konnte ein sanftes Lächeln auf ihren Lippen erkennen, als ob sie bei der Erde und den Blumen Frieden gefunden hätte. Ihre Frisur war etwas verändert, ähnlich wie Abbies schulterlanger Haarschnitt – auf einer Seite hinters Ohr gesteckt, aber ein Teil war ihr wieder ins Gesicht gefallen. Er stellte sich vor, wie sie sich den gleichen Haarschnitt hatten machen lassen: zwei Mädchen, die sich etwas Gutes tun. Kate beobachtete ihn, schaute ihm tief in die Augen, sie ahnte nicht, wie tief ihr Blick ihn traf. Ein Teil von ihm klagte sie an, weil sie glücklich war, beneidete sie sogar, weil sie den Melonengeruch von Abbies Haar spüren und Pflaster auf ihre aufgeschürften Knie kleben konnte. Sie konnte nichts dafür, ermahnte er sich selbst. Sie wusste nicht, dass er hier war und sie betrachtete, dass er sich danach sehnte, beide aus dem zweidimensionalen Bild lösen zu können. Sie wusste nicht, dass sie ihm ins Gesicht schaute. Aber vor allem wusste Kate nicht, dass er sie beide so sehr vermisste, dass es ihn erschreckte.

Jack verstand nicht, was diese Bilder ihm sagen sollten. Die anderen, die er bekommen und jetzt unter seinem Bett versteckt hatte, hatten ihn gewarnt, dass sie seine Familie immer erreichen konnten, wenn sie wollten. Diese Bilder hatten ihm die Gedanken an Flucht ausgetrieben. Von wem ließen sich Kate und Abbie so vertrauensvoll fotografieren? Wer war ihnen so nah, dass er selbst sie nie zuerst erreichen konnte?

Das war die frühere Botschaft. Aber diese Bilder sagten etwas Neues: »Sie brauchen dich nicht mehr. Deine Familie ist weitergegangen.« Er nahm noch einmal das erste. Da war Mason Kate zugewandt und brachte sie zum Lachen.

Kate und Abbie waren weitergegangen.

Wenn Jack gestorben wäre, hätte er das gewollt. Aber wenn man noch lebte, war es anders.

Er musste herausfinden, warum man ihm diese Fotos gegeben hatte und welchen Wert das Leben hatte ohne die Hoffnung, zu Kate und Abbie zurückzukommen.

22 Zweiundzwanzigstes Kapitel

Wolfram Meizer wusste auch ohne Spiegel, dass er alt war. Er spürte es, wenn er die Augen öffnete und wenn er morgens aufstand und sein Körper bei jeder Bewegung ächzte und knarrte. Trotzdem erschreckte ihn sein Spiegelbild – vielleicht weil er es so selten anschaute. Innerlich glaubte er derselbe zu sein, der er früher gewesen war. Das Alter war das Einzige, was er sich noch unterwerfen musste. Aber das hatte er noch nicht aufgegeben.

Sein Büro quoll über von Papieren. Auf dem Bildschirm an der Wand berichtete CNN International, dass es kürzlich in Afrika einen Aufstand gegeben hatte. Der Ton war so leise gestellt, dass er ihn nicht zu beachten brauchte, aber doch laut genug für wichtige Nachrichten, die kommen könnten. Sie kamen selten: Arbeitslosigkeit in Russland, illegale Klonversuche, Forschungsergebnisse über AIDS in Großbritannien – das war nicht besonders wichtig für ihn. Trotzdem musste er immer wachsam sein. In diesem Augenblick wünschte sich Wolfram einen Sekretär, aber er würde nie jemandem seine Sachen anvertrauen – nie wieder.

Er streckte sich auf seinem Stuhl, lehnte sich weit zurück und warf einen Blick auf die vier Bildschirme, die in einem langen offenen Schrank dicht unter der Decke angebracht waren. Zwei davon zeigten völlige Dunkelheit, einer den erleuchteten Flur und einer Ian, wie er Karten studierte und eine Zigarette rauchte. Er musste Ian daran erinnern, auf jeden Fall auch die Bildschirme der dunklen Zimmer von Zeit zu Zeit zu kontrollieren; damit war er ein wenig nachlässig geworden. Wolfram merkte sich das und wendete sich wieder dem Bildschirm seines Laptops zu, las E-Mails und führte mehrere Telefongespräche.

Wolfram stand auf und streckte die Arme zur Decke hin; sein Rücken schmerzte von der Büroarbeit. Nur wenige Wochen hatte er das Burggelände verlassen und danach Berge von Arbeit vorgefunden; sie forderte ständig seine Aufmerksamkeit. Er ging am Bücherregal vorbei und sein Blick fiel auf das Buch über Otto Skorzeny. Es ärgerte ihn jedes Mal, wenn er es sah. Warum behielt er es dann? Es sollte ihn daran erinnern, was man ihm gestohlen hatte, und auch daran, dass Männer wie Skorzeny jetzt tot waren. Offizier Skorzeny, der deutsche Held, eine Legende, die die Neonazis nach dem Krieg bewundert hatten. Aber all seine Tollkühnheiten, seine Bücher und seine Freiheit nach dem Krieg hatten ihn nicht vor dem Tod bewahrt. Nach seinem Tod wurde sein Ruhm von Jahr zu Jahr weniger. Vielleicht brauchten solche Leute nach dem Krieg nicht aus Europa zu fliehen. Sie wurden in diesen ersten Jahren nicht verfolgt und lebten nicht in Angst. Aber heute wusste die Jugend der Welt nichts mehr von den Heldentaten des Skorzeny mit dem Narbengesicht: dass er Mussolini das Leben gerettet hatte, indem er mit dem Fallschirm in die Bergvilla absprang, wo Mussolini gefangen war. Sie wusste nicht mehr, dass er nach dem Krieg mit der amerikanischen Regierung gearbeitet hatte und dass die Besten der Welt seine Freunde gewesen waren. Kaum jemand wusste so etwas heute noch.

Wolfram hatte die meisten von ihnen überlebt und er hatte nicht die Absicht, sich in nächster Zeit zu verabschieden. Viele solche Dinge trösteten ihn, obwohl er so viel Zeit an diesem einsamen Ort versteckt zubrachte. Am Ende würde es sich lohnen.

Mit einem Druck auf die Fernbedienung schloss er den Schrank an der Wand und ließ die Räume auf den Bildschirmen verschwinden. Wieder dachte er an Dinge, die ihn noch trösten konnten. Die Arbeit dauerte schon lange, aber sie war fast zum Abschluss gekommen, da war er sicher. Er würde ein bisschen mehr auf Tempo dringen und die Sache bis zum Herbst beenden. Dann wäre er endlich gerechtfertigt; seine Arbeit würde ihm bleibenden Ruhm sichern. Bald würde er bekommen, was ihm schon immer zustand.

Wolfram Meizer genoss es über die Welt zu bestimmen.

Wolfram schlug mit der Faust auf den Tisch. Etwas dampfend heißer Kaffee spritzte aus der Tasse auf eine der drei Zeitungen, die er jeden Morgen las. Die Tropfen auf dem Terrassentisch spiegelten das Sonnenlicht. Meizers Blick haftete auf den gedruckten Worten und Bildern vor ihm. Er hatte die Nachricht schon gehört, aber sie gedruckt zu sehen schockierte ihn noch mehr. Nicht Otto Kauls – das konnte nicht sein! Er las den Text noch einmal:

Nach der Anklage gegen Otto Kauls versammelten sich heute Holocaust-Überlebende und ihre Familien vor dem lettischen Gerichtsgebäude. Dr. Kauls ist wegen Kriegsverbrechen und Verbrechen gegen die Menschlichkeit angeklagt; er soll im Sommer 1943 an der Ermordung mehrerer Hundert lettischer Juden und anderer Zivilisten beteiligt gewesen sein. Die Verteidiger des 84-jährigen Arztes plädierten auf Verhandlungsunfähigkeit. Der Richter entschied dagegen.

Weiter unten las Wolfram Aussagen von Zeugen: einer Zivilperson, Tochter eines angeblichen Opfers, und anderen. Es gab handfeste Beweise gegen ihn.

»Ich war im Wald und hörte das Gewehrfeuer, viele Serien von

Schüssen, dann eine Pause und noch mehr Schüsse. Ich kroch durch das Gebüsch und sah, wie Dr. Kauls zwischen den Leichen durchging und jeden erschoss, der noch lebte. Eins war ein kleines Kind in den Armen seiner toten Mutter. Überall waren Leichen und Blut, alte Frauen und Männer, Kinder und ganze Familien. Diese Bilder verfolgen mich ständig.«

»Meine Mutter wurde als Versuchskaninchen benutzt. Otto Kauls ist kein Arzt; er ist ein Ungeheuer. Es kann sein, dass das Gehirn und andere Körperteile meiner Mutter in verschlossenen Gläsern in der Privatsammlung stehen, die er heute noch besitzt.«

Dr. Kauls lebte von 1945 bis 1988 in Südamerika, bevor er nach Europa zurückkehrte. Er wurde in einem litauischen Dorf entdeckt, in dem er seit zehn Jahren lebte.

»Idiot!« Wolfram schlug wieder auf den Tisch.

Das Foto zeigte einen schwachen und niedergeschlagenen Mann, nicht den alten Freund, den er braun gebrannt und kräftig in Erinnerung hatte, wie er lächelnd an einer Tafel saß, die sich unter Hummer aus der Karibik, Räucherlachs und Banks-Bier fast bog.

Otto war nicht so dumm gewesen wie manche anderen. Fast jeden Monat fand Wolfram Berichte über Rückerstattungen an Holocaust-Überlebende oder die Deportation eines früheren Nazis oder gezielte Propaganda gegen eine neofaschistische Gruppe. Es sollte ihn eigentlich nicht überraschen: Jetzt, nach vielen Jahrzehnten, spielten sie sich immer noch als Herren der Welt auf, weil sie gewonnen hatten. Gedanklich unabhängige Gruppen, die die geheimen Verschwörungen durchschauten, würden immer ständigen Angriffen ausgesetzt sein; selbst alte Leute kurz vor dem Tod ließ man nicht in Frieden.

Auf dem Kiesweg im Garten hörte man Schritte.

»Ian!«, schrie Wolfram aufgebracht und stand vom Stuhl auf.

Die Schritte wurden schneller und Ian tauchte aus dem Wald auf. »Was ist denn?«, fragte er in einem Ton, der seinen Ärger verriet.

»Hast du das gewusst?« Er hielt die Zeitung hoch, als Ian näher kam.

Ians Augen blinzelten leicht und Wolfram wusste die Antwort. »Ich habe es heute Morgen gelesen.«

»Erinnerst du dich an ihn?«

Ian schüttelte langsam den Kopf, als versuchte er das Bild heraufzubeschwören.

»Als du einmal furchtbaren Husten hattest, hat dieser Mann dich behandelt. Das kannst du nicht mehr wissen.« Wolfram lief auf den

Terrassenplatten hin und her. Als er sah, dass Ian ihn beobachtete, blieb er stehen. Er befahl sich selbst ruhig zu werden und die aufsteigende Wut zu beherrschen.

»Setz dich zu mir.« Die Metallstühle quietschten, als sie sie über die Steinplatten zogen. Wolfram bot Ian mit einer Handbewegung Kaffee aus der Kanne an, aber Ian lehnte ab. »Was hältst du von dem Bericht?«

»Ich finde, er ist typisch.«

»Typisch? Mehr hast du nicht zu sagen? Es ist ungerecht, einem alten Mann seinen Lebensabend zu rauben. Wird irgendein Russe oder Amerikaner für das angeklagt, was er im Krieg getan hat?«

»Nein«, sagte Ian. »Nur die Nazis und die, die ihre Überzeugung teilen.«

»Ja.«

»Diese zivilisierten Völker behaupten, sie glaubten nicht an Gott, der Mensch sei durch Evolution entstanden, aber sie sind Heuchler.«

Ian mit seinem hellen Haar und den dunklen Augen, die nicht von Wolframs wichen, sprach so ruhig und mit so wenig Ausdruck, dass Wolfram ihn fast bewunderte.

»Und warum sind sie Heuchler?«, fragte Wolfram. Mit Vergnügen ging er in die Falle. Es interessierte ihn, dass Ian so weit gekommen war, ohne dass er es gemerkt hatte. Dieser Junge hatte Unternehmungsgeist und konnte selbstständig denken.

»Sie halten an Moral und an ethischen Gesetzen fest. Aber ohne Gott werden keine künstlichen Rechtsbegriffe gebraucht. Die Starken überleben. Die Schwachen nicht. Wenn die Regierungen das einsehen, wird unsere Welt endlich frei sein. Bis dahin gibt es diese lächerlichen Gerichtsverfahren.«

«Du verstehst also.«

»Ja.«

»Das hier ...« Wolfram tippte auf die Zeitung – »kommt von der Unwissenheit. Dieser Mann war Arzt und Wissenschaftler. Die Medizin macht Fortschritte, weil es Menschen wie Otto gibt. Die Welt verdammt die Art, wie er zu seinem Wissen gekommen ist, aber sie gebraucht seine Forschungen in der modernen Wissenschaft.«

Wolfram lehnte sich in seinem Stuhl zurück und blickte auf das hängige Gelände hinunter. Er sah Bilder von verdrehten Körpern und schreienden deutschen Frauen. Im Krieg hatten Amerikaner und Briten Tausende von Zivilpersonen ermordet. Auf Dresden und Hamburg, auf Städte überall in Deutschland hatten sie Bomben geworfen. Und was hatten sie den unschuldigen Japanern getan? Das rechtfertigte man jetzt als »Kriegszwänge«. Die Nazis glaubten dasselbe. Wenn die Alliierten verloren hätten, würden sie jetzt vielleicht wegen Kriegsverbrechen angeklagt. Die Ironie ärgerte ihn jedes Mal wieder. Wenn er jünger wäre, wenn er nur jünger wäre ... Ian ihm gegenüber schwieg und machte sich offensichtlich eigene Gedanken. Da fiel Wolframs Blick auf die schwarzen Augen seines alten Freundes auf dem gedruckten Bild in der Zeitung und ihm wurde klar, wie vorsichtig er sein musste. Fast wünschte er aus Europa wegzuziehen – in den Nahen Osten oder wieder nach Südamerika – und seine Arbeit Ian zu überlassen.

»Ich bin aus einem bestimmten Grund gekommen«, sagte Ian.

»Warte«, sagte Wolfram und hob die Hand. »Lass mich erst meinen Kaffee trinken.«

Seine Tasse war fast leer. Er füllte sie neu und rührte Milch in das schwarze Getränk. Er schlug die Zeitung auf und fing an sie langsam durchzulesen. Ian blieb sitzen, Wolframs Forderungen schienen ihn nicht zu stören.

Wolfram überflog die Wirtschaftsseite, aber in Gedanken kam er wieder auf das Auswandern zurück. Er wusste, dass es unmöglich war; Alter und Bequemlichkeit hielten ihn fest. Und bald würde das Burggelände fertig gestaltet sein. Aber noch früher, so hoffte Wolfram, würde das Unternehmen abgeschlossen sein, das ihn ursprünglich hierher gebracht hatte. Das war sein eigentliches Ziel. Wie sehr er auch jahrelang versucht hatte wegzubleiben, dieser Plan zog ihn unwiderstehlich an. Schon in seinen Wanderjahren, als er durch die Anden zog und sich in dem kleinen Hotel eines anderen Deutschen im Exil zu Hause fühlte, hatte er ihn nicht losgelassen. Er hatte Frauen, Alkohol und jede Vergnügung gehabt, die er sich wünschte. Aber der Gedanke, dass man ihm etwas weggenommen hatte, was eigentlich ihm gehörte, nagte ständig an ihm. Es war das Einzige, was er nicht bekommen konnte.

Irgendwann hatte er alles getan, was er wollte, und mehr verdient, als er für möglich gehalten hatte; da gab er diesem Bedürfnis nach das zu finden, was er besessen hätte, hätte der Krieg nur eine Woche, ja, vielleicht nur ein paar Tage länger gedauert – hätte er Europa nicht verlassen müssen – hätte er nur ein wenig mehr Zeit gehabt. Wolfram würde es noch vor seinem Tod zu sehen bekommen oder die Suche würde ihn umbringen. Er würde nicht so enden wie sein alter Freund Otto Kauls.

Wolfram schaute von der Zeitung auf in das Morgenlicht; dass

Ian mit dem Finger leicht auf den Tisch klopfte, ignorierte er. Die Naturgesetze boten eine überraschende Beruhigung: Wie Ian gesagt hatte, würden nur die Starken überleben. Wolfram sah die Silberfäden eines Spinnennetzes, die sich weit über die Zweigspitzen eines grünen Gebüschs spannten. Plötzlich flog eine Fliege direkt in die Falle. Sie klebte fest und zappelte. Blitzschnell wie im Sturzflug rannte eine schwarzgraue Spinne über die Fäden und fing an ihre Beute heftig kreiseln zu lassen. Wolfram lächelte und nahm einen Schluck fast kalten Kaffee.

»Wir müssen reden«, sagte Ian nachdrücklich.

Dieses Mal ließ Wolfram die Unterbrechung durchgehen. Schließlich war Ian die ganze Nacht auf gewesen. »Dann rede.« Wolframs Blick blieb auf den langen Beinen der Spinne, die ihr Opfer immer weiter drehte.

»Ich habe eine Nachricht bekommen über einen Mann in den Staaten. Er heißt Karl Olsen.«

Wolfram drehte sich zu Ian um. Nur für einen Tag war er in die Stadt gefahren und hatte diesen Anruf verpasst; von diesen Dingen hatte Ian nichts erfahren sollen.

»Die Nachricht ist, dass Karl Olsen tot ist.«

Wolfram schmeckte den Worten nach wie dem ersten Schluck von einem guten Wein. Mit einem Lächeln, das er nicht unterdrücken konnte, stand er auf.

»Dann sind wir fast fertig.«

23 Dreiundzwanzigstes Kapitel

Jack graute es vor dem plötzlichen Schock, wenn das kalte Wasser an den Enden seines Taucheranzugs einsickerte und durch die abgetragenen Manschetten eindrang. Bald würde er warm werden; der Neoprenanzug würde seine Körperwärme halten und er würde nicht mehr frieren. In der Tiefe, in der sie arbeiteten, war das Wasser wohl immer dunkel, auch wenn es nicht mitten in der Nacht war.

Eine Stunde lang hatten ihre Lampen schwimmende Teilchen angeleuchtet, sie hatten Hechten und Weißfischen in die Augen geschaut, die erstaunt zurückblickten, sich dann umdrehten und in der Dunkelheit verschwanden. Jack kannte diesen Teil des steil abfallenden Seeufers gut. Vom Berggipfel zum Seeufer und weiter zum Grund fiel das Gelände fast senkrecht ab. Jack konnte die tiefen Einschlaglöcher genau orten, wo in der Nazizeit Unterwassergeschosse getestet worden waren. Er hatte sie sorgfältig untersucht, ob die Einschläge nicht Risse verursacht hatten, die oben Einbrüche oder Erdrutsche auslösen könnten. Heute Nacht kontrollierte er sie wieder. Wegen der Arbeiten im Innern des Berges – in dem alten Salzbergwerk wurde seit Monaten gebohrt – musste man regelmäßig prüfen, ob darunter Schäden entstanden waren.

Jack drehte sich um, um zu sehen, wo Ian war. Undeutlich sah er Ians Lampe sich auf eine Stelle zu bewegen, wo der Fels vorsprang. Jack wusste, dass sich Ian noch aus anderen Gründen für das Tauchen interessierte. Auch früher, als Rudy noch gesund genug zum Tauchen war, war er immer mitgekommen. Jack und Rudy glaubten schon lange, dass Ian nicht nur wegen der Felsbrüche tauchte. Er suchte etwas und darüber hatte Jack seine Theorie. Diese Seen waren voller Geheimnisse, aber wenn Ian auf der Suche nach verschollenen Schätzen war, lägen sie wohl zu tief für Taucher. Es musste etwas anderes sein.

Jack schwamm von Ian weg an eine Stelle in der Nähe des Anlegeplatzes für das Burggelände. Diese Stelle hatte Jack erst einmal erforscht, als er eine tiefer liegende Felsnase auf Verschiebungen untersuchte. Es dauerte etwas, bis er sie fand. Er hielt die Lampe vor sich und glitt mit sanften Fußbewegungen durchs Wasser. Hier verlief der Hang am wenigsten steil. Er konnte direkt am Ufer aufsteigen bis dahin, wo es zum Burggelände hin flach wurde. Dies war der einzige flache Strand an diesem Ende des Sees; auf beiden Seiten stand der nackte Fels. Am anderen Ende war ein langer Strand und dort hatte Jack ein Dorf gesehen; seine Lichter schienen wie Leuchtzeichen und erinnerten ihn, dass es auch außerhalb dieses Berggefängnisses Leben gab.

Bei ihrem letzten Tauchgang hatte Jack einen langen Riss im Felsen gefunden, tief unter dem Hafen und dem Gelände oben. Wenn der Riss größer würde und einen Erdrutsch unter Wasser verursachte, könnte das ganze Grundstück gefährdet sein. Darüber hatte Jack angefangen nachzudenken.

Als er die Stelle erreichte, seine Messgeräte überprüfte und auf die Uhr schaute, dachte er wieder daran. Spätestens in zehn Minuten würde Ian ihn zurückerwarten. Er hatte nicht viel geologisches Wissen und hatte sich schon zahllose Male mehr gewünscht, denn man ließ ihn hier nicht in seinem eigenen Fach arbeiten. Als sie ihn hierher brachten, hatten die mächtigen »Sie« anscheinend nicht verstanden, dass er weder Bergbaufachmann noch Geologe, sondern Archäologe war. Aber jetzt würde Jack ihnen keinen Grund liefern, sein Wissen zu bezweifeln; sie mussten ihn brauchen. Das war die Bedingung für seine Sicherheit und die seiner Familie.

Er wusste, dass mit diesen Leuten nicht zu spaßen war. Das erste halbe Jahr seiner Gefangenschaft mit der verächtlichen Behandlung und den Fotos war Beweis genug. Danach hatten sie ihn anderthalb Jahre lang immer wieder verlegt und dann zu Ian gebracht. Ian war jetzt seine Kontaktperson, ihr Vorarbeiter oder ihre Marionette – das wusste er nicht. Eine Zeit lang hatten sie auf einem anderen Gelände gearbeitet, bevor sie hierher gekommen waren.

Aber in Jacks Gedanken hatten zwei Pläne angefangen Gestalt anzunehmen: Wenn er einen Unfall vortäuschen könnte, sodass Ian glaubte, er sei bei den Felsen in die Tiefe gezogen worden und ertrunken, könnte es vielleicht gelingen zu entkommen. Er könnte vorher einen Reservetank aus dem Boot nehmen und mit ihm als Schwimmhilfe unter Wasser zum anderen Ufer schwimmen. Wenn man ihn für tot hielte, dürfte seine Familie nicht in Gefahr sein. Dann würde er sich an die Behörden wenden und Rudy helfen.

Der andere Plan – ein Erdrutsch und die mögliche Zerstörung des Burggeländes – würde sein Leben gefährden. Seit die letzten Fotos gekommen waren, hatte er mehr als einmal an diesen Plan gedacht. Wozu sollte er zurückkommen? Auf was sollte er sich freuen?

Als Jack sich durch das Wasser bewegte, fiel ihm ein, wie er in einer Nacht einem panischen Verlangen auszubrechen erlegen war. Er hatte keinen Plan gehabt, nur die schiere Verzweiflung. Mitten durch den See war er geschwommen, während Rudy und Ian am Berghang arbeiteten. Schon nach einem Achtel des Weges hatte sein Verstand sich eingeschaltet und er war umgekehrt. Die Gefahr war zu groß. Diese Fotos von seiner Familie hatte jemand ganz aus der

Nähe gemacht. Sie könnten Abbie und Kate ganz leicht erreichen.

In den ersten Monaten seiner Gefangenschaft hatten sie Jack zahllose Fotos von Verbrechensopfern gegeben: da waren verkohlte Leichen, eine Zeitungsnotiz über eine Familie, die im Schlaf ermordet wurde, ein Schwarzer, der an einem Baum hing, ein kleines Mädchen, das mit einer Puppe in der Hand erschossen worden war. Diese Bilder hatten ihm die Fluchtpläne ausgetrieben. Es waren keine Amateure, die ihn hier festhielten; sie hatten einen wichtigen Grund dafür. Sonst hätten sie nicht so lange und intensiv gearbeitet, wären nicht das Risiko eingegangen, einen Amerikaner zu entführen. Irgendetwas an diesen Grabungen musste sehr wichtig sein.

Auf dem Rückweg von seinem Fluchtversuch war er aufgetaucht. Ian suchte schon die Wasseroberfläche mit Scheinwerfern ab. Jack hatte gewinkt und gespürt, wie sich Resignation in ihm ausbreitete: Die Freiheit war so nahe gewesen, aber der Preis war zu hoch. Als er ins Boot stieg, entschuldigte er sich, er sei zu weit hinausgeschwommen, aber er wusste, dass Ian es ihm nicht recht glaubte.

Die Idee mit dem Unfall könnte klappen, dachte er jetzt, als er einen vorspringenden Felsen erkannte. Er fand den Riss und merkte, dass er sich um mehr als einen Zentimeter verbreitert hatte und anscheinend tief ging. Jack verfolgte ihn weiter nach unten, aber er wusste, dass er nicht weit kommen konnte. Mit zunehmender Tiefe wurde der Druck größer und dafür war seine Ausrüstung zu alt. Er hatte oft Angst, ein Schlauch könnte reißen, darum war er sehr wachsam. Als der Lichtstrahl der gezackten Linie folgte, sah Jack, dass der Riss nach unten breiter wurde. Dann entdeckte er ein großes Loch in der Felswand. Mit einer Hand hielt er die Lampe und griff mit der anderen nach dem Felsrand. Ein paar große Steine lösten sich und sanken nach unten. Er musste vorsichtig sein, sonst könnte der Unfall, den er vortäuschen wollte, wirklich passieren. Der Lichtstrahl suchte die Seiten ab und verschwand dann im Innern der Höhle.

Jack schwamm hinunter und hinein, aber nur ein kleines Stück. Da sah er, dass dies nicht die Unterseite eines Felsvorsprungs war, wie er erst geglaubt hatte. Es war eine Höhle unter Wasser. Das vorspringende Steinsims über der Öffnung hatte den Höhleneingang bei früheren Tauchgängen verdeckt. Oder vielleicht waren bei ihren Grabungen im Bergwerk vorgelagerte Felsen abgebrochen. Man konnte in dem Licht nicht erkennen, wie tief die Höhle war. Jack schwamm hinaus und untersuchte die Ränder. Die Furchen im Fels zeigten künstliche Bearbeitung; die Wände schienen erweitert und geglättet worden zu sein. Aber die Höhle schien ursprünglich natürlich zu sein. Beim weiteren Forschen an der Felswand schaute er auf die Uhr: Es war Zeit zurückzuschwimmen.

Jack sah, dass Ian schon auf ihn zukam und nicht mehr die Felswand untersuchte. Als der Strahl von Ians Licht auf ihn fiel, hob er die Daumen. Jack schaute auf den Kompass und sie schwammen, bis sie die Lichter am Bootsrumpf sahen. Hinter den Luftblasen her, die von ihren Tauchermasken aufstiegen, tauchten sie langsam auf.

Rudy wartete schon neben der Leiter und nahm ihnen Tanks, Gürtel und Geräte ab. Wasser rann von ihren glatten Anzügen, während sie aus der schwerelosen Wasserwelt ins Boot stiegen. Jack zog den Taucheranzug aus und spürte die kalte Nachtluft auf der Haut.

Rudy warf Jack und dann Ian ein Handtuch zu. »Es ist nicht richtig, dass ich hier oben bleiben muss«, sagte Rudy und rieb sich in seinen Handschuhen die Hände.

»Wenn du gesund wirst, kannst du mitkommen«, sagte Ian.

»Ich versuche es ja, das weißt du doch.« Ein Hustenanfall schien seine Worte widerlegen zu wollen.

»Geh sofort ins Warme«, schalt Jack.

Rudy nickte zwischen den Hustenstößen und stieg die Treppe zur Kabine hinunter. Ian räumte Geräte auf. Jack wusste, dass er helfen sollte, aber dieses Mal blieb er auf dem stillen Boot sitzen und atmete die kalte Bergluft ein. Einen Augenblick schaute er über das Wasser zu den Lichtern am entfernten Ufer. Da drüben lebten die Leute normal: Sie aßen in Restaurants, sahen fern, lachten, sangen und liebten sich. Nicht nur Berge und Wasser, noch viel mehr trennte ihn von ihnen.

»Die Leute im Dorf wollten wissen, was wir nachts machen.« Ian beobachtete ihn. »Weißt du noch – die Boote, die vor ein paar Monaten gekommen sind?«

»Und was machen wir? Ich meine in Wirklichkeit?« Jacks Frage klang herausfordernd.

Er wusste, warum sie ihn hierher gebracht hatten: Sie glaubten, sein Wissen könnte ihnen helfen. Und sie glaubten, sie brauchten besonders seine archäologischen Kenntnisse, obwohl geologisches Wissen noch wichtiger wäre. Sie konnten keinen anderen Fachmann einstellen, denn er würde bekannt machen, was sie taten. Jack und Rudy hatten schon früher im Team gearbeitet: Rudy hatte Erfahrung mit archäologischer Forschung unter Wasser und Jack hatte in Montana Höhlen der Indianer untersucht. Sie waren ideal für die Arbeit geeignet. Aber was er genau für diese Gruppe finden sollte – das wusste Jack nach drei Jahren immer noch nicht.

»Wir gestalten das Gelände einer alten Burg neu«, sagte Ian mit dem gewohnten ernsten Gesichtsausdruck. »Nachts erforschen wir gern das Leben der Fische.«

»Wenn ich wüsste, was für Fische ich suchen soll, könnte ich vielleicht helfen sie zu finden.« Das sagte Jack so nebenbei, während er das Handtuch über den Kopf legte und die Wassertropfen von seinem Haar rieb. Er wollte nicht sehen, wie Ian ihm forschend ins Gesicht schaute, auch nicht die Lügen hören, mit denen er antwortete. Auf eine seltsame Art mochte er Ian. Ian gehörte zu der Gruppe, die ihn gefangen hielt, und Jack hatte seine Anhänglichkeit noch nicht für sich gewinnen oder ihn zu Mitleid bewegen können. Diesen Plan hatte er ursprünglich auch verfolgt. Er hatte ganz allmählich auf Freundschaft hingearbeitet und war selbst Opfer seiner Bemühungen geworden. Dass er Ian überhaupt gern haben konnte – den Menschen Ian – das zeigte ihm, wie das Leben in der Gefangenschaft seinen Charakter verbogen hatte.

»Manches Wissen könnte dich das Leben kosten, Jack.«

»Was gibt es an meinem Leben noch zu zerstören?« Sie schauten sich an und Jack bemerkte ein leichtes Zucken in Ians Gesicht, ehe er sich wegdrehte. Er fragte sich, ob Ian sich schon einmal das Leben vorgestellt hatte, das er geraubt hatte. Ian wusste von Abbie und Kate. Aber dachte er daran, was für Gefühle damit verbunden waren? Wie hatte Ians Leben vor diesem Auftrag oder Unternehmen ausgesehen, was immer es war?

Ian, groß und ruhig, strich sich das Haar mit der Hand glatt nach hinten. Was für Gedanken gingen ihm durch den Kopf? Er äußerte sich nie zu Überzeugungen oder zu seiner Vergangenheit oder dem Grund für seine Anwesenheit hier. Ian sagte nur, was im jeweiligen Augenblick erwartet wurde.

Er hörte mit dem Aufräumen auf und sprach wieder Jack an. »Lass uns noch die Karten anschauen, du kannst mir zeigen, was du gefunden hast.«

»Was ich gefunden habe?«, fragte er und hätte gern gewusst, ob Ian schon von der Höhle wusste.

»Seit unserem letzten Tauchgang hat sich bestimmt etwas verändert. Ich habe ein paar Risse gefunden, die tiefer geworden sind. Hast du keine gefunden?« Wieder durchdrangen ihn seine Augen.

»Ein paar. Ich trage die Veränderungen dann ein.«

Sie gingen die Treppe hinunter in die winzige Bootskabine. Ian schaltete die Lampe über dem Tisch an und sie schoben sich auf die Eckbank. Rudy hatte Kaffee gekocht und goss ihn in graue Blechtassen. Seltsam, wie frei sich Jack auf den Tauchgängen und im Boot fühlte, als ob das hier eine normale Unterwasserexpedition wäre. Hier draußen war er Ian fast gleichgestellt und Jack genoss es, sich mit Rudy richtig zu unterhalten und nicht nur Wortfetzen durch die Heizungsventilatoren zu hören oder die ausgemachten Zeichen an die Betonwand zu klopfen. Auf die Tauchgänge freute sich Jack regelrecht, aber sie waren selten geworden. Im Gegensatz zu der Arbeit vorher im Staub und der künstlichen Belüftung des Bergwerks wünschte er sich bei den Tauchgängen, die Nacht wäre nie zu Ende. Das Boot hatte einen leichten Eigengeruch, den Jack liebte. Es roch nach Schimmel und Hanfseilen, nach geschlossenen Kabinen und offenem Wasser.

Ian breitete die Karte aus und stellte seine Tasse, einen Kompass und eine Dose Chilis auf drei Ecken des Blattes, um es festzuhalten. Die Karte zeigte den See aus verschiedenen Richtungen. Rund um den See standen Zahlen, die die Tiefe, die Breite an verschiedenen Punkten und die Stellen angaben, wo schon getaucht worden war, und Karten von den umgebenden Bergen mit Angaben, wo gegraben oder gesprengt worden war. Ein Plan zeigte ein Tal zwischen zwei Bergen, wo eine Quelle entsprang und einen Bach bildete, der sich in den Hang des alten Burggeländes einschnitt, auf dem Jack jetzt seit einem Jahr zu Hause war.

Jack studierte die Karte, Ian saß neben ihm.

Rudy saß auf einem Stuhl und blätterte in einer österreichischen Zeitung, die er unter den Tisch geklemmt gefunden hatte, als er sich setzte. »Hier steht, dass Charles Schulz gestorben ist. Du weißt ja, der die Peanuts gezeichnet hat.«

»Snoopy mochte ich mit am liebsten«, sagte Jack.

»Charlie Brown haben alle geliebt. Am besten fand ich, wie er diesen grässlichen kleinen Weihnachtsbaum besorgt …«

»Wie alt ist die Zeitung?«, fragte Ian.

Rudy schaute nach und antwortete nicht. Da wusste Jack, dass sie schon älter sein musste.

»Hier und hier habe ich nichts verändert gefunden.« Jack zeigte auf Stellen, die sie vorher auf der Karte markiert hatten. »Das Graben im Berg scheint sich nicht auf den Uferhang ausgewirkt zu haben.«

Rudy legte die Zeitung zusammen und beugte sich zum Licht. »Dann könnte das Wasser, auf das wir in Tunnel 8 gestoßen sind, aus einem unterirdischen See oder einer Quelle kommen – aber der Fels ist so massiv und geht so tief, dass das zweifelhaft ist.«

»Was hast du gefunden, Jack?«, fragte Ian.

Jack betrachtete die Karte. Er fand den Riss eingetragen, den er heute Nacht wieder überprüft hatte, aber von der Höhle unter Wasser war nichts zu sehen. Wieder beobachtete ihn Ian.

»Diese Stelle könnte vielleicht Bewegungsschäden haben. Der Riss ist um fast zwei Zentimeter breiter und ziemlich viel tiefer geworden. Das muss man weiter beobachten.« Jack sprach leichthin. als ob das nicht so wichtig wäre. Dann lenkte er ihre Aufmerksamkeit auf ein Gebiet hundert Meter von der Höhle entfernt. »Ian, wenn du in dieser Gegend keine Schäden gefunden hast, die direkt unter den Grabungen im alten Salzbergwerk liegt, dann hat Rudy wahrscheinlich Recht: Wir sind nicht bis in den See gekommen, das Wasser kommt woanders her.«

»Warum kommen wir da immer noch nicht weiter? Deine Berechnungen für das Innere des Bergwerks müssen falsch sein.« In Ians Stimme klang Härte mit, so deutlich, dass Rudy seine Tasse abstellte.

»Ich habe sie immer wieder durchgesehen«, erklärte Jack. »Rudy hat sie kontrolliert. Wir sind noch nicht weit genug, um in den See zu kommen – das heute bestätigt nur, was ich schon geglaubt habe. Und wenn man die Felswand zum See von innen her sprengte, liefe der Tunnel so schnell voll Wasser, dass niemand sich retten könnte. Das Wasser, auf das wir gestoßen sind, muss eine Quelle sein.«

»Außer wenn wir einen Hohlraum unter Wasser angestochen haben«, meinte Rudy. Jack wünschte, er hätte nicht daran gedacht.

»Erklär mir das«, sagte Ian.

»Wenn da schon ein Hohlraum war oder eine Quelle, die unter dem Felsen in den See fließt, dann haben wir vielleicht das Dach durchbrochen. Dann ist das Wasser darum nicht plötzlich in den Tunnel geschossen, weil wir nach unten gegraben haben. Es hatte auch nicht so viel Druck, weil es noch einen anderen Ausgang hat.«

Ian nickte. »Wir müssen noch tiefer tauchen. Oder wir müssen vom Inneren des Bergwerks her ins Wasser gehen.«

Jetzt vermutete Jack, dass Ian doch etwas von der Höhle wusste. Oder vielleicht war sie es, die sie die ganze Zeit schon suchten.

Rudy sprach weiter: »Dafür haben wir nicht die Ausrüstung. Ich habe über Teams gelesen, die in Höhlen tauchen. Das kann eine sehr gefährliche Arbeit sein. Wir würden eine Tauchglocke brauchen und wenn wir zu weit hineinschwimmen, reichen zwanzig oder dreißig Minuten nicht zum Druckausgleich. Manchmal, wenn man in tiefe Höhlen taucht, braucht man dafür mehrere Stunden, wir würden also eine Dekompressionskammer brauchen, in die man nach jedem Tauchgang kommt. In solchen Höhlen ist jede Sekunde noch kostbarer als bei allen Tauchgängen, die wir schon gemacht haben. Dann würden wir Unterwasserfahrzeuge brauchen, Lampen, ein Ultraschallgerät, um den Weg zu erkennen, und ein Seil zum Abrollen, um den Rückweg zu finden. Dabei darf es keinen Fehler geben. Wir drei können das nicht machen, vor allem nicht mit dieser Ausrüstung, die wir nach jedem Tauchgang flicken.«

»Dann besorgen wir die Ausrüstung«, sagte Ian.

Rudy und Jack sagten nichts. Sie wussten, dass man solche Ausrüstungen nicht auf dem Schwarzmarkt bestellen kann.

»Ihr seid ja nicht gerade begeistert. Vielleicht gibt es da etwas, was ihr mir nicht sagt, ihr haltet Informationen zurück und plant Sabotage? Wollt ihr nicht hier weg? Solange wir hier nicht fertig sind, habt ihr keine Möglichkeit«, sagte Ian.

Jack nahm an, dass Ian unter Druck gesetzt wurde. Aber es ärgerte ihn auch, dass Ian wieder von ihrer Freiheit sprach und sie vor ihrer Nase baumeln ließ wie eine Wurst vor Schlittenhunden. Jack wusste, dass sie diese Hoffnung nie erfüllen würden.

»Werden wir denn freigelassen, Ian?«, fragte Jack. »Wir waren zu lange hier und wissen zu viel, als dass man uns einfach gehen ließe. Du kennst diese Gruppe besser als wir. Was werden sie machen, wenn wir mit der Arbeit fertig sind?«

Ian sah plötzlich überrascht aus. Es machte Jack und Rudy Angst zu sehen, dass Ian die Lüge auch geglaubt hatte, die sie geglaubt hatten. Aber jetzt erkannte Ian die Wahrheit. Natürlich würde man sie nicht nach Hause lassen, auch wenn ihre Familien noch auf sie warteten – aber bei Jack war das nicht mehr so. Es war zu gefährlich für ihre Entführer sie freizulassen. In diesem Augenblick wusste Ian das auch. Ian stand auf und stieg die Treppe hinauf aus der Kabine.

Lange Zeit sprachen weder Jack noch Rudy. Jack starrte immer noch auf die Karte. »Warum sprengen wir nicht alles hier in die Luft?«, flüsterte er leise. »Wir können doch an das Dynamit.«

»Du weißt doch warum. Ich habe einen Neffen und du hast eine Familie; die sind sicher, solange wir tun, was sie sagen.«

»Wenn wir genug davon genau an die richtigen Stellen bringen könnten, wäre niemand mehr da, der ihnen etwas tun könnte.«

»Ich weiß, dass das nicht dein Ernst ist, Jack. Aber für den Fall, dass du es nicht ganz ausschließt, denk daran, dass es nicht nur die paar Leute hier sind. Ich bin schon länger bei ihnen.«

»Wer sind sie denn?«

»Ich vermute, sie sind mit Neonazi-Organisationen verbunden, vielleicht auch noch mit anderen fanatischen Gruppen«, antwortete Rudy. »Bestimmt haben sie Verbindungen in die Staaten. Vielleicht ist das Unternehmen kleiner, als wir denken, aber manchmal denke ich auch, es ist größer, als ich es mir vorstelle.«

»Wir sind nicht mehr weit von dem, was sie haben wollen. Ian hat heute Gefühle gezeigt – sie machen ihm Druck und zwar gehörig. Aber wir müssen herausfinden, was wir machen können.«

»Wir warten.«

»Du bist zu lange hier gewesen, Rudy. Gib nicht auf. Man sagt, bei Strafgefangenen gibt es einen Zustand, da wollen sie nicht mehr heraus, weil ihre Zelle für sie Sicherheit bedeutet. Das darf uns nicht passieren.«

»Das passiert auch nicht.«

»Also was können wir machen?«

»Wir können beten«, schlug Rudy vor.

Jack lehnte sich zurück, die Hände hinter dem Kopf. Er hätte auf diese Antwort gefasst sein müssen, aber als er sie jetzt hörte, schwankte er zwischen Lachen und Ärger. Als Jack vor Jahren Rudy Blessing kennen gelernt hatte, waren ihre Rollen vertauscht gewesen: Rudy stammte aus einer katholischen Familie, deren Glauben er nicht teilte; er war ein paar Mal im Jahr zur Messe gegangen und bewahrte den Rosenkranz seiner Mutter in der Instrumentenschublade des Bootes auf, auf dem er wohnte. Jack fühlte sich geehrt, einen Sommer lang mit Rudys Team im Mittelmeer tauchen zu dürfen. Er war damals jung und energisch und voll Glauben gewesen und hatte ohne Scheu mit jedem Interessierten über seinen Glauben gesprochen, auch mit Rudy, der nur ein wenig neugierig gewesen war.

»Manchmal will Gott, dass man handelt«, gab Jack zurück. »Beten allein hat zu nichts geführt.«

»Das Beten hat wahrscheinlich mehr bewirkt, als wir wissen«, sagte Rudy. Sein Blick erinnerte Jack, dass Gott ihm unzählige Male geholfen hatte den Tag zu überleben. Schon allein die Freundschaft mit Rudy war eine Gebetserhörung gewesen, als Jack schon dachte, die Einzelhaft würde ihn wahnsinnig machen.

»Manchmal scheint mir, es gefällt dir hier«, brummte Jack.

»Nein. Ich will Freiheit. Es erstaunt mich oft, wie stark dieser Wunsch ist – wie Gott uns darauf angelegt hat sie zu wollen. Aber ich kann auch sehen, wie viel Gutes diese Zeit hier für mich hat.«

»Was denn Gutes?«

»Ich verstehe jetzt wirklich. Alle Selbsttäuschung, innere Zwänge, Leidenschaften, mein Besitz – das alles ist mir weggenommen worden. Ich habe viele dunkle Zeiten durchgemacht, ehe du kamst. Ich habe gegen sie gekämpft, aber noch mehr gegen Gott. Es hat mich fast umgebracht. Am Ende habe ich aus reiner Verzweiflung vor Gott kapituliert. Sie haben mich monatelang in diesem dreckigen Keller festgehalten – da findet man zu Gott oder man wird verrückt.«

»Den Keller kenne ich«, sagte Jack. Er war ein halbes Jahr dort gewesen und wünschte, er könnte die Erinnerung auslöschen.

Jack wollte wissen, wo Ian war; er schaute die Treppe hinauf, sah aber niemanden. Auf dem Herd kochte neuer Kaffee, aber Jack spürte immer noch die erstickende Luft in diesem Keller. Er dachte daran, dass er die Tage gezählt und unter den Listen von früheren Gefangenen eingeritzt hatte. Er war auf hundertdreiundsiebzig Striche gekommen, aber einer hatte über vierhundert eingetragen. War das Rudy gewesen? Sie hatten noch nie darüber gesprochen, wodurch sie zusammengekommen waren.

»In dem Keller habe ich angefangen zu beten. Ich habe um einen Gesprächspartner gebeten und es hat fast ein Jahr gedauert, aber dann bist du gekommen«, sagte Rudy.

»*Du* bist also schuld?«

»Hoffentlich nicht«, sagte Rudy lachend. »Als sie uns zusammengebracht haben, hattest du einen starken Glauben. Ich fing da gerade an ihn wieder zu verlieren.«

»Ohne dich hätte ich nicht überlebt.« Jack nahm schnell einen Schluck Kaffee; er dachte an eine Nacht, in der es ihm so schlecht gegangen war, dass ihm das Leben nicht mehr lebenswert schien. Rudys Worte hatten ihn gerettet: »Denk an diesen Augenblick, dann an den nächsten. Wenn du wissen willst, was deine Familie gerade macht und was sie denkt, wirst du verrückt. Steh diese Nacht durch. Heb dir von jedem Essen ein bisschen auf für den Fall, dass das nächste nicht kommt. Versteck etwas, damit du etwas hast, was nicht ihnen gehört. Und tu etwas für deine Familie: Schreib Briefe oder Gedichte oder nimm Steine von den Grabungen mit, um sie irgendwann deiner Tochter zu geben.«

Jack hatte Rudy nichts von den neuesten Fotos von seiner Familie gesagt – von den Anzeichen, dass sie ohne ihn weiterlebten. Wenn er Abbie jemals die Holztiere schenkte, die er schnitzen gelernt hatte, oder Kate die Briefe, die er geschrieben hatte, das hieße Salz in die Wunden reiben, die gerade heilten. *Was jetzt, Rudy? Was hält mich am Leben?*

»Kannst du sehen, wie Gott mitten im Bösen Gutes tut?« Rudy stützte die Ellbogen auf den Tisch und legte das Kinn auf die gefalteten Hände. »Als man mir alles weggenommen hatte, konnte ich erkennen, was wichtig ist. Ich habe einen weiteren Blick für Leben und Tod bekommen, sogar auch für die Ewigkeit. Ich weiß jetzt, dass dies nur ein Augenblick in der Ewigkeit ist. Dies ist jetzt meine Aufgabe. Gott will nicht, dass Menschen sich gegenseitig unterdrücken. Aber der freie Wille kann auch den Unschuldigen schaden. Ein Mensch sündigt und ein anderer zahlt den Preis. Das ist ungerecht; aber wenn die Welt sich nicht nach Gott richtet, wird sie nie gerecht oder fair oder ‚glücklich bis an ihr seliges Ende' sein.«

»Und wir müssen für anderer Leute Sünde zahlen.«

»Gott verspricht uns keinen großen Mercedes, kein hübsches Haus und keine glückliche Familie. Er verspricht uns, dass er uns nie verlässt oder aufgibt. Das hast *du* mir vor langer Zeit gesagt.«

»Das ist, als ob es jemand anders gewesen wäre. Ich weiß, dass ich noch glaube, aber manchmal habe ich das Gefühl, es reicht nicht.«

»Warst du schon einmal in einem Museum oder einer Ausstellung von einem großen Künstler, Jack?«

»Klar. Ich war doch eine Woche in Florenz.«

»Dann verstehst du das bestimmt. Mein Lieblingsmaler war schon immer Picasso; frag mich nicht warum. Einmal hat es eine Ausstellung in Paris gegeben, da bin ich wohl fünf oder sechs Mal im Monat hingegangen. Ich habe gern ganz nah an einem Bild gestanden – so nah es ging, ohne die Wachen zu nervös zu machen. Einen kleinen Ausschnitt habe ich dann ganz genau betrachtet. In einem Bild hatte er im Umriss von einem Frauenmund ein scheußliches Erbsengrün mit drin und aus der Nähe sah es schrecklich aus. Aber je weiter ich wegging, umso schöner wurde das Bild. Da konnte man das ganze Bild erkennen.«

»Dies ist also jetzt das scheußliche Erbsengrün in unserem Lebensbild?«

»Vielleicht in unserem Bild in der Ewigkeit.« Rudy stand auf und goss Jack noch Kaffee ein. »Weißt du, was Oswald Chambers über das Beten schreibt?«

»Schon wieder Chambers?«

»Ich habe sein Buch in meinem Zimmer.«

»Wie kommt das? Ich kriege kaum Papier und Tinte.«

»Ich habe gebetet und dann gefragt. Anscheinend haben sie es aus Südamerika bestellt. Auf dem Päckchen stand etwas von Amazon.«

»Amazon.com?«

»Ja, genau. Die Schachtel habe ich noch.«

»Das ist ein Internet-Buchversand. Da kann man über den Computer mit einem Knopfdruck Bücher bestellen.«

»Ach so, das Internet. Interessant.«

»Nein, ganz unglaublich. Sie haben bei Amazon ein Buch für dich bestellt!«

»Bittet, so wird euch gegeben.«

Jack schüttelte ungläubig den Kopf. »Sag mir, was Chambers über das Beten sagt.«

»Er sagt, Beten ist absurd.«

»Das habe ich nicht erwartet. Aber in letzter Zeit denke ich fast, er hat Recht.«

»Chambers schreibt, Beten ist wirklichkeitsfremd und absurd. Wir müssen verstehen, dass Beten für den gesunden Menschenverstand dumm ist. Es kommt einem vor, als ob man gar nichts täte. Haben wir nicht schon hundert Mal gehört: ‚Jetzt hilft nur noch Beten', so als ob das das allerletzte Mittel für den schlimmsten Fall wäre? Und wird das Wort *beten* nicht in allen möglichen absurden Situationen gebraucht, zum Beispiel wenn man jemandem nicht helfen will oder nicht weiß, was man sonst sagen soll? »Ich bete für dich.« Trotzdem ist Beten das größte Geheimnis von allen. Es ist Glaube. Wenn wir wirklich beten, handeln wir in dem Glauben, dass die Worte, die wir aussprechen, etwas bewirken. Und das stimmt. Es öffnet Grenzen und verändert das Wesen des Lebens.«

»Mein Kopf gibt ihm Recht, aber mein Gefühl ist anders. Ich habe schon sehr lange keine Grenzen aufgehen und kein Leben sich ändern sehen. Ich höre Gott nicht einmal mehr wie früher.«

»Dann hat er dir sein Schweigen anvertraut.«

»Ein tolles Geschenk!«

»Chambers schreibt: ‚Gott arbeitet daran, seine höchsten Ziele in uns zu verwirklichen, bis sein Plan und unser Plan eins werden.' Am meisten hilft es daran zu denken, dass wir dieses Leben führen sollen, um Gottes Ziel zu erreichen, nicht unser eigenes. Denn Gottes Ziel ist im Endeffekt viel größer als unseres, wenn wir nur glauben können und ihm erlauben uns einzusetzen und zu verändern.«

»Du meinst vertrauen, dass es ein Picasso wird?«

»Wenn es fertig ist, wird es sogar noch besser als ein Picasso.«

Beide schwiegen, jeder in eigene Gedanken versunken. Jack hörte oben ein leises Knarren und dann Schritte. Da über ihnen musste Ian sein. Als er sich wieder die Karten und Skizzen vornahm, die sie schon so oft ausgewertet hatten, fand Jack die Stelle, wo er die Höhle gesehen hatte, und beschloss wieder nicht zu sagen, wo sie war, auch nicht zu Rudy. Solange Jack nicht mehr wusste, sollte dies sein kleines Geheimnis bleiben.

24 Vierundzwanzigstes Kapitel

Wolfram schloss die Holzjalousien an den Glastüren und erleuchtete den Raum nur schwach. Der Ton des Fernsehapparats in der Ecke war abgeschaltet, aber er flimmerte.

Er hatte seine geliebten Vögel wieder ins Büro geholt. Immer, wenn er das Burggelände verließ, wurden die Käfige hinausgebracht. Niemand betrat sein Büro, wenn er weg war. Das schwache Licht beruhigte die Vögel und sie zwitscherten leise. Mit der Fernbedienung öffnete er seinen Überwachungsschrank. Wolfram drückte einen Knopf, der den Sicherheitsraum zeigte, wo eine einzelne Wachperson die Bildschirme kontrollierte und ein Buch las. Er horchte, ob sich im Haus etwas bewegte – nichts. Rudys Zimmer war dunkel, Jack hatte Licht und schnitzte Holz am Tisch in seinem Zimmer, Ian hatte sich auf seinem Stuhl weit zurückgelehnt und war eingeschlafen. Der Korridor zur Baracke war leer.

Als Wolfram sich vor seinen alten Schreibtisch setzte, quietschten die Rollen seines Schreibtischstuhls. Er schob einen Riegel zurück und zog kräftig mit der anderen Hand, sodass die Vorderfront seines Schreibtischs sich öffnete und einen roten Stahltresor freigab. Er drehte die Scheibe und hörte das Klicken des Schlosses. Hinter mehreren Stapeln von Geldscheinen – Dollars und Euro – fand er ein weißes Taschentuch, zusammengefaltet und von einem grünen Gummiring gehalten. Wolfram nahm das Taschentuch heraus und legte es auf den Schreibtisch, wo die Lampe einen Kreis ausleuchtete.

Es ärgerte ihn, dass seine Hände ständig zitterten. Das fiel ihm immer auf, wenn er Kaffee oder Brühe trank, und auch jetzt, als er den Gummiring abzog.

Die zwei Fliesenstücke in dem Taschentuch waren verschieden groß und passten nicht zusammen. Wer immer die Fliese zerteilt hatte, hatte nicht auf Form und Genauigkeit geachtet. Drei Stücke fehlten und mussten noch zu diesen kommen – und eines davon würde er bald haben. Wolfram hätte gern gewusst, welches das sein würde. Was er sich wünschte, wusste er. Dann würden nur noch zwei Stücke fehlen und vielleicht brauchte er die gar nicht, aber schließlich würde er sie doch haben wollen. Die ganze Fliese hätte einmal fast ihm gehört – ehe man sie in fünf Stücke zerbrach. Durch den Betrug einer Frau war sie ihm gestohlen worden.

Wolfram dachte daran, dass Susanne Olsen Karls Schwester gewesen war, und das brachte ihn zu einem leisen Lachen. Auch Karl Olsen war jetzt tot. Er erinnerte sich an diesen riesigen Mann, den er nur einmal in Reichweite seines Gewehrs gesehen hatte. Stetig und sehr vorsichtig hatte Karl sich durch den Wald bewegt. Wolfram hatte ihn hervorragend beobachten können, wie man eine Katze beobachtet, die einen Löwen beschleicht. Der Löwe war er gewesen, er hatte von oben hinuntergeschaut. Sein Finger lag schon am Abzug, da hatte er hinter sich etwas gehört. Hinter ihm war noch einer von den Widerständlern auf den Felsen geklettert. Der hatte nicht so viel Glück wie Karl Olsen. In den Jahren danach erkannte er, dass es falsch gewesen war, nicht zuerst Olsen zu töten. Der Mann hatte ihm viel Ärger gemacht und seinen Namen in aller Welt auf den Suchlisten gehalten. Kopfgeldjäger verfolgten ihn, für Investitionen brauchte er Partner und er musste sich überall, wo er war, bewachen lassen – das war mühsam.

Wolfram schob die Fliesenstücke zu verschiedenen Mustern hin und her. Ein Stück hatte er seit über fünfzig Jahren; da hatte er es bei dem Jungen gefunden, der es um den Hals gebunden trug. Wolfram war verblüfft gewesen, es da zu sehen. Der Junge war nicht leicht zum Reden zu bringen, aber bald hatte er doch zugegeben, dass jeder von seinen Kameraden ein Stück hatte. Wolfram hatte gedacht, in einer Woche hätte er die Stücke wieder und die vier übrigen Männer unschädlich gemacht. Er hatte nicht wissen können, dass der Krieg gerade dann aufhörte, dass er fliehen musste und keine Möglichkeit hatte, sie alle wiederzubekommen. Erst nach Jahrzehnten hatte er die zweite Fliesenscherbe bekommen.

Er nahm den Telefonhörer ab, obwohl es in Amerika mitten in der Nacht war. Er wusste nicht einmal, in welcher Zeitzone die westlichen Staaten lagen, und es war ihm auch gleichgültig. Die Stimme, die antwortete, klang nicht verschlafen, sondern hellwach. Vielleicht hatten sie auf diesen Anruf gewartet.

»Du solltest nur mit mir sprechen«, sagte Wolfram ohne Einleitung. Er wusste, dass man ihn erkennen würde.

»Natürlich. Ian habe ich kaum Information gegeben, nur so viel, dass du bald zurückrufen würdest.«

»Sprich nächstes Mal nur mit mir. Jetzt will ich Genaues wissen.«

Wolfram fand den Akzent scheußlich, mit dem der Mann Deutsch sprach, aber Wolframs Englisch war noch schlechter.

»Wir hatten mehrere Monate lang zwei Mann in Arizona. Ich dachte, bei der Begegnung sollte ich selbst dabei sein. Wir haben ein paar Tage beobachtet. Die Person brachte zwei Männer nach Hause. Ich schicke dir die Information, die wir über sie gefunden haben. Einer wird dich besonders interessieren.«

»Waren das ältere Männer, in seinem Alter?«

»Ja.«

Fast hätte Wolfram gelächelt. Die letzten zwei Fliesenscherben. »Und hast du Fotos?«

»Wir schicken die Akten gleich ab.«

»Gut. – Die beiden waren nicht da, als ihr Olsen getroffen habt? Olsen hatte auch eine Frau.«

»Als wir den Alten trafen, waren sie alle weg.«

»Wusste er, wer ihr seid?« Wolfram wünschte, er hätte Karls Gesicht sehen und ihn sprechen hören können. Hatte er gewusst, dass das seine letzten Augenblicke waren?

»Ja. Er hat deinen Namen genannt.«

»Gut. Wie ist es passiert?«

»Ohne viel Nachhelfen.«

»Das verstehe ich nicht.«

»Er war alt. Wir haben ihn bedroht und Druck gemacht, um den Gegenstand zu bekommen – das war zu viel, nehme ich an.«

»Und den Gegenstand habt ihr dagelassen, wie ich es wollte?«

»Ja.«

»Und das Ding ...«

»Erst muss ich dich fragen: Wann bekommen wir, was du versprochen hast?«

»Daran arbeite ich noch.« Wolfram lehnte sich auf dem Stuhl zurück. »Was man vor langer Zeit versteckt hat, ist manchmal schwer zu finden.«

»Du arbeitest schon reichlich lange daran. Ein paar Leute hier sind sehr ungeduldig und es ist schwer, sie bei der Stange zu halten. Sie warten nicht mehr lange.«

»Wir müssen es präzise machen. Ungeduld macht das Ganze kaputt.«

»Aber wir brauchen etwas, um sie zufrieden zu stellen. Vielleicht ein eindeutiges Zeichen, dass es sich lohnt zu warten, wie du versprochen hast. Unsere Leute achten dich hoch und zweifeln nicht an deinem Wort – so meine ich das nicht. Aber sie würden ruhiger werden, wenn man ihnen etwas Eindeutiges zeigen könnte.«

Beim Zuhören trommelte Wolfram mit den Fingern auf den Schreibtisch. Er nickte langsam, dann ein wenig schneller. »Ich verstehe. Ich schicke eine Kopie. Das ist eine Urkunde vom Oktober 1944; ich habe sie aus einer streng geheimen Gestapo-Akte gestohlen. Sie beschreibt Pläne für die größte Waffe, die ihre Forschungen mit der Atomspaltung ...«

»Sag nicht zu viel am Telefon.«

»Und wann bekomme ich das, was du Karl weggenommen hast?« Wolfram betrachtete die Zwischenräume zwischen den zwei Scherben.

Eine lange Pause trat ein. »Wir haben es nicht bekommen.«

Wolfram hielt den Hörer weiter weg; er spürte, wie die Wut in ihm aufstieg. »Franklin, das musst du erklären«, sagte er mit zusammengebissenen Zähnen.

»Du hast gesagt, wir nennen keine Namen.«

»Im Augenblick hast du dich um Wichtigeres zu kümmern.«

»Wir haben gedacht, Olsen hätte uns die Scherbe gegeben. Aber als wir weg waren, merkte ich, dass sie genau so war wie die, die wir in seinem Büro gelassen hatten – eine von den Fälschungen. Jetzt dauert es länger – aber wir kriegen das Original.« Franklin redete, als wäre es ganz einfach.

»Ach, denk bloß.« Wolfram schlug die Hand über die Fliesenstücke. »Wenn du wüsstest, wie lange ich darauf schon warte.« Dann gewann er die Fassung wieder. »Such weiter. Und es gibt noch zwei. Das ist unbedingt nötig für das, was du von mir willst.«

»Wir kriegen sie bestimmt«, sagte die Stimme zuversichtlich.

»Schick die Fotos von den Männern, die bei Karl waren.«

»In einer halben Stunde sind sie da.«

Wolfram warf den Hörer hin. Die linke Hand ließ er über den Scherben. Er brauchte mindestens drei Stücke der irdenen Karte, um mit dem Unternehmen fertig zu werden; ohne sie war es ein zielloses Suchen. Die blöden Amerikaner konnten das nicht hinkriegen, das hatte er schon immer gedacht. Sie konnten große Reden schwingen, aber erreichen konnten sie nichts.

Wolfram saß im schwachen Licht seines Zimmers. Die Vögel waren jetzt still. Er hatte neue Landkarten, die er durchsehen wollte, aber auf diesem bequemen Stuhl in dem warmen Zimmer blieb er erst einmal sitzen. Wolfram warf einen Blick auf ein durchsichtiges Plastikgefäß auf der Ecke seines Schreibtischs. Es stand schon so lange an diesem Platz, dass er es kaum noch wahrnahm. Es sah aus wie ein Briefbeschwerer mit einem kleinen Punkt in der Mitte. Der Punkt war eine winzige Glaskapsel. Diese Kapsel hatte er fast zehn Jahre lang bei sich getragen, ehe er sie in das durchsichtige Gefäß gelegt hatte. Viele hatten ihre Kapsel genommen – wenn sie in einer Zelle auf ihren Prozess warteten oder wenn sie gefangen genommen wurden, hatten sie das Glas durchgebissen. Sie waren in einen plötzlichen Tod durch Zyankali geflüchtet, das ihre Körperfunktionen blitzschnell zerstörte. Wolfram hatte das nie gebraucht. Manchmal vielleicht beinahe. Aber die Kapsel lag immer noch hier neben ihm als Bestätigung seiner Ausdauer und seiner Bestimmung.

Das machte er sich bewusst, als er sich Karl Olsens letzte Gedanken vergegenwärtigte. Sie waren nicht so gewesen, wie er gehofft hatte. Karl hatte ihn nicht gefürchtet, sondern verachtet. Er hatte das gefälschte Fliesenstück herausgegeben und geglaubt, seinem Gegner damit wieder einen Stich zu versetzen. Wolfram schloss die Augen und atmete langsam ein. Karl war tot. Karl war im Grab. Karl würde schnell verwesen. Wolfram dachte an die vielen Leichen, die er gesehen hatte: verdrehte Glieder, weit offene Münder, große Augen voll Überraschung oder noch öfter einfach leer. Das war Karl Olsen.

Ein Ton von seinem Computer durchbrach die träge Stille. Wolfram drückte einen Knopf und sah zu, wie die Akte geladen wurde. Er druckte sie aus und wartete. Schon nach wenigen Augenblicken waren die Gesichter erkennbar. Wolfram legte die Bilder unter die Lampe. Das erste zeigte drei Männer, die sich an einem Flugplatz begrüßten. Drei alte Männer, denen man nicht ansah, dass sie einmal Soldaten gewesen waren. Und dann sah er, was Franklin mit Überraschung gemeint hatte: Ein Mann auf dem Foto war groß und kräftig, kleiner als Karl Olsen, aber doch eine beeindruckende Erscheinung. Er trug eine Aktentasche und neben ihm stand ein Rollenkoffer. Er schien sich in seinem teuren Anzug auch nach dem Flug noch wohl zu fühlen. Dieser Mann war gewohnt zu reisen und sich gut anzuziehen.

Und Wolfram erkannte das Gesicht.

»Ex-Finanzminister Lukas Johannsen. Warum grüßt du Karl und Oskar wie alte Freunde?« Wolfram beugte sich dicht über die Gesichter. Er richtete sich plötzlich auf und zog scharf die Luft ein, als es ihm schlagartig klar wurde: »Bruno Weiler, du dummer alter Verräter. Du bist die ganze Zeit hier gewesen.«

Das Knirschen von Kies unter seinen Rädern war lauter als das hohe Motorengeräusch seines Golfwagens. Wolfram wusste, dass er seinen Angestellten lächerlich vorkam, wie er mit seinem Wägelchen herumfuhr, um den Fortschritt auf dem Gelände zu überwachen. Sie konnten ja lachen, wenn er wegfuhr, aber sie würden es nie wagen ihn offen auszulachen.

Dicht vor einem sehr jungen Mann hielt er plötzlich an und

setzte zurück. Der Motor schaltete in Leerlauf und er blieb auf der gepolsterten Bank sitzen. Der Gärtnerlehrling schaute auf, eine Topfpflanze in der Hand.

»Was ist das für eine Pflanze?«, fragte Wolfram auf Deutsch. Sein Gesicht war ausdruckslos. Der Junge verstand nicht. Wolfram beugte sich vor und schlug den Jungen mit seinen Lederhandschuhen ins Gesicht. Der Junge rührte sich nicht, er starrte ihn nur ängstlich an.

Wolfram wendete und fuhr auf das Haus zu. Man musste eine bessere Methode finden, diese Leute für die Arbeit zu gewinnen. Ian würde in aller Ruhe sagen, dass Wolfram selbst Arbeiter gewünscht hatte, die kein Deutsch verstanden. Wolfram wusste nicht einmal, wo diese Leute herkamen: aus Rumänien, Bosnien oder vielleicht aus der Türkei. Das hatte ihn damals nicht interessiert. Er hatte nur Männer gewollt, die die Arbeit taten und sich weiter um nichts kümmerten, wenn sie genug Lohn bekamen, die sich nicht mit den Einwohnern unterhalten konnten, wenn sie einmal das Gelände verließen, und die dann wieder nach Hause fuhren, ohne genau zu wissen, wo die Burg lag. Für Geld bekam er sie und erreichte das alles. Wolfram wusste, dass er Verständnis haben sollte – aber wenn er wissen wollte, was für Pflanzen in seine Erde gesetzt wurden, hatte er ein Recht auf eine Antwort.

Er fuhr um eine breite, mit reich blühenden Topfgeranien geschmückte Treppe zum höher gelegenen Eingang seines Hauses. Dann stürmte er durch den Flur in der Absicht, seinen Hausangestellten Angst einzujagen. Er liebte es die Angst in ihren Augen zu sehen. Hinter seinem Rücken beschwerten sie sich vielleicht und drohten zu kündigen, aber sie taten immer, was er verlangte. Warum? Weil Wolfram Geld hatte. Das Geld brachte die Leute zum Schweigen und Gehorchen.

Als er an der Voliere vorbeikam, die an einer Seite in den Flur eingebaut war, hielt er vor dem allgemeinen Zwitschern an. Die Vögel flatterten und hüpften von den Zweigen der Bäume in Pflanztöpfen. Sie hatten genug Wasser, aber kein Futter.

»Ihr braucht mich, nicht wahr?«, sagte er auf Deutsch. »Ich füttere euch, wann ich will.«

Er ging in sein Büro. Das Zimmer war warm und roch nach den Fäkalien der Vögel. In den vier Käfigen in der Ecke wurde es sofort lebendig, als er die Tür schloss. Diese Vögel hatten Wasser und Futter; das hatte er am Morgen kontrolliert. Wolfram ging um den Schreibtisch und setzte sich in den zu fest gepolsterten Ledersessel. Er lehnte den Kopf zurück und schaukelte. Während er über Möglichkeiten zur besseren Organisation nachdachte, öffnete er die Augen und schaute die Vögel an.

Vögel in Käfigen faszinierten ihn irgendwie. Diese vier Käfige, alle verschieden groß und hoch, konnte er stundenlang beobachten. Im größten Käfig saß das neueste Mitglied der Gruppe; er hatte es beobachtet und dann aus der größeren Voliere im Flur ausgesucht. Die Finken waren ständig in Bewegung, zwitschernd hüpften sie zwischen Nest, Sitzstange und Schaukel hin und her. Er schaute gern zu, wie sie sich vom kleinsten Käfig zu den größeren bewegten. Konnten Vögel neidisch sein? Beobachteten sie den einsamen Vogel im größten Käfig und wollten haben, was er hatte? Schauten sie Wolfram mit ihren glänzend schwarzen Augen an und wünschten sich seine Freiheit? Das wollte er herausfinden; seit Jahren schon studierte er verschiedene Arten.

Ein befreundeter Psychoanalytiker in Quito in Ecuador fand Wolframs Gedanken über Neid faszinierend. Oft und lange hatten sie in verrauchten Cafés diskutiert. Aber Wolfram glaubte, der Mann interessierte sich in Wirklichkeit mehr für Wolframs Art zu denken als für die Gespräche über das Verhalten von Vögeln. Einmal hatte der Freund wie zur Warnung zu Wolfram gesagt: »Neid ist nie befriedigt.« Wolfram hatte oberflächlich zugestimmt, aber im Grunde wusste er, dass nichts im Leben befriedigte außer dem Versuch, es zu erreichen. Neid war der Antrieb für sein Leben; das würde er vor jedem zugeben. Aber nicht sein eigener Neid. Wolfram strebte mit Vorliebe nach dem, was andere sich wünschten. Die Vögel wollten, was er hatte; das erkannte er jetzt an der Art, wie sie ihn beobachteten.

Schon vor langer Zeit hatte er entdeckt, wie stark Neid war, und zwar durch Paris. Wolfram war noch nie in einer Großstadt im Ausland gewesen außer in Wien. Als er den Befehl bekam, nach Paris zu fahren, hatte er sofort an seine Mutter geschrieben und es ihr so mitgeteilt, dass nur sie es verstehen konnte: »Mutter, du weißt doch, wo du dir immer gewünscht hast hinzufahren; da werde ich nächste Woche sein.« Es war ein kurzer Auftrag, einen Offizier mittleren Ranges zu begleiten, aber er würde in Paris sein und das in einer solchen Zeit: Die berühmte Stadt gehörte nicht mehr Frankreich, sondern Deutschland. Deutschlands Paris. Sie hatten den großen Rivalen besiegt.

Wolfram hatte einen Nachmittag frei gehabt; der Offizier hatte eine sehr schöne Französin getroffen und wollte mit ihr allein sein. Wolfram war die *Rue de Rivoli* entlang auf die glänzende Spitze des Obelisken zugegangen und hatte im Hintergrund etwas vom Eiffelturm gesehen. Eine Welle von Adrenalin hatte ihn durchflutet, als er durch die belebten Straßen ging und dann auf dem *Place de la Concorde* stand. Dieser fast zehn Hektar große Platz, um den Autos, Radfahrer und deutsche Militärkolonnen fuhren, das war das Herz von Paris. Er ging einmal ganz herum: der Eiffelturm, die Seine mit dem Parlamentsgebäude, das über der Brücke erschien, Gärten und die *Orangerie*, in der Monets kostbare Werke hingen, die Säulen von *La Madeleine*. Auf der Mittelinsel stand der glänzende, vergoldete, 3 200 Jahre alte Obelisk, der früher in Luxor in Ägypten gestanden hatte, bevor er Frankreich geschenkt worden war.

An diesem Tag 1940 hatte Wolfram die Herbstluft genossen. Der Gedanke, dass Napoleon hier marschiert war, wo er jetzt ging, beeindruckte ihn. Hier hatte König Ludwig XVI. die Enthauptung der Österreicherin Marie Antoinette zusammen mit tausend anderen befohlen. Wolfram stellte sich das Blut in den eckigen Steinrinnen vor. Dieser Platz war das Lebenszentrum Frankreichs und seiner Geschichte. Und jetzt gehörten das Herz, die Geschichte und die Zukunft von Paris den Nazis.

Wolfram blickte die ganze Länge der *Champs-Élysées* hinunter. Sie waren nicht so belebt wie sonst. Die Leute hatten Angst. Am anderen Ende der langen Straße stand der eckige Umriss des *Arc de Triomphe*. Die Architekten von Paris hatten die Stadt gut geplant mit weitläufigen Gärten, die zu Denkmälern oder Palasttoren hin anstiegen. Überall wehten Naziflaggen. Die französische Fahne war nirgends zu sehen. Hakenkreuze flatterten im Morgenwind, um alle Pariser daran zu erinnern, dass sie jetzt Eigentum Deutschlands waren.

Später hatte er die Straßen erforscht. Eine ältere Frau hatte einen ähnlichen Schal getragen, wie ihn seine Mutter trug, wenn sie zum Markt oder mit seinem Vater ins Theater ging. Sie behauptete, er sei aus Paris. Sie sehnte sich nach Paris und seiner Mode und war sicher sehr neidisch, dass er hierher gefahren war. Wolfram wollte ihr einen neuen Schal kaufen und es genießen, wie sie fragen würde; sie würde versuchen sich wie eine liebevolle Mutter zu verhalten und nicht merken zu lassen, wie sehr sie sich all das für sich selbst wünschte. Sie würde vor ihren Freundinnen angeben und den Schal vorzeigen, aber ihr Neid würde ihm nie verzeihen, dass er ihren Traum wahr gemacht hatte, den sie nie verwirklichen konnte.

Paris veränderte ihn. Das merkte Wolfram gleich, als er die Stadt anschaute. Da sah er, was es bedeutet zu erobern und zu besitzen, was einem anderen gehört, und für sich zu haben, was jemand anders sich wünscht. So hatte er noch nie etwas besessen: Deutschland besaß Frankreich. Er war Deutschland. Seine Mutter hatte Paris sehen wollen – auch das hatte er. Es gab ihm ein seltsames, aber großartiges Machtgefühl. Später am Tag hatte er auch eine Französin gefunden und von ihr genommen, was er wollte.

Wolframs Heimkehr war nicht so befriedigend gewesen, wie er sie sich vorgestellt hatte. Als er mit dem Schal und mit Postkarten kam, war seine Mutter nicht da gewesen. Sein Vater wartete im Krankenhaus und der schwarz-rote Schal wurde ihr bald in den Sarg gelegt. Sie sagten, es sei Alkohol zusammen mit verschiedenen Medikamenten gewesen, die sie regelmäßig nahm. Aber Wolfram hatte die Wahrheit erkannt: Der jüdische Arzt, den zu besuchen er seiner Mutter verboten hatte, hatte sie vergiftet. Er musste ihr die Medizin gegeben haben, ehe er deportiert wurde. Er konnte nicht glauben, dass ein so stolzer und starker Mensch wie seine Mutter einen solchen Fehler begangen hatte. Das war Mord – bestimmt war es so. Wolfram war entschlossen den Mörder seiner Mutter zu finden, er ließ sich sogar als Aufseher nach Mauthausen versetzen, weil er glaubte, der Arzt sei dahin geschickt worden. Es hatte Monate gedauert, bis er erfahren hatte, dass der alte Mann auf der Fahrt von Dachau nach Mauthausen im Viehwagen gestorben war.

Wolfram betrachtete die peinliche Ordnung seines Büros: Jetzt hatte alles seinen Platz. Die Vögel zwitscherten; vielleicht planten sie, wie sie den größeren Käfig oder sogar die Freiheit erreichen könnten.

Wolfram war dazu bestimmt, zu besitzen. Diese Zeit in Paris hatte etwas geweckt, was schon seit seiner Erschaffung in ihm schlummerte. Manche Menschen waren zu Eigentümern geboren und andere dazu, Eigentum anderer zu sein. Das gehörte zur Evolution. Die Stärksten stießen die Schwächsten aus dem Leben. So war die Menschheit gewachsen und hatte überlebt. Es gab keine Höhlenmenschen mehr – das bewies, dass die primitivsten Menschen vernichtet werden mussten. Hitler hatte das erkannt, nur hatte er in seiner Gier und Ungeduld zu schnell zu viel haben wollen und so das zerstört, was die Deutschen hätten werden sollen. Sehr bald würde wieder vieles anders werden. Sie hatten die Evolution jetzt in der Hand – sie konnten entscheiden, was geschaffen und was zerstört werden sollte. Die Natur hatte das bestimmt. Die Menschheit würde es ausführen.

Wolfram schaute hinaus. Die Gartenanlagen, die in gerader Linie auf das Haus zuliefen, mussten fertig gestellt werden.

Und Lukas Johannsen musste gefunden werden.

25 Fünfundzwanzigstes Kapitel

Jack ging den Weg, den er schon im Schlaf gefunden hätte. Jede Nacht verließ er seine Wohnbaracke bei Dunkelheit und kam im Dunkeln zurück. Heute ging er langsam, der Staub von den Bergarbeiten bedeckte seine Kleider, die Haut, Mund und Nase und verstopfte ihm die Ohren.

Palov, der Geselligste in der kleinen Arbeitergruppe, rief einen Abschiedsgruß. Am Anfang hatte Jack gedacht, er und der Rest der Gruppe wohnten in der Nähe, aber dann hatte er gemerkt, dass sie eine slawische Sprache sprachen. Er wusste immer noch nicht, ob sie legal angestellt oder aus anderen Salzbergwerken entführt worden waren. Keiner von ihnen sprach Deutsch oder Englisch, also hob Jack die Hand zum Abschied. Gewöhnlich bat Palov Jack mit Gesten mit ihnen Bier zu trinken, wenn die Schicht zu Ende war. Es war klar, dass sie immer noch nicht wussten, dass er hier gefangen war. Höchstwahrscheinlich glaubten sie, er sei Ians Partner und könne die Arbeit jederzeit aufgeben und wegziehen.

Aber heute war die ganze Mannschaft müde. Palov und die drei anderen Männer trotteten zu dem Haus in der Bergschlucht, in dem sie vorläufig untergebracht waren.

Auch Jack war erschöpft. Sein Rücken tat weh und die Löcher in seinen Stiefeln füllten sich immer wieder mit Erde und Steinen. Jack träumte von einer heißen Dusche, einem scharfen Rasierapparat und sauberer Bettwäsche, in der er schlafen konnte. Der Gedanke, dass er, Jack Porter, tatsächlich gefangen gehalten wurde, machte ihn verrückt. Er lebte und arbeitete nachts in einer paradiesischen Bergwelt mit denselben Sternbildern über sich, die schon immer da gewesen waren. Wenn er an sein früheres Leben dachte, schien es unmöglich, ja unwirklich, dass ihm dies passierte. In seinem Zimmer mit den Betonwänden war es leichter die Tatsache anzunehmen. Hier draußen und während seiner Arbeitszeit war es schwer zu verstehen, dass er nie mit Palov und den anderen gehen oder einfach in ein Boot steigen und nach Hause fahren konnte.

Und doch war es so. Berge und Wasser waren seine Gefängniszelle und seine Familie das Schloss, das ihn darin hielt.

Jack kam zu den Baracken und in den Hauptflur. Ians Tür stand offen und im Zimmer brannte Licht.

Als er vorbeiging, kam Ian heraus. »Möchtest du duschen?«

Jack nickte; einerseits nahm er es übel, dass es ihm eigens erlaubt werden musste, andererseits war er dankbar, nicht noch vier Tage lang auf den wöchentlichen Luxus warten zu müssen. Ian schloss ein paar Türen weiter das Badezimmer auf und schloss die Tür, als Jack hineinging. Das Wasser war kalt, die Seife rau und er konnte nicht lange unter dem Strahl bleiben. Aber immerhin war er sauber.

Jack trocknete sich das Haar, aus dem ihm Wasser über den Rücken lief. Das Handtuch war dünn und klebte ihm am Körper; es roch auch nicht sauber. Es war schon mehrere Monate her, dass Ian ihm und Rudy zuletzt Rasierzeug und eine Schere gegönnt hatte. Jack trocknete sich das Gesicht und den kurzen Bart ab, über den er sich immer ärgerte, und zog dieselben abgetragenen Kleider wieder an, die er unter dem Arbeitsanzug getragen hatte. Nach ein paar Klopfzeichen an der Tür kam Ian wieder.

»Wir kommen nicht schnell genug voran«, sagte Ian, als Jack auftauchte. Jack lief ein Schauer über den Rücken und er wünschte sich die Wolldecke, die auf seinem Bett lag. Er beneidete Ian um die dicke rote Jacke, die er trug.

»Wir tun doch alles, was wir können«, sagte er.

»Vielleicht reicht das noch nicht.« Ian verschwand in seinem Zimmer. Jack hörte den Fernsehapparat und hätte ihn am liebsten auch gesehen. Aber er ging zurück in den Flur und auf die Kellertreppe zu.

Das Licht schien ihm mit hundert Watt auf den Kopf. Jack fror durch und durch und bedauerte jetzt geduscht zu haben. Er wickelte sich in die Decke, setzte sich an den kleinen Holztisch und hoffte, die Glühbirne würde das Zimmer ein wenig erwärmen. Er warf einen Blick auf die Lüftung in der unteren Zimmerecke und fragte sich, wie es Rudy hinter der Betonsteinwand ging. Rudys Genesung dauerte zu lange. Jack hoffte, der Sommer würde ihm den quälenden Husten abnehmen und dafür sorgen, dass er vor dem nächsten Winter etwas zunähme und kräftiger würde.

»Jetzt mache ich schon Pläne für meine Zukunft hier«, flüsterte er angewidert. Seine Stimme klang seltsam in dem Zimmer, als ob die Wände die Worte erstickten, sobald er sie aussprach.

Unter seinem Bett holte Jack Papier und einen Federhalter hervor. Er starrte auf das Papier. Eine Woche war es her, dass er zuletzt geschrieben hatte; an diesem Tag waren die Fotos gekommen. Jeden Morgen beim Aufwachen hatte er diese Bilder wieder angesehen, um die Wirklichkeit nicht zu vergessen, die jetzt angefangen hatte. Heute würde er wieder schreiben. Die leeren Blätter warteten darauf.

Die erste Seite sollte leicht zu schreiben sein. Es war die Seite zum Wegwerfen, die sie lesen würden, während er arbeitete. Jack hatte herausgefunden, wie er vermeiden konnte, dass ihm sein Vorrat an Papier und Schreibfedern weggenommen wurde. Wenn seine Briefe lustig waren oder wenn die Leser meinten Information darin zu finden, erlaubten sie ihm zu schreiben und gaben ihm Schreibfedern und weiches Luftpostpapier. Sie glaubten, das wüsste er nicht. Jack ließ immer ein einzelnes Haar auf dem Stapel mit falschen Briefen. Wenn er zurückkam, war es oft weg. Jack hatte angefangen mitzuspielen, obwohl sie die Regeln oft änderten.

Es fiel ihm nichts ein, was er schreiben konnte, damit sie es lasen. Stattdessen fing er gleich mit dem an, was er erst loswerden konnte, wenn es dastand. Er setzte die Feder auf, wartete einen Augenblick und schrieb dann schnell:

Ich kann die Tage nicht mehr zählen, aber ich nehme an, es ist ungefähr Ende Mai. Wenn wir das nächste Mal sprechen, will ich Rudy nach dem Datum fragen; er macht da nie einen Fehler. Ich habe dir schon länger nicht geschrieben. Ich kann nicht viel Neues sagen. Meine Briefe an dich haben mir Kraft und Hoffnung gegeben durchzuhalten. Jetzt weiß ich, dass ich nur noch ein Schatten dessen bin, der ich einmal war. Früher war ich ein Mann mit Merkmalen und Eigenschaften, die ich beschreiben konnte. Das hat dieser Ort weggenommen.

Jetzt weiß ich, dass ich wollte, dass du auf mich wartest, selbst wenn ich schon begraben und verwest wäre. Ich wollte das Einzige sein, woran du denkst. Ich wollte, dass unsere Gemeinsamkeit stark genug wäre uns wieder zusammenzubringen. Da empfinde ich so ganz egoistisch. Ich schäme mich es zuzugeben, aber ich möchte, dass du dich so nach mir sehnst wie ich nach dir. Ich habe immer wieder nach Möglichkeiten gesucht und versucht die Zeit zurückzudrehen. Wenn ich an dem Morgen in Venedig nur mit dir gegangen wäre! Ich will so etwas nicht wieder sagen. Jetzt schläfst du auf der anderen Seite der Welt. Du weißt nicht, dass ich lebe und dass ich dir schreibe, so wie ich dir früher von meinem Tag berichtet habe, wenn Abbie eingeschlafen war. Ich wünschte, ich könnte wieder hören, was du erlebst. Aber jetzt schreibe ich den letzten Brief an dich. Ich muss meine Sehnsucht nach dir loslassen. So stark muss meine Liebe zu dir werden.

Vielleicht wird Gott uns jetzt einzeln gebrauchen. Wir müssen an ihn glauben und nicht mehr an die Liebe, die uns einmal verbunden hat. Nur durch ihn ist unsere Liebe stark. Und ich werde dich immer lieben. Aber ich muss frei von dir werden, so wie du frei von mir bist. Vielleicht finde ich dann einen Weg hier heraus. Leb wohl, Kate.

Er lehnte sich auf dem Stuhl zurück und beschloss diesen Brief zu vernichten. Es war notwendig gewesen ihn zu schreiben, aber er wollte ihn nicht wieder sehen.

»Jack«, flüsterte jemand, unterbrochen von gedämpftem Husten.

Er knipste das Licht aus und kroch zu dem Lüftungsloch in der Wand.

»Ich bin hier«, flüsterte er.

»Wie ist es heute Nacht gegangen?«

Jack legte die Decke auf den Fußboden und streckte sich darauf aus mit dem Ohr dicht am Lüftungsgitter. »Nicht besonders, sagt Ian. Wir könnten dich gebrauchen.«

»Wenn ich nicht in das Bergwerk komme, ist das schlecht. Dieses Zimmer macht mich verrückt. Hat Ian vor noch einmal mit dir zu tauchen?«

»Möglich. Du musst gesund werden, dann reden wir darüber.«

»Ich versuche es.« Rudy machte eine Pause. Als er wieder sprach, klang seine Stimme verändert: »Ich habe gedacht, in einer Weise bin ich schuld an dieser Sache. Jack, sie haben dich meinetwegen ausgesucht. Sie haben eine Empfehlung gefunden, die ich für dich geschrieben hatte, und Kontakt aufgenommen.«

»Ich kann nicht glauben, dass du so etwas sagst.«

»Aber die Briefe haben sie überzeugt, du wärest der Richtige. Wir könnten gut zusammenarbeiten und deine Familie würde dafür sorgen, dass du hier bleibst.«

»Du bist zu lange da im Zimmer gewesen. Jetzt muss ich *dir* Mut machen, scheint mir.«

»Ich brauche keine Ermutigung. Ich wollte dich bitten mir zu vergeben.«

»Es gibt nichts zu vergeben.«

»Wenn ich es wüsste, hätte ich Frieden.«

»Dann vergebe ich dir.« Jack lehnte den Kopf an das Lüftungsgitter. »Also schlaf gut.«

»Schlaf gut.«

Auf seinem Feldbett dachte Jack über Ians Worte nach. Bisher war das Unternehmen misslungen. Aber plötzlich erkannte Jack, was sie suchten: Es war wirklich die Höhle, die er unter Wasser gefunden hatte. Sie glaubten, sie wäre innen im Berg, und gruben unter der Erde, um sie zu finden. Das Salzbergwerk hatte nicht viel ergeben; Palov und seine Leute arbeiteten auf unbekanntem Gebiet. Das war alles Tarnung, während Ian, Jack und manchmal Rudy in

Tunneln arbeiteten, die die anderen nicht betreten durften. Jack kartierte und untersuchte jede Nacht alte Stollen nach etwas, was die früheren Benutzer hinterlassen hatten. Ian studierte die Karten und die wenigen Dinge, die Jack gefunden hatte. Am spannendsten war es gewesen, als sie die unterirdische Quelle gefunden hatten.

Plötzlich setzte er sich auf. Es war keine unterirdische Quelle, wie er vermutet hatte. Sie hatten einen Teil der Höhle erreicht. Jack warf die Decke weg und fing an hin- und herzugehen. Wenn das stimmte, reichte die Höhle höher hinauf, als er gedacht hatte. Vielleicht hatte er den Schlüssel zu dem, was diese Leute suchten. Das könnte seine Chance sein, frei zu werden.

Die Sonne brannte ihm auf Gesicht und Hals, als er so am Dock stand und über das leicht gewellte Wasser schaute. Wolfram zog den Hut tiefer ins Gesicht, um die Augen zu beschatten. Zwei Boote waren am Dock festgemacht und schlugen leicht gegen die Gummipuffer der Pfähle. Eine Fahrt in der großen Jacht zurück in die Zivilisation würde ihm gefallen. Er hatte sich zu lange abgesondert und vermisste den Lärm und die ständige Aktivität der Außenwelt. In der Stille der Berge und Seen kamen ihm zu viele Stimmen aus der Vergangenheit ins Gedächtnis.

Es dauert nicht mehr lange, versprach er sich selbst. Das Burggelände war fast fertig. Die Neugestaltung der Häuser und die Erweiterung der Burg selbst würden bald abgeschlossen sein. Wenn das andere Unternehmen beendet werden könnte, wäre er frei diesen Ort zu verlassen und seine Zukunft gesichert.

»Ich möchte einen Berg besitzen«, hatte sein Vater einmal gesagt. Der kleine Wolfram hatte durch die schmale Ritze im Schrank geschaut, in dem er sich vor dem unberechenbaren Jähzorn seines Vaters versteckt hatte. Ängstlich, aber auch ehrfürchtig hatte der Junge zugesehen, wie sich sein Vater im Sessel niederließ, die Beine weit gespreizt und die Hände hinter dem Kopf. Wolframs Mutter hatte ihm auf einem Silbertablett mit einem silbernen Milchkännchen eine Tasse Kaffee gebracht. Sie war in kleinen Dingen immer korrekt gewesen. Er hatte beobachtet, wie sein Vater seine Mutter am Kleid zog und die Hand um ihr dünnes Bein legte.

»Was willst du mit einem Berg anfangen?«, fragte seine Mutter und gab ihm einen Klaps auf die Hand.

»Dann gehörte mir etwas Großes«, sagte er, zog Wolframs Mutter mit einer einzigen Bewegung auf seinen Schoß und warf das Silbertablett um. Sie war wütend und er lachte, als sie alles aufhob und aufwischte. Aber sein Vater hatte sein Leben lang keinen Berg und auch sonst nichts Großes besessen. Er war als armer Mann gestorben; alle seine Investitionen hatten nichts eingebracht.

Vom Wasser her blies ein frischer Wind und Wolfram verließ das Dock mit langsamen, schweren Schritten. Warum war ihm diese vergangene Episode eingefallen? Er erinnerte sich an vieles, was er aus diesem Versteck gesehen hatte, wo er sicher war und beobachten konnte, ohne entdeckt zu werden. Aber jetzt fiel ihm nur dies eine Ereignis ein, als sein Vater einen Berg hatte haben wollen. Wolfram hatte das vergessen. Solche Erinnerungen ließ er gewöhnlich nicht aufkommen. Er war nicht mehr das hilflose, verängstigte Kind. Er war nicht mehr der Sohn eines Mannes, dessen Jähzorn sein eigenes Leben zerstörte.

»Vater, ich besitze wirklich einen Berg«, flüsterte er.

An einem der Berghänge war der Eingang zu einem ehemaligen Salzbergwerk. Das eine, was er nie besessen hatte, wartete jetzt irgendwo in diesem Berg oder in einem der benachbarten. Er war dicht daran, aber er wusste, dass er Geduld brauchte. Trotzdem zehrte es an seinen Nerven, dass er nach so vielen Jahren so dicht daran war und doch nicht nahe genug.

Wenigstens wusste sonst niemand von der Sache, die die hochrangigen Nazis vor langer Zeit insgeheim bestimmt hatten. In den letzten Jahrzehnten hatte Wolfram das sorgfältig überprüft. Ernst, der Mann, den Wolfram in Argentinien aufgespürt hatte, ein versteckter Nazi wie er selbst, hatte in der Einsatzzentrale gearbeitet. Er hatte Karten von drei Stellen, wusste aber nicht, welche am Ende zum streng geheimen Depot bestimmt worden war. Wolfram hatte versprochen mit ihm zusammen ein Viertes Reich aufzubauen. Aber Ernst erwies sich als nicht so loyal, wie er vorgab. Schließlich hatte Wolfram die Karten, aber keinen vertrauenswürdigen Partner mehr. Erst hatte er gedacht, er könnte den Platz auch ohne die blaue Fliese finden. Jetzt wusste er, dass diese Stelle die richtige war und die anderen nur ablenken sollten, aber nach einem Jahr hier war klar, dass er alle fünf Stücke der Fliese brauchte.

Wenn diese Hexe nicht gewesen wäre, hätte er es schon lange erreicht. Wolfram hatte alles genau geplant. Er hatte immer nur mit einem Lagerinsassen verhandelt: Essen für Information. Sie hatten eifrig erzählt, was sie wussten, nicht nur um zu überleben, sondern auch um die Offiziere und Aufseher zu hintergehen, die sie gefangen hielten. Er hatte Erfolg gehabt und einen Insassen gefunden, der sich für den Transport von Waren zu dem geheimen Versteck in den Alpen einsetzen ließ.

Wolfram fand die Erinnerung an diese Arbeit angenehm. Seine Vorgesetzten hatten nie geahnt, dass er mehr wusste, als seine Arbeit als Aufseher erforderte. Als der Krieg zu Ende war, musste er bei allem, was er tat, extrem vorsichtig sein. Jetzt war es wieder Zeit für solche Präzisionsarbeit.

Bei dem weißen Golfwagen blieb er stehen und schaute über die Gärten und die Burg hinaus und weiter über die Kiefern- und Birkenhaine. Hinter den Bäumen versteckt lag das flache Dach der Baracke. Jetzt schliefen sie, Rudy und Jack. Er würde sie mehr arbeiten lassen. Und er würde Lukas Johannsen und Oskar Gogl finden.

Dieses Mal würde er es schaffen.

26 Sechsundzwanzigstes Kapitel

Jacks Augen passten sich nicht an, obwohl er im Schatten stand. Im Dunkeln waren sie schärfer geworden, aber die volle Sonne stach auch noch, wenn er die Lider zusammenkniff. Ian wartete neben ihm; Jack rieb sich die Augen und versuchte zu erraten, warum er bei Tag den Bunker verließ und wohin er wohl ging.

Die Grabungen hatten wenig ergeben. Im Lauf des letzten Jahres hatte er eine Höhle untersucht und sowohl eiserne Gegenstände aus dem Zweiten Weltkrieg gefunden als auch solche, die vielleicht von Römern oder Kelten stammten. Aber alles wurde so schnell weggenommen, dass er es nicht genau untersuchen konnte. Hatte er versagt und war jetzt dem Zorn derer ausgesetzt, die ihn festhielten? Ian gab keinen Hinweis, aber das tat er nie. Jack prüfte Möglichkeiten, sich und Rudy unentbehrlich zu machen; das war der Schlüssel zum Überleben.

Ian schaute auf die Uhr und winkte Jack ihm zu folgen. Sobald Jack aus dem Nachmittagsschatten trat, konnte er kaum noch die Augen öffnen. Welche Ironie, dass das Sonnenlicht, nach dem er sich gesehnt hatte, ihn jetzt blind machte. Mit jedem Schritt auf dem Waldweg wurde Jacks schlimme Vorahnung stärker. Er erinnerte sich gut an das erste halbe Jahr seiner Gefangenschaft. Würde er diese Männer wieder treffen – zwei Männer, von denen allein sein Leben abhing? Sie hatten sich genüsslich als Götter aufgespielt, ihn verspottet und mit allen denkbaren Grausamkeiten gedroht. Sie wussten von Kate und Abbie und erzählten gern, sie hätten Frauen und Kinder getroffen und sie missbraucht. Jack wusste, dass das meiste erfunden war und dass die Fotos wahrscheinlich aus Archiven stammten, aber die Worte und Bilder hatten trotz seiner besseren Einsicht gewirkt.

Im Schatten einer Birke blieb Jack auf dem Plattenweg stehen. Er wartete, bis Ian sich ihm zuwendete. »Worum geht es, Ian?«

»Komm.«

»Was habe ich zu erwarten?«

Ian sagte nichts und das beunruhigte ihn noch mehr. Vielleicht wussten sie von der Höhle unter Wasser. Oder könnten sie Kate oder Abbie etwas getan haben? Jack spürte, wie ihn die Kraft verließ und panische Angst an ihre Stelle trat.

»Gott, hilf mir«, flüsterte er unhörbar. Bei diesen Worten erfüllte ihn plötzlich Friede – wirklicher, echter Friede selbst in diesem Augenblick. Jack war klar, dass er vielleicht auf dem Weg zum Tod war und dies seine letzten Augenblicke im Sonnenlicht sein könnten.

Angst versuchte in ihn einzudringen, aber etwas Stärkeres nahm sie weg. Er hatte keine Angst mehr, diese Welt zu verlassen.

Der Wald lichtete sich und der gewundene Pfad traf auf einen breiten Spazierweg mit Gartenanlagen auf beiden Seiten bis hinunter zum Seeufer, das links von ihm lag. Sie gingen bergauf, weg vom Dock und vom Ufer, auf eine große weiße Villa zu, in der die Reste einer alten Burg völlig neu gestaltet waren. Bisher hatte er nur kleine Teile des Hauses durch die Bäume gesehen, den Dachfirst vom Eingang des Bergwerks aus und den dunklen Umriss bei den mitternächtlichen Tauchgängen. Jetzt konnte er sehen, wo der ursprüngliche Bau, ein Steinturm und Reste von Hauswänden, mit dem umgebauten Teil zusammentraf. Das Haus war groß und prächtig und zwang ihn anzuerkennen, dass die, die ihn hier festhielten, viel Geld zur Verfügung hatten. So viel Geld bedeutete Macht.

Sie gingen Steinstufen hinauf, quer über einen gepflasterten Platz, noch eine Treppe hinauf und durch die zweiflügelige Eingangstür. Jack ging mit gerade aufgerichteten Schultern. Heute würden sie seine Zuversicht nicht zerstören. Die Tür knarrte beim Öffnen lange und laut. Jack hörte die Vögel schon, bevor er sie sah. Der lange Flur mit der hohen Decke, von dem aus durch verschiedene Türen prächtige Zimmer zu sehen waren, schien für den Riesen auf der Bohnenstaude gedacht zu sein – und er war eindeutig Jack*. Alles war größer als notwendig, aber in den Zimmern war es still.

Sie kamen an einem Spiegel vorbei und Jack sah einen Fremden darin, der neben Ian herging. Ein Verfolgter mit Ringen unter den Augen schaute ihn an, Kinn und Wangen waren von der Unterernährung schmaler geworden. Sein Haar war grauer und er sah fast wie ein Fünfzigjähriger aus, obwohl er noch nicht vierzig war. Das war nicht der Jack Porter, den er früher morgens im Spiegel begrüßt hatte. Sich selbst so zu sehen nahm ihm etwas von seiner Zuversicht. Ian wartete am Ende des Flures, winkte Jack zu kommen, klopfte leise an die Tür und öffnete sie dann.

Jacks Augen waren erst dem vollen Tageslicht und dann dem Dämmerlicht im Flur ausgesetzt gewesen. Jetzt kam er in ein Arbeitszimmer, wo das Sonnenlicht durch die offenen Terrassentüren gegenüber hereinflutete. Während sie durch das Zimmer gingen, bemerkte Jack ein paar Einzelheiten, dann blieb sein Blick auf dem Fernsehapparat haften. Er erkannte Larry King von CNN; das waren außer Stücken von alten Zeitungen die ersten Nachrichten, die er seit drei Jahren gesehen hatte. Jack lächelte im Vorbeigehen, irgendwie glaubte er, Gott habe ihm diesen Eindruck zur Ermutigung gegeben.

Durch die offene Tür gingen sie auf einen Mann zu, der an einem weißen Gartentisch saß. Schon von hinten sah Jack, dass er alt war, und das überraschte ihn. Beim Weitergehen betrachtete er das Gesicht des Mannes, der eine Zeitung las. Er war sicher schon über siebzig, vielleicht sogar achtzig Jahre. Aber er wirkte stolz und kraftvoll, seine Haltung war aufrecht und sein großer Kopf strahlte etwas Königliches aus. Sein dickes Haar war streng nach hinten gebürstet und schwarz gefärbt und er trug lange Koteletten. Der Maßanzug saß tadellos an seiner korpulenten Gestalt, die Krawatte lag glatt unter dem Jackett. Sie lebten auf einem abgeschiedenen Anwesen und doch kleidete sich dieser Mann tadellos zu seiner Nachmittagsmahlzeit. Mit seinen blank geputzten Schuhen war er offensichtlich nicht auf der Erde oder dem Kies draußen gegangen. Als er sich nach vorn beugte, um von seiner Suppe zu trinken, hielt er seine Krawatte.

Jack hatte eine Bande von Terroristen, Neonazis oder antiamerikanischen Akteuren erwartet. Er hatte stundenlang versucht herauszufinden, wer diese Leute waren und was sie wollten. Aber weder auf den Wegen draußen noch in den Zimmern im Haus hatte er jemanden gesehen. Jack schaute sich im Zimmer und im privaten Garten nach den Leuten um, die er erwartet hatte. Kein Winkelspiegel und keine Kamera beobachtete ihn. Konnte es wirklich sein, dass nicht die großen unbekannten »Sie«, die er sich vorgestellt hatte, sondern dieser »Er« ihn die ganze Zeit hier festgehalten hatte?

Jack wusste, dass mindestens drei Männer in sein Hotelzimmer in Venedig gekommen waren. Sekundenschnell waren sie da, etwas wurde ihm auf den Kopf geschlagen und er verlor das Bewusstsein. Er war an verschiedene Orte gebracht worden, wo andere Männer waren. Wo waren diese Männer jetzt? Ein alter Mann, der seine Suppe trank, ließ seinen ganzen Kampf absurd erscheinen.

Jack wehrte sich gegen die plötzliche Scham. Dieser Mann, dieser alte, hinfällige Mann konnte doch nicht sein Leben zerstört, seiner Familie und ihm selbst ungeheure Schmerzen zugefügt, ihn gezwungen haben ein Nachtmensch zu werden und im Innern eines Berges zu arbeiten. Er konnte doch nicht als Gefangener leben, nur weil dieser eine Mann es so wollte. Oder doch?

Der Mann nahm einen langen Schluck, ohne Jacks Anwesenheit zu beachten. Beim Trinken bewegten sich seine großen Ohrläppchen. Der Mann lehnte sich zurück und starrte lange vor sich hin. Noch ein Schluck, noch eine Pause. Wie konnten alte Leute so vor sich hinstarren, als sähen sie etwas hinter ihren eigenen Augen?

War das die Art, wie man große Verschwörungen aufdeckte? Vielleicht hielten sie ihn darum immer kurz vor der Erschöpfung – damit er nicht dahin kam, wo Gedanken fast alles möglich machten.

Endlich sprach der alte Mann, aber er sprach Deutsch. Ian sah gleich den Grund: Er sollte dolmetschen. »Komm her«, sagte er über Ian.

Jack stellte sich vor ihn hin. Die dunklen forschenden Augen machten ihn befangen. Er merkte, das gehörte zu den Spielregeln. Man hatte ihm alle kleinen Annehmlichkeiten genommen, das verletzte seine Menschenwürde. Dieser schwächliche alte Mann genoss den sonnigen Nachmittag und benutzte Jack wie eine Schachfigur. Aber Jack hatte keine Angst, keine Spur. Er fühlte sich so stark wie lange nicht mehr.

Der Mann sprach und wartete auf die Übersetzung, dann fuhr er fort: »Deine Arbeit hier ist fast fertig. Dann willst du sicher nach Hause.«

Jack versuchte das Fünkchen Hoffnung zu ignorieren, das aufkam. Es gab kein Zuhause mehr für ihn, sagte er sich. Jetzt war alles anders. Dieser Mann hatte gründlich gearbeitet. Er hatte Jack immer wieder Hoffnung gemacht bis kurz vor dem Ende; jetzt vernichtete ihn die Wirklichkeit. Seine Familie war weitergegangen, es gab also nichts mehr für ihn, nur dies hier. Dieser Mann wollte, dass er das glaubte. Wenn Jack nicht über Denken und Verstehen hinaus an Gott geglaubt hätte, hätte er es erreicht.

Gott, gib mir Kraft. Zeig mir, was ich tun und sagen muss. Ich brauche Willenskraft, damit ich stark bin und kämpfen kann für das, was du noch für mich hast.

»Ich heiße Wolfram Meizer«, sagte er über Ian und wartete auf eine Reaktion. »Ich habe dich gefangen und bin sozusagen dein König.« Er forderte Jack mit einer Geste auf, sich ihm gegenüber zu setzen und lächelte.

»Warum haben Sie mich hergebracht, Wolfram Meizer?« Jack setzte sich auf den Stuhl; Ian blieb stehen.

»Ihr seid hier, um für mich zu arbeiten. Zu tun, was ich sage, und zu gehen, wohin ich euch schicke.«

»Nein, ich meine, warum sitze ich jetzt hier am Tisch?«

»Ich wollte dich selbst sehen. Ich will dir sagen, wie wichtig es ist, dass deine Arbeit Erfolg hat – und zwar bald. Die Arbeit muss fertig werden, Jack Porter. Ich frage mich, ob ich mich auf deine Arbeit verlassen kann.«

»Was passiert mit mir, wenn Ihre Arbeit fertig ist? Und mit Rudy?«

»Rudy erholt sich nicht und kann nicht arbeiten. Was nützt er mir jetzt?«

»Rudy ist unbedingt notwendig«, sagte Jack. Angst stieg in ihm auf. Er musste Rudy schützen. »Ohne Rudy kann ich nicht arbeiten.«

»Wenn du deine Arbeit vernachlässigst, wird Rudy vielleicht auch vernachlässigt.«

»Und wenn ich es finde?«

»Es?«

»Das Geheimnis, das ich finden soll, ohne zu wissen, was es ist.«

»Dann bist du frei.«

»Das glaube ich nicht.«

Es dauerte einen Augenblick, bis Wolfram die Übersetzung bekam. Sie brachte ihn zum Lachen. »Du brauchst mir nicht zu glauben«, sagte Wolfram auf Englisch.

»Sie meinen, ich habe keine Wahl.«

»Ja, ja, das ist es. Keine Wahl.«

Aber Jack hatte doch eine gewisse Macht über den Mann, der da so selbstsicher saß. Er wusste jetzt, dass die Entdeckung der Höhle das Beste war, was ihm seit drei Jahren passiert war.

Das wurde jetzt zum Tagesrhythmus: Jack arbeitete die Nacht über im Salzbergwerk, kam zum Schlafen zurück in den Bunker und wurde später geweckt und zum Haus gebracht. Wolfram war dann in seinem Büro oder im Rauchsalon oder auf der Terrasse bei seiner Nachmittagsmahlzeit. Er schlürfte seine Suppe immer aus derselben weißen Schüssel und trank seinen Kaffee aus derselben weißen Tasse; unter beiden stand eine Untertasse. Jeden Tag tat er zuerst mehrere Minuten so, als wäre Jack nicht da; dann nach einer bestimmten Zeit winkte er ihn heran. Dann setzte Jack sich hin und Wolfram schaute woandershin. Jack gewann den Eindruck, Wolfram plante nicht nur jeden einzelnen Augenblick seines eigenen Lebens genau, sondern auch Jacks und Rudys Leben.

Als Wolfram beim vierten Besuch Jack seine Aufmerksamkeit zuwandte, sagte Jack kühn: »Ich hätte gern eine Bibel.«

»Auf Englisch, nehme ich an.«

»Ja.« Jack nickte. Wolfram sprach mit Ian und der ging von der Terrasse ins Büro. Einen Augenblick später kam er mit einer dicken ledergebundenen englischen Bibel und reichte sie Jack. Warum besaß er so etwas?, fragte Jack sich.

»Noch etwas?«

Jack zögerte, ziemlich überrascht. »Oswald Chambers' Buch *Mein Äußerstes für sein Höchstes* und einen Roman von John Grisham – einen von den neuesten. Und einen Rasierapparat.« Dann fiel Jack ein, um was er eigentlich bitten sollte. »Vor allem ein Antibiotikum für Rudy oder besser einen Arzt, der ihn untersucht.«

Wolfram sprach und Ian antwortete: »Du sollst es aufschreiben. Er sagt, du kannst gut schreiben.« Wolfram lächelte listig. Jack genoss es, dass Wolfram dachte, er hätte ihn überrascht und Jack hätte noch nicht gewusst, dass er seine Briefe las.

Am nächsten Tag brachte Jack das Blatt Papier mit seinen Wünschen mit. Er hatte noch Birnen und Apfelsinen für sich und Rudy mit aufgeschrieben. Rudy hatte einmal gesagt, Birnen fehlten ihm so sehr, dass er jeden Abend darum betete. Jack hatte gelächelt, als er *Birnen* auf die Liste schrieb. Gottes Wege waren wirklich rätselhaft.

Die Erschöpfung machte ihm jetzt viel zu schaffen. Wolfram schien zu vergessen, dass Jack Schlaf brauchte, besonders wenn er sich jetzt beeilen musste das Projekt abzuschließen. Ians Wochenarbeitsplan sah ein Tempo vor, das mehr als gefährlich war. Sie sprengten jetzt auch öfter. Jack dachte daran, Sprengstoff in die Baracke zu schmuggeln, aber Ian kontrollierte die Menge nach jeder Schicht.

Trotz seiner Müdigkeit freute sich Jack auf die Zeit bei Wolfram. Dem alten Mann schienen die Gespräche mit Jack zu gefallen. Manchmal sprach er nur über unwichtige Dinge: seinen Ärger, dass die Stiefmütterchen in einem Teil seiner Gärten in einem überraschenden Nachtfrost erfroren waren, oder das Übermaß an Werbung im Fernsehen. Aber in diese meist einseitigen Unterhaltungen mischten sich kleine Einblicke in Wolfram Meizers Denkweise, die Jack zu verstehen versuchte.

Gegen Abend kam Jack zurück in die Baracke und schrieb auf, was Wolfram gesagt hatte. Jeden Tag registrierte er seine Worte. Diese Blätter versteckte er in einem Riss im Futter unter seiner Matratze; das wenigstens konnte er gegen den Menschen tun, der ihn hier festhielt. Durch diese Gesprächsfetzen erfuhr Jack nach und nach, wer ihn gefangen hielt und warum. Er las den Bericht über ihre Gespräche und fing an Wolfram Meizers Gedanken zu verstehen.

31. Mai:

Wolfram redete und starrte vor sich hin und ich dachte, ob er wohl manchmal vergisst, dass ich da bin. Er kommentierte eine CNN-Sendung und ich merkte, wie er sie benutzt, um sein Englisch zu verbessern. Oft versteht er die Nachrichten völlig falsch. Es ist merkwürdig, wie Ian für ihn spricht. Ich frage mich oft, warum Wolfram manches wiederholt. Heute hat er gesagt: »Ein Mensch muss nützlich sein, sonst hat sein Leben keinen Wert.«

Ein CNN-Bericht über das frühere Jugoslawien hat ihn interessiert. Er sagte: »Wir hätten fast gewonnen, weißt du. Wir haben schon Tunnel graben lassen, wir brauchten nur noch ein bisschen Zeit. Wusstest du, welche Technologie wir entwickelt haben?«

1. Juni:

Nichts Wichtiges heute. Wir haben im Rauchsalon gesessen. Die neu gestalteten Wände riechen schon etwas nach Rauch. Er paffte seine Zigarre und wollte von meiner Arbeit in den Staaten hören.

2. Juni:

Wolfram hat gesagt: »In Gusen, das war ein Lager in der Nähe der Donau, haben wir Flugzeuge bauen lassen. Alles unterirdisch.«

3. Juni:

Heute kann ich nicht das ganze Gespräch mit Wolfram behalten. Ich schreibe, was ich noch weiß. Es war wie ein richtiger Einblick in seine Gedanken. Ich glaube, Ian hatte Wolfram noch nie über diese Sachen sprechen hören. Das allein ist schon beunruhigend. Fragt sich Ian, warum mir Wolfram so viel zeigt? Das möchte ich wissen.

Wir waren in seinem Büro und CNN zeigte ein Flüchtlingslager im früheren Jugoslawien. Wolfram verfolgte den Bericht gespannt in seinem Sessel.

Er sah eine ganze Weile zu und sagte dann: »Wenn eine einzige kalte Nacht kam, sind sie gestorben wie Ratten, die Gift gefressen haben. Das waren Tiere, sie haben Suppe vom dreckigen Fußboden aufgeleckt. Sie haben alle Regeln verletzt und mussten bestraft werden. Sie sind schuld, dass wir den Krieg verloren haben. Hast du das gewusst?«

Ich fragte, wen er meinte.

»Die Juden, die Italiener, die Polen, Verbrecher und Schwächlinge.«

»Waren sie nicht am Verhungern?«

»Du solltest mal sehen, was Menschen machen, wenn sie nichts zu essen haben.«

»Das verstehe ich ein bisschen.«

Er hörte nicht zu und redete weiter: »Man muss das große Ganze sehen. Ich hatte mal einen Vorgesetzten mit einer tollen Karriere, der wurde verrückt darauf, einen alten Familienbesitz zu finden. Das waren ein paar Münzen und eine Brosche, die der österreichischen Kaiserin Sissi gehört hatte. Bei Kriegsende hätte er sich retten können, aber er wollte nicht aufgeben. Anstatt zu versuchen sich aus Europa abzusetzen, suchte er weiter. Lächerlich. Viele sind umgebracht worden, weil er ihn nicht kriegen konnte.«

»Und er hat den Besitz nie gefunden?«, fragte ich.

»Nein. Einen Teil hat die Familie selbst vor kurzem gefunden, aber die Brosche ist immer noch verschwunden. Ich habe gesehen, wie eine Frau im Lager wegen dieser Brosche umgebracht wurde, und sie war nicht die Einzige. Sogar der Offizier selbst ist bei der Suche umgekommen.«

Er hat noch mehr kommentiert, ich will versuchen mich zu erinnern und das später aufschreiben.

5. Juni:

Merkwürdig, wie diese Jahre mit Ian wirken – gewöhnlich spricht er perfekt Englisch und ich glaube, er spricht mehrere Sprachen fließend – damit und mit dem bisschen Deutsch von Rudy verstehe ich Wolfram manchmal schon, bevor Ian übersetzt. Ian hat mich erst geholt, als es schon Zeit war, zur Arbeit zu gehen. Der Schlaf war nötig. Aber Wolfram hat nichts gesagt, was sich lohnt aufzuschreiben; ich habe allerdings in einem Schrank die Überwachungsbildschirme von unseren Zimmern gesehen, als wir durch das Büro gingen. Die Tür war nicht ganz zu, aber ich habe getan, als sähe ich es nicht.

6. Juni:

Wolfram war heute sehr nachdenklich. »Hitler hat seine Genialität aus Gier verloren. Er hat zu viel auf einmal geschluckt und das hat uns vernichtet. Beim nächsten Mal wird es anders.«

Ich habe nicht geantwortet; da hat er mir in die Augen geschaut und gesagt: »Die Armeen in der ganzen Welt planen schon. Du musst entscheiden, wo du stehen willst. Mit menschlichem Hass, genau wie mit Liebe, kann man Menschen dazu bringen, fast alles zu tun.«

7. Juni:

Heute habe ich gefragt, ob Wolfram jemals einen von seinen Vögeln freigelassen hat. Er hat sie in ihren wunderlichen, verschieden geformten Käfigen angeschaut – ein Vogel im größten Käfig und vier im kleinsten. Er sagte: »Einmal habe ich ein Vögelchen freigelassen, um zu sehen, was es dann macht. Aber es konnte gar nicht mehr fliegen. Ich habe die Katze hereingelassen. Es wäre sowieso gestorben.«

8. Juni:

Zum ersten Mal habe ich bei Wolfram echte Angst gesehen. Er sprach von den Juden und versuchte mich zu überzeugen, dass es eine weltweite Verschwörung gäbe. Er sagte: »Das sind keine Menschen. Sie sehen nur äußerlich so aus. Lass dich nie von ihnen täuschen.«

Plötzlich hat er mich angeschaut, als ob er mich zum ersten Mal sähe. »Ihr nicht Juden?«

Ich hatte Lust »Doch« zu sagen, nur um ihn zu erschrecken und zu sehen, wie er sich an seiner Suppe verschluckt.

Ian sprach, bevor ich mich entscheiden konnte: »Nein, Papa.«

Ich wusste nicht, ob ich Ian richtig verstanden hatte, und fragte: »Er ist dein Vater?«

»Ja. Er ist mein Vater.«

Jetzt ist mir vieles klar, was Ian angeht.

Ich schreibe auch auf, was weniger wichtig aussieht. Vielleicht hat es einen Sinn, den ich noch nicht weiß. Morgen will man mir die neu gestaltete Burg zeigen. Rudy ist sicher, dass das gut ist; da können wir etwas Nützliches erfahren. Ich frage mich immer noch warum. Warum passiert das jetzt? Ich denke, vielleicht langweilt sich Wolfram und spielt mit unseren Gefühlen. Aber mir scheint, er ist auch immer mehr darauf versessen zu finden, was in dem Berg ist. Ich bete vor dem Hinausgehen und hoffe, diese bizarren Treffen bieten mir irgendwann einen Fluchtweg.

* Die Geschichte von Jack und der Bohnenstaude ist im angelsächsischen Raum allgemein bekannt: »Jack, noch ein Kind, sät eine Bohne, aus der in kürzester Zeit eine Staude wächst, die bis in die Wolken reicht. Er klettert hinauf und gerät ins Haus eines Riesen, der ihn siebzig Jahre lang gefangen hält. Als er zurückkehrt, ist er alt und niemand kennt ihn mehr.« Allerdings gibt es sehr viele unterschiedliche Varianten dieser Geschichte.

27 Siebenundzwanzigstes Kapitel

Wolfram sah ein letztes Mal die Pläne durch. Der letzte Teil der Gartenanlagen würde in ein paar Tagen fertig sein. Seine Leute in den Vereinigten Staaten hatten herausgefunden, dass Oskar Gogl friedlich in Maine lebte. Lukas Johannsen würde nicht schwer zu finden sein.

Er reckte sich und schaute wieder auf die Uhr. Jack Porter würde erst in mehreren Stunden kommen. Die Zeiten mit diesem Mann machten ihm Spaß. Jack versuchte ständig ihn zu verstehen und einen Weg zur Freiheit zu finden. Der junge Mann konnte sich nicht mit seiner Lage abfinden. Und Jack sagte nicht die ganze Wahrheit über seine Forschungen; je mehr sie miteinander sprachen, umso deutlicher wurde Wolframs Verdacht. In Jack Porters Augen war nicht genug Angst; das war der Beweis.

Wolfram ging zur Küche, um zu sehen, was seine Haushälterin kochte. Er sah die ältere Frau nur selten. Hilde wurde gut bezahlt und brauchte wenig Freizeit. Sie hielt sich an seine strengen Regeln und er hatte bei ihr noch nie den kleinsten Verstoß festgestellt. Sie war schon vor langer Zeit gut diszipliniert worden.

Hilde schaute überrascht auf, als sie ihn in der Küche sah. Seine Schritte hallten auf dem Steinfußboden.

»Grüß Gott«, sagte sie leise, während sie Brotteig knetete. Ihre Arme waren dünn und die Ärmel aufgekrempelt.

»Grüß Gott«, antwortete Wolfram. Er bemerkte, dass Ian von seinem Stadtbesuch am Morgen eine weiße Tüte mit Medikamenten, Apfelsinen und Birnen mitgebracht hatte; das brachte ihn zum Lächeln. Dann dachte er an die Post und ging aus der Küche zu der Kommode neben der Haustür. Wolfram sah die Rechnungen und Kataloge durch. Dann sah er einen großen Umschlag mit dem Absender eines Bekannten in Wien. Darin fand er einen Brief von ihm und noch einen ungeöffneten Brief. Dieser war über den Bekannten an Wolfram geschickt worden und er hatte ihn an Wolframs Postfach im Dorf weitergeleitet.

Gespannt öffnete er den Brief und las Bruno Weilers Worte. Seine Hände fingen an zu zittern. Mit den aufsteigenden Erinnerungen stieg auch seine Wut. Mit einer heftigen Bewegung warf er die Post auf den Fußboden und zerschlug mit der Faust den Spiegel an der Wand. Die Wunde blutete heftig, während er den Brief in der Hand zerknüllte.

Bruno – oder Lukas – der ihn damals verraten hatte, wollte den Kampf. Und den sollte Bruno Weiler haben.

Sag nie, hier hört es auf, das ist das Ende – ist's auch noch so dunkel, sag nie, es gibt keine Wende. Die ersehnte Stunde, sie kommt bestimmt, da die Welt unsre donnernden Schritte vernimmt:

Wir sind hier!

Ein Lied, mit Blut geschrieben in Hunger und Not – kein Lied der freien Lerche im Morgenrot! Ein Volk, erdrückt unter Trümmern, singt dieses Lied, ein Volk in Waffen, das Hoffnung auf Freiheit noch sieht.

Aus: »Zog nit keyn Mol« (»Sag nie«) von Hirsch Glick, geschrieben im Getto von Wilna, April 1943

TEIL III

Manche nennen diese Insel das Ende der Welt,
denn obwohl man noch weiter segeln kann,
so ist hier doch der Anfang vom Ende ...
C. S. Lewis: *Die Reise auf der Morgenröte*

28 Achtundzwanzigstes Kapitel

Regentropfen liefen an den Wagenfenstern herunter wie Tränen, die Kate wohl noch würde weinen müssen. Sie hatte die Tränen zurückgehalten und im Mai und Juni keine einzige vergossen, während sie sich darauf vorbereitete, ihre Welt zurückzulassen. Ihr Häuschen stand jetzt leer und erwartete ein Ehepaar, das es den Sommer über hüten wollte.

Sie flog nach Europa. Plötzlich, mit verwirrender Hast, war die Zeit gekommen. Abbie war still, als sie aus Corvalis in Oregon nach Kalifornien abfuhren; Kate wollte ihre Tochter bei ihren Eltern lassen und von dort aus fliegen. Der Gedanke an die Trennung hatte beide sehr beunruhigt.

»Meinst du, Reece versteht, dass ich nicht nach Australien fliege?«, fragte Kate.

Abbie lächelte tapfer und kicherte sogar. »Ich glaube nicht. Ein paar Tage vor Schulschluss hatten wir die letzte E-Mail-Stunde. Da war ein Brief von Reece. Er sagt, du sollst ihm eine Postkarte mit einem Koalabären und einem Känguru besorgen.«

»Ich hole dann einen Atlas und zeige ihm, wo Österreich ist.«

»Ich weiß es: zwischen Deutschland und Italien wie die Wurst zwischen zwei Brotscheiben. Das hat mir Opa gesagt.«

»Opa ist sehr klug.«

Kate lenkte ihren Geländewagen von der Autobahn 34 auf die große staatenverbindende Straße 5 nach Süden. Connie rief Kate dreimal auf dem Handy an und fragte, wie die Fahrt ginge. Was sie eigentlich sagen wollte, sagte sie beim dritten Mal:

»Na ja, ich weiß nur nicht, was ich ohne dich machen soll. Ich will im Sommer den Bibelkurs machen und dachte, du könntest auch kommen. Und zum Schwimmklub und all den Sachen. Aber ich bin auch so stolz auf dich und gespannt und – weißt du, ein Sommer in Europa! Das ist doch toll! Aber ich verrate natürlich niemandem ein Wort. Ich habe dich lieb.«

Kate sagte das auch und beendete das Gespräch – schon wieder. Zum hundertsten Mal fragte sie sich, ob das Ganze nicht ein Fehler war. Es half ihr, dass ihre Familie und auch Marta sie unterstützten; die rief jede Woche ein paar Mal an mit neuen Ideen für Kates Reise.

Auf Kates Erkenntnis vor mehreren Wochen in Cottonwood hin hatte ein Dominoeffekt eingesetzt, der diese Reise erst möglich machte: Anfang Juni war Abbies Schuljahr zu Ende. Kates treueste Kundin, Mrs. Charles, hatte mehrere Möbel gekauft, die Kate vorher nicht hatte hergeben wollen, und damit das Geld für den Sommer in

Europa beigesteuert. Kates Vater wollte das Geschäft von seinem Heim aus leiten, Connie den Kontakt halten und die Buchhaltung führen; sie hatte beschlossen ihre Arbeit als Tagesmutter aufzugeben. Der Tropfen, der das Fass zum Überlaufen gebracht hatte, waren zerquetschte Mohrenköpfe unter den Kopfkissen. Trudy hatte gebeten im Sommer mehr arbeiten zu dürfen, ehe Kate sie überhaupt fragen konnte. Alles passte – und dieses Mal tat Kate es nicht als Zufall ab.

Marta bat Kate dringend ihr Vorhaben geheim zu halten – außer vor ihren engsten Freunden. Das hatte Kate kommen sehen, aber sie musste sich etwas ausdenken, sonst würden viele Leute misstrauisch werden. Sie hörte schon die Gerüchte: »Sie bleibt den Sommer über in Europa? Ich dachte, sie hätte finanzielle Probleme.« Oder: »Habe schon immer gedacht, dass da etwas nicht stimmt.«

Kate wollte die Aufmerksamkeit ablenken ohne zu lügen. Sie würde sagen, sie müsste unbedingt einmal weg und Abbie wollte eine Zeit lang bei ihren Großeltern sein. Das hatte sie ein paar Mal gesagt und war dann schnell weggegangen oder hatte das Thema gewechselt. Alles ging so schnell, dass nur wenige gefragt hatten.

Dann hatte vor ein paar Tagen Mason vor ihrer Tür gestanden. »Du sagst nichts Genaues am Telefon, wenn du überhaupt zurückrufst. Jedes Wochenende hast du zu tun und jetzt höre ich von Jane, dass deine Mutter krank ist und du den Sommer über da hinziehst, vielleicht sogar für immer, und Connie würde vielleicht das Geschäft übernehmen. Kate, was hast du vor?«

Sie bat ihn herein, aber er blieb stehen; also kam sie auf die Veranda.

»Ist da irgendwas dran?«

»Nicht viel. Aber ich fahre für ungefähr einen Monat weg. Ich wollte es dir sagen, aber es kam mir nie richtig vor. Darum bin ich dir aus dem Weg gegangen.«

»Wenigstens bist du ehrlich.« Er sah so grimmig aus, wie sie ihn selten gesehen hatte. »Du suchst ihn also immer noch.«

»Ich muss ein paar Dinge in meinem Leben klarstellen.«

»Und was ist mit uns?«

Was sie im Restaurant besprochen hatten, schien weit weg: vor dem Fund der blauen Fliese, vor dem Treffen mit Lukas und Marta und der Fahrt nach Kalifornien, wo sie die Kraft gefunden hatte, Jack noch einmal zu suchen. Kate hatte nicht vergessen, dass sie und Mason prüfen sollten, ob eine Beziehung zwischen ihnen möglich wäre. Sie hatte das Thema gemieden – und ihn. Jetzt sah sie, wie unfair das gewesen war.

»Es tut mir Leid. Aber es war zu früh.«

Er schaute auf den Boden. »Und wo fährst du hin?«

Sie biss sich auf den Daumennagel und er wartete auf ihre Antwort. »Europa«, sagte sie. »Ich habe Leute getroffen, die mir helfen herauszufinden, was passiert ist.« Mason schüttelte den Kopf. »Kate, wann begreifst du endlich? Er war nicht der Mann, den du aus ihm gemacht hast.«

»Wie meinst du das? Hast du ihn mit einer anderen Frau gesehen oder hat er sich hinter meinem Rücken anders verhalten? Wenn du das sagen kannst, dann glaube ich dir vielleicht. Dann denke ich vielleicht anders.«

»So etwas kann ich nicht sagen. Aber du hast ihn in deiner Erinnerung zu einem Heiligen gemacht und daran klammerst du dich. Er war kein Heiliger und auch kein Held. Er war ein Mann, genau wie ich. Das Leben ist lebenswert, Kate. Du kannst nicht für immer in der Vergangenheit leben.«

»Ich muss etwas erfahren. Ich habe um Klarheit gebetet und jetzt bietet sich diese Möglichkeit.«

»Es ist sehr aufschlussreich, dass du nicht zu mir gekommen bist.«

»Du hast damit nichts zu tun.« Ihre Worte verletzten ihn, aber Kate wusste, dass es wahr war. Diesen Weg musste sie ohne ihn gehen. Sie betrachtete sein Gesicht und die Hand, mit der er sich das Kinn rieb. Kate merkte, dass Mason nicht die rauen Hände besaß, nach denen sie sich oft gesehnt hatte; er hatte schmale, weiche, schöne Hände, aber nicht die, die sie vermisste. Sie brauchte Jack.

»Wenn du wiederkommst, bin ich da«, sagte er sanft.

»Warte nicht mehr auf mich.«

»Ich kann nichts anderes machen«, brachte er mühsam zwischen den Zähnen hervor.

»Das stimmt nicht.«

»Bin ich dir überhaupt etwas wert?«

»Sehr viel.« Sie streckte die Hand nach ihm aus und zog sie wieder zurück. »Ich denke ... ich meine, wahrscheinlich hätten wir uns lieben können, wenn unser Leben nicht so wäre, wie es ist. Verstehst du das?«

»Nein. Das ergibt überhaupt keinen Sinn.«

»Weil du nicht willst. Ich glaube, du hast es die ganze Zeit gewusst.«

Nach einer Pause nickte er. »Mach es gut, Kate. Wenn du wiederkommst, bin ich da.«

»Mason, warte nicht auf mich. Ich weiß nicht, was morgen kommt, und du musst deinen eigenen Weg gehen.«

Kate hatte ihm nachgeschaut, bis sein Wagen außer Sichtweite war. Jetzt hatte sie ihn hinter sich gelassen wie alles, was sie schon so lange kannte. Sie hatte ein Leben ohne Jack angefangen und sich eben ein wenig daran gewöhnt, an ihre Zukunft zu denken, es sogar gern getan. Jetzt hatte Kate entschieden, das alles für etwas völlig Unbekanntes aufzugeben. Aber sie war nicht allein. Bei jedem Schritt, bei all den großen Strecken und ganzen Kontinenten, die vor ihr lagen, würde Gott bei ihr sein.

Kate hatte einen ganzen Tag Zeit, bevor sie ihre Familie und ihr Kind verlassen würde. Sie sah, dass ihre Mutter sich Sorgen machte, aber beide Eltern unterstützten ihre Entscheidung. Ihr Bruder wollte mit ihr fliegen, aber Kate wollte ihn seiner eigenen Familie nicht wegnehmen. Wenn sie Hilfe brauchte, würde sie anrufen und Tayler hatte für alle Fälle schon einen Pass beantragt.

Während alle anderen im Haus in ihren Betten lagen, setzte Kate sich auf und schlug im Licht der Schmetterlingslampe, die sie als Kind gehabt hatte, ihre Bibel auf. Sie wollte sich den Kolosserbrief vornehmen, aber eine Stelle aus dem zweiten Buch Samuel im Alten Testament fiel ihr ins Auge. Sie las von König David und vom Tod seines neugeborenen Sohnes. David war niedergeschmettert gewesen, aber eine seiner Aussagen fiel Kate immer wieder ein: *Ich werde wohl zu ihm fahren; es kommt aber nicht wieder zu mir zurück.** Sie erkannte, dass Jack, was immer ihm passiert war, nicht zu ihr kommen konnte. Aber sie würde zu ihm kommen – wenn nicht auf der Erde, dann im Himmel.

Abbie drehte sich zu ihr um und murmelte etwas im Schlaf. Sie schmatzte leise, dann war sie wieder still. Kate betrachtete ihre Tochter, die die Hände unter der Wange zusammengelegt hatte, und ihr wurde klar, dass sie sie nicht allein lassen konnte.

In Österreich wäre jetzt Morgen, rechnete Kate aus; also nahm sie ihr Adressbuch aus der Handtasche. Rasch, um sich nicht selbst wieder umzustimmen, ging sie im Dunkeln zur Küche und zum Telefon und wählte die vielen Ziffern.

Eine Frau, deren Stimme sie nicht kannte, meldete sich mit einem Wortschwall auf Deutsch. Kate fragte nach Marta und die Frau murmelte noch etwas, dann stellte sie das Telefon geräuschvoll hin.

Nach ein paar Augenblicken kam Marta an den Apparat.

»Ich muss Abbie mitbringen«, sagte Kate schnell. »Wir können ja ein Ferienhaus mieten oder was es da bei euch gibt.«

Marta lachte leise. »Es ist bestimmt sehr schön, ein kleines Mädchen im Haus zu haben. Das täte uns allen gut.«

»Lukas wird nicht so erfreut sein. Er ist mit mir schon nicht zufrieden, wie wird er da mit einem Kind zurechtkommen? Wenn er nicht nett zu ihr ist ...«

»Keine Sorge, Kate. Ich bereite Lukas vor. Sie planen alles. Hat sie einen Pass?«

»Ja. Wir haben ihr einen ausstellen lassen, als Jack – für den Fall, dass man ihn einmal fände und wir hinfliegen müssten. Ich habe ihn zu meinen Eltern mitgenommen.«

»Sie wissen das also schon länger?«

»Nein, aber wahrscheinlich habe ich es gehofft. Könnte es für sie gefährlich sein?«

»Ich glaube, es ist nicht gefährlicher, als sie dazulassen. In Lukas' Haus sind wir sicher. Wir haben ein paar Pläne gemacht und wollen den Rest planen, wenn Sie kommen. Aber wenn Sie irgendwo hinfahren müssen, wo es etwas zu tun gibt, bleibt sie hier bei mir. Oder Sie bleiben hier. Oder vielleicht, wenn es schwierig wird, bringen Sie sie nach Hause. Bringen Sie das Mädchen auf jeden Fall mit, die Einzelheiten regeln wir dann, wenn Sie da sind.«

»Danke, Marta.«

Kate konnte stundenlang nicht schlafen. Sie las ein Stück in der Bibel und dann einen neuen Roman, den sie für die Flugreise gekauft hatte, obwohl sie mehr über den Zweiten Weltkrieg und die Nazis lesen sollte. Sie schaltete das Licht aus, kam aber nicht zur Ruhe. Mit der Dunkelheit kamen Zweifel: Sollte sie Abbie mitnehmen? Wie würde es sein wieder nach Europa zu kommen? Kate überlegte, ob sie am Morgen Mason anrufen sollte, um sich zu verabschieden. Connie würde sie sicher anrufen. Was sollte sie für Abbie auf den Flug mitnehmen? Ihre Tochter hatte bald Geburtstag; sollten sie dann nach Hause fliegen oder ohne Familie feiern? Was dachte Kate da? Die ganze Reise war heller Wahnsinn. Ihr ganzes Leben wurde unterbrochen – und wofür? Um vielleicht Antworten zu bekommen?

Kate kämpfte mit ihren Gedanken; das hatte sie schon oft getan, aber heute Nacht war es noch schlimmer. Endlich gab sie es auf und ihr fiel ein, dass sie beten konnte. Sie betete für sich und für den nächsten Tag. Dann ging sie die Liste ihrer Verwandten und Freunde durch und gab sich große Mühe daran zu denken, was jeder von ihnen erlebte. Daran sah sie, wie sehr sie auf ihr eigenes Leben fixiert gewesen war. Aber sie betete weiter, auch für das, was sie nicht von ihnen wusste: für Tante Gerdies Alterskrise und Masons Zukunft und weiter für die vielen, deren Gesichter im Dunkeln vor ihr auftauchten. Dann schlief sie endlich ein.

* 2. Sam 12, 23

29 Neunundzwanzigstes Kapitel

Lukas war wieder in seinen normalen Alltag zu Hause eingestiegen. Mitteilungen, Verabredungen und Post erwarteten den früheren Minister Lukas Johannsen. Er arbeitete sie durch und fühlte sich wieder gebraucht und nützlich. Marta saß stundenlang am Computer und führte Verhandlungen, um ihr Haus in Arizona zu verkaufen und ihren Besitz, der zum größten Teil in Kisten verpackt war, irgendwo zu lagern. Sie sorgte auch für Kates Ankunft vor.

Er spürte die Unzufriedenheit seiner Tochter Anni bei dem Gedanken, eine Fremde mit voller Entscheidungsfreiheit im Haus zu haben. Anni fühlte sich jetzt recht wohl in dem Haus, in dem sie als Kind nie gewohnt hatte. Vor drei Jahren hatte er sie einziehen lassen. Marta hatte Verständnis für die junge Frau, aber mit Anni umzugehen war noch nie einfach gewesen und Lukas hatte nie gut mit seinen Töchtern sprechen können, besonders nicht mit Anni. Aber im Ganzen war er zufrieden wieder zu Hause zu sein. Das war, als ob man nach einem hektischen Tag genüsslich eine Pfeife rauchte. Und die Wochen in den Staaten waren mehr als hektisch gewesen.

Lukas war wieder in seinem Element und hatte Entscheidungen zu treffen. Er war gebeten worden an mehreren Universitäten zu lehren; die nächste war Innsbruck. Der Verlag, der sein Buch herausgeben wollte, hatte mehrere Nachrichten hinterlassen. So hatte er sich seinen Ruhestand gewünscht. Vor Jahren hatte die Öffentlichkeit dazu geneigt, ihn zum Kanzler von Österreich zu machen. Schließlich hatte er in Kanzler Kreiskys Regierung von 1970 bis Anfang der 1980er Jahre erfolgreich gearbeitet. Trotz der Skandale, die in der Politik unvermeidlich sind, war Österreich wirtschaftlich gewachsen. Dem jüdischen Kanzler Kreisky wurde vorgeworfen, frühere Nazis in sein Kabinett berufen zu haben, aber niemand in der Regierung wusste, dass man Lukas zu ihnen zählen konnte. Lukas verstand Kreiskys Wunsch, Österreich zu einen und mit der Vergangenheit abzuschließen, aber auch Lukas fand es verwirrend, dass Kreisky dieselben Männer, derentwegen er vor Jahrzehnten aus Österreich hatte fliehen müssen, jetzt in sein Kabinett berief. Manchmal hatte Lukas sich im Kreis seiner Kollegen umgeschaut und gefunden, dass er unter lauter alten Feinden saß. Im Dritten Reich hätten sie Kreisky umgebracht. Zu Anfang des Krieges hatte Lukas Menschen wie Kreisky geschützt und bei Kriegsende hätte er diese alten Nazis umgebracht. Jetzt arbeiteten sie zusammen für ein neues Österreich – was immer das für die Einzelnen bedeutete.

Als die Sozialdemokraten die Mehrheit verloren und eine Koalition gebildet wurde, tendierte die öffentliche Meinung eher gegen Lukas. Das störte ihn nicht, denn Politik war zwar jetzt sein Lebensinhalt, aber Kanzler wollte er wegen seiner Vergangenheit nicht werden. Was er verschwieg, war zwar vor Nachforschungen sicher, aber er hatte schon Leichen aus Kellern auftauchen sehen, die fest verschlossen schienen. In dieser Stellung würde man sehr gründlich überprüft werden, besonders nach dem Skandal mit Präsident Waldheim. Waldheim hatte behauptet nichts von den Grausamkeiten seiner Truppe gewusst zu haben, aber kaum jemand hatte ihm geglaubt. Lukas hatte unauffällig Leute unterstützt, die ihn wegen Kriegsverbrechen anklagen wollten. Den Fall Waldheim musste man genauer prüfen. Lukas wusste von Kollegen, die ein altes Parteiabzeichen hatten; Ende der 1930er Jahre waren fast alle in die Partei eingetreten, weil die Nazis politisch bevorzugt wurden. Noch später war eine Parteizugehörigkeit fast überlebensnotwendig. Aber hier ging es nicht nur um Politik oder um Wehrdienst im deutschen Heer. Waldheim war Präsident von Österreich und war in der Totenkopfdivision der SS gewesen – und die Totenkopfdivision verdiente den Namen. Waldheims und Österreichs Ruf waren in den Augen der Welt geschädigt. Und für Österreich war es nicht das erste und nicht das letzte Mal.

Aber wenn Skandale kamen, trat Lukas immer in den Hintergrund. Manchmal erwartete er, dass Finger aus der Vergangenheit auf ihn zeigten. Seine Wohltäter, die ihm nach der Haft geholfen hatten, hatten ihn gründlich in seine Rolle eingewiesen und ihm sogar ein paar kosmetische Korrekturen bezahlt. Aber wenn plötzlich eine Kamera vor seinem Gesicht erschien, spürte Lukas immer noch Angst aufsteigen. Warum er verschont blieb, wusste er nicht. Vielleicht tat seine Arbeit im österreichischen Widerstand etwas dazu oder seine Vergangenheit war wirklich gut verborgen.

Jetzt war Lukas nicht mehr auf der politischen Bühne. Er vermisste Wien und fuhr oft dorthin. Marta war nur ein paar Mal als junges Mädchen in Wien gewesen. Bald würden sie für eine Woche hinfahren und er würde ihr alles zeigen.

Eines Abends saß er vor dem Feuer und machte Pläne: Das Kunsthistorische Museum, wo Kunstwerke gezeigt wurden, die zu den schönsten der Welt zählten, war ihm wichtig und die Hofburg, von der aus die Habsburger das Kaiserreich Österreich-Ungarn regiert hatten. Manche Festspiele hatten schon angefangen; bei den Wiener Musikfestspielen, die die reichsten und mächtigsten Menschen der Welt besuchten, wurden seine Lieblingsopern aufgeführt.

Schon bald würde er Marta alles zeigen.

In ein paar Tagen sollte Kate Porter ankommen. Lukas wünschte, er wäre vorher noch einmal nach Wien gefahren. Wenn die Amerikanerin erst da wäre, würde er sich auf das konzentrieren müssen, was er seit seiner Rückkehr gemieden hatte.

Im Kamin im Wohnzimmer loderte ein Feuer. Lukas saß in seinem Ohrensessel und trank langsam den Kaffee, den Marta ihm brachte. Sie setzte sich auf einen Stuhl neben ihm und schaute in die Flammen. Er wollte fragen, wie es ihr ginge, aber er beobachtete sie nur und versuchte einzuschätzen, wie sie zurechtkam. Es sah aus, als hätte sie sich gut eingewöhnt. Marta sagte, sie hätte nicht gewusst, wie sehr sie die Alpen vermisste. Jetzt fand Lukas überall im Haus kleine Vasen mit Wildblumen, obwohl er sie noch nicht beim Pflücken gesehen hatte. Eines Morgens hatten Blumen vor seiner Tür gestanden.

Aus dem Augenwinkel sah er, dass sie noch tief in Gedanken versunken war. Nach ihrer kurzen gemeinsamen Zeit erstaunte es ihn, wie angenehm er die Unterhaltung mit ihr fand, selbst wenn die Gespräche zu Meinungsverschiedenheiten führten. Einen solchen Menschen hatte er noch nie gekannt. Vielleicht vertraute er ihr, weil Karl ihr vertraut hatte oder weil sie in all den Jahren treu gewesen war. Nur wenn er sie fragen wollte, wie es ihr ging, verlor er den Mut. Weinte sie nachts noch um Karl?

Marta hatte eine feine Art, ihren Tee zu trinken, ihre Lippen berührten die Tasse nur leicht. Er fragte sich, wie sie ihr langes Haar in die weichen Wellen legte, die ihren Kopf umgaben. Sie nickte vor sich hin, als hätte sie einen Entschluss gefasst, und wendete sich dann ihm zu. Er wollte lächeln, aber da sah er ihren entschlossenen Gesichtsausdruck.

»Was ist?«, fragte er.

»Ich will, dass du Kate und Abigail großzügig aufnimmst, wenn sie kommen.«

»Ich lasse sie in meinem eigenen Haus wohnen. Das finde ich großzügig, besonders wenn ein Kind dabei ist.« Lukas ärgerte sich immer wieder neu, dass ein Kind kommen sollte. Da musste man aufpassen nicht auf Spielzeug zu treten und hatte nie Ruhe vor dem Lärm.

»Wir brauchen Kinder hier. Dieses Haus ist schön, aber manchmal doch sehr kalt. Deine Tochter hat mich nicht gern hier.«

Lukas mochte es nicht, dass Marta sein Haus als kalt und leer empfand. Sie sollte sich hier willkommen fühlen. »Anni hat niemanden gern um sich.«

»Sie erinnert mich an ihren Vater.«

»Du irrst dich. Ich mag dich sehr gern, Marta Olsen.« Er hoffte, sie würde lächeln, aber sie überhörte es.

»Du hast Vorbehalte gegen die Suche nach Wolfram. Möchtest du das lieber nicht machen?«

»Was ich gern möchte, ist nicht wichtig. Ich möchte gern viel jünger sein. Ich möchte ein bisschen Frieden. Da kann man sich nicht viel aussuchen.«

»Du bist hier zu Hause an deinem Zufluchtsort in den Bergen. Hier kann dir nichts passieren.«

»Ich habe keine Angst um mein Leben, Marta. Ich habe geglaubt, wir verfolgten Wolfram, um Rache zu nehmen.«

»Rache habe ich satt. Gerechtigkeit, nicht Rache, weißt du noch? Wir können nichts gutmachen. Die verlorenen Jahre können wir nicht zurückholen und Karl kommt nicht wieder zu mir. Sehnst du dich nicht nach Frieden?«

Lukas rutschte in seinem Sessel hin und her und merkte, wie sie ihn von der Seite betrachtete. »Frieden habe ich immer nur für kurze Augenblicke gekannt. Aber ich sehne mich wirklich danach.«

Sie sahen zu, wie die Flammen die Eichenscheite geräuschlos verzehrten, nur gelegentlich gab das Holz knackend nach. Lukas dachte zurück an den Anfang, als der Wunsch in ihm wuchs, zu etwas Großem zu gehören. Er hatte geglaubt, das sei die NSDAP; sie versprach ihm eine Zukunft und die Entwicklung auf eine bessere Zeit hin. Die Schattenseiten waren ihm unwichtig erschienen, verglichen mit seinen Vorstellungen von einer besseren Gesellschaft, bis das Dunkle in seinen Alltag eindrang und ihm seine Schuld bewusst wurde: Gedanken- und gewissenlos hatte er sich mitreißen lassen.

Er seufzte. »Wenn mir nur jemand hätte sagen können, dass Entscheidungen in der Jugend einen bis zum Tod verfolgen. Wir reden von Gerechtigkeit und Rache; sollte ich davon ausgenommen sein?«

»Du bist für deine Verbrechen im Gefängnis gewesen«, sagte sie. »Lukas, was ist genau passiert, bevor du zu uns gekommen bist?«

Die Erinnerung war ihm immer vor Augen. Einmal hatte er seine Untaten in diesem selben Haus einer jungen Amerikanerin gestanden, die Darby Evans hieß. Es war Monate her, dass er zuletzt von ihr erfahren hatte; sie lebte jetzt in Salzburg. Sie war die Einzige, die davon gehört hatte, die Einzige, der er es hatte erzählen können. Aber er wollte es noch einmal berichten. Er wartete ständig darauf, dass jemand ihn verurteilte, ihn Mörder nannte, der er ja war, und ihm bestätigte, was er selbst sagte.

»Ich habe eine junge Frau erschossen.«

Martas Gesichtsausdruck veränderte sich nicht: kein Zucken, keine Bewegung in ihren Gesichtszügen.

»Sie hieß Tatjana Hoffmann. Sie ist umgekommen, weil sie ihre beste Freundin retten wollte.« Er faltete die Hände und legte die Ellbogen auf die Armlehnen des Ledersessels. »Als Kind habe ich Tatjana und auch ihre Freundin gekannt; wir sind im selben Ort aufgewachsen. Es war mein erstes Erschießungskommando.« Lukas sah seine Opfer so deutlich vor sich wie das Feuer vor ihm: Tatjana so dünn und so anders als das sorglose Dorfkind, das er gekannt hatte.

»Da standen noch andere in der Reihe an der Wand. Aber ich habe Tatjana erschossen. Ich hätte auf einen von den Männern zielen können, ich glaube, da war auch ein Kind, aber plötzlich war sie mir wichtig. Ich zielte genau, damit sie nicht leiden musste. Das war das erste Mal seit langer Zeit, dass mir ein Mensch wichtig war.«

Marta schaute ins Feuer und er fragte sich, ob sie ihn gehört hatte.

»Ihre beste Freundin floh nach Amerika; so überlebte sie den Krieg. Sie bekam ein Kind – ein Mädchen, das dann wieder eine Tochter bekam. Diese junge Frau habe ich im letzten Jahr kennen gelernt. Sie hat mir gesagt, dass Gott vergibt. Und ich habe dieser Frau sogar das Leben gerettet.«

»Du hast der Enkelin das Leben gerettet – von der Freundin, die den Krieg überlebt hat? Erst vor kurzem?«

»Ja«, flüsterte er. »War das Gott und hat er mir noch eine Chance gegeben gutzumachen, was mit Tatjana passiert ist?«

»Vielleicht.« Sie nickte. »Ja, vielleicht.«

»Danach hatte ich fast etwas wie Frieden, wie ich ihn bis dahin seit meiner Kindheit nicht mehr gespürt hatte. Aber dann bin ich zu einem Treffen von alten Freunden nach Amerika gefahren.«

Marta wischte eine Träne ab. Lukas hatte sie seit Wochen nicht weinen sehen.

»Warum das?«, fragte er; am liebsten hätte er über den Abstand zwischen ihnen hinweg ihre Wange berührt.

»Ich weiß nicht.«

»Du weinst doch nicht meinetwegen?«

»Doch, Lukas, ich weine deinetwegen. Ich weine um dein Leben und deine Gefühle und weil wir dich da hereingezogen haben, als du endlich anfingst die Vergangenheit hinter dir zu lassen. Ich weine, weil du nicht weinen kannst.«

Er hätte gern gewusst, woher sie wusste, dass es ihm nie gelang zu weinen.

»Meinetwegen brauchst du nicht zu weinen. Vielleicht wird man nicht so leicht erlöst, wie ich gehofft habe, aber deine Tränen verdiene ich nicht. Weine um Karl oder Janos oder Susanne. Du kannst auch um Tatjana weinen oder wegen dieser Kate Porter, die ihren Mann verloren hat. Siehst du, Gott lässt mir immer wieder junge Frauen begegnen – und diese Kate bringt auch noch ein Mädchen mit. Ich habe sogar drei Töchter. Hätte Gott mir nicht einen Sohn geben können? Seit Tatjana verfolgen mich Frauen.«

»Ich glaube, das hängt mit deinem Frieden zusammen. Lass dich von ihnen trösten, nicht dir Angst machen. Wissen deine Töchter davon?«

»Nein. Drei Töchter, die nichts davon wissen, was ihr Vater getan hat, und nicht einmal seinen ursprünglichen Namen.«

»Vielleicht ist es Zeit, es ihnen zu sagen.«

Lukas drehte sich schnell zu ihr um. »Wie kannst du so etwas sagen? Das dürfen sie nie wissen. Bin ich nicht schon genug getrieben, müssen meine eigenen Kinder mich noch hassen? Sie denken, ich bin eine leitende Persönlichkeit und kämpfe für meine Überzeugungen. Wie kann ich ihnen sagen, dass ich selbst einmal der Feind war, gegen den ich schon so lange kämpfe? Sag das nie wieder. Eine Gefahr ist noch da und das ist Wolfram. Wir müssen uns auf ihn konzentrieren. Wenn ich ihn nicht suche, sucht er mich.«

»Wolfram wird dich in Ruhe lassen. Karl hat ihn gesucht, darum ...« Marta unterbrach sich und Lukas merkte, dass sie vielleicht wünschte, sie hätten sich von Wolfram fern gehalten. Er hatte Marta nichts von dem Brief erzählt, den er in der Gewissheit abgeschickt hatte, er würde schließlich bei Wolfram ankommen. Jetzt konnte er es nicht mehr verschweigen.

»Er wird uns nicht in Ruhe lassen«, sagte Lukas. »Ich habe über die Fliesenscherben nachgedacht. Wenn Kate Porter Karls Stück zurückgibt, wollen wir es ansehen. Vielleicht will Wolfram mehr als nur eine alte Rechnung begleichen.«

»Dann gibt es Arbeit für uns, solange du noch lebst. Ich glaube, am Ende wirst du Frieden finden.«

»Hoffentlich hast du Recht.« Lukas dachte an Karl, wie er in seinem Haus auf dem Fußboden lag. Für seinen Freund hatte es keinen Frieden gegeben. Er verdiente ihn erst recht nicht.

Alles Vertraute hatte sie weggeschoben.

Die Flüge waren pünktlich. Kate und Abbie hatten so viel Gepäck, dass es kaum zu schaffen war. Sie hatten Redding in Kalifornien vor Sonnenaufgang verlassen und waren in San Francisco und dann in Frankfurt umgestiegen, um zu ihrem eigentlichen Ziel, nach Innsbruck, zu kommen. Abbie fand Fliegen herrlich und behielt ihr Päckchen mit Salzbrezeln als Andenken. In der Boeing 777 über dem Atlantik schaute sie sich Disneyfilme an und verfolgte die Karte auf ihrem Bildschirm, die ihre jeweilige Position und ihr Ziel anzeigte. Als sie über England flogen, stellte sich Abbie mit Begeisterung vor, da unten seien die Kinder aus den Chroniken von Narnia und die Königin von England.

Auf dem letzten Flug schauten Kate und Abbie zusammen aus dem kleinen Fenster des Flugzeugs. Die schneebedeckten Alpen leuchteten wie geschliffene Glasscheiben, die das Licht in verschiedene Richtungen reflektieren. Die Gipfel standen so dicht, als wären ein Dutzend Gebirgsketten zusammengestoßen, und füllten den ganzen Horizont in allen Richtungen. Kate hatte nie gedacht, dass diese riesigen Gebilde mit den weißen Hauben so beeindruckend sein könnten. Als das Flugzeug in Richtung auf das Skizentrum von Innsbruck niederging, konnte man in tiefen Tälern Dörfer und Teile von gewundenen Straßen erkennen.

Was Kate auf dem Flughafen tun sollte, war einfach: Wenn sie ihr Gepäck durch den Zoll gebracht hätte, sollte sie nach Lukas' Tochter Anni suchen; sie würde sie abholen. Sie war da: eine dünne Frau Anfang dreißig mit wasserstoffblondem Haar. Sie hatte keinen freundlichen Blick für die Gäste. In der einen Hand hielt sie lässig ein Schild mit der Aufschrift »Porter«, in der anderen eine Zigarette.

»Ich bin Kate Porter. Und das ist Abbie.«

Die Frau nickte. Von einer Bank stand ein Mann auf und half ihr Gepäck tragen.

»Ich bin Anni Johannsen«, sagte die Frau mit starkem Akzent. Offensichtlich fand sie ihre Aufgabe, die Gäste abzuholen, nicht angenehm. »Das ist ein Angestellter von meinem Vater.«

Der Flughafen war klein; schon nach wenigen Minuten saßen sie alle in einer grauen Limousine, die beiden vorn und Abbie und Kate hinten. Weder die Frau noch der Mann sprachen viel mit ihnen. Die weichen Ledersitze und das leise Motorengeräusch wiegten Abbie in Schlaf; den Kopf hatte sie an Kates Schulter gelehnt.

»Wie lange fahren wir bis zu Lukas und Marta?«, fragte Kate und beugte sich nach vorn.

Anni warf einen Blick auf den Fahrer, bevor sie antwortete. »In einer Stunde kommen wir auf dem Grundstück meines Vaters an«, sagte sie und drehte sich halb zu ihr um. »Wie lange bleiben Sie und das Kind und Marta bei uns?«

Annis Ton sagte deutlich, was sie von Gästen in ihrem Haus hielt.

»Mindestens ein paar Wochen«, sagte Kate.

Anni sagte auf der ganzen Fahrt nichts mehr.

Kate betrachtete die Landschaft aus dem fahrenden Wagen. Auf den Berghängen wuchsen Fichten bis an den Rand der Weiden, auf denen Vieh graste. Hier leuchteten die Farben mit einer ganz eigenen Kraft. Gestern erst hatte sie Cottonwood verlassen, wo die Hitze jetzt schon die Landschaft prägte und allmählich die Farbe aus Bäumen und Weiden, ja sogar aus dem Himmel saugte – wie das Wasser, das sie dem durstigen Land entzog. Österreich dagegen war aus dem Winterschlaf erwacht mit frischen Grüntönen, tiefblauem Himmel und Bergen, die zu jeder Tageszeit die Farbe änderten – ob sie sie nun von den Seen im Tal oder vom Sonnenuntergang annahmen.

Als die Sonne hinter dem Bergmassiv über der Straße im Tal verschwand, fing Kate an zu begreifen, dass sie wirklich wieder in Europa war. Dieses Europa war zwar ganz anders als die Straßen und Kanäle von Venedig, aber sie war doch dahin zurückgekommen, wohin sie nie wieder hatte reisen wollen.

Der Fahrer drückte auf eine Taste auf dem Armaturenbrett und ein Eisentor öffnete sich weit, um sie hereinzulassen. Durch hohe Fichten sah man das Haus im Schatten liegen, von winzigen Lichtern an den Wegen und in den umliegenden Gartenanlagen erleuchtet. Anders als die altertümlichen österreichischen Häuser mit schön verzierten Giebeln und hölzernen Blumenkästen vor jedem Fenster, die Kate auf der Fahrt hierher bewundert hatte, erinnerte Johannsens Residenz an das alte Kaiserreich Österreich-Ungarn mit seiner gepflegten Großzügigkeit. Sie schätzte das Haus über hundert Jahre alt, aber es sah tadellos und neu aus. Die kurvenreich geformten Rasenflächen waren kurz gemäht wie ein Veloursteppich und in der Mitte des Rondells, um das die Einfahrt führte, sprudelte ein Springbrunnen.

»Das sieht aus wie ein Schloss für eine Prinzessin«, sagte Abbie und rieb sich die Augen, als der Wagen hielt. Der Mann stieg schnell aus und öffnete Kates Tür.

Marta kam die Treppe herunter und umarmte Kate neben dem

Wagen. Lukas stand an der schweren doppelten Eingangstür.

»Du bist sicher Abigail«, sagte Marta und bückte sich, um sie zu begrüßen.

Abbies verschlafenes Lächeln wurde heiter, als sie den Springbrunnen bemerkte. »Das Wasser ist ja rosa.«

»Ja, eine besondere Farbe für unseren besonderen Gast. Morgen früh siehst du die Feen tanzen. Jetzt müssen wir dich ins Warme bringen.«

»Willkommen«, sagte Lukas ohne zu lächeln. Er streckte Kate die Hand entgegen.

»Danke schön«, sagte Kate auf Deutsch, was er mit einem anerkennenden Nicken quittierte.

Marta hatte das Abendessen gekocht und ihre Ankunft gut vorbereitet. Ein Zimmer im Obergeschoss hatte sie zum Spielzimmer gemacht mit einer Spielküche, Fernsehapparat und Videorekorder; Abbie konnte auch da schlafen, wenn sie wollte. Abbie konnte sich kaum aus dem Zimmer losreißen, um zum Abendessen zu kommen; es gab Klöße und Rindfleisch in dicker Burgundersoße. Weder Anni noch der Fahrer des Wagens aß mit ihnen. Während des Essens sprach Lukas wenig, aber er fragte Abbie, ob ihr Zimmer ihr gefiele. Marta behauptete, das sei Lukas' Idee gewesen, aber er sagte, das sei nicht wahr. Kate sah, dass Marta wohl Erstaunliches bei ihm erreichen konnte.

Nach dem anstrengenden Tag und durch den Jetlag brannten Kates Augen, aber Lukas und Marta tranken noch ein Glas Rotwein. Kate bemerkte, dass Abbie neugierig war. Bisher hatte ihre Tochter nur selten an Feiertagen alkoholische Getränke erlebt oder wenn Jacks Bruder alle paar Jahre in die Stadt kam und einen Kasten Bier mitbrachte. Kate würde ihr erklären müssen, dass Weintrinken in Europa so normal war wie zu Hause Pepsi-Cola zu trinken.

Marta sah, wie müde Kate war, und begleitete sie beide nach oben. Das Zimmer war hübsch und gepflegt, aber ein wenig kalt. Zwei dicke Daunendecken, die quer gefaltet auf den Betten lagen, würden sie wärmen. Kate konnte es kaum abwarten, zwischen das saubere Betttuch und die Decke zu schlüpfen. Aber als sie im Bett lag und darauf wartete, dass Abbie aus dem Bad kam, konnte sie doch nicht einschlafen. Hier war nichts, was ihr gehörte oder so roch wie zu Hause. Als Abbie mit der Zahnbürste in der Hand hereingehüpft kam, fand Kate, dass nur eines hier sie an zu Hause erinnerte: ihre Tochter. Und sie bat Gott, jetzt und hier nahe bei ihnen zu sein.

30 Dreißigstes Kapitel

Kate duschte und zog sich in ihrem Zimmer an, ging dann und ließ Abbie weiterschlafen. Halb zehn, da würden die anderen wach sein. In der Essecke hörte sie jemanden.

»Guten Morgen«, sagte Kate und hoffte jemand anderen als Anni da zu finden.

»Guten Morgen«, sagte Anni in kühlem Ton auf Deutsch und wendete sich wieder der Zeitung zu, die vor ihr lag.

»Ja, natürlich, guten Morgen.« Unsicher schaute Kate sich um.

»Wollen Sie Kaffee oder Tee?« Anni hob den Blick nicht von der Zeitung.

»Kaffee wäre schön. Wo sind die Tassen?«

Anni schob ihren Stuhl laut vom Tisch weg und holte Kate eine Tasse Kaffee. Mit einer Geste wies sie auf Sahne und Zucker auf dem Tisch. Noch ehe Kate sich bedanken konnte, war sie verschwunden.

»Ich sehe, du hast wieder Anni getroffen«, sagte Marta und kam zum Essplatz.

»Ja.«

»Sie ist Lukas' mittlere Tochter. Die Älteste wohnt mit ihrem Mann und drei Kindern in Deutschland. Seine Jüngste ist in Paris an der Universität.«

»Mir scheint, Anni hat nicht gern Gäste.«

»Mich behandelt sie genauso. Aber Sie werden sie nicht oft sehen.«

Marta zeigte ihr einen kleinen Flur, der zu einem Teil des Hauses führte, den Kate noch nicht kannte. »Lukas wartet auf uns. Haben Sie gut geschlafen?«

»Ja, sehr gut.« Kate knurrte der Magen. Aber sie war auf diese Familie angewiesen. Kate war gern unabhängig und wusste nicht, ob sie lange in diesem Haus bleiben konnte.

Lukas' Arbeitszimmer lag ein paar Türen weiter. Marta klopfte vor dem Eintreten an die geschlossene Tür, wartete aber nicht auf Antwort. Das könnte ein Arbeitszimmer für jemanden wie Ernest Hemingway sein, dachte Kate: wunderbar, um Romane zu schreiben, mit übergroßen Ledermöbeln, einem Kamin aus Naturstein und Bücherregalen an der Wand. Ein schöner alter Schreibtisch beherrschte die eine Hälfte des Raumes; daneben standen auf beiden Seiten Karteikästen. An einer Wand hingen Karten und Fotos, die nicht zu den schön gerahmten Kunstwerken an den anderen Wänden passten. Lukas saß am Schreibtisch, auf dem auch Stapel von Akten lagen.

»Gut. Wir sollten anfangen. Bald gibt es Frühstück. Das Mädchen ist noch nicht aufgewacht?«

»Abbie«, sagte Kate und schaute ihn direkt an. »Das Mädchen heißt Abbie oder Sie können sie Abigail nennen.«

Lukas verzog das Gesicht, stand auf und ging zu der Karte an der Wand hinter ihm. Marta setzte sich in einen Ledersessel beim Kamin.

»Haben Sie die Fliese mitgebracht?«, fragte Lukas.

»Ja.«

»Ein bisschen später möchte ich sie gern sehen.«

»Bitte seien Sie ehrlich zu mir«, unterbrach Kate. »Wenn Sie meinen, ich brauchte nicht alle Einzelheiten in dieser Sache zu wissen ...« Sie machte eine weit ausholende Geste – »das verstehe ich. Aber ich möchte mich auf alles verlassen können, was hier gesagt wird.«

»Ja, da bin ich einverstanden«, antwortete er nachdenklich. Er warf Marta einen Blick zu und sie nickte ermutigend. »Wir suchen einen Mann namens Wolfram Meizer. In Portland habe ich Ihnen schon von ihm erzählt.«

»Ja. Ich habe über ihn nachgelesen. Er war Aufseher in mehreren Lagern und gehörte zur Totenkopfdivision der SS. Totenkopf – spricht man das so aus?«

»Ganz gut. Wo haben Sie die Information gefunden?«

»In einem Buch über die Menschen in den Lagern. Da wurden Familienstand, Religion und die Lager, in denen sie arbeiteten, und andere Kennzeichen von vielen Aufsehern angeführt. Aber wenn das die richtige Person ist, dann stand in dem Buch, er sei 1945 gestorben.«

»Haben Sie dieses Buch dabei?«

»Ja, und noch andere Papiere, die ich gefunden habe.«

»Sehr gut. Damit können wir nach anderen Aufsehern aus Meizers Einheit suchen, die vielleicht noch leben. Bis vor kurzem dachten wir, er wäre 1945 gestorben. Jetzt wissen wir, dass er lebt, und wir müssen an drei Orten suchen. Wir glauben, an einem von diesen Orten werden wir Wolfram Meizer finden.«

»Wenn wir ihn finden, wie hilft uns das zu erfahren, was mit meinem Mann passiert ist? Wir können ja nicht hingehen und fragen.«

»Wie sagen Sie das: Über die Brücke gehen wir erst, wenn wir hinkommen?«

Diese Worte machten ihr nicht viel Mut.

»Wenn wir Wolfram finden, gibt es vieles, was entschieden werden muss«, sagte Marta. »Darüber sollten wir reden. Wir können eine Hilfsorganisation oder die österreichische Regierung veranlassen ihn wegen Verbrechen anzuklagen.«

»Erst müssen wir ihn finden. Kommen Sie, Kate, hier sind die Stellen, wo wir suchen müssen.«

Sie ging um den Schreibtisch und stellte sich neben ihn. In eine Europakarte waren an drei Stellen Nadeln mit roten Köpfen gesteckt.

»Wolfram hat diese Karte einem Nazi in Argentinien abgenommen. Dessen Frau hat Karl, Martas Mann, eine Kopie besorgt. An den drei Orten sind vielleicht Schätze versteckt, die die Nazis geraubt haben.«

Marta lehnte sich an den Schreibtisch hinter ihnen. »Es gab unbezahlbare Kunstwerke, Goldbarren, Wertpapiere und andere Wertsachen, die seit dem Krieg nicht gefunden worden sind. Österreich hatte Gemälde und Zeichnungen von dem berühmten Maler Gustav Klimt in einem der berühmtesten Museen in Wien; die sind entweder aus dem Museum gestohlen oder durch Zwangsverkäufe von österreichischen Juden erpresst worden. Von vielen Gemälden in der ganzen Welt ist nachgewiesen, dass sie gestohlen wurden, aber man hat sie den Familien der Überlebenden und der Opfer nicht zurückgegeben. Aber es gibt auch Kunstwerke und Goldschätze, die man nie gefunden hat. Manche liegen unerreichbar in Schweizer Banken und andere vielleicht in Verstecken irgendwo in der Welt.«

»Sie meinen, einer von den Orten ist ein solches Versteck?«

»Das ist möglich.«

»Warum sollte er dann so lange warten?« Kate betrachtete die drei Punkte auf der Karte: Zwei lagen in Österreich und einer in Italien.

»Mein Mann hat geglaubt, Wolfram hätte nicht zurückkommen können, weil Nazijäger ihn suchten. Es gab auch ein Gerücht, Wolfram hätte einen Nazi im südamerikanischen Exil ermordet.«

»Wir wollen uns nicht zu viele Fakten auf einmal vornehmen«, sagte Lukas. »Zurück zur Karte. Der erste Ort ist Schloss Weiß in Norditalien.«

Kate schaute sich an, wie die rot markierte Stelle dicht an der österreichischen Grenze zu Venedig in Italien lag. Die Entfernung war nicht groß. Stundenlang hatte sie Karten von dieser Gegend studiert und mögliche Wege für eine Entführung gesucht. In wenigen Stunden hätte man Jack in die Schweiz, nach Österreich, Deutschland oder Frankreich bringen können. Noch schneller ginge es, mit einem schnellen Boot über das Adriatische Meer nach Slowenien oder Kroatien und dann weiter nach Bosnien oder in die Herzegowina zu fahren; von dort aus könnten Terroristen ein Lösegeld fordern. Aber es war nie eine Forderung gekommen. Später hatte sie die Wasserströmungen erforscht und in Küstenorten nachgefragt, ob irgendwo eine unbekannte Leiche angeschwemmt worden sei.

Vor der Karte kamen diese Erinnerungen wieder, die sie hatte wegschieben wollen: nächtelanges hoffnungsloses Weinen über die quälende Frage, wo in aller Welt ihr Mann lebte oder seine Leiche lag. Irgendwo musste er sein. Kate hatte nie gedacht, es könnte so lange dauern und sie würde einmal auf einem österreichischen Herrensitz wieder eine Karte studieren.

Lukas beobachtete Kate, als sie sich von der Karte abwandte. »Das Schloss ist aus dem dreizehnten Jahrhundert, in der Zeit war in der Gegend ein Krieg um Grundbesitz. Anscheinend sind da viele geheime Grenzübergänge gebaut worden. Die konnte man am Ende des Zweiten Weltkriegs gut als Zwischenstation auf der ‚Rattenlinie' benutzen«, erklärte Lukas.

»Was genau ist die ‚Rattenlinie'?«

Lukas blickte Marta an, wie um zu sagen: »Die weiß überhaupt nichts.«

Marta sagte schnell: »Das war eine Reihe von Plätzen, die die Nazis benutzten, um sich aus den Ländern des Dritten Reichs über Italien nach Südamerika abzusetzen. Eine Gruppe, die sich ODESSA nannte, hat das organisiert und solche Plätze wie Schloss Weiß haben diese Leute auf der Reise aufgenommen.«

»Von ODESSA habe ich gehört. Das waren Mitglieder der SS, die noch im Krieg ein Netzwerk aufgebaut haben, um aus Europa flüchten zu können. Nur den Begriff ‚Rattenlinie' kannte ich nicht.«

»Jetzt kennen Sie ihn. ODESSA und die Rattenlinie kommen in Hollywoodfilmen und in vielen Büchern vor, aber die Gruppe und den Fluchtweg hat es wirklich gegeben. Darüber werden wir später noch reden. Martas Mann hat eine Aussage von einem Mann gefunden, der 1947 verhaftet und wegen Kriegsverbrechen angeklagt worden ist. Er hat Wolfram Meizer als einen von mehreren genannt, die 1945 in Schloss Weiß wohnten, bevor Wolfram nach Südamerika flüchtete.

Platz zwei und drei.« Lukas zeigte auf eine andere rote Nadel, die dicht bei der dritten in Oberösterreich steckte, nicht weit von der deutschen Grenze. »Dies ist das Salzkammergut – das Seengebiet in

Österreich. Die letzten Punkte auf der Karte sind beide in dieser Gegend. Wenn es die Alpenfestung gegeben hätte, wäre sie hier gewesen. Die Festung war ...«

»Ein Gebiet in Oberösterreich, von dem die Alliierten annahmen, Hitler würde sich bei Kriegsende dort verschanzen. Sie dachten, er würde sich mit seinen wichtigsten Offizieren und Truppen in den Alpen verstecken und das Kriegsende möglichst hinauszögern.«

»Gut«, sagte Lukas und hob eine Augenbraue. Marta lächelte. »Ich bin im Salzkammergut aufgewachsen. Die Seen sind tief und die Berge steil und unwegsam, ganz ähnlich wie hier. Es gibt auch viele Salzbergwerke und Tunnel in den Bergen. Die Nazis ließen von Lagerhäftlingen unterirdische Waffenfabriken anlegen und bauten da Flugzeuge und Waffen, ohne dass die Alliierten es sehen konnten.«

»Das könnte ein idealer Platz sein, um nach dem Krieg etwas zu verstecken. Aber diese geheimen Grenzübergänge in dem Schloss in Italien auch.«

»Ja«, sagte Marta. »Aber die Nadel da oben, Nummer drei, kommt nicht in Frage.«

»Das stimmt«, sagte Lukas und setzte sich auf den Rand des Schreibtischs. »Am Toplitzsee können wir Wolfram nicht finden.«

»Wie können Sie da sicher sein?«, fragte Kate. Der See war klein und lang gestreckt und lag neben noch einem größeren See.

»Es gibt nur ein Gebäude am See, ein Restaurant. Das ist zu einem beliebten Ausflugsziel geworden. In der ganzen Gegend werden Reisen dorthin angeboten und die Leute können Nazischätze suchen. Dieser See ist berühmt wegen seiner Geschichten von Nazigold. Die Geschichten sind bestimmt wahr. Es gibt Augenzeugen, die gesehen haben, wie SS-Offiziere Holzkisten ins Wasser warfen. Viele Taucher haben versucht herauszufinden, was in den Kisten ist, aber der See ist tief und gefährlich.«

»Karl und ich haben eine Sendung über den See gesehen.«

»Ja. Eine amerikanische Fernsehgesellschaft hat eine Forschungsaktion der Simon-Wiesenthal-Stiftung mitfinanziert. Das hat die Österreicher eine Zeit lang sehr beschäftigt. Schottland hat sein Seeungeheuer und wir haben unsere verschollenen Nazischätze.«

»Hat man etwas gefunden?«, fragte Kate.

»Ja. Sie haben besondere Geräte gebraucht – wie nennt man die auf Englisch?«

»Kleinst-U-Boote«, half Marta aus.

»Richtig. Die Kisten wurden aufgebrochen, aber sie haben gefälschte britische Geldscheine gefunden.« Lukas seufzte und setzte sich auf den ledernen Schreibstuhl. »Da gibt es viel zu erklären.«

»Wir wollen es nach und nach machen«, sagte Marta. Sie holte einen Klappstuhl aus einer Ecke, damit Kate sich setzen konnte. »Ich kann ja anfangen. Kate, wissen Sie, wer Heinrich Himmler war?«

»Einer von Hitlers wichtigsten Leuten«, sagte Kate. Die Videos ihres Vaters aus dem Geschichtsprogramm retteten ihr Ansehen.

»Himmler leitete die Operation Bernhard. Damit wollte er die Wirtschaft mit Falschgeld überschwemmen: erst das britische Pfund und dann den amerikanischen Dollar. Künstler, Buchbinder, Graveure und Drucker in den Konzentrationslagern mussten die Fälschungen herstellen. Wenn das Projekt fertig wäre, wollten sie die Arbeiter ermorden.«

Lukas stützte einen Ellbogen auf den Schreibtisch und schaute auf die Karte. »Manche sagen, der Krieg wäre anders ausgegangen, wenn sie das Projekt früher angefangen hätten. Ein Überlebender aus dem Projekt hat gesagt, sie vervollkommneten die amerikanischen Hundertdollarscheine und planten eine Million Dollar täglich zu drucken. Aber der Krieg hörte zu früh auf und der Plan misslang.«

»Jetzt kommen wir zu den zwei Orten im Salzkammergut«, sagte Marta. Sie ging um den Schreibtisch und stellte sich vor die Karte. »Ein Teil des Falschgeldes ist in den Toplitzsee geworfen worden. Die Lagerinsassen wurden am Leben gelassen; vielleicht glaubte Hitler oder Himmler, die Operation könnte den Kriegsverlauf noch ändern. Die Insassen wurden von einem Lager ins andere gebracht – bis hier.« Sie zeigte auf eine Stadt nördlich des Sees auf der anderen Seite einer Bergkette. Die dritte Nadel steckte auf dem blauen Rand eines Sees in der Bergkette. »Das ist Ebensee. Am Ortsrand war eine Nebenstelle des Hauptkonzentrationslagers Mauthausen. Die Insassen mussten Tunnel für unterirdische Waffenfabriken in den Berg graben. Die Arbeiter für Operation Bernhard waren von den anderen Häftlingen getrennt. Und Wolfram Meizer war im letzten halben Kriegsjahr Aufseher im KZ Ebensee.«

»Das passt zusammen.« Kate nickte. Das war faszinierend, ihren Vater hätte es brennend interessiert. Aber es bestimmte auch stark die augenblickliche Wirklichkeit. »Aber das Falschgeld hätte jetzt keine Funktion mehr.«

»Nein. Aber diese Gegend ist zum Rückzugsgebiet für Leute geworden, die aus dem Reich fliehen wollten. Von Berlin wurden Waren zum Verstecken hierher transportiert und die Einwohner wurden nach Bayern und Österreich umgesiedelt. Hitler hatte eine Bergfestung bei Salzburg. Wir wissen nicht genau, was Wolfram entdeckt hat, aber wir glauben, es war in seiner Zeit im KZ Ebensee.«

»Die zweite Nadel im Salzkammergut ist zwischen Ebensee und dem Toplitzsee.«

»Das ist der Waldsee«, sagte Marta und erklärte ihr den Namen. »Darüber wissen Lukas und ich nicht viel. Wir haben erst letzte Woche angefangen alles zu organisieren.«

Es klopfte an der offenen Tür. Anni sah sie vor der Karte stehen und warf dann einen halb ärgerlichen, halb neugierigen Blick auf die Papiere und Schachteln. »Das Kind ist wach«, sagte sie zu ihrem Vater.

»Danke«, sagte Kate und lief schnell um Marta herum zur Tür.

»Sie ist in der Küche«, sagte Anni, als Kate an ihr vorbeikam.

Kates Schritte hallten durch den Flur; in der Essecke saß Abbie auf einem Schemel und trank aus einer Teetasse. Ihr Haar war wirr und sie trug noch ihr Nachthemd.

»Guten Morgen, Abbie.«

»Ich habe dich gerufen«, sagte sie und zog einen Schmollmund.

»Das tut mir Leid. Ich habe dich nicht gehört. Ich hätte nach dir schauen sollen.«

»Schon gut. Die Dame, die uns gestern am Flugplatz abgeholt hat, hat mir Tee gemacht. Sie hat mir diese leckeren Dinger gegeben, die soll ich statt Zucker reintun. Eins ist mir auch in den Mund gekommen.«

Abbie kicherte und zeigte auf ein rosa Schälchen mit braunen Kandiskristallen. Kate nahm einen und probierte vorsichtig: Er schmeckte nach braunem Zucker oder Sirup. Gerade als sie Abbie zuzwinkerte und einen in den Mund steckte, kam Marta herein. Kate tat, als wäre sie bei etwas Verbotenem erwischt worden, und Abbie lachte herzlich.

»Hier drin möchte ich sein«, sagte Marta mit einem Blick auf Kate, die den Kandis schnell verschluckte. Sie lächelte Abbie zu. »Kennst du mich noch von gestern Abend?«

Abbie nickte.

»Möchtest du Frühstück haben? Wir beide könnten es für alle machen.«

»Ich will bei meiner Mutter bleiben«, sagte Abbie schüchtern.

»Wir können es alle zusammen machen«, sagte Kate mit einem Augenzwinkern, sodass Abbie wieder lächelte.

Während sie Eier kochten und Abbie Fleisch und Käse auf einem Teller anordnete, sagte Marta leise zu Kate: »Ich glaube, Lukas spricht noch mit Anni. Wenn das nicht alles noch schlimmer macht, könnte es eine Verbesserung geben. Ich bin jedenfalls nicht still.«

Jack hatte die Decke zweimal zusammengelegt, bevor er sich vor der Lüftungsöffnung auf den Boden legte. Er fror wie immer und fragte sich, ob ihm jemals wieder mehr als ein paar Stunden lang richtig warm sein würde. Die Zeiten bei Wolfram Meizer tauten ihn immer bis ins Innere auf, aber dann musste er wieder in den Keller und in die Stollen. Wenn er am Leben bliebe, würde er für ein Jahr nach Hawaii ziehen und nie mehr frieren.

Auf seiner Seite der Lüftung machte Rudy einen neuen Versuch. Jack wartete im Dunkeln, die Finger an das Gitter gedrückt.

»Und?« Rudys Flüstern hallte im Lüftungsrohr.

»Noch nichts.«

Jack genoss die Nächte, in denen sie nicht zu erschöpft waren, um sich neben die Lüftung zu legen. Er stellte sich vor, sie wären kleine Jungen, wohnten auf verschiedenen Seiten einer Gasse und verständigten sich mit Taschenlampensignalen. Wenn er daran dachte, dass Rudy auf der anderen Seite auf dem kalten Beton lag und gerade versuchte, einen Brief über die kurze Entfernung zwischen den Lüftungsgittern zu befördern, musste er lächeln. Er rätselte, was für eine Art künstlichen Arm Rudy erfunden hatte, um Papier durchzuschieben: einen Drahtarm aus gesammelten Büroklammern oder ein Gerät aus Essbesteck? Jack behauptete gern, Rudy sei ein verkleideter Daniel Düsentrieb und wenn sie nur ein Päckchen Kaugummi hätten, könnten sie samt ihren Familien in wenigen Minuten frei und in Sicherheit sein. Aber Rudy kannte die Comics gar nicht, sodass er mit Jacks Scherzen nichts anfangen konnte.

Jack spürte eine leichte Berührung an der Fingerspitze. »Ich spüre ihn.« Er richtete sich auf und versuchte durch das Gitter zu greifen. Das Papier verschwand, war dann wieder da, aber nicht nahe genug. Es stieß gegen das Gitter und knitterte.

»Noch ein bisschen. Ich hab's.« Jack musste sich ermahnen zu flüstern. Er hörte Rudys leise Freudenrufe und zwischendurch den tiefen Husten, den er nicht loswurde.

»Jetzt haben wir noch eine Möglichkeit, uns zur Not zu verständigen.«

»Das macht sogar Spaß«, sagte Jack kichernd.

»Ich habe etwas erfahren«, sagte Rudy ernst. »Ich habe mir von Ian Bücher geliehen.«

»Ian tut alles für dich, Rudy. Hast du ihn schon mal gefragt, ob er uns flüchten lassen würde?«

»Das habe ich sogar. Aber er hat Nein gesagt.«

Jack lachte leise, als er sich Ians ausdrucksloses Gesicht vorstellte. »Und was hast du herausgefunden?«

»Ein Buch war über diese Gegend. Es ist deutsch, aber ich lerne langsam ganz gut Deutsch lesen. Die alten Zeitungen und das alles haben geholfen. Also wenn ich richtig lese, ist anscheinend vor über fünfzig Jahren am Ende des Sees, wo das Dorf ist, ein Damm gebaut worden. Willst du raten, wann genau?«

Jack beugte sich dicht an die Lüftung und dachte nach. »Vielleicht Anfang 1945?«

»Du hast den ersten Preis gewonnen.«

»Und was gewinne ich?«

»Eine Reise für zwei Personen in ein malerisches unterirdisches Tunnelsystem.«

»Danke. Der Damm war also kurz vor Ende des Zweiten Weltkriegs fertig. Noch etwas?«

»Eigentlich nicht, aber das kam mir doch wie ein auffälliges Zusammentreffen vor. Vielleicht ist das, was diese Leute suchen, in Wirklichkeit im Staudamm eingebaut.«

Jack dachte nach. »Ist der Wasserspiegel denn gestiegen, als sie den Damm bauten?«

»Ach ja, das hat da gestanden. Ein paar Worte konnte ich nicht raten. Aber ich meine, als im Frühling das Schmelzwasser in den See floss, ist er um ungefähr zehn Meter gestiegen. Da war der Krieg schon vorbei. Das Dorf musste neu aufgebaut werden; beim Dammbau hatte man auch Häuser abgerissen, damit das Wasser so hoch steigen konnte. Das war bestimmt ungern gesehen, aber damals sagten die Leute nichts mehr gegen die Nazis. Sie wussten, was sonst passieren würde. Ich dachte, dieses Stückchen Lokalgeschichte würde dich interessieren.«

»Tut es auch«, sagte Jack. Jetzt wusste er, wie der Höhleneingang von Menschen bearbeitet worden sein konnte. Der See war so flach gewesen, dass Taucher da arbeiten konnten; vielleicht war die Höhle sogar irgendwann gar nicht unter Wasser gewesen. Zehn Meter waren eine beträchtliche Höhe.

Jack wollte Rudy von seiner Entdeckung erzählen, aber die Lüftung war für so eine Information nicht sicher genug. Vielleicht die neue Methode mit den Briefen? Rudy sagte Gute Nacht und Jack war froh vom Fußboden wegzukommen. Die Kälte kam schnell durch die Wolldecke in seinen Körper.

Später las er das Papier, das Rudy durchgeschoben hatte, und lachte. Auch Rudy stellte sich also vor, sie seien Jungen, die sich Geheimbotschaften schickten. Da stand: »Wirst du Melissa sagen, dass ich sie gern mag?« Darunter waren drei Kästchen gezeichnet für *Ja*, *Nein* und *Vielleicht*.

Dasselbe fragte er sich, wenn er daran dachte Rudy von der Höhle zu erzählen. Er fand, irgendwie müsse er es seinem Freund bald sagen. Vielleicht würde das neue Wissen Rudy die Kraft geben, gegen diese Krankheit anzugehen, die er nicht überwinden konnte. Jack beschloss, sie müssten noch einmal nachts auf den See fahren. Er wollte Ian sagen, er habe Bedenken wegen neuer Risse.

Bald würde die Höhle ihre Geheimnisse preisgeben.

31 Einunddreißigstes Kapitel

Lukas wollte nichts wissen von dem, was vor seinen Augen geschah. Er hatte diese Dinge schon oft ignoriert und geglaubt, alles würde sich regeln. Aber Marta hatte ihn gebeten mit seiner Tochter zu reden. Mit Anni konnte er noch schwerer sprechen als mit seinen anderen Kindern, vielleicht weil sie ihm am ähnlichsten war.

Sie hatte einen Augenblick gewartet, als Marta hinausgegangen war, und wollte dann auch gehen.

»Anni, bitte komm herein«, sagte er. Es war eine Entlastung, nach dem englischen Gespräch mit Kate und Marta wieder Deutsch zu reden.

»Eine Partie Schach?«, fragte sie mit einem Nicken in Richtung des Schachbrettes, das mit handgeschnitzten, fertig aufgestellten Figuren in der Ecke stand. »Ich weiß noch, wie du es mir vor langer Zeit beigebracht hast.«

»Da warst du über den Sommer hergekommen und hast dich zu Tode gelangweilt.«

»Für eine Fünfzehnjährige kann diese Festung schon langweilig sein.«

»Wahrscheinlich«, sagte Lukas. Er erinnerte sich, wie anders seine Kindheit gewesen war mit einem Vater, der lieber in der Kneipe aus zu Hause war. Er war mit fünfzehn mehrmals weggelaufen und hatte sich bei seinem Freund versteckt, bis seine Tante in Wien ihn freiwillig aufgenommen hatte. Da war das Leben erst einmal besser gewesen, bis er bei seiner Suche auf den Idealismus der Hitlerjugend stieß. Sofort war er mit Versprechungen von Ansehen, Ehre und Pflichterfüllung da hineingezogen worden. Er hatte einen früheren Freund, der Halbjude war, und das stellte seine neuen Überzeugungen am meisten in Frage. Aber je mehr Propaganda er las – »wissenschaftliche Fakten« über den degenerierten Charakter der Juden und Berichte über ihre Verschwörungen gegen die Entscheidungsfreiheit der Regierung –, umso mehr war sein Zorn gewachsen. Bei einer Versammlung hatte er sich ertappt, wie er mit allen anderen Sprechchöre rief, und er war erschrocken die Worte seines Vaters aus dem eigenen Mund zu hören.

»Schach mit deiner Tochter interessiert dich anscheinend nicht.«

Lukas schaute Anni an. Sie hatte ihren Ärger immer deutlich gezeigt durch Gesten und den Ton ihrer Stimme. Er dachte an seine Selbstverpflichtung, seinen Kindern ein anderer Vater zu sein, als er ihn erlebt hatte. Lukas' Töchter hatten die besten Schulen besucht,

Geld und Ansehen gehabt und er hatte sie nicht ein einziges Mal angeschrien. Aber durch all das war seine Beziehung zu ihnen nicht enger geworden.

»Willst du etwas Bestimmtes sagen?«, fragte er Anni.

Die Herausforderung kam sofort: »Warum hast du diese Frauen hergebracht?«

»Kates Mann ist verschollen. Vielleicht können wir da helfen.« Lukas sagte Anni nur wenig von seinen Geschäften außer dem, was sie zu tun hatte. Er fühlte sich mehr wie ihr Arbeitgeber als wie ihr Vater. Sie hatten wenig Herzlichkeit füreinander und er wusste nicht, wie er die Mauer zwischen ihnen einreißen könnte, die so hoch geworden war.

»Hast du hier ein Flüchtlingsheim? Letzten Monat ist die ältere Frau gekommen und jetzt diese und ihr Kind. Vater, von jeder Reise bringst du neue Frauen mit.«

In ihrem Sarkasmus klang Schmerz mit. Da war er sicher. Anni zeigte selten andere Gefühle als Ärger. Annis Mutter war immer wieder frustriert von ihrem zweiten Kind. Vera war die Wienerin, wie sie im Buch steht: gastfreundlich, charmant, nicht aus der Ruhe zu bringen, voll Stolz auf sich und ihre Familie. Wenn nicht eine seiner Affären so ein öffentlicher Skandal gewesen wäre, hätte Vera ihn nie verlassen. Aber weil ihr Ruf vor der Gesellschaft geschädigt war, würde sie auch nie zu ihm zurückkommen. Lukas hatte es vermisst, seine Töchter im Haus zu hören, aber er hatte nicht um sie gekämpft. Es war Veras Sache, sie zu erziehen.

Lukas dachte daran, wie Anni ihn vor mehreren Jahren einmal spätabends angerufen hatte. Bis dahin hatte er sie nie hilflos gehört. Er war nach Wien gefahren, um sie abzuholen und es hatte ihn sprachlos gemacht, wie krank und verletzlich sie aussah. Er hatte sie direkt ins Krankenhaus gebracht und sie war wegen einer Überdosis Drogen behandelt worden. Später waren sie vom Krankenhaus zur Kurklinik gefahren, wo sie drei Monate bleiben musste. Lukas besuchte sie jede Woche, aber sie sprachen selten. Ihre Art, sich anzunähern, war das Schachspiel. Er verlor sehr ungern. Und in den letzten Wochen vor ihrer Entlassung verlor er regelmäßig. Lukas hatte ihr eine Wohnung und Arbeit angeboten. Es war nicht ihr erster Entzug gewesen, nur das erste Mal, dass sie ihn gerufen hatte. Er wusste, wenn sie nicht ihr altes Leben hinter sich lassen könnte, würde sie wieder anrufen. Anni hatte sein Angebot angenommen.

»Du hast deutlich genug gesagt, dass dir das nicht gefällt«, sagte er vorsichtig. Er fragte sich, ob Anni wusste, dass sie ein besonderer

Fall war, nicht nur irgendeine Frau, der er helfen wollte. Marta und Kate waren nicht aus demselben Grund hier; es war einfach so gekommen. Konnte Anni das verstehen? Wusste sie, wie froh er war, dass sie mit im Haus wohnte? »Es wäre schön für mich, wenn du zu meinen Gästen höflich wärest. Sie sind eine Zeit lang hier zu Gast und fahren dann wieder weg.« Wusste Anni, dass sie nicht nur ein Gast war?

»Wenn dieses Kind an meine Sachen geht oder zu laut wird, weiß ich nicht, wie viel ich vertragen kann.«

»Aber du willst es versuchen?« Lukas merkte, dass er dasselbe sagte, was Marta zu ihm gesagt hatte.

»Wahrscheinlich.« Als sie aufstand, um zu gehen, warf sie einen Blick auf die Karte.

Eigentlich sollte er ihr alles erzählen. Anni hatte ihm schon öfter in Geschäftsangelegenheiten geholfen, die sich manchmal an der Grenze des Legalen bewegten, und hatte sich unzählige Male als zuverlässig erwiesen, ohne zu fragen oder Erklärungen zu erwarten. Aber er wollte nicht, dass sie in diese Sache hineingeriet. Das konnte zu gefährlich werden. Lukas konnte seine Tochter doch nicht in einem Kampf verlieren, der schon so lange anhielt. Wolfram Meizer hatte ihm schon zu viel genommen.

Nach einem kurzen Mittagsschlaf für Kate und einer schnellen Übersichtsfahrt über das Anwesen für alle meinte Lukas, es sei Zeit wieder zu arbeiten. Marta hatte von Anfang an klargestellt, dass sie nur in Lukas' Büro über ihre Mission sprechen sollten, nicht beim Essen, auf Spaziergängen oder wenn Abbie dabei war. Kate fand es lustig, dass Marta die Suche eine »Mission« nannte. Zwei ältere Herrschaften, Kate und Abbie hatten eine geheime Mission! Wer hätte das gedacht?

Kate brachte ihre Fliese in Lukas' Büro; in dem Natursteinkamin knisterte ein Feuer und die Lampen brannten. Marta hatte die Jalousien des einzigen Fensters geöffnet, aber jetzt am Nachmittag kam wenig Licht herein.

Abbie war oben und spielte in ihrem neuen Zimmer; sie hatte ein Puppenhaus entdeckt, das sie zu Hause vielleicht zu alt gefunden hätte, um damit zu spielen. Aber als Kate wieder hinunterging, räumte sie die Zimmer um und zog die kleinen Figuren an.

Alle betrachteten die vier Fliesenstücke: Karls größeres dreieckiges, die Kopie von Janos' Original, die sie in Karls Arbeitszimmer gefunden hatten, das kleinere Stück, das Oskar per Eilboten geschickt hatte, und Lukas' fast quadratischen Teil. Kate hatte inzwischen von Oskar Gogl gehört, der hoffte, bald kommen zu können. Aber wegen der Krankheit seiner Frau wusste er noch nicht wann. Nur ein Stück der Fliese fehlte.

»Was denkst du?«, fragte Marta Lukas.

»Ich kann nichts Besonderes erkennen.«

»Wissen Sie, wo die Fliese herkommt?«, fragte Kate. »Ich meine ursprünglich?«

Lukas und Marta sahen sich an, dann sprach Marta.

»Karls Schwester gehörte zu unserer Widerstandsgruppe, bevor Lukas dazukam. Sie brachte die Fliese in ein Versteck, das wir kannten, zusammen mit der Anweisung an Karl, sie in fünf Teile zu teilen – einen für jedes Mitglied – und sie zum nächsten Treffen mitzubringen.« Kate sah, wie Marta Lukas einen ernsten Blick zuwarf, dann sah sie wieder sie an. »Susanne ist vor dem nächsten Treffen ermordet worden, darum haben wir den eigentlichen Grund nie erfahren. Alles war schrecklich in diesen letzten Kriegsmonaten und wir dachten nie, die Fliese könnte in Wirklichkeit der Schlüssel sein. Aber jetzt fragt sich Lukas, ob es nicht doch so ist. Wir wollten die Stücke zusammen sehen, um das zu erkennen.«

Wieder schauten alle auf die Fliese. Die Kopie war etwas anders als die anderen Scherben, die Farbe war dunkler und die körnigen Ränder rieben sich leicht ab. Die anderen drei waren hell kobaltblau mit einem edlen Muster; die Bruchränder zeigten weißes, körniges Material.

»Ich habe darüber nachgelesen«, erklärte Kate.

»Wirklich?«, fragte Lukas, ging um den Schreibtisch und setzte sich dahinter. Kate merkte, dass er heute Abend müde wirkte.

»Sie wissen doch, dass ich Antiquitätenhändlerin bin? Mein Spezialgebiet sind zwar ältere amerikanische Stücke, aber ich kann mich informieren.«

»Und was haben Sie erfahren?«, fragte Lukas.

»Das Wichtigste ist wohl, dass dies keine echte Antiquität ist.«

»Woran erkennen Sie das?«

Kate nahm ein paar Blatt Papier, die sie von zu Hause mitgebracht hatte, und fasste zusammen, was sie erfahren hatte. »Ich will nicht alles vorlesen, aber das Erste ist, dass mir nie bewusst war, wie lange es schon Fliesen gibt und wie viele verschiedene Arten: bunt glasierte viktorianische Fliesen, englische und holländische Fliesen mit Zinnglasur, europäische Ofenkacheln, mittelalterliche Fußbodenfliesen, italienische und so weiter und so weiter. Das erste Kennzeichen war für mich die Dicke der Fliese. In verschiedenen Jahrhunderten sind die Fliesen jeweils verschieden dick und hart, je nach der Herstellungsart. Die Fliesen aus dem zwanzigsten Jahrhundert sind meistens am dünnsten.«

Sie nahm eine Scherbe und drehte sie in den Fingern. »Es gibt noch andere Kennzeichen, nach denen man das Alter einer Fliese bestimmt. Kacheln aus dem achtzehnten Jahrhundert zum Beispiel waren so geformt, dass sie nach innen dünner wurden, damit sie gut aneinander passten. Und manche holländischen und englischen Fliesen aus dem siebzehnten und frühen achtzehnten Jahrhundert haben zwei Nagellöcher in gegenüberliegenden Ecken.

Die blaue Farbe ist wahrscheinlich durch ein Metalloxid von Kobalt entstanden. In der Majolikatechnik hat man Farbe und Helligkeit leicht variiert: Hier war das Blau an manchen Stellen dunkler. Der erhabene Rand ist wahrscheinlich durch eine Druckform entstanden – oder durch eine Gussform.«

»Müsste man so etwas in einer Fabrik herstellen?« Lukas nahm eines der Stücke in die Hand.

»Einzelne Töpfer konnten so etwas auch machen.«

»Was denkst du?«, fragte Marta.

»Ich weiß nicht«, sagte Lukas. »Wenn sie keinen Altertumswert hat und offensichtlich nichts in den Ton eingebrannt ist – ich habe mich oft gefragt, ob das der Grund war, warum Susanne wollte, dass Karl sie zerteilt. Vielleicht hat sie gedacht, es sei etwas darin, womöglich eine Nachricht von SS-Leuten? Das sind nur vorläufige Gedanken. Wenn wir wüssten, was die Fliese für Information bietet, könnten wir sicherer sein, was Wolfram tun wird.« Er lehnte sich in seinem Stuhl weit zurück und schaute an die Decke. »Was schließen Sie nun, wie alt die Fliese ist?«

»Nachdem ich alles gelesen habe, schätze ich nicht jünger als Anfang 1900. Ich lasse diese Beschreibungen hier, damit Sie sie nachlesen können, aber das denke ich.«

»Das ist gut«, sagte Lukas.

Kate freute sich über sein Lob; es war so selten. Sie nahm eine Akte, die auf der Innenseite des Deckels eine Fragenliste enthielt. »Wie konnte ich das vergessen?«, sagte sie, als sie den Namen auf dem Blatt sah. »Rudy Blessing.«

»Der andere Verschollene«, sagte Lukas teilnahmslos. »Sagen Sie uns, wie ihre Beziehung war. Wir wollen es uns gemütlich machen.«

»Ich mache Kaffee und Tee«, sagte Marta. Sie ging hinaus und Kate fühlte sich gleich durch Lukas' Anwesenheit eingeschüchtert. Seine dunklen Augen unter herabhängenden Lidern sahen sie prüfend an. Sie redete weiter, als ob Marta, ihre Fürsprecherin, noch da wäre.

»Bevor Jack und ich heirateten, als er noch im College war, machte er im Sommer ein Praktikum auf Rudy Blessings Tauchexpedition. Jack arbeitete den Sommer über mit Rudys Leuten an einer archäologischen Forschung unter Wasser.«

»Das ist interessant«, sagte Lukas. »Da ist ein eindeutiger Zusammenhang. An beiden Stellen sind Seen, wenn auch kein Meer in der Nähe. Aber Unterwasser-Archäologen, die Seen, die Holzkisten, die man in den Toplitzsee geworfen hat, und die anderen Seen im Salzkammergut, aus denen man deutsche Waffen und anderes geborgen hat, das ergibt ein Bild.«

»Bei dem Schloss in Italien ist auch ein See in der Nähe?«

»Ja.«

Die Frage beunruhigte Kate, die Frage, die sie seit drei Jahren quälte und sie vom Leben abhielt. Sie hätte lieber Marta gefragt, nicht Lukas. Aber sie konnte nicht mehr warten. »Lukas, bitte, ich muss wissen, ob es so ist oder nicht. Meinen Sie, Jack könnte noch leben?«

Mit gefalteten Fingern schaukelte er in seinem Stuhl. Er schien konzentriert nachzudenken. »Ich möchte sagen, so wie es jetzt aussieht, kommen wir dieser Möglichkeit ein Stück näher.«

Es war nach Mitternacht und es kam ihr vor, als hätten sie schon hundert Themen behandelt. Aber Kate hatte immer noch andere auf ihrer Fragenliste. Das Abendessen war lange vorbei, Abbie schlief und alle waren müde. Sie sprachen über die Blaue-Fliesen-Morde. In Südamerika hatte es eine Reihe von diesen Verbrechen gegeben und in Deutschland eines zwischen 1950 und 1955. Die Opfer waren ein bekannter Arzt, mehrere Politiker und ein Mann in Argentinien namens Ernst, den man für einen alten Nazi hielt. Alle waren ermordet worden und am Tatort der Verbrechen hatte man jeweils eine blaue Fliesenscherbe zurückgelassen. Alle hatten dieselbe Form und Farbe wie das Stück, das Kate auf Jacks Kopfkissen gefunden hatte.

Es war Martas Idee, das Reliefmuster auf der Fliese auf ein Stück Papier zu übertragen. Kate legte das Papier auf die Fliese und rieb sacht mit einem Kohlestift darüber, bis das Muster erschien. Sie untersuchten es lange. Das Muster, das den Rand der Fliese bildete, war weder regelmäßig noch klar. Wenn es Kunst wäre, gliche es am ehesten einem kubistischen oder vielleicht surrealistischen Bild, es war ein Muster von Linien und Formen. Die Formen und das Gesamtbild hätten für Wolfram Meizer vielleicht etwas bedeutet, aber ihnen verrieten sie nichts. Vielleicht würde das letzte Stück Aufschluss geben.

»Dieses Stück hat Janos gehört«, sagte Marta leise und nahm die Kopie in die Hand.

»Janos war der Spaßmacher in der Gruppe. Über ihn haben wir Tränen gelacht. Er hat auch gut ausgesehen; die Mädchen im Dorf lagen ihm zu Füßen.«

»Wolfram hat Janos die Fliese weggenommen, als er ihn umbrachte, und sie als Vorlage für die Fälschungen benutzt, die er an den Tatorten zurückließ.« Lukas' Gesichtsausdruck zeigte kein Gefühl, als er aufstand und noch ein Holzscheit ins Feuer legte.

»Warum kann Wolfram diese Verbrechen begangen haben?«

»Gar nicht so dumm, wenn man es sich überlegt«, sagte Lukas.

»Ich gebe es ungern zu, aber es stimmt.« Marta faltete die Hände auf dem Schoß. »Wir glauben, Wolfram hat die Morde aus persönlichen Gründen begangen – vielleicht um Information zu bekommen oder um sich zu rächen. Dann ließ er die Scherbe da, um den Verdacht von einer Einzelperson abzulenken. Es sollte aussehen wie die Tat einer Terroristenbande – unserer Gruppe. Sicher haben Sie von Bombenanschlägen und anderen Verbrechen gehört, wo dann eine Bande die Verantwortung übernommen hat. Das hat Wolfram getan, aber die Verantwortung auf uns geschoben. Vielleicht hätten wir uns öffentlich distanzieren sollen, aber unser Leben war ja weitergegangen. Wir wollten keinen Verdacht, besonders weil wir nicht wussten, wer der Täter sein könnte. Gab es noch mehr Fliesen? Warum hat Susanne uns gebeten die Fliese zu teilen? Wegen dieser und anderer Fragen wollten wir nicht an die Öffentlichkeit gehen.«

»Aber darum konnten wir uns auch nicht wieder zusammentun und Wolfram weiter verfolgen. Wie kann man am besten etwas in Misskredit bringen?«, fragte Lukas Kate.

»Ich weiß nicht.«

»Sie sind Protestantin oder evangelikal?«

»So ähnlich«, sagte Kate. »Ich glaube an die Bibel.«

»Das ist gut. Wenn jetzt die Nazis die Juden im Namen Christi ermordet haben oder weil sie sagen, die Juden hätten Christus ermordet, wie wirkt das auf Ihre Religion?«

»Erstens ärgert es mich und zweitens rückt es das Christentum bei denen, die es nicht verstehen, in ein schlechtes Licht. Christus war selbst Jude und die Grundlage meines Glaubens steht im Gegensatz zu allem, was die Nazis getan haben.«

»Erklären Sie die Grundlage«, fuhr Lukas fort.

»Jesus hat uns befohlen Gott von ganzem Herzen, mit ganzer Seele und mit all unseren Gedanken zu lieben und unseren Nächsten wie uns selbst.«

»Aber wenn niemand das dem Menschen sagt, der im Namen Jesu misshandelt wird, was glaubt er dann?«

»Dass Christus so etwas befehlen würde«, antwortete Kate.

»Ja. Das ist kein besonders gutes Beispiel, aber Sie verstehen, wie Wolfram den Namen unserer Gruppe ausnutzte, um seine Verbrechen zu begehen, und das schadet uns sehr. Wahrscheinlich dachte er, wenn wir strafverfolgt würden oder die Presse die Geschichte herausfände, könnte er uns schnell finden und die fehlenden Fliesenstücke bekommen. Diese Fliesenstücke sind ihm sehr wichtig – und ich bin sicher, er will sich auch rächen. Aber warum er das getan hat, werden wir vielleicht nie sicher wissen.«

»Kate, haben Sie das Gefühl, in einen Spionagefilm geraten zu sein?«, fragte Marta kichernd.

»Für einen James Bond wäre ich aber sehr alt«, sagte Lukas und Kate merkte, dass er einen Witz gemacht hatte. Er lächelte sogar selbst ein wenig.

»Ich dachte an *Mission Impossible*«, sagte Marta. »Werden meine Anweisungen innerhalb von fünf Sekunden unbrauchbar?«

»Möglich«, sagte Lukas und streckte die Arme. »Wir müssen schlafen, aber ich denke, unser Programm für die nächsten Tage sieht so aus: Ich fahre zum Schloss Weiß und versuche von da aus Wolframs Spur aufzunehmen. Kate, ich weiß jemanden, mit dem Sie sprechen können. Da kann ich nicht mitkommen. Mein früheres Amt in der Regierung macht es schwierig Leute über solche Dinge zu befragen. Das könnte uns sehr verdächtig machen – oder Wolfram könnte es sofort erfahren. Manches werden Sie allein machen müssen.«

»Das war mir schon klar, als ich hergekommen bin«, sagte Kate. Das Feuer war ausgebrannt und es wurde kalt im Zimmer.

»Dieser Mann wohnt in Italien. Er war in mehreren Lagern und hat Wolfram Meizer gekannt. Sein Name steht in Karls Akten. Ich habe Information über ihn gefunden. Er heißt Francis Moore. Er hat die Lager überlebt, spricht ausgezeichnet Englisch und hat mehrere Bücher geschrieben. Er war bei Kriegsende in Ebensee.«

»Wo in Italien?«

»Venedig, glaube ich.«

»Venedig?«, fragte Marta. Erschrocken schaute sie Kate an.

»Ja«, sagte Lukas. Sein Ton verriet kein Verständnis für ihre Reaktion. »Kate ist schon da gewesen, die Fahrt dahin ist also kein Problem.«

»Da sollte sie nicht hinfahren müssen«, sagte Marta.

Kate hörte der Diskussion zu, als ob sie von draußen durchs Fenster schaute. Sie war ohne Angst nach Europa geflogen, weil sie wusste, dass sie nicht wieder nach Venedig kommen würde. Jetzt fühlte sie sich irgendwie von Gott überlistet. Oder hatte er ihr nur jeweils einen Schritt auf einmal zugemutet? Wie weit war sie bereit ihre Seelenruhe hinter sich zu lassen, um die Antwort zu bekommen, vielleicht sogar Jack selbst zu finden?

»Ich weiß nicht, was ich dann mit Abbie machen soll.«

»Marta kann mit ihr hier bleiben.«

»Ich will sie nicht allein lassen.«

»Dann nehmen Sie sie mit.«

»Nein, dahin will ich sie nicht mitnehmen«, sagte Kate.

»Sie können die Fahrt an einem Tag schaffen. Es dauert dann ziemlich lange.«

»Lukas«, sagte Marta, »sie sollte das nicht machen. Verstehst du das nicht?«

»Wollen wir Wolfram haben oder nicht? Will sie wissen, was mit ihrem Mann ist, oder nicht? Das ist keine leichte Sache und wir können nicht auf ideale Bedingungen warten. Wolfram sitzt nicht untätig da, weil seine Leute Angst bekommen könnten. Ich muss zum Schloss Weiß fahren und sehen, was ich da finde. Kate kann weder Italienisch noch Deutsch; sie könnte da nichts erfahren. Francis Moore spricht ausgezeichnet Englisch und hat seine Geschichte immer wieder erzählt. Wenn Sie vor Venedig zu viel Angst haben, dann fahre ich später selbst hin oder ich suche jemanden, aber das ...«

»Ich fahre«, sagte Kate, »aber nur für einen Tag.«

»Dies ist nur der erste Schritt«, sagte Lukas. »Ist Ihnen klar, was wir da angefangen haben? Es wird nicht immer nur nett und angenehm. Dies ist ein Kampf. Es könnte ein Kampf auf Leben und Tod werden.«

32 Zweiunddreißigstes Kapitel

Marta wurde schnell zu Abbies Adoptiv-Großmutter. Kate hielt sich gern mit ihrer Tochter und Marta außerhalb der Grundstücksmauern auf. Die Alpen waren wie eine tausendfache Vergrößerung ihres kleinen Zauberwaldes in Cottonwood. Sie gingen auf kleinen Pfaden und pflückten Wildblumensträuße. Als Kate Abbie sagte, sie würde einen Tag lang weg sein, schien das Abbie nichts auszumachen, wenn sie nur zur Schlafenszeit wieder da wäre, um *Die Reise auf der Morgenröte* vorzulesen.

»Wir haben es immer noch nicht fertig gelesen«, sagte Abbie.

Es beruhigte Kate zu wissen, dass Abbie an dem Tag zufrieden sein würde. Anni hatte alles organisiert und das machte Kate etwas nervös. Wahrscheinlich hatte sie Fahrkarten nach Sibirien statt nach Venedig besorgt.

»Ich habe keine Lust wieder in diese Stadt zu fahren«, vertraute sie Marta am Tag vor der Reise an; sie kamen von einem Bergpfad auf die breiten Gartenwege auf dem Grundstück.

»Das verstehe ich. Wir warten ab, bis es Lukas besser geht, und dann fahre ich mit ihm hin. Oder ich fahre an Ihrer Stelle und spreche mit diesem Francis Moore.«

»Was fehlt Lukas?«

»Er ist alt und er weigert sich zum Arzt zu gehen.«

»Sie können alles bei ihm erreichen; wissen Sie das nicht?«

»Wenn es um Ärzte geht, bin ich machtlos«, sagte Marta bedauernd. »Ich fand es nicht klug, dass Sie wieder nach Venedig fahren.«

»Ich auch nicht. Aber ich habe gebetet und darüber nachgedacht. Es wird gut sein, wenn ich wieder hinfahre und in unserer Gruppe mitarbeite. Sie und Lukas können nicht alles machen, obwohl ich manchmal Lust hätte, ein Kind wie Abbie zu sein und jemanden zu haben, der für mich sorgt – nur für ein paar Minuten.«

»Das Gefühl kenne ich. Wir sind starke Frauen, Sie und ich. Das müssen wir. Aber auch starke Frauen brauchen manchmal eine Schulter zum Anlehnen. Wir wollen füreinander sorgen, bis sich eine andere Schulter anbietet.«

Kate nickte und legte Marta sanft die Hand auf die Schulter. Sie sah Tränen des Mitleids in den Augen der Älteren.

Marta fuhr sie zum Mitternachtszug. Kate freute sich, dieses Mal eine gut gelaunte Chauffeurin zu haben. Sie hatte sich diese Möglichkeit ausgesucht, um nicht noch einmal mit Anni fahren zu müssen und das häufige Umsteigen in verschiedene Flugzeuge zu vermeiden. Marta blieb lange genug, um ihr schnell das Nötige zum Zugfahren zu sagen, dann winkte sie zum Abschied, um zurückzufahren, bevor Abbie aufwachte. Kate stand allein mit wenigen anderen Reisenden auf dem winzigen Bahnsteig neben dem Gleis. Während sie an der Stelle wartete, wo hoffentlich das Nichtraucherabteil erster Klasse halten würde, konnte sie ihren Atem sehen. Die Kälte kroch durch ihre graue Strumpfhose und sie wünschte, sie hätte statt des geraden schwarzen Kleides eine Hose angezogen. Dann fingen die Gleise an zu summen, der Zug kam zischend auf sie zu und hielt abrupt.

Kate nahm ihre Tasche. Sie sah, wie schnell die anderen Reisenden einstiegen, und musste die nächste offene Tür nehmen: zweite Klasse, Raucher. Direkt hinter ihr schlossen sich die Türen und noch bevor Kate den Bahnsteig verlassen hatte, fuhr der Zug schon weiter. Die Wagen stanken nach Jahre altem Rauch, der wie eine Farbschicht auf Wänden, Sitzen und den Fahrgästen lag, die länger blieben. Kate ging weiter durch die Wagen bis zu den leeren Nichtraucherabteilen. Sie setzte sich auf einen Sitz mit einem Tischchen davor und ihr wurde bewusst, dass dies ihre Rückkehr nach Venedig war.

In ihre schwarze Ledertasche hatte Kate ihre Bibel gepackt. Sie schlug gleich die Psalmen auf und las die Verse, die sie am Vorabend unterstrichen hatte: Gott ist meine Stärke, meine Zuflucht, mein Befreier, mein Schild, mein Loblied – immer wieder las sie diese Verse auf der ganzen Fahrt. Das Wort *Zuflucht* fiel ihr besonders auf. Vor Jahren hätte Kate gedacht, eine Zuflucht sei ein Platz, an den man vor dem Leben flieht. Aber so war es nicht. Die Zuflucht war ein Platz, an dem Gott sie festhielt, während der Sturm tobte und das Leben weiterging: kein Versteck, das sie dem Alltag entzog, sondern Friede mitten im Leben. Das konnte sie erst jetzt verstehen.

Während sie fuhr und mehrmals umstieg, wurde es allmählich Tag. Sie fuhr jetzt in eine veränderte Landschaft: Die Hänge und Dörfer in Österreich waren von weißen Häusern mit geraden Fassaden, braunen Blumenkästen und Giebeldächern geprägt. Jenseits der italienischen Grenze wurden sie immer mehr von roten Ziegeldächern und weiten weinbewachsenen Hängen abgelöst, je weiter sie nach Norditalien hineinkam. Als der Zug die Berge und die wellige Hügellandschaft verließ und öfter durch Städte fuhr, schienen die Farben ein wenig blasser.

Francis Moore, den sie besuchen wollte, war vor kurzem in ein Pflegeheim in Venedig aufgenommen worden. Lukas hatte mit Moores Frau gesprochen und sie hatte sich bereit erklärt, Kate am Bahnhof Santa Lucia am Westende des Canal Grande abzuholen. Als Kate ausstieg, wimmelte der verrauchte Bahnhof schon von gehetzten Reisenden. Auf dem Weg zum Haupteingang, wo Marie Moore warten sollte, blieb Kate stehen. Eine Welle von panischer Angst wollte sie überfallen. Dies alles war zu real: der Rauch, die Stimmen um sie her und etwas irgendwie Bekanntes, das sie nicht beschreiben konnte. Dann erkannte sie es: Es war der Geruch einer Stadt auf dem Wasser. Da wusste Kate, sie hätte nie wieder herkommen sollen.

Lukas lehnte sich an die Kopfstütze auf dem Rücksitz der grauen Limousine und rieb sich die Augen. Rey, der ihn auch sonst fuhr und sein «Mädchen für alles« war, saß am Steuer, aber seit ihrer Abfahrt nach Süden am Morgen hatten sie wenig gesprochen. Lukas war noch nicht wieder bei Kräften und ein Tag Bettruhe auf Martas Drängen hin hatte seinen Zustand wahrscheinlich verschlechtert.

Er hasste es alt zu sein. Es verdarb ihm die Laune.

Kate würde schon in Venedig sein, rechnete er aus. Er fragte sich, wie es ihr ging. Marta hatte ihm eine lange Predigt über sein unsensibles Verhalten gehalten. Ihm war die Entscheidung logisch vorgekommen: Kate war schon in Venedig gewesen, würde also in der Stadt zurechtkommen. Mit Francis Moore konnte die junge Frau Kontakt aufnehmen, weil er Englisch konnte. Marta hatte gefragt, warum er nicht ihr den Auftrag gegeben hatte. Lukas hatte versucht schnell etwas auszudenken und erklärt, Kate müsse sich als wesentlichen Teil der Gruppe empfinden. Diese Reise sollte ihr Beitrag sein. Aber Marta hatte immer einen Einwand. Sie sagte, Kate hätte doch mit der Forschung über die Fliesen und der Arbeit, sich über den Krieg zu informieren, ehe sie herkam, schon geholfen. Lukas hatte keine Lust mehr gehabt zu streiten. Er wollte ihr nicht sagen, warum er nicht Marta gebeten hatte nach Venedig zu fahren. Er hatte einfach nur nicht daran gedacht. Das hätte sie ihm nicht geglaubt.

Aber den tieferen Grund würde er für sich behalten: Er machte sich Sorgen um Marta. Äußerlich gab sie sich so stark, aber er sah an Kleinigkeiten, dass sie trauerte. Und sie hatte sich zu schnell an Kate und Abbie angeschlossen. Er wollte nicht, dass es sie verletzte, wenn wieder jeder eigene Wege ging. Manchmal beunruhigte es ihn, dass er sich Marta zu sehr verbunden fühlte. Die Vorstellung, sie wäre nicht mehr im Haus, machte ihm nicht Kummer, sondern Angst. Konnte er ohne sie leben? Konnte er ohne kleine Vasen mit Wildblumen, ohne ihren sanften Tadel, ohne ihre Anwesenheit leben?

Lukas merkte, dass sie über die offene Grenze nach Italien gefahren waren. Er musste sich auf dieses Schloss Weiß konzentrieren. Aber er wollte Marta so viel wie möglich in der Nähe seines Anwesens halten – bis sie Wolfram Meizer gefunden hätten.

Marie Moore sprach nur gebrochen Englisch; das konnte Kate die Angst vor dieser Reise nicht nehmen. Aber wenigstens fuhren sie nicht in die Gegend, wo Kate und Jack gewohnt hatten. Als Marie und Kate bei Francis' Pflegeheim ankamen, bewunderte Kate die mediterranen Gartenanlagen und offenen Arkaden. Sie hatte noch nie ein so angenehmes Altenheim gesehen.

Marie begleitete Kate bis zur Tür von Francis' Zimmer. »Heute schlechter Tag für ihn. Das kommt manchmal. Wieder besser morgen oder übermorgen. Mein Mann stark.« Marie lächelte. »Morgen kommen?«

»Nein, ich kann nicht. Ich muss wieder nach Österreich.« Kate versuchte langsam zu sprechen, damit Marie sie verstand.

Sie runzelte die Stirn. »Kleine Zeit. Kleine Zeit.« Kate nahm an, das bedeutete, dass sie nur kurz mit ihm sprechen konnte.

Das Zimmer roch stark nach Menthol und nach Medikamenten. Francis Moore wirkte winzig und gebrechlich in dem weißen Krankenhausbett. An seiner Hand, die blaue Flecken zeigte, war ein Tropf angeschlossen. Er lächelte und winkte Kate hereinzukommen.

Marie sprach schnell auf Italienisch zu ihm; er antwortete einfach »*Si*« und sie ging hinaus.

»Sehr gut, sie lässt uns allein. Meine Frau macht sich zu viele Sorgen.«

»Das ist doch die Aufgabe einer Frau.«

»*Si, si*. Und ihr Mann macht, was sie möchte. Wir können nur kurze Zeit reden. Sie holt mein Buch in englischer Übersetzung aus der Krankenhausbibliothek, das können Sie mitnehmen. Es sind meine Memoiren.«

»Vielen Dank«, sagte Kate. Francis wusste, dass sie Fragen zu seiner Zeit in Ebensee hatte. Er wollte mit ihr sprechen, solange es ging; das hatte seine Frau Lukas gesagt. Aber jetzt, als sie da war, wusste sie nicht recht, wo sie anfangen sollte.

»Sie sind Kate Porter und ich bin Francis Moore.« Er drückte auf einen Knopf und das Bett hob ihn in Sitzstellung. Sein Haar war rein weiß und seine braune Haut so runzlig, als ob er sein Leben lang nur in der Sonne gewesen wäre.

»Entschuldigen Sie, dass ich mich nicht vorgestellt habe.«

»Das ist gut so. Man hat mir gesagt, es geht um das KZ Ebensee und Wolfram Meizer.«

»Das stimmt. Macht es Ihnen etwas aus, mir Ihre Geschichte zu erzählen?«

»Er lebt noch, nicht wahr? Wolfram Meizer lebt?«

»Wir meinen ja. Wir versuchen genau zu erfahren wo.«

»Warum suchen Sie ihn?«

»Vielleicht weiß er, was mit meinem Mann passiert ist.«

Francis fragte nicht genauer nach, sondern überlegte. Er schüttelte den Kopf, schaute sie lange intensiv an und suchte in ihren Augen Gedanken und Erinnerungen. »Ich brauche nicht alles zu wissen«, sagte er. »Aber ich möchte auch aus anderen Gründen, dass Sie Wolfram suchen.«

Kate schaute dem Mann in die Augen. Ihr kaltes Grau erinnerte sie an einen uralten Stern, der sich viel Mühe geben musste, noch zu leuchten. Francis Moore hatte seit Kriegsende 1945 viel aus seinem Leben gemacht. Er hatte die Welt dazu gebracht, sich zu erinnern und sich selbst und ihre Zukunftschancen genauer zu betrachten. Aber in ihm war ein tiefer Schmerz eingeschlossen, ein Schmerz, den Kate erkennen, aber niemals verstehen konnte. Er war einfach zu groß.

»Ich verstehe«, flüsterte sie, denn es war wirklich so. Sie sollte Wolfram für ihn suchen und für die anderen, die es nicht konnten.

»Sind Sie in Ebensee gewesen?«

»Noch nicht.«

»Da gibt es ein gutes Museum neben der katholischen Kirche, das Widerstandsmuseum, mit guten Leuten, die Ihnen weiterhelfen können. Sie sollten auch den Platz sehen, wo das Lager war. Dann können Sie den Mann, den Sie suchen, besser verstehen.« Francis schloss müde die Augen.

»Können Sie mir auch etwas sagen?«

»Das steht in meinem Buch. Da habe ich alles geschrieben, was man mit Worten ausdrücken kann. Es ist wie eine Fotografie, aber nur wer da war, kann es wirklich verstehen.« Wieder schloss er die stahlgrauen Augen. »Ich bin zu müde, um es selbst zu erzählen. Sie müssen weitererzählen, was wir zu sagen haben, wenn wir nicht mehr da sind, ja?« Mit diesen Worten öffnete er die Augen und schaute sie eindringlich an.

»Ich will es versuchen«, sagte sie unsicher. Was würde das für sie bedeuten? »Ich weiß nicht wie, aber ich will es versuchen.«

»Mehr verlangen wir nicht.«

Marie Moore brachte Kate wieder zum Bahnhof. Sie war weit gefahren, um fünfzehn Minuten mit Francis Moore zu reden und sein Buch zu bekommen. Aber irgendwie hatte es sich gelohnt. Vor dem Bahnhof aß Kate in einem Café unter einem rot-weißen Sonnenschirm zu Mittag. Mit dem Handy, das Lukas ihr geliehen hatte, rief sie in seinem Haus an. Anni meldete sich in einem Ton, der deutlich machte, dass Kate störte. Anni sagte ihr schnell, Abbie und Marta seien Blumen pflücken oder Tiere beobachten gegangen oder Ähnliches; dann legte sie auf.

Kate ruhte sich ein Weilchen aus und beobachtete eine Menschenschlange, die an einem Landungssteg am Wasser des Canal Grande wartete. Dann entschloss sie sich plötzlich, zahlte und ging zum Kartenschalter. Sie sah, wie der leichte Wind auf dem Wasser kleine Wellen erzeugte, und schloss sich mit der Karte den Einsteigenden an, die zum Markusplatz wollten.

Der Putz fiel von den Hauswänden, die Blumen standen in voller Blüte und Touristen und Pärchen schlenderten auf den gesicherten Fußwegen, während das Boot auf dem Kanal auf die breite Mündung des Canal Grande zusteuerte. Wieder staunte Kate über die uralte Stadt.

Die Jacke, die sie in Österreich gebraucht hatte, klemmte Kate unter den Arm und stieg aus, nachdem sie unter der kunstreich gestalteten und überdachten Rialtobrücke durchgefahren waren. Die Sonne heizte das Straßenpflaster auf und erwärmte ihre blassen Arme und ihr Gesicht. Kate brauchte nur ein paar Minuten bis zu ihrem Ziel.

Venedig war viel belebter, als sie es in Erinnerung hatte; überall um sie sprachen Touristen in vielen Sprachen. Aber sie war wieder da. Sie ging und stand an genau denselben Stellen wie damals, bis sie vor dem Hotel stand, in dem sie und Jack gewohnt hatten.

Seit sie die Tüte mit warmem Gebäck hinaufgetragen hatte, hatte es sich nicht verändert. Diesen Wänden hatte die Zeit nicht zugesetzt wie den Menschen, die durch die hölzerne Rundbogentür ein-

und ausgingen. Kate dachte daran, wie sie damals gewesen war. Fast vier Jahre war es jetzt her. Hier hatte sie gestanden, gespannt auf den kommenden Tag, und nicht gewusst, dass ihr Mann aus ihrem Zimmer verschwunden war. Sie hätte nie damit rechnen können, dass so viel Zeit zwischen dem Tag damals und heute vergehen würde.

Kate trat zurück zum Kanalufer, bis sie beim Hinaufschauen ihr Fenster fand. Die Flügel waren offen und die weißen Spitzenvorhänge flatterten im leichten Wind.

Und Friede erfüllte Kate. Was auch als Nächstes passierte, sie würde es akzeptieren können. Diese Stadt hatte ihr Gottes Gegenwart im Alltag nicht geraubt, auch wenn sie lange gebraucht hatte, um das zu sehen. Gott würde ihr wiedergeben, was man ihr geraubt hatte: vielleicht nicht Jack, aber doch ein Leben mit Zukunft. Nie wieder wollte sie solche Schmerzen aushalten müssen. Aber an diesem sonnigen Tag in Venedig erkannte Kate, dass sie als Person durch alles, was sie durchgemacht hatte, reifer und stärker geworden war. Durch Kummer und Schmerz hatte sie mehr Mitgefühl entwickelt. Das Erlebnis hatte sie aus der begrenzten Welt herausgerissen, die sie um sich aufgebaut hatte.

Mit einem letzten Blick verabschiedete sich Kate von dem Ort, an dem ihr neues Leben angefangen hatte. Und plötzlich merkte sie, dass sie keine Angst mehr hatte.

33 Dreiunddreißigstes Kapitel

»Mama, guck mal, was ich gemacht habe.« Abbie ließ sich auf das Fußende des Bettes fallen; sie hatte eine gerade Reihe Maschen gehäkelt. Kate setzte sich auf und schaute auf die Uhr. Es war neun Uhr vorbei und sie sah, dass Abbie schon seit einer Weile auf war. Nach der langen und anstrengenden Fahrt nach Venedig und zurück hatte sie unter der weichen weißen Daunendecke bis eben geschlafen.

»Das machst du prima«, sagte Kate ermutigend. »Am Telefon hast du mir doch gesagt, du lernst sticken.«

»Damit habe ich gestern angefangen.«

»Mrs. Olsen verwöhnt dich ja richtig.«

»Mama, sie heißt Frau Olsen.«

»Ja, du hast Recht.«

»Gestern haben wir im Wald Kaffee getrunken und ich habe geholfen alle Mahlzeiten vorzubereiten. Kannst du sticken?«

»Nicht richtig«, sagte Kate und zog die Stirn in komische Falten.

»Dann lernen wir es zusammen von Frau Olsen. Ich mache ja auch gern etwas mit meiner alten Mutter.«

»Deiner alten Mutter? Hör mal, Mädchen!« Kate hielt ihre Tochter fest und fing an sie zu kitzeln.

»Ja, ja, meiner jungen Mutter!«

»Vergiss das ja nicht«, sagte Kate und tippte auf das Ende von Abbies Stupsnase.

»Frau Olsen hat gesagt, sie will mir zum Geburtstag eine Schürze machen.«

»Hast du ihr gesagt, dass du bald Geburtstag hast?« Kate streckte sich und richtete sich höher im Bett auf.

»Ja. Sie sagt, wenn wir dann noch da sind, können wir feiern.«

»Das klingt großartig, mein Schatz. Aber wahrscheinlich sind wir dann schon wieder zu Hause.« Beim Gedanken an zu Hause fiel Kate ein, dass sie nach den ersten paar Tagen weder ihre Eltern noch Connie angerufen hatte. Ihre beste Freundin hatte wahrscheinlich ein Drehbuch gefunden, das auf ihr Leben hier passen sollte, und konnte es gar nicht abwarten es ihr zu erzählen. Kate vermisste Connie, die sie auf ihre eigene Art zum Lachen brachte, die kaum fähig schien ihr eigenes Leben zu regeln und dabei mehr zustande brachte als die meisten Menschen, die sie kannte. Nicht einmal Postkarten hatte sie bisher geschickt.

»Komm herunter, dann mache ich dir Tee, ja?« Abbie sprang vom Bett und war draußen, ehe Kate antworten konnte. Sie hörte ihre kleinen Schritte auf dem Flur und der Treppe.

Als Kate sich umdrehte, fiel Francis Moores Buch mit einem dumpfen Geräusch auf den Boden. Sie hatte im Zug darin gelesen und vorgehabt im Bett noch mehr zu lesen, aber so spät und nach der langen Reise war sie nicht über die Einleitung hinausgekommen und dann gleich eingeschlafen.

Jetzt fing Kate an zu lesen. Nach kaum einer Viertelstunde lief sie schon im Schlafanzug mit dem Buch in der Hand die Treppe hinunter. In der Küche kam sie an Marta und Abbie vorbei.

»Wo ist er?«, fragte sie.

»Im Wintergarten«, sagte Marta mit verwundertem Gesichtsausdruck.

»Abbie, in ein paar Minuten komme ich zum Tee, ja?« Als Abbie zustimmte, war Kate schon draußen.

Mit dem Rücken fest an der Sessellehne und den Armen auf den Armlehnen sah Lukas aus wie auf seinem Sessel angewachsen. Eine feine Rauchfahne stieg aus einer Pfeife in seiner Hand. Die Morgensonne durchflutete den Raum. Kate hatte fast vergessen, wie seine Anwesenheit sie einschüchtern konnte, und plötzlich fiel ihr ein, dass sie noch im Schlafanzug und weder gekämmt noch geschminkt war.

»Ich habe etwas gefunden«, sagte sie und lief auf ihn zu.

»Ich habe auch ein paar Dinge gefunden.«

»Toll. Im Schloss?« Ihr Herz klopfte laut.

»Ja, aber ...«

»Erst müssen Sie dies hier lesen.« Sie kam näher.

Er richtete sich auf und winkte sie auf den Stuhl neben seinem. »Das ist sicher Francis Moores Buch. Das wollte ich schon seit Jahren lesen.«

»Das hätte sich gelohnt. Lesen Sie mal dies hier.« Kate reichte ihm das offene Buch und rückte den anderen Stuhl heran. Sie saß neben ihm und las die Worte noch einmal mit, so aufgeregt, dass sie kaum still sitzen konnte:

Wir wussten, dass Theo irgendwie verdächtig war. Er bekam besondere Aufträge. Die Offiziere hielten ihn gewöhnlich von uns fern. Aber Meizer ließ ihn auch bestimmte Arbeiten mit uns ausführen. Manche glaubten, er spionierte uns für Meizer aus.

Sobald die Tür aufflog, wusste man, dass Meizer wütend war. Er stürmte in den Druckraum und sah kritisch in alle Gesichter. Dann sah er Theo.

»Hast du die Schablone aufgehoben?«

»Sie haben mir befohlen sie zu vernichten«, sagte Theo. »Was ist passiert? Ich habe sie dem Mädchen gegeben. Sie hat gesagt, Sie wollten das so.«

»Kriegst du das Bild noch zusammen?«

»Ich kann es versuchen. Aber ich habe alles vernichtet. Das haben Sie mir doch gesagt.« Theo bettelte schon.

Wolfram verlor jede Beherrschung, wie ich es schon oft gesehen hatte. Er griff nach seiner Pistole und schlug Theo ins Gesicht. Theo fiel hin und Meizer wurde wahnsinnig; mit dem Griff seiner Pistole schlug er auf ihn ein, bis er voller Blut war. Theo war tot.

Lukas schwieg.

Kate nahm ihm das Buch aus der Hand und blätterte zurück. »Sehen Sie, was Theo vor dem Krieg gemacht hat.«

Lukas las es und nickte. »Theo Mochlmann war Ziegel- und Fliesenbrenner.«

»Jetzt das hier.« Kate war aufgeregt. »Das ist Susanne.«

Eine junge Frau war ins Lager gekommen. Sie war schon zweimal da gewesen, da war ich sicher, weil wir alle an den Zaun gekommen waren, um sie zu sehen. Ob das Meizer ärgerte, war uns gleichgültig. Dieses Mädchen war für uns wie Wasser in der Wüste. Sie stand für alles, was wir nicht hoffen konnten, mit ihrer Jugend und Unschuld. Sie hatte Angst hereinzukommen; das sahen wir, als sie uns ansah mit einer Mischung aus Mitleid und Ekel. Wir nahmen es ihr nicht übel, denn wir wussten, dass wir wie schmutzige Skelette aussahen. Ein Insasse behauptete, sie hätte leicht seine Hand berührt und ihm gesagt, er sollte durchhalten, bald würde Hilfe kommen. Damals wollten wir an einen Engel glauben.

Wir redeten von dem Mädchen und versuchten mehr über sie zu erfahren. Jemand fand heraus, dass sie Meizers Haushälterin war und zum Lager kam, um Meizer frisches Brot und Eier zum Frühstück zu bringen. Wir vermuteten natürlich alle mehr. Der Hausbursche sagte, sie habe kein Verhältnis mit ihm, obwohl Meizer das wollte. Einmal, als sie kam und er betrunken war, hatte er ihr einen Antrag gemacht und versucht sie in die Arme zu nehmen. Sie war rot geworden und hatte sich losgemacht. Das hat der Hausbursche erzählt, aber er wusste auch, dass wir an unseren Engel glauben wollten. Ich habe also nie erfahren, ob er die Wahrheit sagte oder nicht.

Als Meizer Theo vor unseren Augen ermordet hatte, verließ er das Lager. Der Kommandant war wütend, weil Meizer ohne Erlaubnis gegangen war. Wir alle dachten, er folgte unserem Engel und sie sei das Mädchen, von dem Theo gesprochen hatte. Wir hatten Angst um sie. Ich glaube, sogar der Atheist in unserer kleinen Gruppe fing an zu beten. Aber wir haben nie erfahren, was aus dem Mädchen geworden ist, weil sie nie wieder ins Lager kam.

Wir hatten keine Hoffnung mehr, aber die Befreiung stand kurz bevor. Ich glaube, manche von uns hätten nicht überlebt, wenn uns nicht unser Engel Hoffnung gegeben hätte.«

»Susanne«, sagte Lukas und schloss das Buch.

»Ist das nicht erstaunlich? Karls Schwester war ihr Engel. Sie hat Theo dazu gebracht ihr die Fliese zu geben, die sie zum Treffpunkt brachte, von dem Marta mir erzählt hat. Sie hatten Recht, dass Wolfram die Fliese haben wollte, er wollte sie schon 1945. Er hat sie nicht bekommen ...« Kate machte eine Pause, als ihr das bewusst wurde – »aber Susanne hat er gefunden.«

»Bitte gehen Sie jetzt.« Seine Stimme klang angestrengt und sein Gesichtsausdruck überraschte sie. Er drückte das Buch an sich und runzelte die Stirn, als hätte er Schmerzen.

»Natürlich«, sagte Kate ernst und wendete sich zum Gehen.

Sie blieb stehen, als er wieder sprach: »Kate, ziehen Sie sich an.«

»Warum?«, fragte sie.

»Wir fahren nach Ebensee.«

»Mama, mach dir keine Gedanken, wenn du mich hier lassen musst.« Als sie beim Tee saßen, las Abbie ihre Gedanken. Kate trank schnell und sie merkte, dass ihr Knie auf und ab zuckte. Ständig horchte sie, ob Lukas in die Küche käme. Sie seufzte tief und fragte sich wieder, ob sie Abbie nicht hätte bei ihren Eltern in den Staaten lassen sollen. Aber auf dieser Reise hatten sie immer wieder fröhliche Zeiten miteinander gehabt – kostbare Zeiten, die ihr jetzt Schuldgefühle bereiteten.

»Diese Sachen muss ich einfach machen«, erklärte Kate. Abbie saß ihr gegenüber mit einer zu großen geblümten Schürze über den Kleidern. »Das macht mir nichts. Ich mag Frau Olsen sehr gern. Sie hat keine Enkelin – sie hat überhaupt keine Kinder.«

»Das stimmt«, sagte Kate.

Abbie hüpfte vom Stuhl und kam zu ihr. Kate nahm sie auf den Schoß. Ihre beiden Köpfe waren fast auf gleicher Höhe. Kate berührte Abbies Zöpfe.

»Mama, ich muss dir etwas sagen.« Abbie drehte sich zur Seite und schaute sie an.

»Was möchtest du mir sagen?«

»Bevor wir hergekommen sind, haben wir darüber gesprochen, warum du hierher fährst. Ich war so froh, als ich mitkommen durfte. Darum habe ich beschlossen, dass du kein schlechtes Gefühl haben darfst, wenn du wegfährst. Ich weiß ja, dass du wegfährst, um Papa zu finden.«

»Aber du weißt auch, dass es vielleicht nicht so kommt, wie wir es uns wünschen. Abbie, ich muss dir die Wahrheit sagen. Vielleicht erfahren wir nie, was passiert ist. Vielleicht kommt er gar nicht wieder.«

»Ich weiß. Aber ich bete immer. Wenn Papa wirklich gestorben ist ...« Abbie biss sich auf die Lippe – »dann müssen wir stark sein und durchhalten.«

Kate traten Tränen in die Augen, als sie ihre Tochter umarmte. Das waren große Wort für ein kleines Mädchen.

Der Trennungsschmerz wuchs noch, als Lukas und Kate sich zur Abfahrt fertig machten. Marta hatte Kate anvertraut, dass Lukas Susanne damals geliebt hatte. Jetzt verstand sie, warum er so seltsam reagiert hatte, als sie Francis Moores Buch gelesen hatten. Und Abbies Worte hatten Kate zwar ermutigt, aber sie fühlte sich immer noch schuldig, weil sie wegfuhr, auch wenn es wieder nur für einen Tag war. Bekümmert und zweifelnd fuhr sie mit Lukas zur Nebenstelle eines Konzentrationslagers.

Kate drehte sich auf ihrem Sitz, um Marta, Abbie und Rey zu winken, Lukas' Fahrer, der überrascht schien, dass Lukas den Wagen selbst fahren wollte. Die schweren Tore öffneten sich, als sie kamen, und Kate drehte sich um und sah, wie sie ihre Tochter sicher einschlossen.

Gott, bitte schütze sie, wenn ich da bin und wenn ich weg bin. Schütze uns alle und lenke alles, was wir tun.

Nach einer langen Stille fingen sie an zu reden.

»Sie haben mir noch nicht gesagt, was Sie auf Schloss Weiß erfahren haben«, sagte Kate.

»Da haben Sie Recht. Fast hätte ich es vergessen. Jetzt ist es ein Hotel. Die Besitzer waren freundlich und freuten sich über Gäste, die sich unterhalten wollten. Sie haben erzählt, dass ein Mann in Wolframs Alter das ganze Haus für ein halbes Jahr gemietet hat. Von dem Geld sind die beiden über den Winter nach Griechenland gefahren und sie haben angedeutet, dass es eine beträchtliche Summe war. Aber dann hat Wolfram plötzlich den Halbjahresvertrag gekündigt und ist abgefahren. Das war ihnen anscheinend lieb, denn sie hätten das Hotel ungern im Sommer geschlossen.«

»Meinen Sie, Wolfram war da, um zu sehen, ob das der Platz mit dem Geheimnis der Nazis war?«

»Genau. Ich glaube, Wolfram wusste den Platz nicht, weil er die Fliese nicht hatte. Heute will Marta, während wir weg sind, die Fliesenstücke noch genauer untersuchen, ob man erkennen kann, warum sie für Wolfram so wichtig sind. Heute Abend machen wir es dann zusammen.«

»Warum kann dieser Häftling Theo Wolfram geholfen haben, indem er die Fliese herstellte und ihm zeigte, wo der Nazischatz war?«

»Höchstwahrscheinlich um am Leben zu bleiben. Wolfram hat ihm vermutlich Freiheit oder Essen versprochen, wenn er verriete, wo die Offiziere ihre Beute versteckten.«

»Was können wir in Ebensee erfahren?«, fragte Kate und bewunderte die grünen Wiesen und hohen Bergspitzen um sie her.

»Ich weiß nicht, ob dieser Ort der Anfang war oder der Anfang vom Ende. Aber er kann uns zeigen, wo das alles angefangen hat, und uns bis zum Ende führen.«

34 Vierunddreißigstes Kapitel

Alles war verändert. Lukas musste aus dem engen Tal nach oben auf die hohen Berge schauen, um die Landschaft zu erkennen. Hier unten an der Straße standen jetzt Häuser. Er erinnerte sich an weniger Bäume und an Armeefahrzeuge, die an manchen Stellen tiefe Furchen in die Straße gefahren hatten.

Seit sie von der Fernstraße abgefahren und den Wegweisern nach Ebensee gefolgt waren, hatten weder er noch Kate gesprochen. Sie fuhren durch ein Wohnviertel, als er den Steinbogen sah, der einmal der Durchgang ins Lager gewesen war. Er hielt davor. Statt Baracken und Schlamm und US-Soldaten waren da Häuser, Gärten und spielende Kinder.

Lukas wusste nicht, ob das gut oder schlecht war. Wer konnte auf solchem Boden leben, in dem Asche und Blut die Blütensträucher düngten? Aber andererseits, warum sollte man aus dem Tod nicht Leben wachsen lassen, warum nicht lachen und sich lieben, wo andere Blut und Tränen vergossen hatten?

Kate wollte die Messingtafel auf dem Steinbogen lesen. Lukas stieg nicht aus, als sie hinging und ein Foto machte. Es war seine Idee gewesen, den Fotoapparat mitzubringen und alles zu dokumentieren für den Fall, dass irgendetwas neuen Aufschluss böte. Lukas wollte möglichst viele Beweise gegen Wolfram Meizer haben, wenn die Behörden ihn mit seinen Opfern konfrontierten. Aber ohne es zu wollen, fühlte Lukas auch seine eigene Schuld. Er wusste, das Hässliche, das in ihm gebrannt hatte, war nie aus seiner Seele ausgetrieben worden. Das würde nie sein können.

»Die Tafel ist 1995 da angebracht worden. Ein bisschen spät, finde ich«, sagte Kate, als sie zum Wagen zurückkam.

»Das war der fünfzigste Jahrestag der Befreiung. Manches braucht lange, bis man wieder daran denken kann – und es zugeben.« »Das ist alles so fremd«, sagte sie. »Wie konnte überhaupt jemand da leben?«

Um den Friedhofsparkplatz zu finden, der von Bäumen beschattet war, musste er den Wegweisern folgen. Als Erstes sah er die Grabmale hinter der niedrigen Steinmauer; die größeren in Mauthausen hatte er auf Bildern gesehen. Staaten in der ganzen Welt, die Bürger durch die Nazis verloren hatten, hatten diese Grabmale errichten lassen. Dieses kleinere Lager war unbekannt, verglichen mit den berüchtigten Lagern wie Dachau, Auschwitz, Bergen-Belsen und so weiter. Aber auch in dieser Nebenstelle, die nicht einmal ein eigenes Lager gewesen war, standen Dutzende von Grabmalen in dem ummauerten Raum.

Kate wartete schon neben dem Wagen, aber Lukas konnte kaum die Beine bewegen. Endlich stieg er aus und ließ die Tür offen. Er folgte Kate zu dem eisernen Tor und sie betraten den Ort der Toten.

Jetzt erinnerte er sich, obwohl es ihm schien, als wäre alles an der falschen Stelle. Auf der anderen Hofseite sah er die Reihe der schwarzen Öfen; die umgebende Mauer war voll mit Gedenktafeln für die Toten. Ihm fiel ein Schild ein, das über dem Krematorium hing. Er hatte es immer wieder gelesen, bis er die Worte auswendig wusste: den letzten Ausdruck der Würde eines Sterbenden.

Lasst nicht hässliche Würmer
von meinem Körper leben!
Die reine Flamme soll mich verzehren.
Immer habe ich Licht und Wärme geliebt,
darum verbrennt meinen Körper, begrabt mich nicht.

»Hier bin ich schon gewesen«, flüsterte er.

»Marta hat mir ein bisschen erzählt«, sagte sie leise und hakte sich bei ihm ein. Einen Moment lang störte es ihn und er wollte sich losmachen. Er hatte erst allmählich angefangen sie zu mögen und sie überhaupt zu achten. Aber er wusste, dass sie auch seine Nähe brauchte. Und plötzlich hatte er das Bedürfnis, an ihrem Arm über diesen Platz zu gehen.

»Ich bin nur ein paar Bergketten weiter in Hallstatt aufgewachsen. Als Susanne gestorben war, verfolgten wir monatelang Wolframs Spur und wussten nicht, dass er wieder hier war. Wir kamen hier an, als das Lager eben erst von eurer U.S. Army befreit worden war.«

Sie gingen auf ein großes weißes Schild vor einer Wand zu. Es gab einen Abriss der Geschichte des Lagers und Erklärungen, wo die Baracken gestanden hatten. Lukas sah es genau an und korrigierte seine Erinnerung an Lage und Aussehen des Lagers.

Kate las einen Teil laut vor: »Ebensee war eine Nebenstelle des Konzentrationslagers Mauthausen. Es ist am 18. November 1943 als Arbeitslager gebaut worden, um ein Tunnelsystem im Berg für eine Raketenforschungsfabrik anzulegen. Die meisten Häftlinge kamen aus Mauthausen oder anderen Nebenstellen.«

Lukas erinnerte sich. Er wusste noch jede Einzelheit vom Tag seiner Ankunft. Es war sonnig und für Anfang Mai warm gewesen. Er hatte nicht mehr gewusst, wie schön das Salzkammergut war; wenn man als Kind in so herrlicher Umgebung aufwächst, sieht man sie bald nicht mehr bewusst. Und durch den Krieg war sein Blick für

Schönheit abgestumpft. Nur einen Tag früher waren die Amerikaner angekommen. Widerstandsgruppen aus der Gegend hatten schon Kontakt mit ihnen, aber Lukas, Karl, Edmund und Oskar waren erst jetzt gekommen, um Wolfram zu finden und Rache zu fordern. Janos' Blut klebte noch an ihren Kleidern und sein qualvoller Tod lähmte sie noch.

Die Leichen.

Lukas sah sie wieder vor sich und machte sich plötzlich von Kate los. Er schloss die Augen und öffnete sie wieder. Sie verschwanden für kurze Zeit, dann waren sie wieder da. Ganz weiße Körper, nackt und entstellt, waren wie Brennholz gestapelt oder lagen einfach neben einem Weg. Lebende Skelette griffen nach ihm. Vor dem Gestank nach Krankheit und Tod hielten sie sich Tücher vor die Nase. Aber viele von diesen Gerippen lächelten – auf Bahren lagen sie, lächelten und freuten sich, manche halb angezogen, manche gar nicht. Ihre Füße waren schwarz von Erfrierungen und mit irgendwelchen schmutzigen Stofffetzen umwickelt. Ihre Zähne fehlten und ihre Augen waren so eingesunken, dass man sich fragte, wie sie sehen konnten. Und sie lächelten ihn an.

Lukas erinnerte sich, wie er kreuz und quer durch das Lager gegangen war. Karl hatte ihnen etwas gesagt, was sie erst nicht glauben wollten: Häftlinge hatten den Aufseher Wolfram in der vergangenen Nacht getötet. Alle wollten sie den Beweis sehen, aber die Leiche war schon verbrannt worden. Karl hatte mit ihnen diskutiert und mehr gewollt; Lukas war weggegangen. Ziellos wanderte er durch das Elend und den Gestank. Ein paar deutsche Kriegsgefangene schleppten Leichen und häuften sie auf. Ihre Schultern waren krumm und die Uniformen schmutzig, sie waren nicht mehr die stolzen Nazis, die sie gewesen waren – wie er einer gewesen war.

Als Lukas vorbeikam, erzählte ein amerikanischer Soldat mehreren anderen von der Befreiung. Er hörte, wie der junge Mann berichtete, ein Insasse hätte seinen Seesack durchgesehen, sich eine Tube Zahnpasta in den Mund gedrückt, ihm dann die Hand geküsst und ihn um ein Autogramm gebeten.

»Der schönste Platz in Europa«, hatte der blonde junge Mann gesagt. »Wenn das nicht das Paradies auf Erden ist, weiß ich nicht was. Aber dann finden wir dies hier. Wir hören, solche Lager sind überall in der Gegend verteilt – ich hätte mir keinen einzigen so schrecklichen Platz auf Gottes Erde vorstellen können.«

Die Erinnerung an seine Zeit als *SS-Unterscharführer* in Mauthausen hatte Lukas überfallen. Dieser Ort war auch befreit worden.

Wenn er bei den Nazis geblieben wäre, hätte er jetzt Leichen über einen Weg geschleppt. Wenn Tatjana nicht gekommen wäre und ihm die Augen geöffnet hätte, hätte er sich noch fünf Jahre lang weiter in Bosheit und Finsternis verstrickt – Bosheit, die geraubtes Leben durchdrang wie gärender Wein. Fünf Jahre länger hätte er das mitgemacht. Wäre er geworden wie diese Menschen: berauscht vom Wein der Finsternis, sodass sie nicht mehr wirklich sehen konnten, was sie getan hatten?

Die amerikanischen Soldaten waren angeekelt und wütend gewesen. Was sie hier sahen, hatte die hartgesottenen Krieger zum Weinen gebracht. Aber die SS fürchtete sich weniger vor den Amerikanern als vor den Häftlingen. Die durften sich rächen. Aufseher, die nicht von den Truppen geschützt wurden, wurden buchstäblich in Stücke gerissen. Lukas war vor etwas seltsam Verdrehtem stehen geblieben, das auf der Erde lag. Er hatte es längere Zeit betrachtet, bis er sah, dass es ein Arm war, der Arm eines SS-Offiziers; er bemerkte einen Teil des Hakenkreuzes auf dem Boden.

Dann hatte ihn jemand erkannt.

Der Häftling war ihm gefolgt. Lukas hatte gesehen, wie der Häftling mit einem Soldaten zusammen mutig auf ihn zuging, und war stehen geblieben. Sie schauten sich an, aber Lukas erkannte den Häftling nicht. Er sprach ein paar Brocken Englisch: »Der! Der! Aufseher in Mauthausen.« Mit zitterndem Finger zeigte der Mann auf ihn. Von allen Seiten drehten sich die Gesichter Lukas zu.

Da hatte Lukas zurückgeschaut und gemerkt, dass er weit gegangen war. Karl und die anderen waren nirgends zu sehen. Und er wusste, es war richtig so: Er sollte bestraft werden. Vielleicht würde ihm das den Ekel vor diesem Ort, vor seinen österreichischen Volksgenossen, vor sich selbst nehmen. Nicht nur den Ekel, vor allem die Schuld. So schwere, unabweisbare Schuld, dass er sich nicht darum kümmerte, ob er am Leben blieb.

»Kommen Sie mit«, sagte der Amerikaner. »Wir müssen Ihnen im Hauptquartier ein paar Fragen stellen.«

Lukas hatte keinen Widerstand geleistet. An diesem Ort, demselben, an dem er jetzt stand, war es ihm ziemlich gleichgültig gewesen. Der Häftling hatte ihn Bruno Weiler genannt und noch ehe sie zum Hauptquartier kamen, hatte er seine Papiere vernichtet, die auf den Namen Lukas Johannsen lauteten. Karl würde ihn irgendwann finden und versuchen ihn zu befreien, aber das wollte Lukas nicht. Er verpflichtete Karl feierlich zum Schweigen, bis er seine gerechte Strafe verbüßt hatte.

Aber die Befreiung und Erleichterung erlebte Lukas nicht, auch nicht, als er nach Jahren aus dem Gefängnis kam. Er hatte seine Schuld gestanden und die Strafe getragen. Niemand zeigte mehr mit abgemagertem Finger auf ihn, um ihn anzuklagen. Aber das Schuldgefühl verließ ihn nie.

»Lesen Sie weiter«, sagte er zu Kate, als ob das Schild der Staatsanwalt wäre.

»'Allein im April starben 4 547 Menschen. Es waren zu viele für das Krematorium. Als die Amerikaner das Lager befreiten, wurden tausend Leichen gefunden. Die Öfen konnten 8 Leichen auf einmal verbrennen. Sie arbeiteten 24 Stunden am Tag und reichten nicht aus.' Herr Johannsen? Lukas?«

Er sah sie an. Seine Augen fühlten sich glasig an, bis er blinzelte.

»Sie haben Menschen davor gerettet. Das hat mir Marta erzählt. Sie haben mehrere Familien gerettet und den Alliierten wichtige Informationen gegeben. Sie haben Leben gerettet.« Sie sprach mit sanfter Stimme, aber ihre Worte ärgerten ihn. Wie konnte sie überhaupt von dieser Zeit reden, wenn sie gar nichts davon wusste?

Er schwieg, um nicht im Ärger etwas zu sagen, was ihm dann Leid täte. Er drehte sich weg und sah wieder die Reihe von schwarzen Öfen, in Backstein eingemauert, manche mit offenen Türen.

Wie viele hatte er vor dem Feuer gerettet? Es konnten nie genug sein.

Kate sah, wie Lukas auf einer Betonstufe saß und den Kopf in die Hände stützte. Um sie her hörte man Geräusche von Autos auf der entfernten Autobahn und von einer Säge, die Holz für eine Erneuerungsarbeit in Sichtweite der Gräber zuschnitt. Aber auf dem Friedhof selbst schien eine ganz eigene Stille zu herrschen. Er ruhte wie das Auge eines Wirbelsturms. Aus vielen Ländern waren Blumengeschenke hierher gebracht worden: die meisten aus Seide oder Kunststoff, aber auch frische Blumen waren dabei. Dieser Ort war nicht vergessen.

Sie ging über den gepflegten, von aufrecht stehenden Steinplatten umgebenen Rasen. Mitten im grünen Gras lag ein einzelner Grabstein. Kate erkannte, dass die eingemeißelte Zahl die Zahl der Toten angab, die darunter lagen. Wer waren sie gewesen? Man konnte leicht nur auf die Zahlen achten und an einem kleineren Massengrab einfach vorbeigehen. Ach, nur 208 in diesem Grab, im vorigen waren es 1377. Und in einem größeren Lager, wo Millionen umgekommen waren? Aber in diesem einen Grab lagen 208 Menschen. Jeder Einzelne war mit einem Schrei auf die Welt gekommen und hatte sie ebenso wieder verlassen. Was waren das für Menschen gewesen?

»Wir wollen gehen«, sagte Lukas; er erreichte sie und seine Schritte auf dem Kies wurden langsamer. Er folgte ihr wortlos, bis sie im Wagen saßen und der Motor lief. Er starrte über die Steinmauer. »Ich danke Ihnen, dass Sie das gesagt haben. Ich weiß, dass Sie es gut meinen.«

Kate nickte, sie wünschte, ihr fiele etwas Hilfreiches ein, was sie ihm sagen könnte. Aber Schweigen war wohl am besten.

»Heute kann ich nicht mehr ins Museum gehen. Es war genug. Wir halten noch kurz bei den Tunneln und fahren dann nach Hause.«

Kate schaute noch einmal nach dem Platz, an dem 208 Menschen ruhten.

Das Schild stand wie ein Wanderzeichen an der Straße. Lukas blieb im Wagen, während Kate schnell den Weg zum Eingang der unterirdischen Tunnel hinauflief. Eine Gruppe von Leuten stand da und hörte einem gut aussehenden jungen Mann zu, der mit leiser Stimme die Geschichte der unterirdischen »Galerie« von Ebensee erklärte. Kate mischte sich unter die Leute und hörte zu.

»Einer der militärischen Pläne der nationalsozialistischen Partei gegen Ende des Krieges war es, die Raketenherstellung zu verbessern. Die Alliierten zerbombten viele Fabriken, darum wurde eine unterirdische Produktion eingerichtet. Die A4, auch unter dem Namen V2 bekannt, wurde hier entwickelt.

Im November 1943 wurden fünfhundert Gefangene aus Mauthausen hierher gebracht, um das Lager zu bauen. Die Tunnel im Berg anzulegen war eine außerordentlich schwierige Arbeit. Wenn Gefangene krank wurden oder nicht mehr arbeiten konnten, wurden sie meistens wieder nach Mauthausen gebracht; wer da nicht an Krankheiten oder Erschöpfung starb, wurde ermordet. Ende 1944 waren schon neuntausend Häftlinge in Ebensee interniert.«

Kate ging nicht mit der Gruppe hinein, sondern blieb am Eingang. Jetzt war das alles nur noch Geschichte. In den Sommermonaten gab es hier jeden Tag Führungen und zu anderen Zeiten am Wochenende. Hier wurde man erinnert und erzählte es weiter. Aber Wolfram Meizer war hier nicht zu finden.

Als sie zum Wagen zurückkam, telefonierte Lukas mit dem Handy. Sie setzte sich auf den Ledersitz und schloss die Tür, dann sah sie Lukas' Gesichtsausdruck. »Was ist passiert?«, fragte sie und befürchtete das Schlimmste.

»Ich bin zur Eröffnung von Gartenwald eingeladen worden, nur für geladene Gäste.«

Kate war verblüfft.

»Das ist unser zweiter Platz, eine restaurierte Burg, die am Waldsee liegt, nicht weit von hier. Der Gastgeber nennt seinen Namen nicht, nur ‚der Eigentümer gibt sich die Ehre'.«

»Das ist Wolfram Meizer. Warum lädt er Sie dazu ein?«, fragte Kate verwirrt.

»Er hält sich für schlauer als uns. Er überrascht uns wieder einmal.«

»Aber da können Sie nicht hin«, sagte sie.

Er biss die Zähne zusammen. »Natürlich komme ich.«

Kate schwieg, als er den Motor anließ. Sie versuchte sich diesen »Gartenwald« vorzustellen; die Bedeutung der Worte kannte sie jetzt. Er musste am Ufer des Waldsees liegen, der wohl ähnlich war wie die Alpenseen, von denen sie schon so viele gesehen hatte, wahrscheinlich abgelegen, aber nicht unbewohnt. Es schien ganz unmöglich, aber wenn Jack nun in Gartenwald wäre?

»Wir haben Wolfram gefunden«, flüsterte sie.

»Nein. Er hat uns gefunden.«

35 Fünfunddreißigstes Kapitel

Jack und Rudy hatten das System verbessert, mit dem sie Nachrichten durch die Lüftungsöffnung zwischen ihren Zimmern leiteten. Rudy schob einen »Drahtarm« durch; so nannten sie das Gerät, das die Briefe beförderte. Auf diese Weise konnte Jack Rudys Wissen über den Dammbau am Waldsee in den vierziger Jahren teilen. Rudy fertigte auch gute Trickzeichnungen an. Oft fand Jack eine davon vor, wenn er aus den Tunneln zurückkam. Jack berichtete in einer verschlüsselten Botschaft (für den Fall, dass sie einmal erwischt würden), wie weit sie jede Nacht gekommen waren. Dann berichtete er Rudy von der Entdeckung der Höhle. Rudy bestätigte Jacks Vermutung: Wolfram suchte eine Höhle oder einen Tunnel, in dem die Nazis im Krieg etwas sehr Wichtiges versteckt hatten. Das hatte Rudy sich im Lauf der Jahre aus Gesprächsfetzen zusammengereimt.

»Was meinst du, warum lässt er mich jeden Tag in die Burg kommen?«, fragte Jack Rudy durch die Lüftung.

»Wenn es Wolfram langweilig wird, seine Vögel in der Außenvoliere zu beobachten, bringt er ein paar ins Haus. Er tut dann gern manche Vögel in größere Käfige, um zu sehen, wie sie reagieren und wie die anderen Vögel die Bevorzugung aufnehmen. Danach werden diese Vögel in die allerkleinsten Käfige gesetzt.«

Jack dachte über Rudys Worte nach. »Und wann warst du sein bevorzugter Gast? Und warum hat er dich in den kleinen Käfig versetzt?«

»Das ist schon viele Jahre her. Da waren wir noch nicht am Waldsee. Und ich glaube, ich war Wolfram langweilig. Wahrscheinlich vermutet er, dass du etwas weißt, was du ihm nicht sagst. Da versucht er dich auszuhorchen.«

»Du meinst so, wie ich versuche ihn auszuhorchen?«

»Er sagt dir genau das, was er dir sagen will. Allerdings wird er jetzt doch alt und denkt nicht mehr immer so scharf.«

»Erstaunlich, dass Ian sein Sohn ist«, sagte Jack und faltete einen Teil der Decke zu einem flachen Kopfkissen.

»Ich bete für den Jungen um Rettung. Wir wollen nicht wieder seinetwegen streiten. Ian sieht mehr, als wir wissen; wir denken immer, wir führen ihn an der Nase herum. Wahrscheinlich hat er uns schon ein paar Mal Wolframs Prügel erspart.«

»Vielleicht, aber ich meine, die Lehren aus *Mein Kampf* haben sich ihm endgültig eingeprägt«, sagte Jack.

»Manches kann man nur durch Beten und Fasten erreichen; das steht in der Bibel.«

»Fasten? Wenn wir fasten wollten, würden wir sterben.«

»Man kann auf viele Arten fasten, nicht nur, indem man auf Essen verzichtet, lieber Freund.«

»Unser ganzes Leben ist Fasten – unfreiwillig.«

»Das zählt nicht. Sei mal still«, sagte Rudy energisch. »Jemand kommt.«

Jack hörte die Schritte auch und kroch schnell zu seinem Feldbett. Er hörte, dass zwei Personen näher kamen. Sie blieben vor seiner Tür stehen und die Schlösser sprangen auf. Nicht Ians große, schlanke Gestalt, sondern die Wolfram Meizers stand in der Tür und nahm fast das ganze Licht, das aus dem Flur hereindrang.

Er zog an der Kette und grelles Licht vertrieb die Dunkelheit. Wolfram kam herein und untersuchte das Zimmer. Ian trat hinter ihm ein und stand an dem kleinen Tisch.

Wolfram sprach Jack an, aber Ian übersetzte nicht. Beide warteten und schauten Ian an. Der alte Mann wartete ungeduldig auf Antwort. Er wandte sich Ian zu und sagte etwas, was »Sag es ihm« bedeuten musste.

»Worum geht es, Ian?«, fragte Jack. Es dauerte noch einen Augenblick, bis Ian den Blick von Wolfram abwendete. Aber statt zu übersetzen, sprach er Wolfram an, der herzlich lachte und »Nein, nein« sagte.

»Ian, was ist?« Jack versuchte zu denken, in welchen kleinen Käfig er nun wohl kommen würde.

»Er sagt, deine Frau ist hier.«

»Wer?« Er sagte es, aber seine Stimme klang ihm selbst fremd. An diesem Ort konnte er ihren Namen nicht aussprechen. Hatte Wolfram sie in dieses Gefängnis gebracht? »Sie ist hier? Auf dem Anwesen?«

»Danach habe ich gefragt«, sagte Ian. »Aber hier ist sie nicht. Sie ist in Österreich. Deine Frau ist schon seit ein paar Wochen da.«

Es schien Wolfram zu befriedigen, das Jack überrumpelt war. Er nahm ein geschnitztes Kätzchen, Jacks beste Arbeit bisher, und betrachtete es genau. Als Jack aus der offenen Tür schaute, hatte er den plötzlichen Drang hinauszurennen und Ian und Wolfram einzuschließen. Aber Wolfram war zu schnell. Als ob er Jacks Gedanken gelesen hätte, ging er selbst rasch zur Tür mit dem geschnitzten Kätzchen in der Hand.

Ian und Jack starrten sich einen Augenblick an; dann ging Ian und verschloss im Hinausgehen die Tür.

»Sie ist hier«, flüsterte Jack. »Kate ist hier.«

Die Tage vergingen schnell und die große Feier in Gartenwald rückte immer näher. Marta war ärgerlich, weil Lukas daran teilnehmen wollte, und wollte mit ihm gehen. Er lehnte ab. Kate hielt sich schon seit ein paar Tagen auf Abstand und ließ sie die Sache allein klären. Das war eine gute Zeit mit Abbie. Mit Picknickbroten in der Hand gingen sie mit Wildblumen übersäte Waldwege entlang und studierten Karten, um Wege zu den Naturfreundehäusern zu finden, die es überall in den Alpen gibt. Eine Woche lang taten Kate jeden Tag die Beine weh. Sie fotografierten auf Blumenwiesen und sammelten Pflanzen, um sie zu Hause zu pressen und einzurahmen.

Abends suchte Kate im Internet neue Informationen. Marta und Lukas einigten sich friedlich und sie arbeiteten wieder zusammen. Sie fingen an Wolfram Meizers frühere Aktivitäten zu erforschen. Auf den gleichen Karten von Österreich, die Kate und Abbie benutzten, um ihre zukünftige Wanderung zu planen, machten sich die Erwachsenen ein Bild vom Waldsee und den umgebenden Bergen.

Lukas nahm Kontakt mit Behörden in Wien und im Salzkammergut auf und fand Beschreibungen des Anwesens, das Wolfram am sonst unbewohnten Ende des Sees gekauft hatte. Die Suche war zeitraubend, denn Wolfram hatte falsche Namen und erfundene Gesellschaften benutzt, um den wahren Eigentümer zu verheimlichen, aber mithilfe von Lukas' Kontakten und ein paar eigenen Vermutungen fingen sie an sich ein Bild von Wolframs Aktivitäten zu machen. Sie fanden einen Bericht über eine Burgruine und ein verlassenes Salzbergwerk, die Wolfram Ende der neunziger Jahre zu einem ungeheuren Preis gekauft hatte. Rund um den See erhoben sich Berge außer am westlichen Rand, wo das Dorf lag. Überall sonst war das Ufer so steil, dass man nicht zu Fuß um den See gehen konnte. Der restaurierte »Gartenwald« lag in einem abgeflachten Tal zwischen zwei Bergen und konnte nur mit Booten erreicht werden. Lukas beschaffte auch einen alten Plan von den Stollen des Salzbergwerks im Zustand vor dem Kauf durch Wolfram.

Jeden Tag musste Kate sich beherrschen, nicht einen Wagen zu mieten und selbst zum Waldsee zu fahren. Aber das war zu gefährlich. Sie beschäftigte sich mit Abbie. Sie riefen mehrmals zu Hause und in Cottonwood an. Connie freute sich sehr von ihr zu hören und berichtete, Whiskers hätte eine Überraschung für sie, wenn sie wiederkämen: drei junge Kätzchen. Kate, Abbie und Marta kauften im Dorf ein; Lukas bestand darauf mitzukommen, obwohl er dann auf einer Bank in dem kleinen Park sitzen blieb und Pfeife rauchte. Kate und Abbie schickten endlich ein paar Postkarten ab – an die wenigen Leute, die wussten, wo sie wirklich waren. Kate hatte überlegt, ob sie Mason eine schicken sollte. Am Ende entschied sie sich dagegen und beschloss ihn am nächsten Tag anzurufen. Das beschloss sie schon seit mehreren Wochen.

Der Tag der Feierlichkeit in Gartenwald kam. Man hatte entschieden, dass Kate mitfahren und im Dorf am anderen Seeufer bleiben sollte. Wenn Lukas nicht zur verabredeten Zeit zurückkäme, sollte sie die Polizei im Ort anrufen. Lukas wollte, dass Anni, Marta und Rey in seinem Haus blieben. Er stellte zusätzlich Wachen für sein Gelände ein, sodass Kate sich nicht zu sehr um Abbies Sicherheit zu sorgen brauchte. Wolfram Meizer hatte einen Plan und sie mussten noch herausfinden, was er wollte, außer Lukas in seine »Höhle« zu locken.

Sie würde nur für eine Nacht weg sein, dachte Kate, als sie ihren Koffer in den Wagen lud. Sie sah Anni aus dem Fenster spähen und dann ins Haus verschwinden. Die junge Frau war ständig schlecht gelaunt.

Kaum war sie eingestiegen, fuhr Lukas ab. Kate drehte sich in ihrem Sitz, um Abbie und Marta wie sonst zum Abschied zu winken.

»Lukas, halt!«, sagte sie plötzlich. Kate sah Abbie hinter dem Wagen her die Straße hinunterrennen. Sie stieg schnell aus, noch ehe der Wagen ganz stand. »Was ist los?«

Tränen strömten über Abbies Gesicht, als sie Kate in die Arme fiel.

»Abbie, bist du verletzt? Was ist?« Angst ergriff Kate. Sie hielt Abbie von sich weg und prüfte, ob sie blutete.

»Ich hab's dir nicht gesagt. Fast hätte ich es vergessen.«

»Was denn?«

»Ich hab dich lieb, Mama.«

»Ich habe dich auch lieb.« Kates Gesicht war auf Abbies Höhe, als sie ihr die Tränen abwischte. »Du brauchst nicht zu weinen, Schatz.«

»Und Mama, bitte, bitte komm wieder.«

Kate nahm die Hand vor den Mund. »Ich komme wieder«, sagte sie schnell. Dann fiel ihr ein, dass sie das gar nicht versprechen konnte. »Ich will immer alles tun, was ich kann, um wieder zu dir zu kommen.«

Abbies Tränen flossen wieder. »Und bring Papa wieder zurück.«

Wolfram Meizer knöpfte sein Jackett vorn zu und schaute in den Spiegel. Das schneeweiße Hemd und der schwarze Smoking passten ihm wie angegossen. Er schritt durch das Haus, seine Burg, in der alle Lichter in allen Räumen brannten, außer natürlich in seinem Büro. Vor den raumhohen Fenstern in dem großen Salon blieb er stehen und schaute hinaus.

Auf der vorderen Terrasse saß das Orchester, Kerzen standen bereit, um auf den dekorierten Tischen angezündet zu werden, und das Essen stand fertig vorbereitet in seiner Küche. Winzige Lichter erleuchteten den Fußweg in dem weiten Eingangsbereich vom Bootssteg bis zur Terrasse und zur Eingangstür der Burg. Heute Abend würde er sich der Gesellschaft vorstellen. Er hatte gezielt Gerüchte in die Welt gesetzt, der Eigentümer sei ein reicher deutscher Geschäftsmann, der aus Südamerika zurückgekommen war: Die Wahrheit war oft die beste Tarnung. Wollten nicht alle den großartig restaurierten Gartenwald sehen und den verrückten Eigentümer kennen lernen, von dem niemand viel wusste?

Wolfram hatte seine Gäste sorgfältig ausgesucht: Minister, Mitglieder der feinen Wiener Gesellschaft, Geldmagnaten, Parteivorsitzende. Es sah aus wie eine Zufallsauswahl und war gerade darum auf verwirrende Art verdächtig. Die Gerüchte über eine Intrige würden die Eingeladenen eilig zum Dorf bringen. Andere würden sich fragen: »Warum ist der eingeladen und nicht ich?« »Wie kann ich auf die Gästeliste kommen?«, würden manche denken, die er absichtlich nicht eingeladen hatte. Noch andere würden vermuten: Irgendetwas hat er vor.

Wolfram atmete tief ein, wie um sich auf den kommenden Abend vorzubereiten. Das würde einer der schönsten seines Lebens werden. Und einen Gast auf der Liste wiederzusehen, darauf hatte er Jahrzehnte gewartet.

Jack hatte versucht auszuruhen, versucht sich einen Plan zurechtzulegen, versucht zu verstehen, warum er nicht mehr in Wolframs Büro geholt wurde und warum niemand die nächtliche Arbeit tun durfte. Rudy hatte nicht helfen können. Ein Weilchen sprachen sie durch die Lüftung, aber dann wurde Rudy müde und brauchte Ruhe. Jack wusste, dass Rudy seine verzweifelte Lage nicht verstand.

Jack hatte versucht herauszufinden, wo Kate war, wann sie gekommen war und was sie in Österreich tat. Er hatte nichts erfahren. Aber heute Abend war irgendetwas im Gange und Jack wollte das Unmögliche versuchen.

Er ging zur Tür und schlug dagegen, bis er Schritte hörte. Plötzlich ging die Tür auf und Ian stand da.

»Ian, habe ich dich jemals um etwas für mich selbst gebeten?«

»Nein.«

»Heute muss ich dich bitten. Habe ich dir jemals Anlass gegeben, meinem Wort nicht zu trauen?«

»Nein.«

»Dann traue mir.«

Sie schauten sich an; jeder dachte an die vielen Monate, die sie zusammen verbracht hatten, und was das bedeutete. Hatte sich in der Zeit eine Freundschaft entwickelt? War daraus Vertrauen gewachsen? War das Vertrauen so stark, dass jeder dem anderen sein Leben anvertrauen konnte?

»Was willst du von mir?«

»Dass du mir hilfst, meine Frau zu finden.«

»Ich weiß schon, wo sie ist.«

»Und wo?«

»Heute Nacht im Dorf.«

Kate – seine Kate – am anderen Seeufer, wo die Lichter lockten; der Gedanke machte Jack ganz benommen. »Ich muss sie sehen. Und du musst mir helfen.«

36 Sechsunddreißigstes Kapitel

Drei Boote waren für dieses Ereignis gechartert worden. Als Lukas zum Bootssteg ging, spielte leise ein Streichquartett. Seine Einladung wurde sorgfältig geprüft, während ein Reporter vor einer Kamera sprach und über das Wasser zeigte, wo die Lichter von Gartenwald leuchteten.

Lukas wurde an Bord des breiten, flachen Bootes freundlich begrüßt. Auf dem offenen Bug wurden Getränke und Appetithappen von Kellnern in schwarz-weißen Uniformen serviert. Andere Gäste lehnten an der Reling oder saßen mit Getränken und winzigen Tellern in der verglasten Kabine. Flaggen flatterten leise im Abendwind: österreichische, die der Europäischen Union und noch eine grau-rote Flagge mit den Buchstaben GW in einem Doppelrhombus. Lukas fragte sich, ob irgendwo in dem Emblem die Buchstaben *SS* oder ein *Hakenkreuz* versteckt sein könnten.

Lukas stand an der Reling und schaute aufs Wasser. Er hatte keine Lust zu leichter Unterhaltung und hatte schon versucht mehreren bekannten Gesichtern auszuweichen, auch einem Journalisten, den er noch aus dem Parlament kannte. Aber er konnte das Alleinsein nicht lange genießen, ohne mürrisch zu erscheinen; so war er bald ins Gespräch mit einer kleinen Gruppe von Leuten vertieft, die er aus Wien kannte. Sie sprachen über einen neuen Vorschlag zur Geschwindigkeitsbegrenzung und dann über die Herkunft des Weines, den sie gerade tranken.

Lukas fiel ein, dass einmal ein König von seinem Reichtum gesagt hatte: » ... dass alles eitel ist und Haschen nach Wind.«* Was hatte Lukas wirklich? Seine Töchter kannten ihn nicht. Er besaß Ländereien, mehrere Firmen, eine Spielbank und war Teilhaber an einem Krankenhaus. Jetzt, nach einer gewissen Zeit, schien seine Arbeit in der Regierung unwichtig. Eigentlich war es alles wertlos.

Aber Wolfram baute da nicht nur ein Anwesen an einem Berghang. Da stand zu viel auf dem Spiel und er hatte zu viel Hilfe. Er wollte etwas für die Zukunft schaffen. Lukas würde gegen dieses Etwas kämpfen; aber jetzt ging er mitten hinein.

Das Boot landete an einem Steg. Als Lukas und die anderen Gäste ausstiegen, bemerkte er, dass die Wälder bis an die umgrenzten Gärten heran wuchsen. In raffinierten Mustern angeordnete Blumen säumten den breiten gepflasterten Weg und die Treppen, die zur Burg hinaufführten. Wolframs Werk sah auf den ersten Blick elegant aus. Lukas hielt Abstand von den anderen Gästen, die er erkannte; auf dem Weg zur Haupttterrasse, auf der er eine Geige spielen hörte, machte er sich ein Bild von dem Anwesen. In einem Einschnitt über ihnen lag dunkel, aber sichtbar der Eingang zum Salzbergwerk. Lukas erkannte auch ein Stück von einem flachen Dach weiter oben auf der anderen Seite des Wäldchens hinter der Burg. Könnte Wolfram es wagen Jack Porter und Rudy Blessing in einem dieser Gebäude gefangen zu halten? Wolfram traute er alles zu. Sein alter Feind war intelligent und hinterhältig. Und wenn ein Verdacht aufkam, empfing Wolfram seine Kritiker mit offenen Armen.

Die restaurierte Burg hatte an einer Seite einen weißen Turm; eine Flagge mit dem Zeichen GW wehte von seinem kegelförmigen Dach. Lukas sah auf drei Etagen erleuchtete Fenster und schätzte, das Haus sei etwa doppelt so groß wie sein eigenes. Die Gruppe stieg die Stufen zur Burg hinauf, wo schon Gäste sich in kleinen Gruppen unterhielten. Unten am Landesteg kamen noch mehr Gäste an.

Lukas begrüßte die Gruppen auf der Terrasse, die er kannte. Am Ende gegenüber der Orchesterbühne stand ein Tisch mit Tabletts, auf denen sich verschiedene Speisen befanden. Gruppen saßen um Tische mit brennenden Kerzen, andere gingen durch das Haus. Die meisten Gäste wollten den geheimnisvollen Gastgeber kennen lernen. Ein Gerücht besagte, er sei aus Afrika zurückgekommen, nachdem er in der Edelsteinindustrie ein Vermögen gemacht habe, ein anderes, er habe Beziehungen zu Hollywood. Wilde Gerüchte kamen immer auf.

Lukas wollte hineingehen, da sprach jemand auf der Bühne in ein Mikrofon: »Willkommen, verehrte Gäste, ich freue mich sehr, Sie alle begrüßen zu können.«

Auf der Terrasse erhob sich Applaus. Viele standen vor ihrem Gastgeber auf. Auch nach hundert Jahren hätte Lukas diesen Mann noch erkannt. Seine Nase war jetzt größer und seine Wangen hingen herab wie bei einer Bulldogge. Sein einst sportlicher Körper war dicker geworden. Das rabenschwarze Haar trug er immer noch straff zurückgekämmt. Wolfram war derselbe, den er schon lange kannte, nur war er jetzt alt.

Als junger Mann war Wolfram leichtsinnig und rücksichtslos gewesen, aber jetzt stand er da und sprach in königlicher Haltung: »Ich heiße Wolfram, aber das ist nicht der Name, den mir meine Eltern gegeben haben.«

Obwohl niemand den Namen erkennen konnte, entstand ein neugieriges Murmeln.

»Ich habe Sie hierher eingeladen, damit Sie den Abend genießen, das Gelände erforschen und die Schönheit von Gartenwald entdecken. Wenn Gartenwald heute Abend offiziell eröffnet wird, werden neue Freundschaften entstehen. Ich möchte einen Ort schaffen, wo Sie und andere Würdenträger Österreichs Schönheit genießen können, sei es geschäftlich oder zum Vergnügen. In früheren Zeiten trafen sich hier Vertreter feindlicher Völker auf die Einladung des neutralen Burgherrn hin. Man erreichte Frieden zwischen den zwei Völkern. Möge das wieder das Ziel von Gartenwald werden.«

Ein kurzer Höflichkeitsapplaus folgte. Hinter Lukas flüsterte jemand: »Was bildet er sich ein? Dass hier Friedensabkommen geschlossen werden?«

Wolfram fuhr fort: »Ich möchte ein bescheidenes Zeichen meines aufrichtigen Wunsches nach Frieden und Einheit zwischen Parteien, Völkern und Staaten setzen. Bitte sehr.«

Eine große, mit rotem Samt bedeckte Tafel wurde auf Rollen auf die Terrasse geschoben. Die Kameras des Fernsehteams richteten sich sofort darauf, um das Ereignis festzuhalten.

»Ich habe Sie heute nicht nur hierher eingeladen, um ein Fest zu feiern. Ich will Ihnen auch von meinem Werdegang berichten. Ich bin nicht stolz auf meine Vergangenheit. Vielleicht werden manche sich selbst darin erkennen; andere werden sie nur schwer verstehen, aber heute muss sie endlich bekannt gemacht werden.«

Stühle wurden gerückt und Weingläser abgestellt; alle Gesichter wendeten sich gespannt Wolfram zu.

»Ich habe meine Kindheit in einem Ort nicht weit von hier verlebt. Mein Heim war kein glücklicher Ort und als ich heranwuchs, suchte ich etwas, an das ich glauben konnte.«

Lukas wusste, dass jetzt das Lügen angefangen hatte. Wolfram war nicht in Österreich, sondern in Deutschland aufgewachsen.

»Meine Lebensgeschichte gleicht vielen in Österreich. Wir lernten die NSDAP kennen und hofften auf einen neuen Anfang mit ihr. Ja, sie verbreitete ihre rassistischen und antisemitischen Lehren zusammen mit einer großen Vision. Aber antisemitische Ansichten waren schon seit den Kreuzzügen oder sogar seit der Römerzeit fester Bestandteil unserer Kultur. Aus Angst und Missverständnissen zwischen Völkern ist immer wieder Hass entstanden. Das ist nicht gut, aber es ist so. Und so trat ich als junger Mann, der einen höheren Sinn suchte, in die NSDAP ein.«

Über die Menschenmenge hinweg, unter den kleinen weißen Lichtern, trafen sich Wolframs und Lukas' Blicke. Jahrzehntelang hatten sie sich nicht in die Augen geschaut, und doch war alles wieder da: die Erinnerungen und ebenso der Hass.

»Ich hatte damals einen anderen Namen.«

Ein plötzlicher, eiskalter Schauer erfasste Lukas. In einer blitzartigen Erkenntnis wusste er, was Wolfram sagen würde, noch bevor er es aussprach:

»Ich hieß Bruno Weiler.«

Niemand reagierte auf den Namen, niemand bemerkte die Andeutung eines verächtlichen Lächelns, die Lukas wahrnahm, als Wolfram ihn wieder ansah. Wolfram erzählte Lukas' Vergangenheit, seinen Eintritt in die Hitlerjugend und den Anschluss, bei dem Österreich mit dem deutschen Dritten Reich zusammengeschlossen wurde und Hitler unter dem Jubel vieler über die Grenze marschierte – auch er hatte gejubelt. Ohne es zu wollen, hatte Lukas sich in den Schatten zurückgezogen, weg aus der Sicht Wolframs und der Kamera. Wolfram erzählte Lukas' Lebensgeschichte und gab sie als seine eigene aus. Lukas dachte nicht gern an seine Vergangenheit, aber es war doch seine. Dass Wolfram behauptete Bruno zu sein, war ein Schachzug zwischen Genie und Wahnsinn, den Lukas nicht ganz verstand. Es ängstigte ihn mehr, als es ihn ärgerte.

»1941 wurde mir die Stellung eines Aufsehers im Konzentrationslager Mauthausen zugewiesen. Jetzt verstand ich endlich, was Hitler und seine Partei wollten. Aber es war zu spät. Niemand wagte sich den Befehlen zu widersetzen, sonst hätte er bald Häftlingskleidung getragen. Ich kam in ein Erschießungskommando, das eine junge Frau aus meinem Heimatort hinrichten musste.«

Woher wusste er von Tatjana?, fragte sich Lukas. Er hatte nie von dem Mädchen gesprochen, dessen Tod ihm die Augen für sich selbst und sein Handeln geöffnet hatte.

»Ich weiß nicht, was mich verändert hat, aber jetzt wusste ich, dass ich daran arbeiten musste, dass dieser Wahnsinn aufhörte. Ich fing an die Standorte von Waffenfabriken und andere Militärgeheimnisse auszukundschaften und gab sie später an die Alliierten weiter. Ich arbeitete auch im österreichischen Widerstand. Irgendwann hörte dann der Krieg auf. Aber die Vergangenheit holte mich ein und ich wurde als Naziverbrecher verurteilt. Meine Kameraden hätten mir helfen können, aber ich wollte das Urteil nicht anfechten, denn ich fühlte mich immer noch schrecklich schuldig. Wenn ich ausgesagt hätte, dass ich mit den Alliierten und mit dem österreichischen Widerstand zusammengearbeitet hatte, wäre ich nicht verurteilt worden, aber für die Verbrechen aus meiner Zeit in Mauthausen schienen mir ein paar Jahre Gefängnis noch zu wenig.

Manche werden sagen, ich hätte Österreich verraten. Andere,

meine Sünden könnten nie vergeben werden. Ich verstehe beides. Ich kann nur das tun, was ich für richtig halte.«

Niemand sprach, als Wolfram den Kopf senkte und dann wieder hob, um sein Publikum zu betrachten.

»Darum will ich jetzt noch einmal ein Zeichen meiner Reue setzen.« Wolfram machte eine Geste zu der samtbedeckten Tafel. »Ich war 1992 in Südamerika und kaufte eine kleine Kunstsammlung. Erst in diesem Jahr erfuhr ich, dass die Sammlung ursprünglich einer jüdischen Familie gehört hatte. Die Gemälde sind ihr im Krieg geraubt worden. Heute kann ich die Werke mit Stolz der Familie zurückgeben. Familie Neumann ist von dem Geschenk informiert worden und hat einen Enkel von Holocaustopfern als Vertreter hergeschickt. David Neumann, kommen Sie bitte nach vorn?«

Lukas sah zu, wie ein Mann mittleren Alters aus dem Publikum kam. Ohne zu lächeln stellte er sich neben Wolfram auf die Bühne. Wolfram fasste den Rand des Samttuches und zog es nach unten. Unter bewundernden Ausrufen und Applaus kam für alle sichtbar ein Gemälde von Klimt zum Vorschein.

»Ich hoffe, dies wird als ein weiteres Mosaiksteinchen zur Entschädigung der Minderheiten in unserem Volk beitragen. Der Rest der Sammlung befindet sich im Haus und ist zur Ansicht freigegeben. Dies ist ein besonderes Ereignis. Seit Ende der 1930er Jahre hat niemand mehr die vollständige Sammlung gesehen. Ich danke Ihnen allen, dass Sie gekommen sind.«

Unter lautem und anhaltendem Applaus schüttelten sich Wolfram und David Neumann die Hände. Die Leute um Lukas herum fingen an zu reden. Einer sagte: »Politische Feinde sind kaum auszusöhnen, aber solche Männer schaffen das.«

Menschen kamen gruppenweise näher, andere gingen schon langsam zum Haus. Lukas wartete weiter draußen und unterhielt sich mit Leuten, die er früher auf Festlichkeiten gesehen hatte. Äußerlich war er gefasst wie immer, aber seine Augen glitten immer wieder zu Wolfram hinüber. Er wäre gern gegangen, aber so versuchte er zu überlegen, was Wolfram von ihm erwarten würde. Ein paar Leute lebten noch, die wussten, wer Lukas einmal gewesen war. Aber keiner, am wenigsten er selbst, würde Wolframs Behauptung widerlegen wollen. Das würde einen Skandal geben und alles aufs Spiel setzen. Lukas hatte ein Gefühl, als wäre die Tür eines sehr kleinen Käfigs eben hinter ihm geschlossen worden. Das Schlimmste war, dass er nicht wusste, was Wolfram wirklich vorhatte. Lukas blieb in der Unterhaltung mit Leuten, die er seit Jahren kannte und von denen er eigentlich doch nichts wusste. Ihre Bildung und politischen Ansichten waren verschieden, aber alle fanden den Mann interessant, der sie heute hierher eingeladen hatte. Als im Wassergarten Musik und Desserts angeboten wurden, zerstreute sich die Menge. Mit raschen Blicken sah er über die Terrasse, aber Wolfram war nicht zu finden.

Er täuschte Interesse am Gemälde vor und ging vorwärts. Mit seinen dunklen Farben, dem überlangen Gesicht der Frau und dem mosaischen Faltenwurf ihres fließenden Gewandes erinnerte ihn das Werk an ein anderes Bild von Klimt.

Wenn Wolfram den Verdacht seiner Landsleute ablenken wollte, wäre die Enthüllung eines solchen Kunstwerks sicher die Lösung. Es würde viel Streit darüber geben, woher er das Stück hatte. Die üblichen Nazigerüchte wären unnötig, denn Wolfram hatte seine Vergangenheit ja öffentlich zugegeben. Wolfram wusste seinen Vorteil zu nutzen. Die Kunstsammlung einer reichen jüdischen Familie zu schenken, konnte man als großzügige Entschädigung betrachten wie auch die Tatsache, dass er für seine Taten schon im Gefängnis gewesen war. Ekel und Zorn erfüllten Lukas. Er dachte an die Leichen von Susanne und Janos und die leblosen weißen Körper mit offenen Augen und kalten Fingern in Ebensee.

»Exminister Lukas Johannsen«, sagte eine Stimme hinter ihm. Lukas hatte seine Anwesenheit schon gespürt, bevor er etwas sagte. Er drehte sich um und stand vor Wolfram Meizer.

»Es ist lange her«, sagte Wolfram.

»Nicht lange genug.« Kalt und herausfordernd starrten sie sich an. »Bruno Weiler, sind Sie das?«

Wolfram lachte. »Ich dachte, das würde dich interessieren.«

»Wie kommst du darauf, Bruno Weiler sein zu wollen?«

Wolfram sah ihn unverwandt an. »Erst müssen wir reden.«

»Jetzt, nach so langer Zeit, kommst du nach Österreich zurück.«

»Kein Ort der Welt ist wie Europa.«

»Besonders, wenn man etwas haben will.« Lukas sprach leise in scharfem Ton.

»Manche Wünsche werden mit dem Alter stärker.«

»Aber was genau hast du vor so langer Zeit verloren, das du jetzt wieder suchst?« Lukas schaute auf die dunklen Berge und wusste, dass Wolfram jede Bewegung beobachtete.

»Nur Zurückgezogenheit und Frieden in meinem Heimatland«, antwortete Wolfram.

»Du willst wieder nach Deutschland?«

»Du denkst an alles, Bruno – ich meine Lukas. In Deutschland bin ich zwar geboren, aber Österreich ist meine Heimat.«

»Das finde ich interessant.«

»Mein Bekenntnis hat dich wohl interessiert oder gar geärgert? Ich erinnere mich auch an eine junge Frau, die dich einmal interessiert hat. Ich meine, sie hieß Susanne Olsen?«, spottete Wolfram.

Darauf will er also hinaus, dachte Lukas. Wolfram suchte nach seiner schwächsten Stelle, um ihn tödlich zu treffen, aber Lukas war bereit den Angriff abzuwehren.

Mehrere Leute gingen vorbei und Wolfram beugte sich nahe zu Lukas; ein paar warfen neugierige Blicke auf sie. »Ich wusste es nicht bis zu der Sache mit Karl. Meine Leute haben entdeckt, dass Lukas Johannsen Oskar Gogl bei Karl Olsen traf. Da fragte ich mich, warum ein Exminister aus Österreich so etwas tut. Lukas Johannsen konnte doch nicht mein alter Kamerad Bruno Weiler sein – der, der mein Vertrauen missbraucht und *den Führer* verraten hat. Warum habe ich das in all den Jahren nicht gemerkt? War das deine Gesichtskorrektur oder meine Dummheit? Bruno Weiler konnte nicht einfach im Nachkriegschaos verschwunden sein. Ich habe mich von meiner eigenen Situation davon abhalten lassen, ihn systematisch zu verfolgen.«

»Dein Exil in Südamerika hat es bestimmt nicht gerade erleichtert«, sagte Lukas; jetzt suchte er Wolframs Schwachstelle. Früher hatte er gewusst, dass dieser Mann der Verlockung des Alkohols und einer schönen Frau nicht widerstehen konnte, aber jetzt im Alter würde die größte Schwäche desselben Mannes wohl Stolz sein. »Warum musstest du aus Europa fliehen, wo doch viele andere geblieben sind und sogar in der Regierung mitgearbeitet haben? Wolltest du nicht in der Partei aufsteigen – *Kommandant* einer Nebenstelle werden, eine eigene kleine Welt beherrschen? Ach ja, das hatte ich vergessen. Du bist ja zum Aufseher herabgestuft worden. Wenn ein Offizier sich mit einem seiner Leute betrinkt und nicht merkt, dass geheime Kriegspläne vor seiner Nase gestohlen werden, das ist nicht klug. Ist dir das nicht mehrmals passiert und du hast es erst gemerkt, als ich weit weg war? Du hast mich in die Partei geholt und ich habe deine Offizierskarriere mit weggenommen.«

Wolfram kam einen Schritt näher; jetzt grinste er höhnisch. Ein junger Mann kam mit einem Tablett mit Weingläsern, »Jetzt nicht!«, sagte Wolfram laut. Er fasste sich wieder und lächelte sogar. »Sie hat nach dir gerufen. Susanne.«

Wolfram lachte, aber Lukas sagte kein Wort.

»Als sie starb, hat sie nach einem Mann gerufen, der Lukas hieß. Ich habe mich gefragt, wer das sein könnte, aber erst vor kurzem habe ich es erfahren.«

»Und welche Ironie, dass Susanne mich kennen gelernt hat, weil ich dich verraten habe!« Lukas sagte das fast gleichmütig. »Ich war ihr wichtig, nicht du. Nach mir hat sie gerufen.«

Wieder hatte Lukas Wolframs Lächeln zum Verschwinden gebracht. Ja, jetzt war Stolz sein schwacher Punkt.

»Kein Mensch nimmt mir die Würde. Auch du nicht. Susanne wäre nur eine kleine Abwechslung gewesen. Ich habe mehr davon gehabt, sie sterben zu sehen.«

Das wollte er nicht hören, sagte sich Lukas. Er wollte nicht sehen, wie ihr Körper da im Schnee gelegen hatte oder wie sie sich ihm zuwendete, wenn sie miteinander gingen. *Denk nicht daran, sonst bist du nicht stark genug.*

Lukas merkte, dass er schon lange die Fäuste an seiner Seite geballt hatte. Er wünschte sich eine Waffe, um diesen Mann mit Genuss zu vernichten. Aber erst musste er alle Karten kennen, die Wolfram ausspielen konnte.

Lukas fühlte sich elend und voll aufgestauter Wut und wartete, ehe er wieder sprach: »Was ist mit Jack Porter?«

»Ich habe keine Ahnung, wovon du redest.« Nicht die kleinste Spur von Angst zeigte sich in seinem selbstsicheren Gesicht.

»Was ist mit den Scherben der zerbrochenen Fliese?«

Wolfram gab sich plötzlich ernst. »Das interessiert mich.«

»Ich gebe dir die Scherben für Jack Porter«, sagte Lukas schnell. »Wenn du alle hast, kannst du den Schatz finden, nicht wahr?«

»Jack wird bestimmt nicht ohne seinen Kameraden gehen.«

»Dann bekommst du die Scherben für beide.«

»Ich brauche die Leute und die Scherben und ich glaube nicht, dass du mir beide anvertrauen würdest.« Wolfram streckte die Hand aus und schlug Lukas heftig auf den Rücken.

»Du wirst bloßgestellt werden, Wolfram.«

»Hast du nicht mein großartiges Bekenntnis gehört? Ich bin Bruno Weiler und habe nach dem Krieg für meine Naziverbrechen gebüßt. Ich mache sogar noch mehr gut, indem ich jüdischen Erbbesitz zurückgebe, um meinen Gesinnungswandel zu beweisen.«

»Es gibt noch Leute, die wissen, dass du nicht Bruno Weiler bist.«

»Ja. Die anderen Aufseher aus Mauthausen, die noch leben. Sie sind alt und wollen mich nicht widerlegen und ihre eigene Vergangenheit bekannt machen. Das kann ich riskieren. Denn was kann da bekannt werden: dass ich nicht Bruno Weiler bin? Wer ist dann wirklich Bruno Weiler? Exminister Johannsen könnte da eine sehr hässliche Leiche im Keller haben. Heute Abend sind Leute von der Presse hier. Und ich habe ein gutes Mikrofon. Möchtest du etwas bekannt geben? Du solltest hoffen und beten, dass niemand anfängt in meiner Vergangenheit zu forschen. Dann steht nämlich deine auf dem Spiel.«

Wolfram lachte laut, sodass viele in seine Richtung schauten. »Das siehst du nicht, nicht wahr? Wir sind sehr ähnlich, du und ich. Da sind nicht viele Unterschiede. Der Anfang war derselbe, Familie, Überzeugungen; wir waren sogar Freunde. Aber du hast die Vision von Macht und Größe verloren. Du schlägst dich mit einem völlig sinnlosen Idealismus herum. Ja, das hörst du ungern, nicht wahr? Wir sind gleich, Lukas Johannsen. Aber ich bin frei von dem, was dich belastet. Wirst du dein Schuldgefühl jemals los? Menschen wie du können das nie. Also hilf mir, sonst lädst du dir noch mehr Schuld auf: Du hast Jack Porters Leben in der Hand. Und wissen deine Töchter, wer ihr Vater wirklich ist?«

Sie gingen rasch am Waldrand entlang an der Festgesellschaft vorbei und achteten darauf, nicht gesehen zu werden. Jack ging dicht hinter Ian und sah durch das dichte Gebüsch, hinter dem sie blieben, kaum etwas von den Menschen. Sie kamen ans Wasser und Jack sah, dass das winzige Boot auf den Strand gezogen war. Im Boot waren eine Taschenlampe und eine zusätzliche Gaskartusche.

»Denk an unsere Abmachung«, sagte Ian. Jack nickte und schüttelte Ian die Hand. Er würde sein Versprechen halten, auch wenn es noch so schwer wäre zur Baracke zurückzukommen. Er hatte sein Wort gegeben und Rudys Leben hing davon ab.

»Jack«, sagte Ian, »ich will dir und Rudy helfen das durchzustehen. Wenn wir alles finden, werdet ihr frei. Ich gebe dir mein Wort.«

»So wie ich meins gegeben habe«, sagte er.

»So kannst du dich nicht sehen lassen«, sagte Ian und zeigte auf Jack. Er warf ihm eine Tasche zu, die er trug. Jack öffnete sie und fand Kleidung und ein Paar Schuhe. Er hatte überlegt, was er für sein Aussehen tun könnte, wenn er in Lumpen im Dorf ankäme. So wollte er Kate nicht gern begegnen; er hatte schon gehofft sich etwas ausleihen zu können, was draußen auf einer Wäscheleine hing.

»Danke, Ian. Danke für alles.«

Für die erste Viertelstunde Fahrt benutzte Jack die Ruder, dann zog er die Leine des Außenbordmotors und steuerte vorsichtig am felsigen Ufer entlang auf die Lichter des Dorfes zu, die in der Dunkelheit schienen. Die Nacht war still und das Wasser ruhig. Nur die Unruhe, die ihn trieb, störte den nächtlichen Frieden. Der Motor des Bootes knatterte zu laut und er musste sich dauernd umschauen, ob er nicht verfolgt würde. Aber er sah nur ein hell erleuchtetes Boot, das gerade von Wolframs Landesteg ablegte.

Er schaltete den Motor auf Fußgängertempo herunter. Es schien Stunden zu dauern, aber nach Jacks Uhr war erst eine vorbei, als er den Ort am Ufer erreichte. Jetzt konnte er unterscheiden, welche Lichter von Türpfosten, Straßenlaternen oder Fußwegen kamen.

Zivilisation. Menschen gingen in der kühlen Sommernacht auf einem Betonfußweg spazieren. Im Dunkeln, wohin die Lichter des Ortes nicht schienen, saß er und beobachtete sie. Er hatte nicht viel Zeit, aber diese Leute zu sehen – diese lebendigen Menschen, die so nah und doch so weit weg waren – das faszinierte ihn wie ein Kind, das zum ersten Mal einen Süßwarenladen sieht.

Das Boot tuckerte leise, als Jack einen Landeplatz an der felsigen Küste suchte. Als der metallene Rumpf auf den Strand auflief, stieg er aus. Während das Wasser gegen seine hohen Gummistiefel drückte, zog er den Schiffsbug auf den Strand und band das Boot an einen Baum. Er wusch Gesicht und Arme im kalten Wasser des Sees, dann wartete er eine scheinbar lange Zeit im Dunkeln, ehe er die Sporttasche nahm und sich durch das dichte Unterholz drängte. Wenn das Boot gestohlen würde ... Daran durfte er jetzt nicht denken.

Als Jack sich im Dickicht umgezogen hatte, fand er einen Erdweg, der einen Abhang hinauf durch den Wald führte. Die Schuhe waren etwas zu groß und die Hose ausgebeult, aber nichts war zerrissen oder schmutzig. Ihm schien es, als beobachtete jemand im Dunkeln alle seine Bewegungen. Ein Zweig knackte unter seinem Fuß und er blieb stehen und horchte. Niemand war da. Niemand wusste, dass er hier war. Das sagte Jack sich noch einmal und empfand den gewaltigen Unterschied zwischen Gefangenschaft und Freiheit.

Der Weg war hier gepflastert und vor ihm schien Licht. Dann trat Jack ins Licht. Es war ein herrliches und zugleich beängstigendes Gefühl, so wie jeder andere Mensch durch die Straßen zu gehen. Er brauchte nicht auf einem einzigen Weg zwischen der Baracke, den Tunneln und der Burg zu bleiben. Er konnte überall hingehen, sogar mit einem Auto irgendwohin fahren. Frei zu sein war ein sehr seltsames Gefühl, auch wenn es nur für kurze Zeit war. Niemand konnte das verstehen. Er sah eine Frau durch ein Fenster, ein Pärchen ging auf der Straße spazieren. Auf dem Weg zum Dorfplatz sah er verschiedene Menschen. Sie beachteten ihn kaum, obwohl er fast erwartete, dass sie sein Kommen bejubelten. Jack war begeistert von dem kleinen Dorf. Sogar nachts sah es altmodisch und gemütlich aus. Er würde es so gern mit Kate an der Seite erforschen. Und in ein paar Minuten würde er bei ihr sein.

Jack folgte den Anweisungen aus dem Gedächtnis; an jeder Ecke wiederholte er für sich, was Ian ihm gesagt hatte, bis er vor einem Schild stand: »Zimmer frei«. Ian hatte ihm erklärt, das sei ähnlich wie »bed and breakfast« in den Staaten, aber billiger und sehr familiär. Kate war in Zimmer 10. Da oben war sie jetzt; Ian war am Tag da gewesen und hatte sich überzeugt. Seine Frau wusste nicht, dass er kam. Er wusste nicht, was sie sagen würde, obwohl er Hunderte von Stunden damit zugebracht hatte sich diesen Augenblick vorzustellen. Er empfand immer noch mehr Angst als Freude. Es war so überwältigend, dass Jack sich erst einmal auf eine Bank vor der Pension setzte.

Jetzt war die Zeit. Aber konnte er wirklich hineingehen?

Kate hatte Lukas noch nie so gesehen. Er lief in ihrem Zimmer auf und ab und erklärte die Einzelheiten seines Treffens mit Wolfram Meizer. Sie war sprachlos vor Staunen, dass Jack wirklich noch lebte. Er lebte!

»Marta würde wollen, dass wir die Polizei rufen.«

»Aber wir wissen, dass das im Augenblick für deinen Mann zu gefährlich wäre.«

»Gibst du Wolfram die Fliesenscherben?«

»Ich weiß nicht. Er hat mir heimlich gesagt, er will Jack umbringen, wenn wir ihm nicht in drei Tagen die Stücke bringen. Er wollte die Scherben sofort, aber ich habe gesagt, Oskars wäre in den Vereinigten Staaten. Ich muss noch heute Nacht nach Wien. Ich muss eine Entscheidung treffen und mit anderen darüber sprechen. Du kommst mit. Ich besorge dir da ein Zimmer.«

»Warum nach Wien? Fahren wir nicht besser wieder zu deinem Haus?«

»Im Augenblick brauche ich Hilfe, die Marta nicht geben kann. Aber ich muss sehen, dass Anni zu mir nach Wien kommt. Es ist Zeit, dass ich mit meinen Töchtern rede.«

Kate wusste, was er damit sagte, und sah an seinem Gesicht, wie er mit dem Entschluss kämpfte. »Ich bleibe hier und nehme morgen früh den Zug.«

»Nein.« Er schüttelte den Kopf.

Kate legte ihm die Hand auf den Arm. »Lukas, ich bin hier sicher; heute Nacht ist Wolfram zu beschäftigt. Du kannst ruhig gehen und tun, was du tun musst. Sag es deinen Töchtern, dann bist du es los. Ich komme morgen zu deinem Haus.«

Er nickte und legte die Hand auf ihre. »Danke.«

Lukas war erst vor einer Viertelstunde abgereist, aber Kate bedauerte schon, dass sie nicht mitgekommen war. Sie stand am Fenster und schaute auf die Straße hinunter, von wo er weggefahren war. Sogar jetzt in der Nacht gingen noch Leute über den Platz oder saßen auf den Bänken. Sie zog die Vorhänge so zu, dass kein kleinstes Stückchen vom Fenster mehr zu sehen war. Mit einem Doppelbett, Tisch, antikem Kleiderschrank war das Zimmer schon übervoll.

Sie spürte die Enge um sich. Sie war allein. Auch Jack war allein, aber er lebte. Lukas glaubte, er sei nur am anderen Ufer des Sees. Auf der Fahrt zur Pension, hatte Lukas ihr die Lichter dieser Burg gezeigt. Jetzt wünschte Kate sich sehnlich diese Lichter wieder zu sehen; sie wusste ja jetzt, dass sie den Ort beleuchteten, wo vielleicht Jack lebte. Aber Lukas hatte sie angewiesen, um ihrer eigenen Sicherheit willen in der Pension zu bleiben.

Kate zog sich aus und den kurzen weißen Schlafanzug an, den sie mitgebracht hatte. Die ganze Zeit malte sie sich aus, wie sie zu Jack kommen könnte. Vielleicht könnte sie auf einem Boot mitfahren oder eines mieten und selbst nachforschen. Wenn er nicht zu ihr kommen konnte, würde sie zu ihm kommen. Wenn Abbie nicht wäre, hätte Kate es darauf ankommen lassen. Aber sie sah immer noch ihre weinende Tochter vor sich und spürte, wie sich ihre dünnen Arme an sie klammerten.

Als Kate ihre Zahnbürste suchte, klopfte jemand an die Tür.

Knarrend ging sie auf und vor ihr stand nicht Lukas, sondern ein Fremder. Kate versuchte die Tür zu schließen, da sagte er ihren Namen:

»Kate.«

Sie hielt inne und versuchte sein Gesicht zu erkennen. Das Licht im Flur ließ sein ungekämmtes Haar und seinen struppigen Bart im Schatten.

»Kate, ich bin es.«

Das war Jacks Stimme; sie hatte schon fast vergessen, wie sie klang. Vom Tonträger kannte sie die Stimme ihres Mannes, sie hatte ja wieder und wieder selbst aufgenommene Videos angeschaut. Aber diese Stimme war echt, nicht nur Erinnerung, sondern Wirklichkeit. Sie würde sie überall erkennen. Er stand da und wartete. Aber Kate konnte sich nicht rühren. Ihre Hände zitterten und ihre Füße gehorchten ihr nicht.

Er war hier. Jack. Aber er war nicht nur fremd, er war wie ein Geist. Kate wäre am liebsten weggelaufen oder hätte ihm die Tür vor der Nase zugeschlagen. Noch vor einem Augenblick hatte sie sich nach ihm gesehnt, aber jetzt wusste sie: Schlimmer als Jack zu verlieren war es, dass er da war und doch nicht der Jack, den sie kannte.

Man sah, dass er die Angst in ihren Augen erkannte. Er schien verletzt.

»Jack!« Mehr konnte sie nicht sagen.

Er nickte, und als sie den Türpfosten losließ und die Tür ein Stückchen weiter aufging, fiel das Licht aus ihrem Zimmer auf sein Gesicht. Die Augen waren Jacks Augen. Sie waren rot und Tränen standen darin.

»Jack«, hörte sie sich noch einmal sagen, leise und sanft. Aber sie konnte nicht auf ihn zugehen.

»Kate, ich möchte dir tausend Dinge sagen.« Er kam einen Schritt näher und dann noch einen. Er stand jetzt dicht vor ihr und streckte die Arme nach ihr aus. Er umarmte sie ungeschickt und seine Berührung fühlte sich kalt und fremd an. Sie versuchte ihn auch zu umarmen, aber es ging nicht.

»Du bist hier. Du bist es wirklich.«

»Ja, und ich sehe entsetzlich aus«, sagte er leise lachend. Er schloss schnell die Tür und schaltete eine Lampe an. Er blickte um sich, als ob jemand da sein könnte. Dieser Jack sah älter aus und mehr als müde; er war erschöpft und abgemagert. Der Bart veränderte ihn völlig; nur einmal hatte er ihn früher ein wenig wachsen lassen.

»Bitte erzähl mir von Abbie. Erzähl mir alles.« Er griff nach ihrem Arm wie ein Verhungernder, der unbedingt Nahrung braucht. Das erschreckte sie, aber sie dachte, was sie wohl fühlen würde, wenn sie so lange von Familie und Freunden getrennt worden wäre. »Kate, ich wünschte, ich hätte Zeit, dich von jedem einzelnen Tag erzählen zu hören. Du kannst dir nicht vorstellen ...«

»Abbie«, flüsterte sie und fragte sich, was ihre Tochter denken würde, wenn sie ihn sähe. »Abbie wird sich so freuen. Wie ... wie bist du hergekommen? Warte, wir müssen hier weg, wieder zu Lukas nach Hause.« Kate war überwältigt, dass sie Jack endlich hatte: das Ziel, auf das sie über drei Jahre lang zugearbeitet hatte. Das war vorbei. Jack war hier.

»Nein, Kate. Ich kann nicht. Ich habe nur ein paar Stunden.«

»Was soll das heißen?«

»Ich habe versprochen zurückzukommen. Anders hätte ich es nicht machen können. Ich habe mein Wort gegeben.«

»Zurück? Zu Wolfram?«

»Ja. Da ist noch ein Mann, mein Freund. Wenn ich nicht wiederkomme, ermorden sie ihn.«

»Rudy Blessing.«

»Ja. Du weißt also alles – warum ich hier bin?«

»Ein bisschen, ja.«

»Was hast du gedacht? Haben sie dir einen Brief dagelassen oder war da Blut, hat es ausgesehen, als ob ich tot wäre?«

»Bis heute Abend wusste ich nicht, dass du noch lebst. Die ganze Zeit habe ich nichts gewusst.«

Er griff nach ihr und umarmte sie lange. Dieses Mal fühlte es sich nicht so unpassend an. Sie hielt ihn fest und spürte seinen Atem am Hals.

»Das tut mir Leid, Kate. Ich habe eine Möglichkeit gesucht zu dir zurückzukommen.«

»Du kannst nicht wieder weggehen.« Ihre Gefühle waren auf ihn fixiert. »Ich weiß, dass du bis jetzt nicht anders konntest, aber jetzt wollen wir weg. Abbie muss dich sehen.«

Er saß auf ihrem Bett, den Kopf in die Hände gestützt.

Die Zeit lief weiter, während Kate ihn betrachtete: Seine Schultern waren gebeugt und seine Hände nicht die rauen Hände, die sie kannte. Jetzt waren sie vernarbt und schwielig, als hätte er hundert Jahre damit gearbeitet.

»Wir haben nicht viel Zeit«, murmelte er, dann schaute er sie an. »Ich hatte vergessen, wie du aussiehst. Nein, das nicht, aber ich wusste nicht mehr, wie das ist, mit dir im selben Zimmer zu sein. Ich muss mich konzentrieren; wir müssen einen Plan machen.«

Er wollte planen und sie hatte noch so viele Fragen: Wie war er heute Nacht hierher gekommen? Warum hatte er ihnen nicht früher Nachricht geben können? Warum war er gekommen, nur um wieder wegzugehen?

»Jack, was ist damals passiert?«, fragte sie.

»Hat das noch Zeit? Ich will dir so vieles sagen. Ich muss hören, wie es Abbie geht. Das ist alles so viel.«

»Fang am Anfang an und erzähl mir alles.«

»Wir haben keine Zeit. Wenn ich dich alles fragen wollte, was mich seit Tagen oder Wochen oder Jahren kaputtmacht ... zum Beispiel: Warum bist du hier? Warum bist du in Österreich?«

»Ich wollte dich finden, es noch ein letztes Mal versuchen.« Sie sah an seinem Gesicht, wie sehr ihn das bewegte. »Bitte, Jack, ich muss wissen, was passiert ist.«

»Du meinst an dem Tag in Venedig?«

»Ja«, flüsterte sie. Es war, als ob sie von zwei anderen Menschen redete. Das konnten nicht sie und dieser Jack gewesen sein. Woher kam dieser tiefe Graben zwischen ihnen?

»Das war leicht für sie«, sagte er. »Kurz nachdem du gegangen warst, haben sie angeklopft. Ich dachte, du hättest etwas vergessen. Als ich aufmachte, haben sie mich bewusstlos geschlagen. Von den nächsten paar Wochen weiß ich fast nichts mehr und wusste auch nicht, dass schon Wochen vergangen waren. So war ungefähr das erste halbe Jahr: nur Nebel und Benommenheit und Einsamkeit. Danach wurde ich an verschiedene Plätze gebracht und ich musste machen, wozu sie mich haben wollten: einen Platz suchen, wo Nazis irgendwelche Beute versteckt haben. Eine Zeit lang waren wir auch in einem Schloss in Italien.«

»Schloss Weiß«, sagte sie und versuchte sich vorzustellen, dass er an diesen Orten gewesen war, während sie ihn von zu Hause aus gesucht und gewartet hatte.

»Alles war geplant. Du weißt doch noch, dass ich ein Stipendium bekam, um an der Konferenz teilzunehmen? Das hat Wolfram veranlasst, aber er hat sich hinter mehreren Organisationen versteckt. Er ist ein mächtiger Mann und hat Kontakt mit Neonazigruppen in den Staaten und in Europa. Die bezahlt er und sie machen die meiste Arbeit für ihn. Er spielt gern mit dem Leben anderer Leute. Sie haben mich ausgesucht, weil ich damals im Sommer mit Rudy gearbeitet hatte. Sie haben mir unter seinem Namen eine E-Mail geschrieben und mir das Stipendium für diese Konferenz angeboten. In den Monaten vor der Reise haben wir einen Briefwechsel gehabt.«

Sie beobachtete seine Hände. Diese Hände hatte sie einmal gut gekannt.

»Es tut mir Leid, Kate. Ich kann mir nicht vorstellen, was du durchgemacht hast.«

»Du auch«, flüsterte sie und sah ihn wieder an. Dieses Mal kam er ihr nicht so fremd vor. Sie sah mehr von dem Jack, den sie früher gekannt hatte. Sie sprachen schnell, denn in Gedanken hörten sie die Zeit vergehen. Kate versuchte zu überlegen, wie sie ihn am Weggehen hindern könnte. Er fragte immer wieder nach Abbie, ihren Familien und Freunden, was die Leute dachten, was passiert sei, und wie sie ohne ihn gelebt hatte.

Die abgenutzte braune Tasche, die er mitgebracht hatte, hatte sie nicht beachtet. Jack öffnete sie jetzt und gab ihr etwas. »Dies hier ist wichtig. Wer hat die gemacht?«

»Woher hast du die?«, fragte sie und blätterte den Stapel von Fotos durch.

»Wolfram.«

»Wo hat der sie her?«

»Kate, wer hat diese Fotos gemacht?«

»Connie. Aber ...«

»Connie, deine beste Freundin, der Filmfan Connie? Weiß sie, dass du hier bist?«

»Ja.«

»Daher weiß Wolfram also davon.«

»Du meinst, Connie könnte ... damit etwas zu tun haben?«

»Ich habe nach dem ersten halben Jahr angefangen solche Fotos zu bekommen. Bist du sicher, dass sie sie gemacht hat?«

»Bestimmt. Ich kenne sie alle. Sie hat eine Filmkamera und nimmt alles auf – nicht nur uns. Aber an diese Fotos erinnere ich mich. Letzten Sommer haben wir bei ihr ein Grillfest gemacht.« Kate fiel auf, wie schrecklich das klang: Sie hatten gegrillt und er war eingesperrt gewesen. Dann betrachtete sie das Foto mit Mason, der den Arm um sie legte, und das nächste, auf dem sie lachten, und noch eines mit Mason. Sie dachte, was er wohl gefühlt hatte, als er die bekam. Wie sehr Abbie gewachsen war, überraschte sie und zeigte ihr wieder, wie lange er schon weg war.

Sie saßen still da und wussten, dass die Zeit kurz war.

»Wie spät ist es?«, fragte er, dann sah er die Uhr. »Ich muss bald zurück, aber ich hole Rudy auch heraus. In einer Woche.«

»Nein, so viel Zeit haben wir nicht. Wolfram will die Fliesenstücke – du weißt vielleicht nicht, was das ist –, aber die Fliese gibt wahrscheinlich das Versteck des Schatzes an, den Wolfram sucht. Wir glauben, wenn er erst weiß, wo er ist, will er euch benutzen, um ihn zu bergen.«

»Ich weiß schon, wo er ist.«

»Der Schatz?«

»Beim letzten Tauchgang habe ich eine Höhle gefunden. Ich bin sicher, dass es die ist, nach der wir suchen mussten.«

»Dann ist die Höhle unter Wasser? Wenn das stimmt ... Unglaublich. Wusstest du, dass Wolfram diesen Schatz schon seit dem Krieg sucht?«

»Ich wusste fast nichts, aber sie haben mich unter Wasser, in Bergwerksstollen und in den Fundamenten von Burgruinen suchen lassen – überall, wo sie mich hingebracht haben. Sie haben mir nie gesagt, was ich eigentlich suchte. Woher weißt du das alles?«, fragte Jack.

»Ich arbeite mit zwei Leuten, die zum österreichischen Widerstand gehört und Wolfram schon im Zweiten Weltkrieg gesucht haben, als er KZ-Aufseher war. Bis vor kurzem dachten sie, er wäre tot. Es ist eine lange Geschichte, aber das jetzt könnte alles ändern.« Kate fing an in dem Gedanken, dass Jack zurückging, Hoffnung zu sehen. »Wenn wir diesen Schatz heben könnten ...«

»Nein, das geht nicht, ohne gesehen zu werden – und nicht in so kurzer Zeit.« Jack dachte einen Augenblick nach. »Morgen Nacht. Wir wollen uns beeilen und es hinter uns bringen. Ich will darauf bestehen, dass Rudy mit zum Tauchen kommt. Ich glaube, das kann ich schaffen. Meinst du, du kannst ein Boot bekommen und nahe am Ufer warten, vielleicht zweihundert Meter entfernt?«

Kate nickte, als sie seinen entschlossenen Blick sah. Sie planten das Unmögliche; der Plan war einfach und sollte ihre dreijährige Trennung beenden. Beim Reden wurde Kate bewusst: Wenn der Plan nicht ausführbar wäre, wenn Gott ihnen nur die kurze Zeit jetzt geben wollte, diese Zeit, um die sie gebeten hatte, dann hätten sie einen großen Teil dieser Zeit verbraucht, um den Plan für morgen Nacht zu besprechen. Aber es musste sein.

»Erzähl mir noch etwas von Abbie«, sagte Jack, als ob er auch merkte, wie ihre kostbare gemeinsame Zeit vorbeiging. »Ist glitzerndes Rosa immer noch ihre Lieblingsfarbe?«

Kate lächelte und dachte daran, wie Abbie bei allem, was glitzerte, große Augen bekommen hatte, besonders wenn es rosa war. »Sie mag jetzt Violett, aber sie sammelt Aufkleber, die glitzern.«

»Sieht man immer noch die kleinen blauen Adern in ihren Augenlidern, wenn sie schläft?«

»Eigentlich nicht. Aber sie dreht sich noch so zur Wand, direkt bevor sie richtig einschläft. Und weißt du noch, wie sie oft mitten in der Nacht gelacht oder gelächelt hat? Das hat sie letzte Woche zum ersten Mal wieder gemacht, seit – du weißt schon.«

Er nickte. »Was für Eis mag sie am liebsten?«

Jack ging seine Liste von Fragen durch und Kate schien es, als wäre er von einer sehr langen Reise zurückgekommen und begierig alles zu erfahren.

»Abbie hat nie aufgehört zu glauben, dass wir dich finden, Jack. Sie hat als Einzige noch daran geglaubt.« Kate wollte ihre eigene Schuld eingestehen und sagen, wie Leid es ihr tat, dass sie aufgegeben hatte.

Er legte seine Hand auf ihre. »Ich habe es auch nicht geglaubt. Wenn du wüsstest, wie oft ich um eine Nacht wie diese gebetet habe. Und jetzt ist sie vorbei und ich habe lange nicht alles gesagt, was ich sagen wollte. Kate, ich verstehe, dass du weiterleben musstest. Morgen fängt vielleicht ein neuer Kampf an, wir müssen lernen, wie wir alle wieder zusammenpassen.« Er schaute ihre beiden Hände an und berührte nacheinander ihre Fingerspitzen. »Ich erwarte nicht, dass du dasselbe fühlst wie früher. Ich bin nicht mehr der, den du geheiratet hast. Das weiß ich.«

»Jack, komm morgen wieder zu uns. Das andere können wir später bereden. Komm nur erst wieder zu uns.«

Kate ging mit ihm zum Bootssteg. Sie blieben im Dunkeln stehen. Jetzt war es kalt, es würde bald anfangen hell zu werden.

Er musste fort.

Würde sie ihn wiedersehen? War dies der Abschied, den sie sich einmal gewünscht hatte? Vielleicht war der Trennungsschmerz doch schlimmer, als sich gar nicht verabschieden zu können.

Sie standen da und er nahm ihre Hand. Jetzt würde alles schnell gehen. Morgen früh, wenn es dämmerte, würde alles vorbei sein. Wie würde es ausgehen?

»Ich gehe einfach weg und sage dir, wir sehen uns morgen. Ich kann Abschiede nicht ausstehen.«

»Das weiß ich noch.«

Jack schaute hinauf in den Himmel. Kate wusste, dass er prüfte, ob der Horizont schon hell wurde. Nur zu bald würde das kommen. Dann richtete sich sein Blick auf den Mond hoch am Himmel. »Es ist eine blaue Nacht«, sagte er. »Weißt du das noch?«

»Ja.« Sie sah, wie alles in einem blauen Dunst erschien. »Unsere erste gemeinsame Nacht.«

Jack lächelte breit und sie sah darin den Mann, den sie einmal gekannt hatte. Plötzlich wollte sie in seinen Armen liegen, die Augen schließen und immer in der Geborgenheit bleiben, die sie da sicher finden würde.

Stattdessen sagte sie einfach: »Abbie sagt, eine blaue Nacht bedeutet, dass ihr Papa wiederkommt.«

»Ich glaube, sie hat Recht. Diese Nacht hat uns Gott gegeben.«

»Jack, ich will nicht, dass du weggehst.« Sie starrte auf den Boden und auf seine abgetragenen Schuhe. »Ich verstehe, dass du musst, aber ich möchte nicht, dass du gehst. Es war nicht genug Zeit.«

Er nahm ihre Hand und drückte sie an die Lippen. Er küsste jeden Finger und sie spürte Tränen darauf. »Wenn du wüsstest, was für ein gutes Gefühl du mir gibst. Wenn du das nur wüsstest. Gott muss mir die Kraft geben. Gott, gib mir die Kraft, zu gehen.«

»Jack. Jack, schau mich an.« Kate drehte sein Gesicht zu sich hin. »Es war nicht genug. Ich kann dich noch nicht gehen lassen. Ich habe dich so vermisst ... aber ich weiß, du musst es so machen.«

Er küsste ihre Handfläche und ging mehrere Schritte weit. »Ich habe ein paar Sachen in der Tasche in deinem Zimmer gelassen. Auch etwas für Abbie. Wenn etwas schief geht, dann gib es ihr. Aber ich möchte es lieber selbst tun.«

»Du musst es ihr geben«, sagte Kate. Die Entfernung zwischen ihnen war ihr schon zu groß – und sie würde immer größer werden, bis er wieder weg wäre.

Jack ging mehrere Schritte rückwärts, drehte sich dann um und trat in den Schatten der Bäume.

»Warte«, rief sie und lief in die Dunkelheit zu ihm hin. Er wartete und zog sie dann zärtlich an sich. Er berührte ihr Haar und ihre Schultern und fasste dann ihre Hände.

»Ich liebe dich noch, Jack.«

»Ich werde dich immer lieben«, flüsterte er leidenschaftlich und berührte ihre Lippen mit seinen. Es war ein heißer Kuss, der Leidenschaft in ihr weckte.

Aber ehe sie Atem holen konnte, war er weg.

* Buch des Predigers Salomo, Kapitel 2, Vers 17

37 Siebenunddreißigstes Kapitel

Nach zwei Stunden kam Lukas nach Wien. Auf dem ganzen Weg hatte er Telefongespräche geführt. Er hatte mit verschiedenen Beratern und Freunden seine Möglichkeiten ausgelotet. Sie beschwerten sich, dass er zu dieser Nachtzeit anrief, aber sie kannten Lukas gut genug, um die Treffen für den nächsten Tag einzuplanen. Lukas fuhr zu seinem Stammhotel in der Ringstraße mit dem Blick über den Stadtpark. In wenigen Stunden würde Anni da sein. Er zog in seine Suite ein und spürte eine überwältigende Müdigkeit. Er konnte einfach keine Nächte mehr durcharbeiten. Früher war er tagelang ohne Schlaf ausgekommen.

Diese Abendversammlungen, die bis Sonnenaufgang dauerten, die Flüge von einer Stadt zur anderen: Alles, wofür er seit Kriegsende sein Leben eingesetzt hatte, war jetzt umsonst. Sein Ruf würde zerstört werden. Er und seine Familie würden für immer gebrandmarkt sein. Er würde es an den Gesichtern von alten Kollegen und Freunden sehen. Dass er sein Land, seine Kinder und die menschliche Freiheit in der ganzen Welt liebte, das würde nicht mehr zählen.

Weil er ein Nazi gewesen war, würde man ihn für »schuldig, einen Antisemiten, Mörder und Folterer« halten. Alles Gute, was er getan hatte, würde dem Ruf zum Opfer fallen, zu dem zu gehören, gegen das er gekämpft hatte.

Außerdem würde er beweisen müssen, dass er Bruno Weiler war; das konnte schwierig werden, war aber möglich und würde den unvermeidlichen Skandal auslösen. Lukas wusste, wenn er die Wahrheit sagte, konnte er alles verlieren. Auch Wolfram wusste das und verließ sich darauf, dass er aus Feigheit schweigen würde.

Aber trotz des kommenden Skandals, der sein Leben zerstören würde, und trotz der Gefahr, in der das Leben der anderen schwebte, fühlte Lukas Frieden. War das nicht eine Andeutung zukünftigen Friedens, wenn er endlich von seiner furchtbaren Vergangenheit befreit wäre? Es gab doch auch unter den schlimmsten Bedingungen ein gutes Gefühl, für das Wahre, Gute und Richtige einzutreten. Das hatte er in Tatjanas Augen gesehen, bevor er abdrückte und ihr Leben beendete. Das war der Friede, den er in Susannes Lachen gehört und in Abbie beobachtet hatte, wenn sie spielte.

Da kam Lukas ein Gedanke: Sollte er für Jack und Rudy sein eigenes Leben anbieten? Wolfram wollte seinen Tod und wollte sein Gesicht sehen, wenn er starb. Lukas kannte Wolfram. Er wusste, wie Wolfram es genoss, wenn andere litten. Das war für ihn ein Adrenalinschub, ein Machtgefühl, das an Freude grenzte. Lukas töten zu können, wie er wollte, könnte Wolfram mehr befriedigen als den Schatz zu finden. Vielleicht könnte Lukas das tun, um die Vergangenheit endgültig gutzumachen.

Gott, bist du ein Gott, der vergeben könnte, was ich getan habe? Würdest du jemandem wie mir vergeben?

Als es klopfte, wachte Lukas in seinem Sessel auf. Schnell steckte er das Hemd in die Hose und schloss den obersten Knopf. In den nächsten paar Stunden musste er drei Töchtern entgegentreten. Er hatte entschieden, zuerst mit der schwierigsten zu sprechen.

Anni kam herein und schaute ihn besorgt an. Dann sah sie sich um, ob noch jemand im Zimmer wäre. »Dein Gefolge von Frauen fehlt«, sagte sie missmutig. »Ich bin nicht gewöhnt dich ohne sie zu sehen.«

»Anni, komm und setz dich. Ich muss dir etwas sagen, was ich dir schon sehr lange sagen wollte.«

»Das dürfte interessant werden. Ich musste fast die ganze Nacht fahren – geht es um ein schlimmes Familiengeheimnis? Dass ich in Wirklichkeit nicht deine Tochter bin oder so was?« Sie sah ihn herausfordernd an. Sein Kind, das da vor ihm saß, war ihm so ähnlich. Lukas konnte sich über seine eigenen Gedanken nicht klar werden; wie sollte er da ihre verstehen?

Sie folgte ihm in eine Essecke in der Suite. Sie saßen sich auf den Stühlen gegenüber und Lukas musste sich anstrengen, einen Anfang zu finden.

»Also, worum geht es? Um irgendwelche halblegalen Geschäfte?« Ihr Ton war auf komische Weise sarkastisch. Sie hatte manchmal an seinen dunklen Geschäften mitgearbeitet und er wusste, dass sie sich gewundert hatte, als er im vorigen Jahr plötzlich den Kontakt mit bestimmten Partnern abgebrochen hatte. Sie hatte gesagt, er habe sein Gewissen entdeckt.

»Was weißt du von meinem Leben während des Krieges?«

»Im Krieg? Gar nichts. Davon redest du doch nicht mit mir.«

Er wusste, dass sie auf lange Gespräche mit Marta und jetzt mit Kate Porter anspielte, und sah, dass sie zutiefst zornig und eifersüchtig war.

»Du scheinst wirklich gern mit Frauen umzugehen«, warf sie ein, »nur nicht mit mir.«

»Anni, lass mich reden. Du bist meine Tochter. Ich bin kein so guter Vater gewesen, wie es hätte sein können, das weiß ich jetzt. Aber du bist meine Tochter. Nichts auf der Welt ist wie der Mensch aus dem eigenen Fleisch und Blut. Als ich dich und deine Schwestern zum ersten Mal sah – so einzigartig und zart ...« Lukas schwieg. Wenn er zu seinen Töchtern sprach, fehlten ihm immer die Worte. Warum war die Hemmschwelle bei denen, die er liebte, so viel höher? Er war ganz sicher, wie tief seine Liebe zu Anni war, auch jetzt, als sie ihm gegenübersaß, eine Zigarette aus dem Etui nahm und sie anzündete, als wäre ihr nichts und niemand auf der Welt wichtig. Seine Liebe zu ihr machte ihm Angst, wie er sie so als das zart besaitete Mädchen sah, das sie einmal gewesen war. Seine Liebe zu ihr und ihren Schwestern war das Einzige, was ihn restlos vernichten könnte.

»Ich muss dir von meinem früheren Leben erzählen.«

»Ist das wirklich wichtig, Vater?«

»Weißt du es schon?« Er hoffte es.

»Ich weiß kaum etwas davon, wer du heute bist, und schon gar nicht, wer du warst, ehe ich geboren war. Mutter hat mit uns immer nur über Etikette gesprochen und wie man sich in der Öffentlichkeit benehmen muss. Wichtigen Fragen wurde immer ausgewichen.« Anni zog lange an ihrer Zigarette.

»Am 11. August 1941 war ich in einem Erschießungskommando. Ich habe einen Menschen erschossen. Ein junges Mädchen, das Tatjana hieß.«

Anni sackte auf ihrem Stuhl zusammen.

»Nach diesem Tag, wenn auch nicht sofort, fühlte ich mich anderen verpflichtet.«

»Anderen als wem?«

»Ich war SS-Mann und Aufseher im Konzentrationslager Mauthausen.«

»Dann kommt also ein Waldheim-Skandal auf uns zu? Ist das das Problem? Na ja, wir sind ja nicht mehr im Amt, das macht es einfacher. Für Österreich ist es schlecht, aber das Land hat ja schon andere Skandale überlebt.«

»Es geht mir nicht so sehr um den Skandal. Meine Kinder sind mir wichtig. Du bist nicht überrascht? Es widert dich nicht an, dass ich so jemand bin? Morgen wird es in den Nachrichten gesagt und dann kommt eine schwierige Zeit. Ich werde viel erklären müssen. Auch wenn ich Exminister bin, wird es eine Menge Streit, Zeitungsartikel, Gerüchte, Drohbriefe und Unterstützungsbriefe geben, die ich nicht haben will. Kannst du dann zu mir halten?«

»Vater, ich kann dich nicht verurteilen. Vielleicht hätte ich damals auch für dich gearbeitet, so wie jetzt.«

Eine Last legte sich auf Lukas. Was war mit seiner Tochter passiert?

Wo hatte er so unglaubliche Fehler begangen, dass sie nicht zwischen Licht und Finsternis unterscheiden konnte? Den Namen Anni hatte er ausgesucht. Er klang rein und unschuldig – voll Fantasie und Unternehmungsgeist. Aber das alles war sie nicht. Irgendwann zwischen dem Tag ihrer Geburt und diesem Augenblick, in dem sie da auf dem Stuhl saß und rauchte, hatte er ihren Charakter zerstört.

»Du schämst dich nicht?«

»Was du vor Jahrzehnten getan hast, ist mir egal.«

Es störte sie nicht, dass das Wort Nazi für immer an ihrem Familiennamen hängen würde.

»Anni, das sollte dir wichtig sein. Es muss!«

»Aber es ist mir egal, Vater.«

Kate dachte, sie hätte überhaupt nicht geschlafen, aber wie hätten so viele Stunden ganz ohne Schlaf so schnell vorbeigehen können? Und jetzt klingelte das Handy. Kate sprang aus dem Bett und holte es aus ihrer Jacke, die über einem Stuhl hing. Es war Marta.

»Zuerst, wo ist Abbie?« Kate konnte es nicht abwarten Marta zu erzählen, was passiert war. Auch jetzt schien es ihr noch unwirklich: Sie hatte Jack gesehen. Jack war wirklich am Leben. Ein geschnitztes Pferd und ein Stapel Papiere, mit einem Gummiband zusammengerollt, lagen als Beweis auf dem Tisch. Kate hatte Jacks Briefe aufgerollt, sie aber noch nicht lesen können. Es war zu viel auf einmal. Und es war noch nicht Zeit es ihrer Tochter zu erzählen. Erst, wenn sie Abbies Vater mit nach Hause bringen könnte.

»Sie kocht Tee für uns und will ein Buch zu Ende lesen, das ihr angefangen habt.«

»Ein Buch? Ach ja, *Die Reise auf der Morgenröte*. Das habe ich vergessen.«

»Soll ich es mit ihr zu Ende lesen?«

»Nein, ich bin genauso gespannt auf das Ende wie Abbie.«

»Und du hast Post bekommen.«

»Von wem?«

»Von einer Frau, die Connie heißt; Abbie sagt, sie ist deine Freundin.«

Kate setzte sich auf den Bettrand. »Das ist wichtig. Mach den Brief auf und sag mir, was drin steht.«

»Einen Moment.«

Kate stand auf, legte sich die Jacke um und drehte den Heizkörper auf. Sie zog die Vorhänge auf und das Morgenlicht flutete ins Zimmer.

»Soll ich den ganzen Brief vorlesen?«

»Ja«, sagte sie.

»Da steht: Liebe Kate und Abbie, endlich habe ich den Film gefunden, der zu eurer Reise nach Österreich passt: *Höchste Gefahr.* Nur ist nicht Harrison Fords Frau verschwunden, sondern Jack; sie waren in Paris und ihr wart in Venedig und jetzt bist du in Österreich; und im Film wird die Frau von Terroristen festgehalten, aber das könnte bei Jack auch sein, man kann nie wissen. Moment, vielleicht war das nicht *Höchste Gefahr*, sondern *Patrioten*. Und ich meine, die Frau wird in London entführt, nicht in Paris. Ach, ich weiß nicht, aber ich muss mich beeilen, ich muss gleich weg. Ich hatte gerade Umschlag und Briefmarke hier und auch deine Adresse, und – o Wunder! – da habe ich einen Brief geschrieben! Eigentlich schreibe ich, um dir zu sagen, dass du mich mal anrufst oder eine E-Mail schreibst, aber ein Brief reicht auch! Ich habe auch ein paar neue Bilder auf der Webseite, wenn du da einen Computer hast und sie angucken kannst. Du solltest mal sehen, was Trudy aus deinem Laden gemacht hat! Das gefällt dir bestimmt. Na ja, hoffentlich. Tschüss erst mal! RUF AN!«

Es war seltsam, den Brief mit Martas Akzent zu hören, die auch Schwierigkeiten mit Connies Ausdrucksweise hatte. Aber am Schluss des Briefes war es Kate plötzlich klar: Sie konnte unmöglich glauben, Connie hätte vielleicht mit Wolfram zu tun – und das hatte sie auch nicht. Am unteren Rand von Connies Schreibpapier und Visitenkarten stand immer: »Lesen Sie unsere fabelhafte Webseite mit Fotos von Familie und Freunden, Filmberichten und viel Interessantem über uns!«

»Das ist es!«, sage Kate. Connies liebstes Hobby war ihre Webseite. Sie hatte den ganzen Film direkt von ihrer Digitalkamera auf die Webseite übertragen, sodass jeder die Bilder durchgehen und anschauen konnte. Bestimmt kamen alle Fotos von da, die Jack bekommen hatte.

»Was ist?«, fragte Marta; zugleich war durch die Leitung ein Piepton zu hören. »Warte einen Augenblick. Ich muss den anderen Anruf annehmen und ich kann die Knöpfe immer so schlecht erkennen ...«, murmelte sie; dann war das Gespräch unterbrochen. In ein paar Sekunden sprach sie wieder: »Lukas sagt, du sollst auflegen. Er will uns mit einer Konferenzschaltung verbinden.«

Kate legte auf; fast lachte und weinte sie zugleich. Connies Begeisterung für Fotos, Filme und das Internet hatte Wolfram oder seinen Komplizen reichlich Gelegenheit geboten, ihrem Mann zu drohen. Es gab keinen Fotografen, der im Gebüsch lauerte, keinen Spion, der sich in ihre Privatsphäre eingeschlichen hatte, auch keine beste Freundin, die beim Mokkaservieren Spionagepläne schmiedete. Es war so einfach, dass es schon grotesk war. Dass sie in Österreich war, musste Wolfram auf anderen Wegen erfahren haben, nicht über Connie.

»Hier ist Lukas und Marta hört vom Haus aus mit.«

»Wunderbar, ich muss euch beiden so viel erzählen.«

»Hör einen Moment zu, Kate, ich will nicht, dass du wieder zum Haus kommst. Ich habe schon mit zwei von meinen Töchtern gesprochen und die dritte kann jeden Augenblick hier landen. In den nächsten paar Stunden bin ich zu einem Exklusivinterview verabredet. Ich werde dem Reporter von meiner Vergangenheit als junger Wachmann in Mauthausen bis zum Widerstand in Ebensee erzählen. Am Mittag wird die Nachricht gesendet.«

»Was?«, fragte Kate entsetzt. »Das kannst du nicht machen! Nicht jetzt!«

»Sag uns, warum du das machst«, sagte Marta ruhig.

»Wolfram hat uns ein Ultimatum gestellt. In drei Tagen müssen wir die Fliesenscherben abliefern. Nach dem Interview wird die Presse auf meinem Grundstück sein, dann seid ihr und Abbie da noch sicherer. Und mit diesem Vorgehen rechnet Wolfram nicht. Für mich ist es sozialer und politischer Selbstmord; das würde er nie von mir erwarten. Ich habe mich gefragt, ob das unserem Land schadet. Die Welt wird uns wieder abstempeln ...«

»Lukas, du verstehst nicht.« Kate stand da und schaute auf den Stapel von Briefen und das geschnitzte Pferd, das Jack dagelassen hatte. »Heute Nacht habe ich Jack getroffen.«

»Heute Nacht? Wo ist er jetzt?«, fragte Lukas. Kate hörte an seiner Stimme, wie überrascht er war. Sie erklärte schnell, wie sie sich getroffen hatten und warum er zurückkehren musste.

»Wie sieht euer Fluchtplan aus?«

»Jack hat eine Höhle unter Wasser gefunden; nach der hat Wolfram gesucht. Jack ist zurückgegangen, um Wolframs Sohn die Stelle zu zeigen. Jack vertraut Ian. Er hat Jack geholfen mich zu besuchen. Mir hat der Gedanke gar nicht gefallen. Aber Jack sagt, es ist die einzige Möglichkeit.«

»Das klappt nicht«, sagte Lukas leise. »Wenn Wolfram es erfährt, geht es schief. Er braucht die Leute und die Fliese, um den Schatz zu heben. Jetzt braucht er die Fliese nicht mehr. Wenn er erst hat, was er will – ich kenne diesen Mann – lässt er sie nicht frei. Er kann nicht.«

Alle schwiegen.

»Hast du herausbekommen, wozu er die Fliese braucht?«, fragte Marta. Ihre Stimme zitterte mehr als sonst.

»Ich bin sicher, wenn die Stücke zusammen sind, zeigen sie an, wo der Schatz ist, den Wolfram sucht«, sagte Lukas.

»Wir müssen Hilfe holen«, sagte Marta und verfiel in einen deutschen Wortschwall an Lukas.

»Nein! Marta, nein!«, sagte Lukas immer wieder.

»Englisch bitte!«, sagte Kate. »Marta, wir haben keine Zeit. Wenn ich zur Polizei gehe, dauert es zu lange, bis sie mir glauben, besonders weil sie mich verdächtigen, ich hätte Jack verschwinden lassen. Wie lange dauert es einen Haftbefehl ... Gibt es hier überhaupt Haftbefehle? Egal. Wir können nichts beweisen! Wir können sie nicht veranlassen sofort zu handeln.«

»Mir sind jetzt die Hände gebunden. Ich werde wegen dieses Skandals überall beobachtet und viele alte Freunde werden untertauchen«, sagte Lukas.

Kate stand jetzt am offenen Fenster und versuchte eine Möglichkeit zu finden. Wenn sie sich bewegte, knisterte es in der Leitung.

»Ich weiß«, sagte Lukas endlich. »Ich werde den Medien bekannt machen, was Wolfram wirklich getan hat. Dann nehmen sie ihn in die Zange und auch seine Burg liegt nicht versteckt genug. Das lenkt ihn ab und gibt uns, wenn nötig, mehr Zeit. Wenn man diesem Ian trauen kann, schaffen sie es vielleicht, ohne dass Wolfram es merkt. Marta, wenn das in ein oder zwei Tagen nicht klappt, dann schalten wir die Behörden ein.«

»Aber wie kann man verhindern, dass Wolfram nervös wird und ... und die Beweise vernichtet?«, fragte Kate.

»Glaub mir, Kate, Wolfram will diesen Schatz haben; er hat fast sechzig Jahre darauf gewartet. Und er will mich. Er wird die Chance nicht vorzeitig aufgeben.«

»Hoffentlich hast du Recht.« Sie biss sich auf die Lippe und setzte sich auf den Bettrand.

»Lukas, bis du sicher, dass du das willst?«, fragte Marta. »Dein Ruf, deine jahrelange Arbeit – das geht alles verloren. Ist dir das klar?«

»Ja. Es gibt keine andere Möglichkeit. Und es ist Zeit, davon zu sprechen.«

»Wir sind für dich da. Ich bin immer für dich da.« Martas Stimme war sanft und Kate fühlte sich als zwischen ihnen als Eindringling.

Kate räusperte sich. »Ich besorge ein Boot und warte heute Abend am Ufer, wie Jack es mit mir verabredet hat. Wenn nötig, mache ich das allein. Nach dem Tauchgang nehme ich Jack an Bord.«

»Ich schicke jemanden, der dir hilft, und verschiebe mein Interview um einen Tag. Aber jetzt hängt es von Jack ab. Und hoffentlich ist dieser Sohn von Wolfram Meizer zuverlässig.«

38 Achtunddreißigstes Kapitel

Jack kam zurück, ehe es hell wurde. Es ekelte ihn an, wieder den Arbeitsanzug und die Gummistiefel anzuziehen. Er wäre am liebsten umgekehrt und wieder zu Kate zurückgelaufen. Zwischen Kate und ihm musste so viel geklärt werden, da reichten ein paar Stunden nicht. Und er sehnte sich so sehr danach, Abbie zu sehen! Aber er war entschlossen seinen Plan auszuführen, um Rudy zu retten. Sehr bald würden sie alle zusammen sein.

Ian war nicht am Ufer, als Jack zurückkam. Er ließ das Bot zurück, wie er es vorgefunden hatte, und schlich wieder zur Baracke. Im Vorbeigehen spähte er zum Haus hinüber und sah die Reste der gestrigen Feier in einer Reihe von Abfallsäcken am Rand der Terrasse stehen. Ein paar Lichter brannten noch.

Auch in der Baracke fand er Ian nicht und Rudys Tür war geschlossen, als er an ihr vorbei in sein Zimmer ging. Er schloss seine Tür. Die Dunkelheit beruhigte ihn nicht mehr. Das Zimmer stank und so schmutzig hatte er es nicht in Erinnerung. Es war kalt und leer und er fragte sich wieder, warum er zurückgekommen war. Er wusste die Antwort: Mit dem Wissen, dass er seinen Freund im Stich gelassen hatte, konnte er unmöglich leben. Aber wenn ihn das alles kostete – auch sein eigenes Leben?

Jack bückte sich und horchte an der Lüftungsöffnung. Vielleicht hatte Rudy ihn kommen hören. Er hörte nichts, aber er spürte ein zerknittertes Blatt Papier, das direkt am Lüftungsgitter steckte. Er zog an seinem Ende des Drahtarms und nahm den Brief. Das einzige Problem bei ihrem Briefwechsel war, dass sie die Nachrichten bei Licht lesen mussten. Jack holte seinen Stapel Schreibpapier und legte Rudys Brief unter das zweite Blatt. Er setzte sich aufs Bett und lehnte sich an die Wand. Dann fiel Jack sein Irrtum ein: Er war zur Baracke gekommen wie in den Nächten, wenn er in den Tunneln arbeitete. Aber heute hätte er die ganze Nacht in seinem Zimmer sein sollen.

Jack warf einen Blick auf die Kamera, deren rotes Auge immer aufpasste. Er hoffte, Ian hatte daran gedacht. Jack wusste nicht, wie die Kontrolle funktionierte und wie oft Wolfram wirklich danach schaute, aber auch das hatte Ian in der Hand. Und wo war Ian? Jack musste mit ihm reden. Sie mussten vieles planen, solange es hell war und sie Zeit hatten. Heute Abend mussten sie tauchen.

Er blickte auf das Schreibpapier und blätterte zu Rudys Brief um.

Ich habe immer gelacht, wenn jemand sagte, er hätte prophetische Träume. Aber letzte Nacht, das war hoffentlich wirklich einer. Es

war ein sehr merkwürdiger Traum: Ich war im Dunkeln und du warst bei mir. Ich hörte eine Stimme meinen Namen rufen, aber du warst es nicht und du konntest sie nicht hören. Sie rief immer wieder und ich wurde ganz unruhig und fragte: »Warum hörst du sie nicht?« Du hast gesagt, vielleicht sei sie nur für mich. Ich rief also: »Was wollen Sie?« Die Stimme rief nicht mehr meinen Namen, sondern dann sagte sie: »Es ist Zeit, dass du nach Hause kommst.« Dann bin ich aufgewacht.
Das kann aus meinem Unterbewusstsein gekommen sein. Aber das Merkwürdigste ist, als ich aufwachte, habe ich nicht gefroren, jedenfalls eine Zeit lang nicht. Ich glaube, ich werde endlich gesund. Ich will nicht sagen, Gott hat zu mir gesprochen, aber wir wollen hoffen, dass es stimmt. Vielleicht kommen wir nach Hause.
Wir sprechen uns bald.
Gruß, Rudy (alias Daniel Düsentrieb)

Jack lächelte über den Brief, besonders über »Daniel Düsentrieb«. Wenn sie nach Hause kämen, wollte er die Trickfilme noch einmal mit Rudy sehen. Er fing an einen Brief an Rudy zu schreiben, aber dann hörte er Schritte.

Es war Ian.

Wolfram streckte sich im Bett aus. Es war ein schweres Himmelbett und stand in der Mitte des großen Zimmers mit der hohen Decke und den übergroßen handgeschnitzten Möbeln. Licht fiel in langen, undeutlichen Streifen durch die Vorhänge. Er erinnerte sich an gestern Abend und an seine erfolgreiche Feier. Heute würde es in der Zeitung stehen: in Österreich auf der Titelseite, in den ausländischen Zeitungen vielleicht in einem kleineren Artikel.

Das Telefon klingelte.

»Ja«, sagte er. Da kamen sie schon.

»Du solltest heute Nachmittag die Nachrichten sehen. Das wird dich sehr interessieren.«

Wolfram erkannte seinen Verbündeten aus Wien: ein Regierungsmitglied, das ihn auf dem Laufenden hielt.

»Sind sie gut?« Er fragte sich, ob das künstliche Licht gestern Abend ihn hatte jünger erscheinen lassen.

»Du musst vorbereitet sein. Es wird gemunkelt, Lukas Johannsen wollte ein paar Dinge bekannt machen.«

Er warf die Decken weg und stellte sich mit einem dumpfen Geräusch auf den Steinfußboden. »Das traut er sich nicht. Das würde ihn kaputtmachen.«

»Ich glaube, das weiß er. Aber vielleicht ist es ihm wichtiger dich kaputtzumachen.«

Ian hatte alles herausgeholt, was sie an Tauchausrüstung hatten, und jetzt prüften sie im Lagerschuppen die Schläuche und Batterien. Sie mussten jedes Stück prüfen, ob es funktionierte und sicher genug war. Die technischen Eigenschaften der Ausrüstungen hatten sich in den fünfzehn Jahren, seit Jack mit Rudys Team gearbeitet hatte, grundlegend verändert. Jack war auch danach noch getaucht, aber dies war kein normaler Tauchgang. Es war eine Expedition ins Ungewisse. Sie mussten die Zeit, die sie hatten, gut ausnutzen.

Jack trug den Höhleneingang auf der Karte ein und skizzierte die Stelle, wo die Öffnung in Tunnel 8 herauskam. Er wusste nicht, ob die Höhle geradeaus in den Berg führte; sie wussten gar nichts. Es war ein gefährliches Unternehmen, vielleicht das gefährlichste, das er je mitgemacht hatte. Sein Leben und Rudys hingen vielleicht von dieser Nacht ab – vorausgesetzt, Jack kam lebend aus der Höhle heraus. Wenn sie zu weit hineinkämen, mussten sie versuchen in den Tunnel zu kommen, aber das wollte Jack lieber nicht. Kate würde auf dem See warten. Wenn es zu lange dauerte, würde sie Angst bekommen.

Jack machte einen Augenblick Pause und dachte daran, dass er sie wirklich gesehen hatte. Nach so vielen qualvollen Tagen und so vielen Gebeten um noch ein einziges Zusammensein mit ihr war er wirklich bei ihr gewesen, hatte sie berührt und ihre Stimme gehört. Nur einen Tag der Trennung mussten sie noch durchhalten.

Ian hatte dem Plan in der Hauptsache zugestimmt. Er war verblüfft gewesen, als er erfuhr, dass die Höhle, die sie im Innern des Berges gesucht hatten, die ganze Zeit direkt unter ihnen lag. Beim Tauchen hatten sie den Höhleneingang verfehlt, weil er unter dem Felsvorsprung versteckt war.

Jack und Ian gingen den Plan noch einmal durch: Sie wollten tauchen und alles herausholen, was sie konnten, dann würden Jack und Rudy frei sein. Wenn es nicht zu viel herauszuholen gab. Wenn sie es heute Nacht wirklich fänden. Es gab vieles, was ihren Plan gefährdete.

Und dann hörte Jack die schlimmste Nachricht: Rudy würde

nicht mit ihnen tauchen. Er würde auch nicht im Boot sein. Der Plan, den Jack und Kate sich schnell in ihrem Zimmer zurechtgelegt hatten, war schon unbrauchbar, bevor sie ihn umsetzten.

»Wo ist Rudy?«, fragte Jack.

»Er ist wieder krank«, sagte Ian.

Fast hätte Jack gesagt, er wisse, dass Rudy nicht krank sei. Rudy ging es besser; das hatte er in dem Brief geschrieben. Und jetzt geriet sein Vertrauen zu Ian ins Wanken. »Ich will Rudy sehen.«

»Nach dem Tauchgang können wir ihn sehen«, sagte Ian. Er stand auf, ging aus dem Schuppen und ließ die Tür offen. Durch die Bäume sah Jack den Bootssteg. Ein Boot fehlte: Wolframs Jacht. Er hätte gern gewusst warum.

Sie warteten, bis die Schatten auf dem Wasser am Abend lang wurden. Jack wusste, dass Kate jetzt noch nicht am Ufer wartete. Aber in ein paar Stunden könnten sie schon zusammen sein. Dann würde es keine Abschiede mehr geben.

Das Wasser schien immer gleich zu bleiben. Jack liebte die Welt da unten, wo Schwimmen wie Fliegen war; für ihn war es eine Wunderwelt. Man konnte sich nicht sehr schnell bewegen, niemand konnte rufen und alles erschien langsam und deutlich. Manchmal fühlte er sich schuldig, weil er das Tauchen genoss; es war so ganz anders als die schmutzige Arbeit in den Tunneln. Jack und Ian brachten alles zum Bootssteg. Jack kam an Wolframs Boot vorbei und sah, dass er irgendwann am Tag zurückgekommen war. Ian schien sorglos, als er in das ältere Fischerboot stieg. Er schaltete die Lichter unter dem Schiffsrumpf an und sie leuchteten ins Wasser wie bei jedem anderen Tauchgang. Man brauchte das Boot nicht hinauszufahren, denn der Höhleneingang war ja direkt unter ihnen. Rudy brauchte nicht im Boot zu sein.

Jack blieb stehen. Rudy wurde nicht gebraucht ... »Wo ist er?« Jack fasste Ian am Arm und drehte ihn zu sich hin. »Ich mache nicht mit, wenn du mich nicht zu ihm lässt.«

»Es geht ihm gut. Verlass dich dieses Mal auf mich«, sagte Ian. Er schaute ihn unverwandt an und Jack konnte nicht viel anderes tun. Jack glaubte, Ian dächte wirklich, dass Wolfram Jack und Rudy hiernach freilassen würde. Aber Jack wusste, dass es anders war. Er hatte genug von Wolfram gehört, um zu verstehen, dass dieser Mann sie nicht gehen lassen würde. Die einzigen Vögel, die er freigelassen hatte, hatte die Katze gefressen – das sagte Jack alles.

Sie tauchten ins Wasser und für einen Augenblick verschwanden

Jacks Sorgen. Er musste zugeben, dass dies ihn faszinierte. Wenn es ein rechtmäßiges Unternehmen wäre, hätte er sich sofort freiwillig für eine solche Tauchaktion gemeldet. Sie tauchten, wo fast sechzig Jahre lang kein Mensch gewesen war. Sie suchten, was Wolfram sein Leben lang versucht hatte zu finden. Die Nazis hatten sich viel Arbeit gemacht, um diesen Platz geheim zu halten.

Ian schwamm hinter Jack her. Beide trugen Rucksäcke und Gürteltaschen mit Vorräten; zusätzliche Gewichte brauchten sie kaum noch. Das einzige Geräusch war das der beiden zurechtgebastelten Unterwasserscooter, die Lenkstangen mit kleinen Motoren glichen und ein Licht hatten, um den Weg auszuleuchten. Rudy hatte sie gebaut, bevor Jack unfreiwillig dazugekommen war. Sieben Meter weit glitten sie über den Grund, dann fiel er steil ab. Jack schätzte die Tiefe des Höhleneingangs unter der Oberfläche auf etwa zehn Meter. Jacks Licht fiel auf den Riss in der Felswand, der sich verbreiterte. Dann waren sie da.

Das Motorengeräusch hörte auf. Sie untersuchten den Eingangsbereich. Jack zeigte Ian Stellen, die er vorher beschrieben hatte und die erkennen ließen, dass die Höhle natürlich, aber künstlich erweitert worden war. Ian nickte langsam und zeigte dann nach innen. Jack nahm eine Stahlstange und einen Hammer aus der Gürteltasche und trieb die Stange in die Felswand, wobei Ian ihm half. Felsstücke sprangen ab und fielen nach unten, aber die Stange war fest. Ian befestigte das Ende des Seils, das er trug, an der Stange. Jack nahm das andere Ende und hakte es an seinen Gürtel. Dieses Seil könnte sich als einzige Rettung erweisen. Sie schauten auf ihre Uhren. Jack fand, es sei fast zu spät – sie versuchten zu viel für einen einzigen Tauchgang.

Jack schwamm voraus. In der Höhle war es auch dunkel, aber anders: Da war nicht die Weite noch über den Lichtkegel hinaus, es war schwarz und kalt und unheimlich still. Er schob den Scooter vor sich her, um Licht zu haben, aber ohne den Motor anzuschalten. Am Anfang war der Stein glatt bearbeitet und mit Betonbögen verstärkt. Mit den Lichtern suchten sie auf dem Höhlenboden nach Hinweisen, was die Höhle bergen könnte. Bald kamen sie zu rauen, unbearbeiteten Wänden, der Spalt verengte sich rasch. Jack spürte Zug am Seil, drehte sich um und sah Ian eine Schlaufe in der Leine auflösen. Jack fing an zu sehen, dass sie es nie schaffen konnten.

Fast gleichzeitig bemerkte er, dass die Luftblasen von seinem Sauerstoffgerät beim Schwimmen nicht mehr hinter ihm verschwanden, sondern senkrecht nach oben stiegen. Jack schaute auf

Uhr und Kompass, um die Zeit und die Himmelsrichtung zu kontrollieren, und winkte Ian. Eine Stahlleiter war am Felsen befestigt. Sie schwammen aufwärts und stießen sich manchmal an einer Leitersprosse ab.

Das Licht über ihm sah ungewöhnlich aus, als ob der Strahl sich verengte. Gerade wollte Jack die Glühbirne prüfen, da kam sein Kopf an die Oberfläche und in einen Luftraum. Ian tauchte neben ihm auf und sah überrascht aus. Wasser strömte über ihre Tauchermasken. Ian prüfte die Luft und löste sein Atemgerät. Sie nahmen Tanks, Masken und Schwimmflossen ab und schlossen die Ventile der Sauerstofftanks. Leises Tropfen von Wasser hallte in der Höhle wider. Jack nahm das Seilende vom Gürtel und hakte es an eine Leitersprosse, dann stieg er den letzten Meter hinauf bis zu einer flachen Stelle im Höhlenboden. Die Luft war kalt und abgestanden.

»Das ist erstaunlich«, sagte Jack mit einem langen Pfeifen. »Wir sind im Obergeschoss einer Höhle.«

»Das absichtlich angelegt ist«, sagte Ian, stieg von der Leiter aus über das Wasser und stand nun neben ihm. »Wenn hier nicht irgendwo Luft hereinkommt, verbrauchen wir den Sauerstoff und müssen die Tanks benutzen.«

Jack hob seine Lampe auf und richtete sie auf einen Gegenstand, der ein paar Meter vor ihnen lag. An der Felswand waren Kisten mit je einem verblassten roten Hakenkreuz gestapelt. »Das ist er«, sagte er.

Vorsichtig gingen sie in ihren Neoprenstrümpfen über den unebenen Boden. Ihre Lampen erhellten den kleinen Raum. Sie prüften die Decke auf Einsturzgefahr und beleuchteten einen engen Gang. Die undurchdringliche Dunkelheit schluckte das Licht und machte es schwierig, vor ihnen etwas zu erkennen.

»Lass uns erst sehen, was in den Kisten ist«, sagte Ian; seine Stimme klang aufgeregt. Auch Jack kämpfte gegen die Aufregung. Dies konnte der bedeutendste Fund seines Lebens sein. Aber was er entdeckte, würde bald im Besitz eines verrückten alten Mannes sein.

»Was suchen wir eigentlich? Kannst du mir das jetzt sagen?«, fragte Jack.

»Mein Vater hat 1944 streng geheime Dokumente gesehen.« Ian wartete und sah die ersten Kisten genauer an. Er legte die Hand auf den Deckel wie auf etwas Heiliges. »Er hätte die Information nie bekommen dürfen; sie war nur für die höchstrangigen Offiziere. Himmler selbst hatte den Befehl gegeben.«

»Was stand in den Dokumenten?« Jack ging auf die andere Seite, zog an dem Holz und richtete eine Taschenlampe auf die Kiste.

Auch nach so vielen Jahren saßen die Nägel noch fest.

»Sie beschrieben ein Tunnelsystem, das so viele Wertsachen von den Gefangenen wie möglich aufnehmen sollte. Besser kann ich es auf Englisch nicht erklären.«

»Von jüdischen Opfern geraubte Wertsachen.« Jack starrte wieder auf die Kiste.

Ian öffnete sein großes Taschenmesser und bearbeitete die Ränder. »Genau. In der Höhle sollten auch die Pläne für die schlimmste Waffe liegen, die man gegen die Nazis einsetzen wollte. Diese Waffe hätte das Dritte Reich zerstören können.«

»Das hätte sie vernichtet? Warum haben sie sie nicht gegen die übrige Welt eingesetzt?«

»Mein Vater glaubt, sie haben diese Waffe erst in den späteren Jahren des Krieges entdeckt, um sie noch zu bauen, aber wenn die Pläne jemals bekannt geworden wären, hätte das der NSDAP jede Chance genommen, wieder aufzusteigen. Sie wollten warten, bis Deutschland sich wieder erholt hätte, und dann die Pläne für diese Waffe herausholen. Aber die wenigen Leute und die Gefangenen, die daran gearbeitet haben, sind alle längst gestorben oder ermordet worden.«

»Und das stand alles in den Dokumenten?«

»Die führenden Nazis waren besessen von pedantischer Bürokratie. Ihre detaillierte Dokumentation hat nach dem Krieg die Beweise geliefert, was sie getan hatten. Sie glaubten, Wörter wie *Endlösung* statt *Völkermord an den Juden* oder *Umsiedlung* statt *Transport in die Gaskammern* würden ausreichen ...«

Das Krachen von Holz unterbrach sie. Jack hielt die Lampe, während Ian die Ecke aufbrach. Das Holz krachte und zersplitterte, bis der Deckel nachgab. Beide schauten gespannt hinein.

Eine Abdeckung lag darin und darunter zwei Metallkisten nebeneinander. Jeder fasste einen Griff an einem Ende einer Kiste und hob sie an. Sie war schwer und schlecht zu halten und fiel geräuschvoll auf den Boden, sodass der kleine Raum widerhallte. Ian öffnete den Deckel; die Bänder quietschten.

Die Lampen schienen nicht auf Goldbarren oder Juwelen, sondern auf vergilbtes und verknittertes Papier. Ian nahm eine Hand voll Blätter heraus, die vom Wasser beschädigt waren. Er las sie durch, während Jack auch einen Stapel nahm. Es waren deutsche Papiere. In Tabellen geordnet standen Namen und Zahlen und oben und unten waren Worte aufgestempelt.

»Was ist das?«, fragte Jack.

»Die pedantische Nazi-Bürokratie, von der ich geredet habe. Diese Blätter sind Berichte über die Leute, die sie in die Lager gebracht haben.« Ian schaute Jacks Stapel an und zeigte ihm die Tabellenspalten: »Da stehen die Namen, Daten, Herkunftsland und -stadt, Angehörige. Und guck, hier steht, was man ihnen weggenommen hat: zwei Pelzmäntel, einen Goldzahn, einen Ring von einer Frau. Als die Lager geschlossen wurden, sollten diese Dokumente vernichtet werden. Ich wusste nicht, dass sie so viele Einzelheiten festgehalten haben. Viele Lager haben die Beweise wirklich vernichtet, aber andere sind überrascht worden, weil die Alliierten unerwartet schnell gekommen sind.«

Ian blätterte die Papiere schnell durch. Dann hoben sie zusammen die zweite Metallkiste heraus.

»Das ist genau dasselbe«, sagte Ian und schaute Jack überwältigt an. »Haben sie womöglich alles kopiert? Kann das der vollständige Nachweis von allen Opfern sein? Wir wollen noch die anderen Kisten aufmachen.«

Rasch öffneten sie jede Kiste. In allen waren Metallkisten voll Dokumente. Als die letzte Kiste offen war, lehnte sich Ian an die Felswand. Jack sah ihn an. Unglaublich, dass sie hier tief im Berginnern unschätzbare Informationen vor sich hatten. Die hatte Wolfram nicht finden wollen.

Dann fing Ian an zu lachen. Er lachte immer mehr, bis sich Tränen in seinen Augenwinkeln bildeten. Er sagte etwas auf Deutsch und lachte wieder. Jack hatte bei Ian kaum einmal Gefühle gesehen – dies hier war verblüffend.

»*Mit Wertsachen von Gefangenen* haben sie die Dokumentation gemeint. Verstehst du? Wir haben die wichtigste Entdeckung seit dem Krieg gemacht, die Organisationen von Juden und Holocaustopfern haben danach gesucht. Das hilft Überlebenden und ihren Familien; dann wissen sie, was ihren Angehörigen passiert ist und was man jedem von ihnen geraubt hat. Guck dir das an! Die Nummer von einem Bankkonto mit dem Geldbetrag!«

»Die Schweizer Banken sind jetzt zugänglich.«

»Nicht nur in der Schweiz, auch überall in Osteuropa.«

»Und keine Geheimwaffe?« Jack sprach leise, er wusste nicht, wie Ian darauf reagieren würde. Er schaute auf die Uhr und merkte, dass sie schon viel zu lange hier drinnen waren.

»Keine Geheimwaffe? Die schlimmste überhaupt!«, sagte Ian. »Diese Papiere sind die Waffe. Diese Leute bezeugen es der ganzen Welt; das ist die gerechte Strafe. Es ist der eindeutige Beweis für die Naziverbrechen und den Holocaust.«

Plötzlich verstand Jack alles. Diese Papiere waren kostbarer als Wertsachen; sie waren eine vollständige Dokumentation darüber, was Menschen einander antun können. Was wollte Ian mit diesen Berichten tun? Wenn nötig, würde er sein Leben einsetzen müssen, um sie zu schützen.

»Ich dachte, der typische Neonazi glaubte nicht, dass der Holocaust überhaupt stattgefunden hat.«

»Nicht alle glauben das und keiner ist typisch. Und ich wüsste nicht, dass ich je gesagt hätte, ich wäre ein Neonazi.«

Jack wusste nicht, was er sagen sollte. Wusste er überhaupt etwas von diesem Mann, mit dem er mehrere Jahre zugebracht hatte?

»Mein Vater wird nicht begeistert sein«, sagte Ian. »Heute kriegen wir sie nicht mehr heraus. Diese Kisten brechen auseinander, wenn wir versuchen, sie mit der Bootswinde durch den Tunnel zu holen.«

Jack schaute Ian an, aber Ian ging in der Höhle weiter nach hinten. »Was willst du mit den Papieren machen, wenn du sie herausbekommst?«

»Hier ist noch eine Ladung«, sagte Ian. »Was ist das?«

Einen Augenblick später hörte Jack Ian laut rufen, dann ein gleitendes Geräusch und das Platschen von Wasser. Er rannte mit der Taschenlampe nach hinten. Ian konnte er nirgends sehen, aber unter einem Felsensims war ein offenes Loch. Jack legte sich auf den Bauch und glitt an den Rand; mit den Beinen stemmte er sich seitlich gegen den Fels. Er leuchtete mit der Lampe nach unten. Da sah er etwas wie einen abschüssigen Felsen, der ins Wasser reichte. Das war kein stilles stehendes Wasser. Es floss auf einer Seite aus dem Loch und verschwand unter der anderen. Ein unterirdischer Fluss.

Das war der ideale Müllschlucker. Alles, was in diese Felsröhre fiele, würde am Ende im Berginnern liegen oder in den See gespült werden. Jack wusste, dass Ian unmöglich lange genug die Luft anhalten konnte und dass es auf dem ganzen Weg keinen Sauerstoff gab. Dann sah Jack zwei Hände, die sich am Felsrand festhielten, und Ian, der versuchte sich anzuklammern.

»Da ist Strömung!«, rief Ian. »Ich kann mich nicht mehr halten!«

Jack glitt noch etwas weiter über den Rand. Wenn er Ian ein Seil geben könnte ... da kam ihm blitzartig ein Gedanke: *Wenn er Ian nicht erreichte, könnte er fliehen, die Dokumente retten, bei seiner Familie sein, Rudy frei bekommen.*

Aber das konnte Jack nicht.

Er beugte sich ein winziges Stückchen weiter vor ... und da fing auch Jack an zu rutschen. Er griff verzweifelt nach den Felswänden und versuchte sich umzudrehen. Sein Taucheranzug fand keinen Halt auf dem glatten Fels und Jack fiel wie ein Stein ins Wasser. Er fiel auf Ian, der sich kaum halten konnte.

»Das ist ein Fluss!«, rief Ian. »Das schaffen wir nicht!«

»Doch!«, rief Jack zurück. Er schwenkte den Arm und versuchte besseren Halt zu finden. Der Stein schnitt ihm in die Hände und Jack wusste, dass sie sich nicht lange halten konnten. Er wünschte, sie hätten die Sauerstofftanks, die über ihnen in der oberen Höhle standen. Dann fiel ihm der Tunnel ein. Da mussten sie auf diesen Bach gestoßen sein; er war irgendwo hier oder vielleicht über ihnen. Aber waren sie doch schon weiter? Das konnte man nicht wissen.

»Halt die Luft an und schwimme!«, schrie Jack, dann drehte er sich um. »Ian!«, rief er, weil er ihn nicht sah. Jacks Finger glitten ab und er konnte sich nicht mehr halten. Er holte noch einmal tief Atem und tauchte unter den Felsen und in den tosenden Fluss.

39 Neununddreißigstes Kapitel

Das Boot hatte eine kleine Kabine und ein offenes Deck: kaum genug Platz für die drei Menschen darin. Ein Paar hatte Kate bei Dunkelwerden am See getroffen. Sie hatte mit Anni oder Rey gerechnet, als Lukas ihr Hilfe versprochen hatte. Stattdessen stellten sich dieser Mann und die Frau als Brant Collins und Darby Evans vor. Er hatte im Dorf ein Boot gemietet und sie stiegen miteinander ein; sie hatten sich gekleidet wie zu einer abendlichen Bootsfahrt. Kate traute diesen unbekannten Leuten nicht recht, aber sie hatte kaum eine andere Möglichkeit. Sie waren Amerikaner, berichteten sie ihr – Brant nur zur Hälfte – und wohnten im Augenblick in Salzburg. Außer der gegenseitigen Vorstellung sagten sie wenig.

Als es Nacht wurde, zogen sie sich in der Kabine schwarze Kleidung an und schalteten die Lichter auf dem Boot aus. Brant fuhr im Schneckentempo näher an das Burggelände heran; da sahen sie Wolframs Boote an der Anlegestelle vertäut liegen. Lukas hatte die beiden anscheinend über alles informiert; das erleichterte Kate. Sie konnte kaum ruhig sprechen. Die Briefe, die Jack ihr gegeben hatte, hatte sie in ihre Tasche gepackt. Wenn das Unternehmen misslänge, wäre das das Einzige, was sie von ihm hätte.

Kate schaute durch das Nachtsichtgerät. Sie erkannte Tauchgerät im Heck des Fischerbootes und sah die Lichter; Jack, Rudy und Ian waren also schon im Wasser. Kate schaute auf die Uhr, aber sie waren pünktlich. Sie wusste nicht, wie lange die Taucher unten bleiben konnten: zwanzig Minuten? zwei Stunden? Auch Brant und Darby wussten es nicht. Sie suchte das Wasser ab, ob Jack und Rudy auftauchten. Das war der Plan: Sie sollte ein Boot bringen und Jack und Rudy wollten einfach die zweihundert Meter bis zu ihr schwimmen. Jack hatte mehrere Möglichkeiten für den Fall, dass Rudy nicht tauchen konnte, aber sie hatte nur die Anweisung nahe am Ufer zu warten – wenn nötig bis zur Morgendämmerung.

Darby setzte sich neben Kate. Ihre Anwesenheit beruhigte sie. »Wie lange sind Sie schon verheiratet?«, fragte sie sanft.

»Fast zwölf Jahre.« Kate hielt den Blick auf das Wasser gerichtet, ob es sich bewegte. Vielleicht würden sie nicht viel Zeit haben Jack und Rudy zu erreichen, wenn sie auftauchten. Kate hätte gern gewusst, ob der Plan so geblieben war, wie sie ihn besprochen hatten. Jack musste in sehr kurzer Zeit viel tun. Sie würde bis zum Morgengrauen hier bleiben und jeden Abend wiederkommen, bis sie erführe, ob es gelungen war oder nicht.

Brant brachte eine Thermosflasche aus der Kabine und setzte

sich neben sie. Er goss Kaffee für alle ein, dann legte er den Arm um Darbys Schultern. Sie waren nicht verheiratet, das wusste Kate, aber an Darbys Hand sah sie einen Ring. Verlobt. Die beiden konnten ihre Gefühle ein wenig verstehen.

»Lukas muss Ihnen einen großen Gefallen getan haben, dass Sie so mit herausgefahren sind«, flüsterte Kate. Sie hatte den Eindruck, flüstern zu müssen.

Brant und Darby sahen sich an.

»Hat er auch«, sagte Darby. »Aber wir wollen auch von uns aus hier sein. Lukas hätte eher anrufen sollen.«

Sie schauten sich an und Kate spürte ein ängstliches Zittern im Magen. *Hätte sollen,* das wollte sie nicht sagen müssen, wenn sie an diese Nacht zurückdachte.

Kate starrte auf das Wasser, wie es sich kräuselte. Niemand war aufgetaucht. Es dauerte zu lange.

Darby stieg die Leiter hinunter in die Kabine, während Brant am Bug saß und das Wasser beobachtete. Von Zeit zu Zeit benutzte er das Nachtsichtgerät. »Wir wollen uns abwechseln. Zuerst halte ich Wache. Kate, Sie wollen bestimmt nicht schlafen, aber vielleicht sollten Sie es versuchen.«

Sie dachte daran, wie wenig sie geschlafen hatte, und fand den Rat gut, aber es schien unmöglich. Stattdessen wollte sie etwas anderes tun: Kate öffnete die Tasche und nahm den Stapel Briefe.

Unter der dunklen Silhouette des Berges und den tausend Sternen am Himmel fing sie an, im Schein einer winzigen Taschenlampe zu lesen. Sie blätterte die Briefe durch und las kleine Stücke aus der Zeit, in der sie getrennt waren: die Zeiten, in denen Jack verzweifelt war, Tage, an denen er einfach berichtet hatte, wie um sich bewusst zu machen, dass er noch lebte und atmete, Tage, die ein wenig Hoffnung brachten. Und in den Worten fand Kate ihren Mann wieder:

Sie haben mich wieder woanders hingebracht und ich habe Kerben in meine Schuhe geschnitten, um mir die Tage zu merken. Ich muss wissen, wie lange ich genau von dir weg bin. Heute ist Nummer 107. Schaffe ich noch einen?

Was wollen sie von mir? Wozu soll das gut sein? Sie sagen es mir nicht und ich sage, es ist ein Irrtum. Ich sage das, bis ich heiser bin. Sie brauchen mich nicht. Nicht mich. Das ist nicht meine Sache!

Heute glaube ich, ich sterbe hier. Ich werde bei einem Erdrutsch erdrückt und bin unter Tonnen von Felsgestein verschollen. Oder ich verlie-

re nur einen Moment den Willen zum Leben, wenn ich den Weg vom Bergwerk zurückkomme – dann gibt mein Körper auf und mein Geist wird aus diesem Gefängnis frei. Manchmal wollte ich sterben oder wahnsinnig werden und wünschte mir, das könnte man einfach entscheiden.

Fünfhundert Tage bin ich schon von dir getrennt. Fünfhundert Tage habe ich dich nicht berührt oder gesprochen, wo du mich hören konntest oder ich dich. Es kommt mir unmöglich vor.

Ich wollte jeden Tag schreiben. Ich bin überrascht, wie viele Briefe sich im Lauf dieser Tage und Jahre angesammelt haben. Aber ich wollte dir von jedem Tag berichten und ich wüsste so gern jeden Augenblick, wie es dir geht. Aber jetzt sind es zu viele. Du kannst sie unmöglich behalten. Und ich muss Papier sparen; ich weiß nicht, wann sie mir neues geben. Vielleicht muss ich ein Kunststück vorführen, damit sie mich belohnen: mich überschlagen, Männchen machen oder einen Schatz aus der Erde holen. Und dann denke ich, warum soll ich immer wieder dasselbe schreiben? Ich kann nicht laut rufen, was ich jetzt rufen möchte: »Hier bin ich. Ich lebe noch. Hör mich und vergiss mich nicht!«

Meine ich damit dich oder Gott? Ich weiß gar nichts. Heute Abend bin ich wütend. Und ich habe keine Lust, dagegen anzugehen.

Nur einen Augenblick möchte ich dein Haar riechen und dich berühren, aber ein Augenblick reicht lange nicht. Ich muss unbedingt wieder zu dir kommen. Ich glaube, dafür könnte ich einen Menschen umbringen.

Kate, ich bin ein schwacher Mensch. Ich kann nicht ohne dich leben. Ich halte das nicht mehr aus. Siebenhundertzweiunddreißig Tage.

Kate spürte den Drang alles zu erfahren, was er geschrieben hatte, aber sie konnte es doch nicht alles ertragen. Jack war nur ganz kurz bei ihr gewesen; jetzt wusste sie, was das für ihn bedeutete. Jetzt wusste sie, was für ein Mensch er war. Aber er war wieder unerreichbar.

Sie las weiter, tauchte in Jacks Welt ein und wieder daraus auf. Die hohen Berge um sie her wurden ihr vertraut, als Jack sie als Gefängnismauern beschrieb, die er gern beobachtete. Die frische Gebirgsluft füllte ihre Lunge, dieselbe Luft, von der Jack schrieb, dass er sie liebte und es zugleich übel nahm. Licht fing sich in den kleinen Wellen auf dem See und ihr Klatschen an den Schiffsrumpf führte Kate noch weiter in diese Welt, in der Jack ohne sie gelebt hatte. Diese Landschaft und das Wasser waren zu einem Teil von ihm geworden; in den späteren Briefen, als er Frieden mit Gott fand, hatten auch sie ihm Frieden gebracht.

Kate, ich kann das nicht richtig erklären. Nenne es meine Verwandlung auf dem Berg. Jetzt endlich sehe ich Gott – sogar hier, sogar jetzt. Das hätte ich schon lange sehen sollen. Vielleicht wusste ich es im Kopf, aber nicht innerlich in mir wie jetzt. Ich verstehe nicht nur, dass ich Gott nötiger brauche als mein Leben, sogar mehr als dich und Abbie. Ich glaube es auch, ich fühle es und das gibt mir das ruhige Wissen, dass ich verstanden habe. Gott ist hier bei mir. Ich muss zugeben, dass manchmal immer noch Wut in mir aufsteigt, aber sie ist nicht mehr unkontrollierbar. Ich staune über die präzise Detailplanung bei dem Ganzen. Wenn dieser Berg so lebendig und so fein ausgewogen sein kann, dass er im Sommer Blumen und im Winter reinigenden Schnee trägt, dann kann Der, Der ihn geschaffen hat, auch mein Leben schützen, selbst wenn ich nie lebend von hier wegkomme.

Ich denke an Paulus im Gefängnis, wie er gefesselt war. Er schreibt, dass Christus Leben ist und Sterben ein Gewinn. Ich bin nicht bereit das Leben aufzugeben; ich möchte dich und Abbie behalten. Aber ich weiß, dass Gott den ganzen Plan überblickt, nicht nur das, was wir sehen.

Fast drei Jahre: 1 094 Tage. Sogar heute und hier, wo man mir die Freiheit raubt und meine Liebe zu dir und Abbie unterbindet, habe ich Frieden gefunden. Ich kann sogar lachen und dankbar sein. Bin ich je so dankbar gewesen für unsere gegenseitige Liebe? Ich habe mehr bekommen als die meisten Menschen in ihrem ganzen Leben.

Kate merkte, dass sie schon seit einer Weile weinte. Sie las noch ein letztes Stück aus Jacks Briefen, ehe sie sie wegsteckte:

Abbie, wenn du das einmal zu lesen bekommst: Ich habe dich lieber als Käsehäppchen, lieber als das Leben selbst. In jedem Sternenhimmel und jeder blauen Nacht sehe ich dich wieder.

Jack war blind in dem schwarzen Wasser, er hatte die Lampe gleich verloren, als er in den unterirdischen Fluss fiel. Als er sich durch die raue wassergefüllte Höhle drängte, schmerzten seine Hände von der Kälte und den offenen Verletzungen. Die Strömung war schnell und er versuchte noch schneller vorwärts zu kommen und zugleich das Dach nach einer Öffnung abzusuchen. Er fand Luftkammern, in denen er nicht atmen konnte, weil sie sicher keinen Sauerstoff enthielten und darum giftig waren. Seine Lunge tat weh und er hatte Ian immer noch nicht gefunden.

Und dann war er sicher: Er konnte es nicht schaffen. Das wusste Jack. Und es war in Ordnung. Er war nahe daran gewesen – sehr nahe. Er hatte Kate gesehen. Er hatte bekommen, um was er Gott gebeten hatte, noch eine Möglichkeit sie zu sehen. Sie hatte seine Briefe. Abbie würde ihr Geschenk bekommen. Er hatte mehr bekommen als noch vor wenigen Tagen. Mit diesem Wissen konnte er sterben.

Jack schloss die Augen; man konnte ohnehin nichts sehen. Mit ein paar tiefen Atemzügen würde das Wasser seine Lunge füllen. Es würde sehr schnell gehen. Dann würde er wirklich frei sein und die Höhle konnte ihre Geheimnisse bewahren.

Er öffnete den Mund, da sah er plötzlich Rudy im Dunkeln. Ja, er sah, wie Rudy auf ihn herunterschaute. Er sah, wie Rudy nach ihm griff. Jack streckte die Hand aus, jemand hielt ihn fest und zog kräftig. Sein Körper drehte sich und die Strömung wollte ihn mitreißen. Er stieß mit den Beinen und suchte Halt für die andere Hand. Sein Kopf kam plötzlich aus dem Wasser und seine Lunge füllte sich mit Luft. Aber es war Ian, der seinen Arm angestrengt festhielt. Endlich kam Jack frei und zog sich auf die Sohle von Tunnel 8.

Sie lagen auf dem Boden, versuchten zu atmen und genossen die Luft.

»Wo ist Rudy?«, keuchte Jack.

Ian drehte sich vom Rücken auf den Bauch. »Was – was redest du da?«

Jack schüttelte den Kopf und konnte nicht sprechen. Es kam nicht darauf an. Er würde Rudy bald genug sehen.

Bald würde die Sonne aufgehen und über die Bäume in seinem Garten durch die Fenster hereinscheinen. Lukas saß in dem kalten Zimmer in seinem Haus mit dem Telefon neben sich; eine einzige Lampe brannte in der Ecke. Kate sollte anrufen. Sie sollte ihm sagen, dass es vorbei war.

Aber es hatte niemand angerufen.

Er wollte helfen, aber jetzt würde bald ein Wagen vom Fernsehen für sein Interview vor der Einfahrt stehen. Und heute Abend würde er sicher alte Freunde und Exfrauen in den Nachrichten erzählen sehen, was sie wussten. »Ich hatte immer den Verdacht«, würden sie sagen. Das würde in den nächsten Tagen mehr werden, besonders wenn er sagte, dass er Bruno Weiler war. Dann würde Wolframs Burg von Presseleuten und Paparazzi gestürmt werden, die Klarheit wollten, denn Wolfram hatte ja behauptet Bruno Weiler zu sein. Aber erst mussten sie Jack Porter und seinen Freund in Sicherheit wissen. Es war eine heikle Sache, genug und doch nicht zu viel Information zu geben und dabei möglichst die Absicht seines Feindes zu erkennen.

Wenigstens würden seine Töchter ihm verzeihen. Magda war am zornigsten, aber sie war auch die Jüngste. Regina, die vernünftige älteste Schwester, schien erleichtert zu erfahren, warum er ihr Leben lang so unnahbar gewesen war. Sie hatte geweint, als er es ihr erzählte, und ihn zum Abschied umarmt. Trotz ihrer verschiedenen Reaktionen hatten beide versprochen am nächsten Wochenende, wenn die erste Nachricht durch die Medien gegangen war, zu ihm nach Hause zu kommen. Anni war mit ihm aus Wien zurückgekommen. Sie war gefahren, er hatte geschlafen. Ihr war es immer noch gleichgültig.

Lukas stopfte seine alte Pfeife, zündete sie an und nahm einen langen Zug. Es beruhigte ihn nicht so, wie er gehofft hatte.

»Ich dachte, im Haus wäre Rauchen verboten.« Es war Anni; sie stand hinter ihm im dunklen Eingang zum Wintergarten.

»Warum bist du auf?«

»Ich konnte nicht schlafen.«

»Dann komm herein«, sagte er. Ihre Schritte machten kein Geräusch. Sie trug flauschige blaue Hausschuhe und einen Bademantel. Seit sie ein Kind war, hatte er sie nicht mehr so gesehen. Wenn er sie sah, war Anni immer tadellos angezogen, gut frisiert und mit ordentlichem Make-up.

»Hast du getrunken, Vater?«

»Ich habe daran gedacht.«

»Du machst dir Sorgen um Kate Porter.«

»Ja.« Er sah zu, wie sie sich auf den Stuhl neben ihm setzte. In diesem Licht erschien sie viel jünger. »Aber ich denke auch an andere Sachen. Ich denke an dich.«

»Warum das?«

»Ich habe Angst um dich. Du bist so, wie ich früher war. Du suchst etwas, was nicht sichtbar, aber doch leicht zu finden ist.«

Anni sagte nichts, sie starrte ihn nur an, als ob ihr nach langer Zeit klar würde, dass er sie wirklich sehen konnte. Wie lange hatte sie gedacht, sie sei unsichtbar für ihn?

»Mein Kind, ich habe Angst vor dem, was passieren muss, damit dir die Augen aufgehen. Weißt du, was das mich gekostet hat? O, wenn du wüsstest, was ich gesehen habe, Anni, wenn du sähest, was für Albträume mir kommen – nicht aus der Fantasie, sondern aus dem Gedächtnis.«

Er legte das Gesicht in die Hände und fing an zu schluchzen. Er wusste nicht, wo das alles herkam, aber die Tränen, schmerzhafte Tränen, brachen sich Bahn aus seinem tiefsten Innern und lösten endlich die Anspannung. Er konnte nicht aufhören und wollte es auch nicht. Kummer und Schmerz, die scheinbar tausend Jahre gedauert hatten, ließen Lukas Johannsen endlich los.

Da kniete Anni vor ihm und berührte seinen Kopf und seine Hände. »Vater, dieses Mal will ich hören, was du zu sagen hast. Sag es mir noch einmal. Erzähl mir alles, bis ich es verstanden habe.«

»Bevor es hell wird, ist es immer am kältesten«, sagte Darby. Sie legte Kate eine Decke um die Schultern und Kate merkte, dass sie vor Kälte zitterte. Über dem schwarzen Horizont fing es an grau zu werden. Kate hatte noch nie erlebt, dass die Morgendämmerung so schnell kam.

»Es hat zu lange gedauert«, flüsterte sie. »Ich weiß, dass das zu lange war.«

»Was sollen wir tun?«, fragte Darby.

»Ich weiß nicht.«

Beide warteten und Kate wusste, dass sie etwas sagen sollte. »Er ist schon zu lange da unten. Wir gehen zur Polizei im Dorf. Dann muss ich zu meiner Tochter.« Kate hörte ihre eigene Stimme, als ob sie von einem Tonträger in einem anderen Raum käme. Das konnte nicht sie sein, die das sagte, nicht nach allem, was gewesen war. Bei Jack zu sein, eine letzte Nacht mit ihm zu erleben, war das ein Geschenk oder eine Qual?

»Wir wollen noch ein wenig warten«, sagte Brant von der Leiter zur Kabine aus. »Jetzt ist die elfte Stunde. Manchmal denken wir, es wäre schon die dreizehnte oder vierzehnte, aber es ist erst die elfte. Wir warten, bis es gar keine Hoffnung mehr gibt.«

40 Vierzigstes Kapitel

Zu gehen war ein seltsames Gefühl. Bis eben hatten sie um ihr Leben gekämpft. Jetzt gingen Jack und Ian durch den Tunnel, verletzt und nass, aber lebendig.

Beide zitterten; ihre Taucheranzüge waren weg, sie hatten schwere Prellungen abbekommen und trugen nur die nassen Badehosen und die Kälte setzte ihnen zu. Sie kannten den Weg zum Eingang gut, aber sie folgten den kleinen Notlichtern auf dem Steinboden. Gemeinsam mussten sie die Schultern gegen die Tür stemmen, um sie aufzustoßen. Sie gab den Blick auf das frühe graue Morgenlicht frei.

»Wir müssen uns beeilen«, sagte Ian.

Trotz der Schmerzen liefen sie den Weg hinunter, achteten auf Steine auf dem Boden und auf Bewegung in der Umgebung.

Als sie in die Baracke kamen, ging Ian hinein. »Zieh dich an und mach dich fertig. Ich komme gleich wieder.« Aber Jack konnte nicht hineingehen. Wenn sie ihn nun zwangen wieder so zu leben, wie er schon so lange gelebt hatte?

Jack brauchte Kleider und er brauchte Rudy. Ian hatte ihm vor ein paar Minuten das Leben gerettet, also musste er ihm jetzt vertrauen. Er drängte sich an Ian vorbei und rannte durch den Flur mit den Kameras, die Treppe hinunter in den Keller und zu Rudys Tür. Sie war nicht verschlossen.

»Rudy!«, rief er und öffnete die Tür. Das Licht aus dem Flur erleuchtete das Zimmer, aber Rudy war nicht da.

Jack ging in sein Zimmer. Auch da war niemand. Kein Brief in der Lüftung. Jack fand die Kleider, die Ian ihm gestern Abend geliehen hatte; war das erst gestern gewesen?

Kate, dachte er. Sie musste wohl annehmen, er sei tot. Aber sie würden eins von Wolframs Booten nehmen. Er würde sie auch dieses Mal finden. Während er sich schnell anzog, schweifte sein Blick durch das Zimmer. Das würde jetzt nicht mehr seine Wohnung sein.

Jack suchte in Rudys Zimmer nach einem Hinweis, wo er sein könnte. Er ging langsam durch das Zimmer; hier hatte Rudy an Erfindungen gearbeitet und riesige Zeichnungen und Zahlen an die Wand gemalt. Das Bettzeug war zerwühlt, ein Teil lag auf dem Boden. In Rudys Zimmer waren Kleider, ein Vogelnest, Holz- und Drahtstücke, Bolzenschrauben und Muttern. Jack konnte kaum glauben, dass man ihm das erlaubt hatte. Und da, sorgsam unter das Bett gelegt, waren eine abgenutzte Bibel und sein geliebter Oswald Chambers: *Mein Äußerstes für sein Höchstes.*

Hier war Jack noch nie gewesen. Alles sah nach Rudy aus: die Dinge und Werkzeuge, die nicht zusammenpassten. Aber Rudy fehlte.

Jack rannte hinauf zum Eingang. Jetzt konnten die Kameras ihm nichts tun. Er lief auf den Wald zu, da wollte er warten, bis er alle Gebäude durchsuchen konnte.

»Jack, halt!«

Er blieb stehen, voll Angst vor dem, was er sehen würde. Sie brauchten ihn ja nicht mehr. Aber Ian hielt ihm keine geladene Waffe vor, wie er erwartet hatte. Ian stand da in seiner roten Jacke, die Hände entspannt in die Taschen seiner Jeans gesteckt, wie Jack ihn schon hundert Mal gesehen hatte. Nur Ians Gesichtsausdruck jagte ihm eisige Angst ein. Ian atmete schwer. Er kam gerade von der Burg. In seinem Gesicht stand tiefe, besorgte Trauer – und Wut?

»Wo ist er?«

»Vor zwei Nächten habe ich ihn in die Burg gebracht – als du deine Frau besucht hast. Rudy war von kaltem Schweiß bedeckt, darum habe ich ihn ins Haus gebracht, damit die Haushälterin für ihn sorgen konnte. Wolfram wusste es nicht. Es ist ein Arzt im Dorf, aber es war kein Boot da, weil du es hattest. Wenn eins von Wolframs Booten gefehlt hätte, hätte er es gemerkt.«

»Was willst du mir sagen?«

»Bei Tag konnte ich keinen Arzt holen, also wollte ich heute Nacht fahren, aber dann kam das alles. Ich habe es Wolfram gesagt. Ich habe ihm gesagt, dass Rudy krank ist und Hilfe braucht. Er hat Nein gesagt. Ich habe versprochen ihm zu sagen, wo der Schatz ist, wenn er Rudy hilft.«

»Was ist passiert?«, fragte Jack.

Er sah, dass Ian weinte. »Rudy ist gestern Abend gestorben.«

»Das glaube ich nicht.« Jack schüttelte den Kopf. Das konnte nicht wahr sein; die Überanstrengung brachte seine Gedanken durcheinander.

»Wolfram hat es versprochen. Mein Vater hat versprochen, Rudy zum Arzt zu bringen. Als wir gestern Abend losgingen, war sein Boot nicht da, da habe ich ihm geglaubt. Aber er hat Rudy nicht mitgenommen. Die Haushälterin ist bei ihm geblieben, aber sie hat es nicht gewusst.«

Tränen liefen Jack übers Gesicht. Rudys Brief fiel ihm ein. Es war wirklich Gottes Stimme gewesen, die Rudy heimgerufen hatte. Und Rudy hatte geschrieben, in dem Traum hätte Jack den Ruf nicht gehört. Nur Rudy hatte seinen Namen gehört.

»Sein Gesicht war verändert. Voller Frieden«, sagte Jack. »Heute

Nacht im Wasser habe ich ihn gesehen. Wolfram will ich sehen. Gleich.«

Ian sah plötzlich überrascht aus. Dann nickte er. »Ja. Wir gehen zu Wolfram.«

Als sie kamen, schlief Wolfram unter einer dicken Decke in einem übergroßen Bett, das den ganzen Raum beherrschte. Die Tür knarrte in den alten Angeln und Wolfram setzte sich auf wie Dracula in seinem Sarg. Er sprang nicht aus dem Bett, sondern zog nur am Zugschalter der Lampe und stellte seine Augen darauf ein zu sehen, wer gekommen war.

»Ian, *wer* ist *das*?«, rief er donnernd.

Ians Schritte machten ein dumpfes Geräusch. Er stellte sich an das Fußende des Bettes; Jack blieb in der Tür stehen.

Wolfram versuchte ihn zu erkennen. »Ist das Jack?«

»Du hast ihn sterben lassen«, sagt Ian vorwurfsvoll.

Wolfram gähnte und streckte die Arme über den Kopf. Seine Stimme klang gleichmütig und auch überrascht.

Ian übersetzte: »Er sagt, er wusste nicht, dass Rudy sterben würde. Es tut ihm Leid. Ich sage ihm, was wir in der Höhle gefunden haben.«

Ian sprach langsam und Wolfram hörte interessiert zu. Der alte Mann stand auf und wickelte einen Morgenrock um seine umfangreiche Taille. So hatte Jack Ian noch nie gesehen, seine Art zu erzählen, war richtig spannend. Er beschrieb jede Einzelheit mit Gesten wie ein Schauspieler. Und dann sah Jack den Augenblick, in dem Ian die Bombe platzen ließ. Wolfram wurde blass; er griff sich ins Haar und fing an zu zittern.

»Die Scherben, die so viele das Leben gekostet haben, hast du nicht gebraucht. Jack hat die Höhle ohne sie gefunden. Und der Schatz, den du gesucht hast, spricht dich schuldig.« Ian lachte, während seine Tränen fielen. Jack merkte, dass er mehr zu sich selbst als zu Wolfram sprach. Ian ging auf seinen Vater zu.

»*Nein. Nicht mein Sohn.* Meinen Sohn nimmst du nicht weg«, schrie Wolfram Jack nach, als der sich zum Gehen wandte.

»Er nimmt mich nicht weg. Ich verlasse dich.« Ian folgte Jack aus dem Schlafzimmer.

Auf dem ganzen Weg aus dem Haus hörten sie Wolframs wütende Stimme.

»Ich habe ihn lieb gehabt, weißt du«, sagte Ian, als sie zu den Vögeln kamen, die in den Käfigen ihr Morgenlied sangen.

»Das verstehe ich. Er ist ja dein Vater.«

»Ich habe versucht meinen Vater zu lieben. Ich habe dafür gelebt zu tun, was er wollte, ihn glücklich zu machen, zu sagen, was er hören wollte. Der Unterschied ist mir erst klar geworden, als ich Rudy kennen lernte. Das habe ich gemeint. Rudy habe ich lieb gehabt. Ich wollte, dass du das weißt.«

41 Einundvierzigstes Kapitel

Die »elfte Stunde«, wie Brant sie nannte, war schon vorbei. Jetzt konnte Jack nicht mehr auftauchen. Aber weder Darby noch Brant sagten etwas zu Kate. Sie blieben unten in der Kabine und brachten ihr immer wieder neuen Kaffee.

Das erste Morgenlicht breitete sich über dem Wasser aus und die Vögel fingen an zu singen. Kate betrachtete einen Nebelschwaden, der über das Wasser tanzte; ihre Nase und Wangen waren eiskalt. Noch nie hatte sie einen so friedlichen Morgen gesehen. Er wäre vollkommen, wäre da nicht ihre tiefe Trauer. Aber dieses Mal war es anders: Sie spürte keine Angst, nur einen furchtbaren Schmerz, der sie so ausfüllte, dass sie sich nicht bewegen konnte. Aber tiefer als die Trauer und so neu wie dieser Tag war Friede. Er kam von ganz innen, lebte und wuchs in ihr.

Sie stand auf und nahm die Decke von den Schultern. Brant und Darby kamen aus der Kabine herauf und blickten Kate vorsichtig an; trotz der Schläfrigkeit sah man die Sorge in ihren Augen.

»Wir müssen weg«, sagte sie und der Schmerz erdrückte sie fast. Bald würde er sie ganz zerbrechen, aber für den Augenblick blieb sie stark.

Brant stand von der gepolsterten Bank auf und stand neben ihr an Deck. Jacks Tauchausrüstung lag immer noch verlassen auf dem Steg, als ob sie auf sein Wiederkommen wartete. Jetzt wünschte Kate, sie hätte schon Stunden früher Hilfe geholt. War Jack unter diesem Boot ertrunken, während sie ruhig hier saß und seine Briefe las? Der Gedanke erfüllte sie mit Schrecken.

»Wir wollen abfahren«, sagte sie. Der Klang ihrer Stimme trieb Brant ans Steuer.

Noch einmal blickte Kate über das Wasser. Brant sah es gleichzeitig. Er zeigte mit der Hand und Kate lief an die Reling. Etwas bewegte sich, nicht auf dem Wasser, sondern am Ufer.

Dann sah sie ihn. »Schnell!«, rief sie.

Der Motor sprang an, der Wind traf ihr Gesicht. Jeden Augenblick erwartete sie Menschen hinter ihm herlaufen zu sehen oder sonst einen Fehlschlag zu erleben. Jack war jetzt auf dem Steg und ein anderer Mann war bei ihm. Brant steuerte das Boot neben sie und als das Kielwasser das Boot gegen den Steg stieß, fasste Jack das Seil. Blitzschnell sprang er über die Reling ins Boot und der andere Mann folgte.

Brant zögerte nicht; sobald sie an Bord waren, verließ das Boot den Landesteg. Bei dem heftigen Fahrtwind suchten Kates Augen das Burggelände nach Bewegung oder Licht ab.

Dann kam Jack über das Deck zu ihr. Er nahm sie in die Arme und endlich schloss sich der Graben zwischen ihnen.

Epilog

Wolfram Meizer saß in seinem Büro. Er trug seinen grauen Anzug und hatte das Jackett vorn zugeknöpft. Sein Haar war zurückgekämmt und er hatte eine Blume ins Revers gesteckt. Der Fernsehapparat war ausgeschaltet, die Bildschirme im Schrank versteckt.

Alle seine Vögel waren weg und die Käfigtüren aufgesperrt; durch die Glastüren strömte kalte Luft ins Zimmer. Auch die Voliere war leer. Er hatte alle seine Vögelchen in eine Welt entlassen, in der sie umkommen würden. Jack hatte ihm Ian geraubt und Ian hatte ihm die Vögel genommen.

Lange saß er so. Plötzlich hörte er sie zurückkommen. Ihr Flügelschlag war so stark, dass Wolfram meinte, jetzt kämen alle Vögel wieder, die er je besessen hatte. Er blieb sitzen und wartete; sie würden wütend mit den Schnäbeln auf die Fenster einhacken und die offene Tür finden. Ihre Augen waren wie Suchscheinwerfer, von oben bis unten suchten sie sein Haus nach Fenstern ab. Bald würde das ganze Grundstück voll sein, der Rasen zertrampelt und die Blumengefäße in Scherben. Das vollendete Muster zerstört. Sie konnten nicht verstehen, was der Fortschritt notwendig machte. Sie hatten Angst davor und versuchten mit allen Mitteln zu verhindern, was die Natur erforderte. Vögel hatten keinen Verstand; sie konnten nicht einmal neidisch sein wie Menschen.

Dann verwandelten sich die Flügelschläge in mechanische Geräusche und die Schreie in Menschenschreie. Wolfram schlürfte kalten Kaffee und seufzte lang und tief. Sehr vorsichtig stand er aus dem Sessel auf und ging zu dem Plastikgefäß auf dem Schreibtisch. Er öffnete den Deckel und hielt die Kapsel zwischen zwei Fingern.

Eine großartige Zukunft würde zerstört werden.

So endete es.

Drei Monate später

Viele Schicksale waren Lukas im Lauf der Jahre begegnet. Bestimmte Schicksale würden ihn immer begleiten und Lukas wünschte sie nicht mehr weg. Die Gesichter verfolgten ihn nicht mehr; er sah sich selbst darin. Ihr Blut klebte nicht mehr an seinen Händen, es war in sein eigenes übergegangen. Sie gehörten zu ihm.

Und so konnte er erzählen, was sie erlebt hatten: Janos, Karl, das Mädchen in Mauthausen – Tatjana – die anderen und immer wieder Susanne.

Der Herbstwind strich über die Berge und riss Blätter von den langen Ästen der Bäume; auf der Kante oder sich ständig überschlagend rollten sie den Pfad entlang. An diesem Morgen nahm Lukas seinen Lieblingsweg, teils weil es im Haus allzu still war, teils um den kalten Wind im Gesicht zu spüren, aber hauptsächlich um zu dem Platz zu kommen, den er selten besuchte und nach dem er sich jetzt sehnte. Zielstrebig ging er durch den dichten hohen Fichtenwald, wo es dunkel und feucht war, dann blieb er am Rand stehen, wo der Wald sich auf eine Lichtung am Berghang öffnete. Da stand Lukas im Schatten der Bäume. Er schaute auf einen samtgrünen Hang mit zwei ausgetretenen Pfaden, die sich kreuzten. Der Himmel gab nur gedämpftes Licht durch die schnell ziehenden dunklen Wolken.

Er trat aus dem Wald und kam an die Wegkreuzung. Ein Pfad führte bergab zum Dorf im Tal und in der anderen Richtung aufwärts und weiter über die Bergkette; der vor ihm führte geradeaus über die Lichtung, an einem Baumstumpf vorbei, und verschwand hinter dem Bergkamm. Diesen nahm er.

Der Wind war böig und Lukas steckte die Hände in die Taschen seiner Wolljacke. Der Winter kam schnell. In den kommenden Monaten, bis Porters wieder nach Österreich kamen, hatte er viel zu tun. Lukas hatte dem kleinen Museum in Ebensee mit Informationen und einer Geldspende geholfen. Bald würde es eine neue Ausstellung eröffnen über eine Entwicklung, die erst nach Jahrzehnten zum Abschluss gekommen war. Da würden alle fünf Teile der blauen Fliese einen endgültigen Platz zwischen Fotos und Besitztümern der Widerstandsgruppe finden. Wie seltsam, sein Eigentum im Museum unter Glas zu sehen. Seltsam, und doch spürte er die unbedingte Notwendigkeit die Geschichte zu erzählen – auch seine eigene – auch was er Gutes und Böses getan hatte. Vielleicht würde das das Leben eines anderen verändern.

Ein neuer Windstoß riss an seinem Wollhut. Lukas zog ihn ins Gesicht und schloss den Jackenknopf am Hals. Der Waldweg unter seinen Füßen fühlte sich vertraut an, obwohl es lange her war, seit er als junger Mann über diese Wege gerannt war; jetzt war er alt und ging langsam. Die alte Eiche war schon vor Jahren umgestürzt, sie hatte der Gewalt eines Sturmes nicht standgehalten. Der Sturm war so stark gewesen, dass er den Baum umwarf. Lukas' Landschaftsgärtner hatte den Baum zu Brennholz zersägt, aber das Holz war nie verbrannt worden.

Der Stumpf stand noch da. Er setzte sich darauf; um ihn blies der Wind und in ihm stiegen unabweisbar die Erinnerungen auf. Sein Blick folgte dem Pfad, bis er hinter dem Kamm verschwand. Dieser Pfad führte zum Haus von Susannes Großmutter, wo jetzt eine andere Familie wohnte.

Es schien ihm jetzt richtig, dass Susanne tot war. Als alte Frau konnte er sie sich nicht vorstellen, er sah nur das Mädchen, das sie einmal gewesen war: tapfer und voll Liebe, die ihm dann Schmerzen bereitete. Aber es war nicht seine Schuld. Seine Taten hatten ihren Tod nicht verursacht. Sie würde auf ihn warten; das konnte er jetzt glauben. Lukas dachte an den letzten Tag damals, als er an diesem Baum darauf gewartet hatte, ihr rasches Lächeln und das Licht der Abendsonne in ihrem Haar zu sehen. Noch lange nach dem Jahr, in dem sie starb, hatte er auf sie gewartet. Lange saß er da; jetzt wusste er, er würde nicht mehr warten.

Irgendwann spürte er die Kälte bis in die Knochen, aber der Spaziergang hatte ihn befriedigt und ihm gut getan. Er ging wieder zurück zu den Bäumen und bis zu dem Weg, den er mit dem Gelände dieses alten Anwesens neu angelegt hatte. Auf dem Rückweg dachte er an ein warmes Feuer und eine gute Pfeife. Auf dem Fußweg vor dem Haus wartete Anni. Er nickte zum Gruß und sie nickte wieder. Mit ihrer gestrickten Mütze, einen schwarzen Schal fest um den Hals gebunden, sah seine Tochter jung aus. Wangen und Nase waren rot von der Kälte.

Er dachte an die kleine Abbie und fragte sich, wie sehr sie sich wohl verändert hatte, seit er sie zuletzt gesehen hatte. An der Westküste Amerikas war jetzt später Abend; das Mädchen, das er zuerst wegen seiner Jugend und Unschuld so sehr abgelehnt hatte, schlief jetzt wahrscheinlich und im Nachbarzimmer ihre Mutter und ihr Vater. Abbie war ein neues Leben mit ihrem Vater geschenkt worden. Und Kate mit ihrem unverwüstlichen Mut hatte endlich ihren Mann wieder und das Rätsel gelöst. Lukas lächelte in sich hinein und dachte, manches würde am Ende vielleicht doch gut. Dasselbe sagte ihm Marta jeden Tag.

»Vielleicht gibt es Schnee«, sagte Anni und beobachtete sein Kommen mit besorgtem Blick.

»Ja, die Luft ist so«, sagte Lukas. Seit ihre Welt sich verändert hatte, hatten sie wenig miteinander gesprochen. Neugierige Reporter, Todesdrohungen, Buchangebote und die Bergung der verloren geglaubten Dokumente unter dem Gartenwald, all das hatte sie von ernsthaften Gesprächen abgehalten. Er reichte ihr seinen Arm und Anni hakte sich freundschaftlich bei ihm ein.

»Wie wär's mit einer Partie Schach am Kamin?«

Sie lächelte in ihrer leichten Art und nickte. Das brachte ihn auch zum Lächeln. Vielleicht war ihnen allen neues Leben geschenkt worden, dachte Lukas. Genau das wollte er seiner Tochter sagen. Es war schon zu lange nicht gesagt worden.

»Niemand ... bezweifelte, dass sie über das Ende der Welt hinaus ... schauten.«

(C. S. Lewis: *Die Reise auf der Morgenröte*)

Anmerkung der Autorin

Ich wünschte, ich wüsste noch, wann die Zeit des Zweiten Weltkriegs und die Ereignisse des Holocaust mich zuerst in ihren Bann zogen. Woher kam mein tiefes Bedürfnis, diese Berichte immer wieder zu lesen und wenn möglich zu verstehen, was man nie verstehen oder erklären kann? Vor den letzten Schuljahren fing es an und sicher haben Bücher wie *Das Tagebuch der Anne Frank* und *Die Zuflucht* von Corrie ten Boom in dieser frühen Zeit eine Rolle gespielt.

Aber für mich war es ein schwieriges Unternehmen, über solch ein Thema zu schreiben. Oft fühle ich mich unwürdig, über Ereignisse und Zustände zu schreiben, die nicht zur Geschichte meiner Familie gehören. Was diese Leute zu sagen haben, ist mir fremd. Oft sagt man Schriftstellern: »Schreibe über das, was du weißt.« Ich habe gelernt, dass wir vielmehr über das schreiben müssen, was uns beschäftigt, was uns nicht in Ruhe lässt, was uns den Schlaf raubt und worin wir keinen Sinn erkennen. Darum drehen sich meine ersten Romane um diesen Abschnitt der Geschichte, der unsere Welt nie in Ruhe lassen wird – und auch nicht darf.

Im Oktober 2000 kam ich zum dritten Mal nach Europa. Die erste Woche bot eine Flut von wechselnden Eindrücken: Mit zwei Freundinnen fuhr ich von Amsterdam durch sechs Staaten nach Wien. Wir reisten im Auto mit Anne de Graaf am Steuer; Tricia Goyer hatte ausgesuchte CDs mitgebracht und den Fotoapparat immer bereit. Tricia und ich trauten uns in Paris zum ersten Mal Métro zu fahren, zwei junge Frauen, die bei der ersten Autorenkonferenz noch Lampenfieber vor echten Schriftstellern hatten. Anne fuhr an einem Tag von Paris bis Prag und wir drei spazierten an einem zauberhaften Abend bei leichtem Regen über die Karlsbrücke. Ein ganz anderes Abenteuer war es, den einzigen offenen Grenzübergang von Tschechien nach Österreich zu suchen (da blockierten Demonstranten mit Traktoren die Straße, die Fähre war sehr klein und wir bekamen ein paar falsche Wegbeschreibungen). Auf der Reise hatten wir sehr viel zu lachen und erlebten auch Momente, in denen wir wussten: Das hatte der geplant, der alles plant.

Aber es gab nicht nur Schönes. An einer Landstraße in Tschechien kamen wir an mehreren Gruppen von Frauen vorbei, die sich im Zuge der demokratischen Freiheit der Prostitution verschrieben hatten. Wir trafen freundliche junge jüdische Geschwister, auf denen aber der neu aufgeflammte israelische Konflikt schwer lastete:

Das achtzehnjährige Mädchen musste den Dienst in der israelischen Armee antreten. An zwei Tagen besichtigten wir auch drei Orte von Naziverbrechen: Lidice in Tschechien und die Lager Mauthausen und Gusen in Österreich.

Als Anne und ich ins Salzkammergut kamen, das Seengebiet von Österreich, war Tricia schon nach Hause geflogen. Nah bei dem romantischen Dorf bewegten wir uns zwischen den Denkmälern, Verbrennungsöfen und Massengräbern des ehemaligen KZ Ebensee. Bei meinen Nachforschungen wurde ich mit den Toten konfrontiert durch ein Lied, das ein Poet im Getto gedichtet hatte, und in den Bildern von einer Frau und ihrem Kleinkind, die zu schlafen scheinen, wie ich neben all meinen Kindern geschlafen habe. In Ebensee begegneten sie mir wieder, als ich über einem Massengrab stand und die Tafeln neben den Öfen las. Ich fragte mich, wer diese Leute unter der Erde waren. Wer war das, dem man keine eigene Ruhestätte gönnte? Wie war ihre Kindheit gewesen, wie hatten sie sich ihre Zukunft vorgestellt?

Dann wurde mir klar, dass dieser Platz nicht die Vergangenheit bedeutet. Er ist unsere Zukunft. Das Denkmal Ebensee wird noch Generationen bestehen. Aber zugleich wird es in vielen Ländern der Welt neue Denkmäler, Massengräber und Museen geben, etwa in verschiedenen afrikanischen Ländern, im früheren Jugoslawien und an vielen anderen Stellen. Wir haben das nicht hinter uns gelassen.

Der Ort, wo mir Straßen, Bäche und Aussichtspunkte vertraut sind und wo ich Menschen von klein auf kenne, ist Cottonwood. Ich telefoniere mit Tricia in einem weit entfernten Ort und schicke E-Mails über den großen Teich an Anne in Holland. Mein Mann und ich machen Pläne, gehen ins Kino oder reden bis spät in die Nacht. Mit meinen Kindern suche ich Informationen über Osteuropa, sie für die Schule und ich für meinen nächsten Roman. Und immer träume ich von Europa.

Wie beeinflusst eine solche Reise zu einem Ort wie Ebensee mein Leben in Cottonwood in Kalifornien? Manchmal komme ich mir zu zufrieden, zu glücklich, zu unbeteiligt vor. Aber ich selbst bin innerlich sehr verändert: Ich sehe die Menschen in aller Welt anders, möchte meinen Kindern ein anderes Verständnis mitgeben – und habe das Bedürfnis Geschichten weiterzugeben, die zu schreiben ich mich oft unwürdig fühle.

Darum bete ich für Sie: dass Ihr Blick weiter wird und dass Gott Sie an Orte führt, die Ihr Leben verändern, während Sie zuerst ihn suchen, denn was er Ihnen zeigt, ist größer als Sie. Meine beiden ersten Reisen nach Europa waren Träume. Erst die letzte hat meinen Blick erweitert. Ich weiß nicht, was Gott damit tun wird. Ich weiß noch nicht, ob und wann ich wieder in diese Länder kommen werde, von denen ich oft träume, aber ich weiß, dass Gott unser ganzes Leben gebraucht, wenn wir zulassen, dass er die Pläne macht und uns führt.

Ich wünsche Ihnen einen klaren Blick und einen angenehmen Lebensweg.

Dank

Auf dem Umschlag steht mein Name, aber dieses Buch ist eindeutig eine Gemeinschaftsarbeit. Janet Kobobel Grant, du bist meine Agentin, Freundin und Beraterin in allen Lebensfragen. Ich danke dem Verlag Tyndale House, dass er mein Ziel gesehen und mich unglaublich unterstützt und die Zeit und Kraft von Ramona Cramer Tucker und Lorie Popp für mich eingesetzt hat. Diese ganz besonderen Lektorinnen haben diesem Buch viel mehr als nur den letzten Schliff gegeben.

In Österreich:

Professor Reinhold und Elisabeth Wagnleitner haben mir wieder unschätzbare Einblicke in das Leben in Österreich gegeben. Für eure Hilfe und Freundschaft bin ich sehr dankbar.

Martha Gammer: Besonders herzlichen Dank für einen persönlichen Besuch der Gedenkstätte Gusen und des Museums, ein Essen in Ihrem Haus und dass Sie einen Übernachtungsplatz für uns gefunden haben. Sie waren ein echtes Geschenk.

Dank an das Museum in Ebensee: Dr. Wolfgang Quatember, Gabriela Eidinger und Andreas Schmoller, dass ich in Ihren Archiven ungestört arbeiten durfte, dass Sie mir Fragen beantwortet und sogar Kaffee gebracht haben. Meine wichtigste Erinnerung ist die an österreichische Schulkinder, die durch die Anne-Frank-Ausstellung über den Holocaust gelernt haben. Sie machen eine großartige Arbeit.

Forschung und Entwicklung:

Tricia Goyer für Hilfe bei den Nachforschungen, Korrekturlesen und dass du einfach du bist.

Katie Martinusen für das Korrekturlesen und die Gebete, die mir durchgeholfen haben.

Christie Harrington fürs Korrekturlesen und ehrliche, aber liebevolle Hinweise.

Jeff und Becky Davis für Informationen über Schmuckfliesen.

Shelley Chittim für Nachforschungen über Schmuckfliesen (und Freundschaft).

Shawn Chittim, Shelley Chittim, Mike Chittim und Joe Gazzigli: Das Haus am Mount Shasta war wieder ein idealer Platz zum Schreiben. Danke.

Dean Elliott für archäologische Forschungen.
Melissa Karlen für Forschungen über Frauen im Holocaust.
Neal Schiff vom FBI für Vorschläge und Informationen zum FBI und den Methoden der Polizei.
Tom Budde für Informationen über Versicherungsschutz.

Zusätzlich zu all diesen Genannten haben mir Verwandte und Freunde auf verschiedenste Weise persönlich und fachlich geholfen – von anhaltendem Gebet bis zu engen Freundschaften. Ich kann euch nicht alle aufzählen; ich hoffe, ihr wisst es auch so.

Cody, Madelyn und Weston: Meine Kinder geben mir so viel Liebe und Freude, jedes auf seine unverwechselbare und immer wieder überraschende Art. Ich bin sehr dankbar für euch.

Richard McCormick: Nur deinetwegen bin ich stolz darauf, den Namen McCormick zu tragen. Du bist ein wunderbarer Vater. Gail McCormick: Mutter, Freundin und Vorbild. Du hast Recht, dass wir auch deinen Mädchennamen tragen könnten, aber Guillemin McCormick Martinusen wird doch ein bisschen lang.

Meine Schwester Jennifer Harman gibt mir vielfältige Hilfe, Ermutigung und Liebe. Eleanor Martinusen, Teresa Price, Laurie Williams und Lisa Peasha haben sich nachmittags oft sehr um meine Kinder gekümmert, damit ich arbeiten konnte. Und, Lisa, deine aufmunternden Karten waren sehr wertvoll. Kim Shaw, wir wissen es zu schätzen, dass du mich als Lehrerin vertreten hast, als ich in Europa war, aber du hast auch noch mehr getan. Dank an Jenna Benton, Michelle Ower, Robin Gunn, Marlo Schalesky, die One Heart Sisters, Tammy Martinusen für Freundschaft und sehr nötiges Beten. Alle Hochachtung an Anne de Graaf und Tricia Goyer für diese tolle Europareise (und Dank an Erik de Graaf, John Goyer und David Martinusen, die Ehemänner, die zu Hause bleiben mussten).

Dank an Maxine Cambra und die Schreibgruppe NorCal (schreibt alle weiter!). An Norita Brinton für ein liebevolles Geschenk, als ich es brauchte. An Teresa Martin für ein Abendessen für meine Familie, als wir es alle nötig hatten, und für deine lieben Briefe. An die Elegant Bean in Cottonwood: Janelle Pierson, Piney Adams und Linda Finken für die VIELEN fantastischen kleinen Mokkas mit entrahmter Milch (manchmal), Schlagsahne (immer) und entöltem Kakao – aber das wusstet ihr schon, oder? Ich komme bestimmt immer wieder.

Auch den Gemeinden von Cottonwood, Anderson und Redding (es gibt eine Menge Grund zu danken!) muss ich meine Hochachtung aussprechen sowie den Lesern, die mir von ihrem Leben erzählt haben. Die Veröffentlichung meines ersten Buches *Tatjanas Geheimnis* ist so unglaublich von Freunden, Bekannten, Bibliotheken, Kirchengemeinden (besonders meiner eigenen) und Buchhandlungen (Redding Christian Supply und Barnes & Noble) unterstützt worden. Ich kann gar nicht sagen, wie dankbar ich dafür bin.

Dieses Buch wäre nie geschrieben worden ohne meinen Mann David. Er hat mir Ruhe verschafft – besonders kurz vor dem Abgabetermin – hat Essen gekocht, Kinder ins Bett gebracht und mich buchstäblich jeden Tag ermutigt und unterstützt. Danke.

Wie Paulus an die Philipper schreibt: »Jedes Mal, wenn ich an euch denke, danke ich meinem Gott« (Phil 1, 3, Neues Leben). Das gilt für euch alle. Und für mich gilt, was König David in den Psalmen schreibt: »Ich will dem HERRN danken« und »Auf Gott allein vertraue ich fest« (Ps 7, 18 und 62, 1).

Von Cindy McCormick Martinusen bereits erschienen:

Tatjanas Geheimnis
Auf den Spuren der Vergangenheit
Pb., 380 S.,
Nr. 393.912, ISBN 3-7751-3912-5

»Gib Tatjana ihren Namen zurück«, fordert Großmutter Celia ihre Enkelin Darby Evans auf ihrem Sterbebett auf.
Damit beginnt für die junge Amerikanerin eine Reise in die Vergangenheit – und die Suche nach der Wahrheit und einem wertvollen Familienschatz. Sind die keltischen Münzen und die Brosche der Kaiserin Sissi wirklich nur Legenden? Die Papiere aus dem Nachlass der Großmutter führen zu noch mehr Fragen über die Vergangenheit. Warum behauptet Brant Collins, Mitarbeiter der österreichischen Holocaust-Opfer-Hilfe, dass ihre Großmutter eine Betrügerin sei? Warum findet sich neben Briefen in Deutsch auch der Pass von Tatjana Hoffmann im Nachlass von Celia Lange Müller?
Darby reist nach Salzburg, um die vielen Fragen zu klären. Ein Treffen mit Brant Collins endet im Konflikt. Darbys Suche nach Informationen geht nur langsam voran; sie begegnet Misstrauen und Verschlossenheit. In Mauthausen findet sie heraus, dass dort tatsächlich jemand im August 1941 unter dem Namen Celia Lange Müller umgebracht wurde. Die Suche nach Antworten beginnt Darby zu verändern. Zwei Grabsteine mit demselben Namen und ein Ehering führen sie schließlich auf die Spuren einer unvergesslichen Liebe. Sie muss jedoch in die Vereinigten Staaten zurückreisen, bevor sie die Rätsel der Vergangenheit lösen kann.

Bitte fragen Sie in Ihrer Buchhandlung nach diesem Buch!
Oder schreiben Sie an den Hänssler Verlag, D-71087 Holzgerlingen.

hänssler

Ein spannender Roman aus der Reihe »Erzähltes«:

Stefan Albert
Das Thorhammer-Komplott
Pb., 256 S.,
Nr. 393.896, ISBN 3-7751-3896-X

»Jetzt wird die Staatsanwaltschaft vermutlich erst mal den Leichnam der Gerichtsmedizin übergeben für eine Obduktion, um die genaue Todesursache feststellen und jedes Fremdverschulden ausschließen zu können. Das kann eine Weile dauern, bis sie ihn freigeben werden ...«

Horst Buchemann, ein auf antike Handschriften spezialisierter Wissenschaftler, wird tot aufgefunden.
Sein Gemeindepfarrer Klaus Weixler erhält Zugang zu Informationen, die ihn an der von der Polizei akzeptierten Selbstmordtheorie zweifeln lassen. Zusammen mit zwei Freunden versucht Weixler, das Geheimnis aufzuklären. Hängt Buchemanns Tod mit der Entdeckung antiker Handschriften zusammen, die er während seiner Urlaubsreise gemacht hat – und die er nicht mehr an die Öffentlichkeit bringen konnte? Und wie erklärt sich Buchemanns plötzliche Hinwendung zum christlichen Glauben nach diesem Handschriftenfund?
Weixler und seine Freunde geraten bei ihren Recherchen in das gefährliche Fadenkreuz des rechtsradikalen Thorhammer-Netzwerkes. Erst nach einer Warnung des Verfassungsschutzes ahnen sie, worauf sie sich eingelassen haben ...

Bitte fragen Sie in Ihrer Buchhandlung nach diesem Buch!
Oder schreiben Sie an den Hänssler Verlag, D-71087 Holzgerlingen.